Katja Mühlberg

Richtungswechsel

Roman

Titel 2016 bei BoD
Copyright © 2016 by Katja Mühlberg
Alle Rechte vorbehalten

Katja Mühlberg: www.KatjaMuehlbergCoaching.com

Umschlagdesign: MaryDes Design, Beveren
Foto: Jacqueline Anders, Gröbenzell
Satz: rainGroup Agentur ::: Berlin

Herstellung und Verlag:
BoD - Books on Demand, Norderstedt

Made in Germany
ISBN 9 783 84237 9169

WIDMUNG

Dieses Buch ist meinen Kindern Konstantin und Jonathan
gewidmet, meinem Mann Christoph,
und ganz besonders allen, die davon träumen
Ihr Leben umzukrempeln.

Prolog

Vielleicht war es eine Art natürliche Rebellion gegen die gesellschaftlichen Zwänge oder die Richtlinien meiner Eltern und dumme Glaubenssätze, ich hätte so oder so zu sein. Wer weiß? Am Ende zählt, was man tut, um aus dem Schlamassel wieder herauszukommen und ob man mutig genug ist. Ob man sich seine eigene hässliche Fratze im Spiegel bis ans Lebensende täglich ansehen möchte oder ob man sich mit seinem wahren Gesicht hinauswagt, hinaus ins andere, bessere, aber auch bodenlosere Leben. Ob man zusieht, an Charakter zu gewinnen, und in Schönheit alt und faltig werden kann, bevor es zu spät ist und nur noch Liften oder eine extra dicke Schicht Make-up hilft. Oder ob man die Zerissenheit, die einen plagt, die Zweifel, mit denen man kämpft, niederhält und immer weitermacht, weil man schätzt, was man hat, weil es sich so vertraut und sicher anfühlt.

Ich habe es geschafft. Weil es da noch etwas anderes gab. Geben musste. Ein erfüllteres Leben. Eine größere und bessere Liebe.

Mutig genug zu sein, fiel mir nicht leicht. Es musste erst einmal eine ganze Menge schiefgehen und etwas richtig Furchtbares passieren. Ihr werdet es sehn. Doch ein Gedanke ließ mich einfach nicht mehr los: Wenn andere glücklich sein konnten, dann wollte ich das auch. Ist ja wohl klar.

Kapitel 1

»Wumms!«, fliegt die dunkelblaue Holztür meines Lieb-lingscafés Felicitas ins Schloss. Was für ein Abgang! »Scheiße!«, sage ich in den eigentlich schönen Sommernach-mittag und dampfe über das Holpersteinpflaster zu meinem türkis leuchtenden Toyota Corolla, den meine Mutter auch am liebsten abschaffen würde. Ist ihr nicht angenehm, wenn ihre Tochter damit vor der Firma vorfährt, macht sie ja aber sowieso nie. »Bescheuert!«, schüttle ich den Kopf. Das passiert mir nicht nochmal. Schließlich ist das mein Lieb-lingsladen mit dem besten Kuchen der Stadt, der besten heißen Schokolade. Warum sind wir nicht in einen ihrer sterilen weißen Luxusläden gegangen? Außerdem brauche ich sie nicht. Weder ihren Rat noch ihre Meinung. All das ungefragt. Schluss damit. Das war das letzte Mal!

Meine Mutter war es gewesen, die den Vorschlag gemacht hatte, sich zwischen zwei Meetings mit mir im Felicitas zu treffen. Sie kam in ihrem gelben, faltenfreien Hosenanzug, saß auf dem roten Holzstuhl am dunkelblauen Fenster vor einem Schoko-Sahne-Eisbecher. Ein Anblick wie aus einem schlechten Film, eigentlich zum Lachen, doch war mir nicht zum Lachen zumute.

Wenn man bedenkt, dass wir uns außer an Feiertagen nur an Geburtstagen sehen – und das seit meiner Kindheit und alles andere als an meinen Lieblingsorten – da musste ich ihr also wirklich einen Schreck eingejagt haben.

Die Gesprächsfetzen, Allgemeinplätze, mit denen sie mich soeben abgekanzelt hat, als wäre ich noch immer zehn, pfeifen wie ein Tinnitus in meinem Ohr: »Eine bunte Brille? Die soll auf einmal dein Leben glücklicher machen? – Klara, das meinst du unmöglich ernst? – Mir will es wirklich nicht in den Kopf. Dein Gejammer die letzten Monate. – Ein großes Mädchen wie du! – Was du dir dabei nur denkst! – Meinst wohl, dir alles leisten zu können. – Wo leben wir denn, doch nicht im Schlaraffenland. – hör mir mal genau zu – pass auf, dass du nicht noch alles verlierst – sieh zu, dass du zu dir kommst – gönn dir mal was – ein Wellness-Wochenende wirkt Wunder – ein paar neue Schuhe – eine neue Frisur – aber doch keine bunte Brille! – ist eben nicht immer alles ein Zuckerschlecken im Leben – Zeit, dass du endlich einmal erwachsen wirst, Klara – auf den Boden der Tatsachen landest – dir klar machst, was du eigentlich alles hast – wie gut es dir im Vergleich zu anderen geht – eure Generation weiß doch gar nicht, was das heißt, schwere Zeiten zu erleben. Schau mal, Kleines – «

»Du hast einen guten Job, eine schöne Wohnung, Freunde, die für dich da sind«, zählt Mama in meinem Kopf ein zweites Mal an ihren langen, schmalen Fingern ab, die mich schon als Kind an die bloßen Knochen eines Skeletts erinnert haben. »Du hast alle Freiheiten, die ich in meiner Jugend nicht hatte!« Ach ja stimmt, darum geht es – »und du hast Thomas.« Ich seufzte. Thomas, na klar, der macht mein Superleben wirklich komplett. »Du liebe Zeit! Was willst du denn noch mehr? Wieder zum Kleinkind werden? Das seine bunten Bonbons will, auch wenn das Geld dafür nicht da ist? Mit dieser albernen bunten Brille herumlaufen? Aus bunten Bechern trinken? Habe deine Vorliebe für Lokalitäten wie dieses komische Café hier, für Warhol oder Schopenhauer noch nie begriffen! Schau mal, Kleines ...«

Tja. Ich knubbel in dem Film, der in meinem Kopf abläuft, die Serviette, auf der ganz schlicht Felicitas steht, samt des grinsenden Markenzeichens des Cafés, einer Praline, ein zweites Mal zu kleinen Kügelchen und fühle mich in der Gegenwart meiner Mutter mal wieder hilflos. Hätte ich doch nur den Mund gehalten! Sie niemals eingeweiht! Ausgerechnet meine Mutter! Wann hätte ich mich je von ihr verstanden gefühlt? War ich mir nicht schon immer unbeholfen vorgekommen, wenn es in unseren Gesprächen einmal tatsächlich um mich und nicht um sie ging? »In deinem Alter war ich schon fast Mutter!« Na, da haben wir's! Es geht eben doch immer nur um sie. »So, Mama, jetzt reicht's aber. Du willst mir also wirklich und wahrhaftig ausgerechnet dich selbst als Mutter anpreisen? Wäre Oma nicht gewesen, hätte ich mir die Windeln selber wechseln können! Warum kannst du nicht einfach mal nur für mich da sein und dir anhören, was mit mir los ist? Mich so nehmen, wie ich bin? Dann ist es eben so, dass du es nicht verstehst, ich verstehe es ja auch nicht!« Ich springe auf, bleibe mit meiner Flip-Flop-Sohle am Barhocker hängen und kippe zu allem Überfluss auch noch mein leeres Latte-Macchiato-Glas um. Der überlange Löffel fällt klirrend auf den Fußboden. Die Kellnerin, die mir schon manchen Latte-Macchiato im grinsenden Pralinenglas serviert hat, dreht sich erschrocken um, zwinkert mir dann aber zu, als wolle sie sagen: »Halb so schlimm!« Gut – ein Griff zu meiner Beuteltasche, weg bin ich! Ohne mich umzudrehen, weiß ich, dass meine Mutter den Kopf schüttelt. Was sie später meinem Vater erzählen wird, kann ich mir denken. Von wegen Klara hat sich mal wieder nicht unter Kontrolle.

Ich steige in meinen türkisenen Toyota, liebevoll von mir Toyo genannt, und blicke auf die Uhr im Armaturenbrett. Kurz nach vier. Dann komme ich ja mal direkt pünktlich zu meinem Treffen mit Tanja. Die würde mich sicher besser verstehen! Wenn ich mich nur selber besser verstehen würde. Dass Mama in gewisser Weise Recht hat und es mir eigentlich gut gehen sollte, ist tatsächlich ein Problem, über das sich selbst mit Tanja nur schwer reden lässt. Im Rückspiegel, den ich zurechtrücke, weil der sich gern während der Fahrt verschiebt – mein Toyo ist eben nicht mehr das neuste Modell –, kann ich meine kleinen, nicht unbedingt sauber gezupften Augenbrauen erkennen. Zarte dunkelbraune Härchen mischen sich mit glänzenden helleren. Doof und unsauber, genau, das ist das Problem an meinem Leben, fängt bei meinen Augenbrauen an und hört auch bei meinen täglichen Gewohnheiten nicht auf. Das müssen doch auch die anderen merken!

Durchs Schiebedach spähe ich in den bewölkten Himmel. Na prima, nicht ein Sonnenstrahl, der das Wolkengrau durchdringt, da draußen und in mir ein und dieselbe Schlechtwetterfront! Also gut, jetzt gerade! Entschlossen setze ich meine Sonnenbrille mit ihrem knallorangenen Gestell und den leicht orange getönten Gläsern auf. Meiner Mutter zum Trotz und Frau Hegels Farbexpertise zu Gefallen. Die riesengroßen Gläser stehen mir nicht, denn im Gegensatz zu vielen anderen Menschen habe ich einen ziemlich kleinen Kopf. Dennoch wird die Brille von nun an ein wichtiger Bestandteil meines Alltags sein. Ich habe sie nämlich von Barbara Hegel, meiner Beraterin in schwierigen Lebenslagen. In den USA wäre sie ein Life-Coach. Hier in Deutschland ist man wohl noch nicht so weit. Da spricht man altbacken von beratender Psychologie oder gar von Psychotherapie. Doch das, was Frau Hegel professionell macht, ist alles andere als altbacken. Sie fördert und unterstützt das Lebenspotenzial, das heißt die Leistung und Weiterentwicklung all derjenigen, die in unserer modernen, medialisierten Leistungsgesellschaft funktionieren und leistungsfähig bleiben müssen und von denen inzwischen viele unter sogenannten Modeerscheinungen wie Burnout leiden. Mich begleitet sie nun schon seit ein paar Monaten. Wir versuchen, gemeinsam meine negativen Gedanken und mit ihnen mein Leben in den Griff zu bekommen. Meinem Namen, Klara Blick, mache ich nämlich zurzeit keine Ehre: Ich sehe weder klar noch habe ich den Durchblick. Mittlerweile bin ich fünfundzwanzig. Da wird es wahrlich Zeit, all dem, was hier auf Erden mit mir zu tun hat, mehr Klarheit abzugewinnen. Weder mein Beruf noch meine Beziehung fühlen sich gut an. Anstatt Freude an meinem Assistenzjob zu haben, verspüre ich den Druck, alles gut finden und machen zu müssen, und verfalle in Mutlosigkeit und Lethargie. Also bin ich auf die Idee gekommen, zu einer Fachfrau zu gehen. Und Frau Hegel lässt mich erst einmal meine Fragen stellen. Hört zu, ohne gleich emotional zu werden und alles besser – so als sei es ihr und nicht mein Leben – zu wissen. Stellt stattdessen Wissen, das ihrer Berufserfahrung entspricht, zur Verfügung; ich kann es annehmen oder auch nicht, kann es nutzen oder auch nicht, kann etwas wie die Brille ausprobieren oder auch nicht.

Ja, was wünsche ich mir denn, was ich nicht habe? Vor meinen Augen erscheint eine große Wiese mit jungen Leuten auf Picknickdecken vor einer großen Bühne, von der »No woman no cry« schallt – eine Art Woodstock-Festival. Nur zeitgemäßer, wenn auch nicht gleich im Stil einer Loveparade. Hiphop, Rap, Techno, Pop, gute Songs mit guten Texten eben. Mehr Klasse als Show. Und nicht immer dieser Riesen-Trubel um alles. Vor allem aber ohne Terminkalender und Überdruss unterwegs sein, sich auf etwas Unvorhergesehenes einlassen – das wär was! Uff, Glück gehabt, fast wäre ich bei Rot über die Ampel!

Frau Hegel hingegen meint, dass nicht der Wandel der äußeren Umstände glücklich mache, sondern der innere Wandel. Der erst stelle Zufriedenheit her. Nicht der Riesentrubel sei das Problem, sondern der Umgang mit ihm. Leicht gesagt. Wie genau das mit dem inneren Wandel gehen soll, das kann sie nämlich schon weniger leicht sagen. Zeit und Geduld sind da ihr Coaching-Motto. Äußerlich lässt sich jedenfalls viel einfacher was tun. So ist die Brille, die sie mir verschrieben hat, ja erst einmal auch was ganz und gar Äußerliches! Und mein Inneres scheint sich bisher ganz gut zu wehren: Nur weil ich durch orange Gläser schaue, sehe ich die Welt noch lange nicht bunter. Möchte nicht wissen, wie oft ich an diesen grauen Wohnblöcken im Stil der 1970er in all den Jahren schon vorbeigefahren bin! Der orangegraue Brillenblick macht sie auch nicht weniger vertraut. Täglich grüßt das Murmeltier. Scheißlangweilig!

Na sieh da, was ist das denn. Hat nun auch noch der Blumenladen zugemacht? Habe ich nicht noch letzte Woche bei der sonst nie um einen flotten Spruch verlegenen Floristin einen Kaktus fürs Büro gekauft und mich über ihr griesgrämiges Gesicht gewundert? Und was macht stattdessen hier auf? Mal was tatsächlich Neues und Unvorhersehbares? Was steht auf dem Schaufensterplakat? »Haargenau & Frisurenscharf freut sich demnächst auf Ihren Besuch.« Ein Friseursalon. Als gäbe es von denen nicht bereits reichlich. Fitness und Beauty boomen ebenso wie H-&-M-Filialen. Während sich ein kleiner Blumenladen und Tante Emmas Kiosk nicht halten können. Überall machen sich auf einmal Nagelstudios und Wellnesscenter breit. Als interessiere sich alle Welt nur noch für ihr Äußeres. Doch warum eigentlich auch nicht? »Wie wäre es mit einem neuen Haarschnitt, Klara, mein Kleines?« Da ist sie schon wieder, die Stimme meiner Mutter. Ach nein, Mama, das Problem liegt einfach woanders. Da hat Frau Hegel schon Recht und hört auch besser zu. Kein neuer Haarschnitt wird es lösen. Und am Ende wohl auch die Brille nicht. »Eine bunte Brille? Die soll auf einmal dein Leben glücklicher machen? Klara, das meinst du unmöglich ernst?« Was Mama zu all dem sagen würde, hätte ich mir eigentlich denken können. Es stimmt ja, ich und meine Freundinnen leben in besseren Zeiten, wir haben keinen Krieg zu überstehen, so wie die Generation von Omilein. Uns Deutschen geht es gut, wenn ich an andere Länder wie die Ukraine denke. Armut und Terror bedrohen uns nicht wirklich. Ich habe bessere Chancen als viele andere Menschen auf der Welt, muss weder hungern, noch werde ich gefoltert und eingeschüchtert. Warum nur scheint mir dennoch alles so wenig befriedigend? Warum kann ich nicht einfach wie meine Mutter stolz auf das sein, was ich erreicht habe?

Meine Mutter, die Managerin bei Energy Worldwide, dem zweitgrößten Energielieferanten der Welt, die einzige Frau auf ihrer Hierarchieebene. Dafür musste sie viele ihrer Bedürfnisse leugnen, ihren geliebten Sport aufgeben, einige Freundschaften und jahrzehntelang 14 Stunden am Tag arbeiten. Eine Karriere wie meine Mutter, nein, die will ich bestimmt nicht. Mit ihr tauschen? Nein, auf keinen Fall! Schließlich hatte sie vor lauter Arbeit und Ehrgeiz nie Zeit für mich, hat mich bei Omilein abgegeben, als wäre ich nicht ihr Kind, sondern ein lästiges Anhängsel, das nicht in ihr Berufsleben passte. »Schau, Klara, mein Kleines, es ist für unser aller Bestes.«

Genug! Es hilft ja nichts. Eine vollkommen glückliche Kindheit, wer hat die schon? Und bei meiner Oma ging es mir sicher so gut, wie sonst nirgends mehr. Sie ist, so oft es ging, mit mir an die Ostsee gefahren und hatte immer frische Eierkuchen dabei, die wir, Rapsfelder und schwarzgefleckte

Kühe bestaunend, im Zug von der Hand weg in den Mund hinein aßen. Aber das ist lange her. Fast so lange wie mein letzter Urlaub. Klara, es reicht! Hör endlich auf, alles schwarz zu malen! Ich drücke auf den Radioknopf. »Du bist vom selben Stern. Ich kann deinen Herzschlag hören«, ich summe mit.

Es ist kurz vor halb fünf und so wie ich Tanja kenne, ist sie schon seit mindestens zehn Minuten am Freibad. Noch eine Kurve und richtig, da steht sie direkt vor den weißen Freibadtoren. Ich kurbele das Lenkrad mit einer wilden Armbewegung nach rechts, fahre geradewegs auf den Parkplatz zu und parke Toyo auf der Wiese vor dem Freibad zwischen einem schwarz-orangenen Hondakombi und einem silbergrau-orangen Opelcabrio ein. Brille kurz hochgeschoben und das Türkis Toyos ins Auge gefasst. Na bitte, zumindest ein kleiner Farbtupfer in all dem Weltengrau!

Tanja lacht mich mit ihren großen blauen Augen an. »Hey, du. Wie geht's? Hast du die Uhr vorgestellt?« Sie schwingt ihre langen, blonden Haare über die rechte Schulter, um mich fest an sich zu drücken. »Hm«, brumme ich, »so oft bin ich auch nicht zu spät.« »Mann, deine Brille ist echt lustiger als du!« »Ja, ich weiß, deshalb hab' ich sie ja auch auf. Hab' sie von Frau Hegel bekommen. Damit ich wieder besser erträglich für alle bin. Außerdem musste ich gerade mit meiner Mutter einen Kaffee trinken«. Tanja zieht nur kurz die Augenbrauen nach oben. Sie weiß natürlich, was das bedeutet, fragt aber nicht weiter.

Ich hole meine Badetasche aus dem Kofferraum und wir gehen zum Eingang. Tanja hält der Kassiererin ihren Studentenausweis unter die Nase, die nickt kurz ab. Hm, denke ich, mal sehen, was sie zu meinem Schülerausweis der Berufsschule sagt. Meine Lehre zur Bürokommunikationskauffrau liegt zwar schon drei Jahre hinter mir, aber vielleicht habe ich Glück und ich komme auch kostenlos rein. Die Kassiererin schaut nur flüchtig auf den Ausweis und nickt noch einmal ab. Na, das erste wirklich positive Erlebnis heute! Die Brille scheint doch zu wirken – sollen die Leute ruhig weiter so komisch gucken, ist mir doch egal, wie ich mit dem Ding aussehe.

Tanja und ich pellen uns nur halb aus unserer Kleidung, schütteln unsere Handtücher aus und setzen uns auf ein Stück freie Grünfläche. »Gehst du ins Wasser?«, frage ich. »Weiß nicht, ist frischer, als ich gedacht hätte. Vielleicht kommt die Sonne ja später noch raus«, antwortet Tanja.

Mein Blick schweift über die bunte Handtuchlandschaft und bleibt an einer stark geschminkten Frau hängen, ich schätze, sie ist Ende zwanzig. Diese Frau zieht nicht nur meine Blicke auf sich. Sie hat eine tolle Figur, schlank und dabei genau an den richtigen Stellen etwas rund, ist braungebrannt und überhaupt ohne Makel. Tanjas Blick scheint auch an ihr zu kleben. Sie stößt mich mit dem Ellenbogen in die Taille. »Schau mal, da drüben, Klara, da liegt doch eine echte Sahneschnitte.« »Nicht so laut, sie hört dich ja!«, flüstere ich. »Es ist jawohl offensichtlich, dass deren Busen nicht echt ist. Die langen Haare sind mit Sicherheit auch nur Extensions!« Tanjas Mund verzieht sich zu einer Schnute, während sich ihre Augenbrauen bedenklich zusammenziehen. »Man, Tanja, du versuchst doch nur der Frau Fehler unterzujubeln. Und schau sie bitte nicht so direkt an.« Tanja zuckt mit ihren Schultern, legt sich auf den Rücken und wettert weiter: »Ich glaube, ich geh mal rüber und mach ihr ein Kompliment zu ihren operierten Brüsten. Es ist so furchtbar, dass manche einfach nicht an ihrem Selbstbewusstsein arbeiten können und sich stattdessen lieber unters Messer legen. Die Welt wird zu einer echten Freakshow!« »Ach Tanja, lass sie doch einfach«, seufze ich und bringe mich, obwohl die Wolkendecke nur wenig aufgerissen ist, in eine entspannte Sonnenbadposition. »Was kümmert es dich eigentlich ständig, was die anderen machen?« Vermutlich fühlt Tanja sich ebenso farblos wie ich neben dieser Frau, dabei ist meine beste Freundin eine extrem attraktive Frau. »Sie nerven mich einfach. Sie geben ein schlechtes Frauenbild ab. Sie machen sich für irgendeinen Mann zum Deppen, überschminken ihr Gesicht bis zur Unkenntlichkeit und tun so, als ob die ultimative Frau so zu sein hat, mit diesen Gummidingern. Und überhaupt, überall diese Perfektion«, schüttelt sie sich missbilligend. »Also echt, hier: Versuch das mal!«, sage ich gähnend und werfe ihr meine Positiv-Brille zu. Tanja setzt sie auf und sieht doch tatsächlich nicht weniger blöd damit aus wie ich. Wir prusten los.

»Du hast schon Recht, Tanja. Überall wird uns vorgemacht, dass wir vollkommen und was Besonderes zu sein hätten. Und all die Werbung, die das Blaue vom Himmel verspricht! Hier ein noch besserer Job, da ein perfekterer Körper und wenn Sie diese Creme kaufen, dann sehen Sie aus wie Heidi Klum. Besuchen Sie unser Fitnessstudio und Sie strahlen nur so vor Gesundheit und Kraft. Warum reicht denen allen der Normalo denn nicht mehr?« Tanja richtet sich auf und beginnt sich zwei Zöpfe zu flechten. Erleichtert sehe ich, dass ihre Gesichtszüge sich entspannt haben. Schließlich wollte ich mich doch von ihrer Fähigkeit, den Augenblick zu genießen, anstecken lassen. »Das Mittelmaß ist out, Klara. Nicht nur die Werbung, die Medien, auch die eigenen Eltern sitzen einem im Nacken. Ständig zeigt mir mein Vater neue Jobs in den Anzeigen, schickt mir E-Mails mit den neuesten Entwicklungen. Wie oft habe ich ihn sagen hören: ›Was für Möglichkeiten und Chancen Ihr heute habt! Was alles aus mir hätte werden können, wenn die Mauer nur eher gefallen wäre. Aber ich habe ja nur Tischler gelernt, wie meine Mutter es wollte. Das war zu meiner Zeit ja gar keine Frage.‹ Ich kann's echt nicht mehr hören!«»Es liegt an uns, dass wir uns nicht so richtig abgrenzen können, nicht wahr?«, sage ich mit einem Lächeln.»Auf jeden Fall«, grient Tanja zurück.

Ich drehe mich auf den Bauch. Das frisch gewaschene Badehandtuch duftet herrlich frühlingsfrisch.»Hier, damit du dich noch ein bisschen mehr aufregen kannst«, schmunzle ich und werfe Tanja etliche Stars-und-Sternchen-Magazine, die ich aus meiner Tasche ziehe, auf ihre Decke.»Die hat eine Kollegin auf meinem Schreibtisch in der Redaktion vergessen und mir heut Morgen über Facebook gemailt, ich könne sie behalten.«»Danke«, sagt Tanja lächelnd. Natürlich weiß ich, wie sehr sie Klatsch und Tratsch mag.

Wir lesen eine halbe Stunde das Unwichtigste des Unwichtigen und vergleichen die Bilder der Zeitschriften miteinander. Es macht Spaß mit Tanja. Sie kennt mich und weiß mich zu nehmen, wie ich bin. Wir albern herum, tauschen Musik über unsere i-Pods und können der durch das ganze Freibad duftenden Zuckerwatte nicht widerstehen.

»Ach Tanja, wie soll es nur weitergehen? Das Leben ist eine echte Last für mich«, sage ich seufzend, und setze mich mit meiner Zuckerwatte zurück auf das Handtuch. Ich erzähle ihr kurz von dem Treffen mit meiner Mutter und meinem tollen Abgang.

»Ich würde so viel dafür geben, zu wissen, ob das so bleiben muss. Ob das nun mal eben so ist, dass alles irgendwann aufhört, aufregend zu sein. Ich fühle mich so wenig gefordert und angetan von meinem Job, von dieser Beinahe-Großstadt, in der ich lebe, seit ich denken kann und die so tut, als sei sie die Welt, und von mir selbst. Ich weiß nur nicht, was ich stattdessen will und ob es überhaupt etwas gibt, was mir besser gefällt.«

Tanja runzelt die Stirn. »Auch ich frage mich, was ich nach meinem Studium machen soll. Ich habe dann zwar Französisch studiert, aber das haben viele andere auch. Weißt du, wovor ich Angst habe? Nach meinem Studium keinen Job zu finden. Ich weiß noch, wie lange du gesucht hast. Wie schlecht du damals drauf warst. Oh Mann, ich hoffe, dass ich nicht auch in solch ein Loch falle. Da geht es dir doch jetzt schon viel besser. In einem Studio wie Köbrü Aktuell zu arbeiten, bei Liveaufnahmen hautnah dabei zu sein, ›Wie cool!‹, hast du vor gar nicht so langer Zeit noch gesagt. Das soll dir erst einmal eine andere Bürokommunikationskauffrau nachmachen. Na komm schon, ist doch so. Was dir da auf einmal derart auf den Keks geht, war das nicht mal so was wie dein Traumjob?« Tanja lächelt mich zögernd, aber erwartungsvoll an. Verflixt, ist ja tatsächlich nicht ganz fair, ihr etwas vorzujammern, war ja wirklich gar nicht einfach gewesen, diesen gutbezahlten Job zu finden. Aber muss er deshalb auch auf immer und ewig das Richtige für mich sein? Und wenn ich nicht einmal mehr bei Tanja loswerden konnte, wie sehr mich alles bedrückt ... wenn sie im Grunde nichts anderes sagt, als meine Mutter mit ihrem schau Klara, mein Kleines, ...

Als könnten sie Gedanken lesen, ziehen sich die Wolken erneut zu und trüben sich mehr und mehr ein. Ich nehme mir meine Strickjacke und lege sie mir über die Schultern. Auch die anderen Badegäste sehen in den Himmel. Einige packen ihre Sachen zusammen. Tanja rafft sich ihr Handtuch um die Hüften.

»Das war, als ob dich wirklich keiner will«, beginne ich mich widerstrebend zu erinnern, »das war auf Dauer echt hart und tat weh, weil die Ablehnungen viele Monate anhielten. Am Ende war mir total egal, ob ich noch mal zwanzig Bewerbungen wegschicke oder nicht. Wenn man keine

Aufgabe am Tag hat, oh Mann! Jetzt, wo ich eine habe, andere meine Arbeit wollen und sie gut bezahlt wird, sollte ich eigentlich glücklich sein, ich weiß. Aber so einfach ist das eben nicht. Damals ist nicht heute und heute fühlt sich das ganze Journalistengehabe, das mir am Anfang wohl tatsächlich cool vorkam, so verdammt uncool an.« Tanja hat Salami-Vollkornbrot-Sandwiches mitgebracht. Sie reicht mir eins, das ihre Mama mit extra viel Salat und Gurken belegt hat, meinem Lieblingsmix.»Vielleicht muss es so eine Orientierungslosigkeit im Leben auch mal geben.«»Es gibt da so ein Sprichwort: Nur wer das Tal kennt ...«, entgegnet Tanja mit halbvollem Mund und ich spreche ebenso kauend weiter»... kann den Berg erklimmen. Bla Bla ...« Wir lachen einander an und wissen ungefähr, wie sich die andere fühlt.

»Falls du in so ein Loch fallen solltest, gehst du einfach zu Frau Hegel. Sie hat mir in letzter Zeit schon oft geholfen. Und man bekommt so eine obercoole Brille, wenn es einem nicht gut geht. Warum sich unnötig selbst quälen, wenn es Leute gibt, die einem ganz gezielt helfen können?« Ich versuche die Augenbrauen mit einem kleinen Lächeln nach oben über den Rand der großen Brille zu ziehen.»Hm, siehst ganz schön peinlich aus mit dem Ding«, geckert Tanja frech los.»Na, solange du dich noch mit mir sehen lässt, wird's wohl nicht so schlimm sein, Miss Eitel« kontere ich. Tanja reicht mir einen bunten Aluminiumbeutel mit gelbem Trinkhalm drin:»Hier, zum Runterspülen der Krümel!«»Ah, die gute alte Capri-Sonne. Das erinnert mich an die Lunchbox von Oma zu Schulzeiten. Danke. Also, was die Brille betrifft: Da steckt mehr dahinter, als du denkst, das hat mir Frau Hegel ganz und gar plausibel erklärt. Sie spricht da allerdings auch schon mal von Evidenz und wissenschaftlich nachgewiesener Wirksamkeit. Also pass auf: Farben wirken sich nämlich auf das körperliche und seelische Befinden aus.

Laut Farbpsychologie produziert das Gehirn bei gelben und orangen Bildern positive Gefühle und Empfindungen. Stress lässt schneller nach, Wut im Bauch legt sich und Traurigkeit bekommt nicht mehr diese Tiefe«, erkläre ich, während ich gleichzeitig beobachte, wie die ersten Badegäste gehen, und überlege, dass es einfach zu kalt geworden ist, um noch länger hier zu bleiben.»Ah, verstanden« nickt mir Tanja an ihrer Capri-Sonne schlürfend zu.»Bist du sauer, wenn wir wieder abhauen, Tanja? Ich fühle mich hier irgendwie ohne Sonne nicht mehr recht wohl. Außerdem fehlen die heißen, knackigen Typen, die sonst immer so einen Wirbel um dich machen.« Tanja lacht:»Ja klar, als ob die Jungs nur auf mich glotzen, Miss Modelfigur. Aber kein Problem. Ich wollte sowieso noch zwei Bücher in der Bibliothek abgeben.«

Wir ziehen uns an und schlendern über die Grünflächen. Tanjas Blick verliert sich für einen Moment in Gedanken, als sie plötzlich fragt:»Klara, und was genau macht deine Life-Coach-Frau mit dir in einer Beratungsstunde?« Ich werfe mein Handtuch über die Schultern.»Im Prinzip lässt mich Frau Hegel nur erzählen. Sie stellt mir Fragen zu meinen Überzeugungen. Was ich so von den Situationen oder Personen, mit denen ich zu tun habe, halte. Ich stelle dann oft während des Gespräches fest, dass die Perspektive entscheidend ist und nicht alles bereits deshalb richtig und wahr ist, nur weil ich es so sehe, fühle und erlebt habe. Wenn ich zum Beispiel …« Das Handtuch rutscht während des Laufens von meiner Schulter.»Verflixt, Klara«, denke ich, fange es mit der Hand auf, stecke es in meine Tasche, merke, wie ein Typ mich dabei nicht aus den Augen lässt, mehr der Gentleman als so ein getunter Athlet wie Thomas, und erkläre weiter:»… traurig bin über einen, sagen wir mal, Kommentar eines Kollegen, dann fragt sie mich, weshalb er diesen Kommentar gemacht haben könnte, wo mein Anteil daran liege und wie ich darauf reagiert habe. Das verändert meine Sicht aufs Ganze und zeigt mir auf, dass ich etwas tun kann. Was genau, wird dann besprochen und hängt ja von Situation und Person ab.«»Aha, und das hilft dir dann?«, fragt Tanja vorsichtig und schaut mich von der Seite an. »Zumindest werde ich ruhiger im Umgang mit gewissen Themen und kann bestimmte Situationen, in denen ich normalerweise überreagiere oder sofort das Schlimmste denke, besser annehmen. Allein ihre Bestätigung, dass es richtig ist, etwas gegen die Lethargie und miese Stimmung zu tun, hilft ungemein. Sie ist da, hört zu und nimmt meine Gefühle und Gedanken sogar noch ernster als ich selbst. Das ist manchmal alles, was ich brauche. Es macht frei, weil ich den Mist loswerde und gleichzeitig das Gefühl habe, er geht nicht verloren. Frau Hegel wird schon wissen, wozu er in meinem Leben gut ist, ob zum Düngen, Kompostveredeln oder Erzeugen von Bio-Gas. Ich lade ihn bei ihr ab, weil sie die Mist-Expertin ist und nicht ich«, sage ich im lockersten Klara-Tonfall und trotzdem gelingt es mir nicht so gut wie sonst, hinter einer saloppen, bildhaften Ausdrucksweise zu verbergen, dass es mir wirklich nicht gut geht. Tanja scheint das aber gar nicht wahrgenommen zu haben: »Ha ha und bekommst zum Tausch eine lustige Brille! – Hört sich jedenfalls nicht einfach an. Gut, dass es dafür eine Ausbildung gibt und Menschen wie Frau Hegel, die sich damit auskennen.« Wir haben inzwischen längst die Schwimmbadtore passiert und stehen vor Tanjas Fahrrad. Ein rostiges, altes Ding. Dass die rissigen Gummiarmaturen am Lenkrad noch nicht abgefallen sind, ist mehr als erstaunlich.

»Und warum ist deine Brille nun orange und nicht gelb oder rosarot?«»Wow, du hast ja richtig aufmerksam zugehört! Orange, sagt Frau Hegel, wirkt aufbauend, steigert die Motivation, Freude und den Sinn für Humor. Gelb vermittelt zwar Heiterkeit, aber auch Unruhe, wird ihm nun Rot hinzugemischt, tendiert es also zum Orange, verbindet sich die frohe Farbbotschaft mit Ruhe. Für jede Stimmung gibt es eine Farbe. Frau Hegel ist da Spezialistin. Sie arbeitet mit den Brillen schon seit Jahren und hat schon einigen damit geholfen. Diese Farben verändern im Übrigen nicht gleich dein ganzes Leben, sondern lindern nur die dumpfe Stimmung, wie ne Tablette.« Tanja setzt sich auf den eckigen Fahrradständer, der mindestens so rostig ist wie ihr Rad. »Mein Gott, was ist das denn Abgedrehtes? Farbpsychologie hin, Farbpsychologie her, ganz ehrlich, glaubst du wirklich, dass du nur dieses Ding da aufzusetzen brauchst und schon fängst du an, mehr Lust auf alles zu haben und anstatt traurig in die Welt zu blicken, draufloszulächeln? Hab ich jedenfalls nichts von gemerkt. Gelb vor Neid werd ich auf das Brillenmonster jedenfalls nicht. Wenn deine Spezialistin da mal nicht das Blaue vom ….«»Himmel herunterlügt«, vollende ich, füge aber hinzu, »probieren geht über studieren, meine Liebe.« Nun gut, ich kann Tanjas Reaktion verstehen. So habe ich meine Oma auch angesehen und laut aufgelacht, als sie mir Frau Hegel empfahl. Ich habe mich lange geweigert, dort einen Termin zu machen. Mir mit einer Psychologin und psychologischer Lebensberatung zu kommen! Mit einer, die mit Unbewusstem, emotionalen Schutzreaktionen und gar noch Rollenspielen arbeitet, am Ende noch mit Spiritualität! Ausgerechnet mein Omilein! Die es besser wissen sollte, genau weiß, wie ausgesprochen rational ich bin. Und meine Oma hat mich dann auch nicht gedrängt. Sie hat nur gesagt, dass sie das mit meiner anhaltend trüben Stimmung zunehmend beunruhige und sie nicht wisse, wie sie mir da weiterhelfen könne. Was das Eierkuchen backen und einen Schlafplatz angehe, könne ich jederzeit auf sie zählen, aber um aus meinem Jammertal endgültig den Ausweg zu finden, da bräuchte es schon jemand anderen. Und sie wusste, wovon sie sprach. Sie hatte vor ein paar Jahren plötzlichen Haarausfall bekommen, war von Arzt zu Arzt gerannt, doch die hatten sich alle als wenig hilfreich erwiesen: Alle Werte waren in Ordnung. Die Schulmedizin erklärte sie für gesund. Doch der Haarausfall blieb. Also suchte Oma nach Alternativen, sprach mit Freunden und Bekannten, machte sich in Bezug auf alle möglichen und unmöglichen Behandlungsmethoden kundig. Wenn Oma sich was in den Kopf setzt, lässt sie nicht so schnell locker. Und so stieß sie schließlich auf einer Bahnfahrt auf Frau Hegel, die saß ganz zufällig neben ihr, als beide nach Hamburg wollten, Oma zu einer alten Schulfreundin, Frau Hegel zu einem Psychologenkongress. Frau Hegel schlug vor, Oma könne es ja mal mit ihrer Behandlung versuchen, die zahle sowieso die Krankenkasse, da sie deren Richtlinien entspreche und wissenschaftlich anerkannt sei. Frau Hegel ging den Haarausfall dann ganzheitlich an. »Die Haare sind die Krone und Krönung, die Energie- und Kraftquelle der Menschen, Ausdruck für Vitalität, Gesundheit, daher auch betroffen, wenn der Mensch unter großer Anspannung leidet, Ängste hat und Zweifel am Selbstwert«, erklärte Omilein mir und klang ganz anders, als wenn sie mir ihre Hausmittelchen mit einem kategorischen: »Wat mut, dat mut«, verordnete. Meine resolute und bodenständige Oma redete auf einmal so, als sei sie unter die Mystiker und Esoteriker gegangen! Es war die Zeit, als Oma in Rente ging und auf einmal orientierungslos wurde, ähnlich wie ich nach der Ausbildung. Da hatte sie ihren Mann im Krieg verloren, erst eine Tochter allein, dann mich fast allein aufgezogen, immer ihr eigenes Geld verdient und immer allem standgehalten, standhalten müssen und plötzlich war da nichts mehr, dem standzuhalten war. Plötzlich schien sie nirgends mehr gebraucht zu werden, schien alles auch ohne sie zu gehen. Tochter und Enkelin groß genug, um selber allem standzuhalten, andere, jüngere dran, die Arbeit zu machen, die sie so lange gemacht hatte, sie selbst aufs tote Gleis abgeschoben. Wir konnten ihr noch so sehr beteuern, dass das doch gar nicht stimme, wir alle doch gar nicht wüssten, wie wir ohne sie auskommen sollten. Ihre einstige Haarpracht dünnte mehr und mehr aus, bis ihr nur noch ein paar Strähnchen blieben, die sie unter einer Perücke versteckte. Mit diesem künstlich-blonden Haarstyling à la Marlene Dietrich, die sie verehrte, sah sie gar nicht mehr aus wie mein Omilein. Mit den Haaren schien auch sie dahinzuschwinden, immer leiser und dünner zu werden. Bis Frau Hegel ihre Fragen stellte und ihr psychologisch-irrationales Wissen einsetzte. Seitdem schwört Omilein auf diese Frau. Vor ein paar Monaten war dann auch ich so weit. Ich hielt mich ja selber kaum noch aus! Genug des Trübsalblasens, nur Mut gefasst, die Skepsis überwunden und lieber etwas gewagt, was Omilein kann, kann ich schon lange! Und siehe da, seit Monaten habe ich zum ersten Mal das Gefühl, dass sich in meinem Leben wieder etwas tut, naja, vielleicht noch nicht wirklich tut, aber zumindest tun könnte.

Ich setze mich auf Tanjas Gepäckträger und spiele mit meinem Autoschlüssel. Werfe ihn hoch und fange ihn wieder auf. »Pass auf, fang!«, rufe ich ihr zu. »Ey. Ich hab nicht so ne Reaktion wie du mit deinem täglichen Redaktions-training«, Tanja fängt meinen Autoschlüssel überrascht mit ihrer rechten Hand auf. »Also gehst du ab und an zu Frau Seelenklempner und dann geht's dir besser?« »Ja.« »Was gut tut, kann ja nicht schlecht sein.« Ich schaue auf die digitale Uhr-Anzeige auf meinem Smartphone, das ich aus meiner Tasche ziehe. Es ist jetzt eh genug über Frau Hegel gespro-chen worden.

»Du Tanja, ich muss jetzt echt los. Ich hoffe, du denkst jetzt nicht, ich sei so eine Esoterik-Tante geworden.«»Ach Quatsch, dafür bist du viel zu normal«, versichert mir Tanja mit einem überzeugenden Lachen. Ich quäle mich vom Fahrradsessel, der meinem Allerwertesten schon ziemliche Abdrücke verpasst hat.»Los, du bist dran, wirf mir schon meinen Schlüssel zu!« Mit einem wilden Schlenker nach rechts fange ich das gute Stück.»Uff, gerade noch einmal gut gegangen! Nun soll mal einer sagen, wir seien eingerostet.«

Wir umarmen uns. Küsschen links, Küsschen rechts, dann fährt Tanja mit knarzenden Geräuschen, die der alte Ledersitz von sich gibt, um die Ecke. Eine Schönheitskönigin auf einem alten Drahtesel. Was für ein wunderbares Bild! Was für eine tolle Freundin!

Ich steige in meinen betagten, aber farbenfrohen Toyo, der mindestens so knarzt und klappert wie Tanjas Rad und mache mich auf den Weg zu meiner Wohnung. Ach, wenn das, was mich dort erwartet, nur ebenso wunderbar und toll wäre!

Kapitel 2

Nach den ersten zwei Ampeln stelle ich das Radio an. »Goodbye, my Lover. Goodby my friend. You have been the one. You have been the one for me. And I still hold your hand in mine. In mine when I'm asleep«. Ich nehme meine Sonnenbrille ab, fahre auf den Straßen, die ich so gut kenne, und fühle mich von einem auf den anderen Moment wieder allein. Einsam mit meinen Gedanken, allein auf der Welt. Wie kann das sein? Obwohl ich bei Tanja eine große Nähe und Vertrautheit spüre und gerade mit ihr herumgealbert und viel Spaß gehabt habe und auch Frau Hegel da ist, habe ich nach wie vor das Gefühl, dass mich und meine Traurigkeit keiner wirklich versteht. Nicht einmal ich selbst. Dazu will der Sommer mit seinen langen hellen und lauen Abenden gar nicht so recht passen. Ein Junitag, an dem ich früher um die Häuser zog, ein Cocktail hier, ein gutes Gespräch da. Nun will ich nur noch nach Hause.

Endlich dort angekommen, lege ich mich, ohne zu essen und ohne meine Skinny-Jeans und das blauweiß-gestreifte T-Shirt auszuziehen, in mein Himmelbett mit seinen vielen verschiedenen weißen Kissen. Ich starre die Decke an und fühle mich leer. Was macht mich nur so traurig? Wie ans Hamsterrad gebunden, drehen sich meine Gedanken zum gefühlt tausendsten Mal um diese eine Frage. Ich verdiene gutes Geld beim Fernsehen. Meine Arbeit umfasst Dinge, die mir liegen. Ich organisiere die Coachings der Moderatoren für die Hauptnachrichtensendung »Hier und heute«, manage die Zeitpläne und Abläufe zusammen mit dem Moderator, lade die TV-Gäste ein und betreue sie. Trotzdem ist da ein Mangel, nein, nicht nur ein Mangel, eine Verdrossenheit und auch Verärgerung. Alles muss immer viel zu schnell gehen. Immer häufiger passieren Fehler, weil die Zeit zu knapp wird, ich die entscheidende Frage nicht mehr stellen, etwas nicht mehr in die Wege leiten konnte. Heute zum Beispiel: Ich hatte Herrn Springer am Telefon, dessen Frau erst kürzlich an der tödlichen Schlaflosigkeit FFI verstorben ist. Natürlich konnte ich nicht mit der Tür ins Haus fallen. So sprachen wir erst allgemein über Ilse Springer, die Ehe, den Verlust und wie das mit der Krankheit begonnen hatte. Gerade als ich genauer nachfragen wollte, was eigentlich so besonders an der Diagnose, den Symptomen und dem Verlauf der Krankheit sei, warum es so schwer zu ertragen sei, was sie mit dem geliebten Menschen und einem selber mache, da unterbrach mich Margot, weil ich für Marc einspringen sollte. Ihm gehe es nicht gut. Ich musste das Telefonat abrupt abbrechen. Stunden später rief ich noch einmal an, statt Herrn Springer sprach ich jedoch seinen Sohn. Herr Springer sei mit einem Nervenzusammenbruch ins Krankenhaus eingeliefert worden. Unmöglich, in der Situation nun den Sohn wegen der Krankheit seiner Mutter auszufragen. Unmöglich, mir die Zeit zu nehmen, mir wegen Herrn Springers Zusammenbruch Gedanken, ja gar ernstlich Sorgen oder Vorwürfe zu machen. Vor allem nur ein Gedanke: Was sollte ich nur Achim Lahnus sagen? Als Moderator und Aushängeschild unseres Senders »Köbrü Aktuell« rechnete der doch spätestens übermorgen mit meinen zuverlässigen Informationen. Und nun war kein Herankommen an den Witwer für die nächsten Tage! Am Ende wurde der Beitrag gar gestrichen.

Wie war das eigentlich alles so weit gekommen, mit meinem Job, meinem Alltag? Wo waren meine Träume, meine Ambitionen geblieben? Mein berufliches Verantwortungsgefühl gegenüber den Menschen? Hatte ich mir mein Leben nicht einmal ganz anders vorgestellt? Als ich das Abitur in der Tasche hatte? Wie ich mich so vor mir sehe, als 18-Jährige, muss ich doch schmunzeln. Die Welt hatte ich verändern wollen. Am besten sofort. Und berühmt werden oder so. Das waren in der Tat meine Vorstellungen.

Ich beschließe, mich doch auszuziehen, schlüpfe in mein weißes, seidiges Nachthemd ohne Muster und kuschele mich erneut in mein Bett.

Voller Tatendrang war ich arbeiten gegangen. Die Welt schien mir offen zu stehen. Habe mein fettestes Lächeln für eine Promotion-Agentur auf Messen aufgesetzt, für namhafte Firmen wie L'Oréal und große Events wie die Bambie-Verleihung gearbeitet. Kurz nach dem Abitur hatte mich Herman Barstein von der Agentur Wunderbar auf der Straße beim Eisessen angesprochen, Fotos von mir gemacht und mich kurze Zeit später in die Kartei aufgenommen. Mächtig stolz war ich darauf, fühlte mich selbst ebenso toll wie Verena Kehrt und Monica Ivancan, prahlte mit Kaya Yanar vor meinen Freunden, als wäre ich selbst berühmt. Dabei war ich nichts weiter als eine Kellnerin unter all diesen C-bis Z-Promis.

Hat aber gar nicht lange gedauert, da wurde mir klar, dass die nur mit meinem Enthusiasmus spielten, mit derartigen Straßenaktionen an billige Arbeitskräfte kommen wollten. Schischi hier und Schischi da, oh Klara, du bist wunderbar. So ein Scheiß!

Ich habe Durst und stehe noch einmal auf, laufe in die Küche. Den Kühlschrank ignorierend, nehme ich mir eine Flasche Wasser aus der Stiege neben dem kleinen Esstisch.

Ich setze mich, gieße mir etwas vom Wasser in mein benutztes Glas vom Morgen und schüttele den Kopf über meine Unwissenheit von damals: Jedes Mal, wenn mir nach der Arbeit die Hände und vor allem die Füße wahnsinnig weh taten, schwor ich mir, dass es nun endgültig das letzte Mal gewesen sei. Zwanzig Stunden waren wir Kellnerinnen im Einsatz!

Ich stehe auf und gehe, nachdem ich mein Glas erneut mit Wasser gefüllt habe, wieder zu meinem Bett, setze mich auf die Kante. Nach dieser Promotion- und Gastronomieerfahrung wollte ich etwas Vernünftiges machen und bekam nach einigen Bewerbungen schließlich einen Ausbildungsplatz als Kauffrau für Bürokommunikation bei der PR-Agentur Heiligenfeld. In dieser Zeit begegnete ich Thomas Heelig. Er war der gutaussehende, sportlich durchtrainierte Bruder eines Redakteurs der Agentur. Ich fand ihn von Anfang an unglaublich anziehend und sehr sexy. Als er eines Tages seinen Bruder zum Kaffeetrinken abholte, fragte ich ihn, ob er nicht öfter vorbeikommen könne, schaute ihm dabei direkt in seine Augen. Sein verlegenes Lächeln zierte ein Grübchen neben dem Mundwinkel. »Was hast du denn davon?«, fragte er und wurde sichtlich rot. Ich sagte ihm selbstbewusst, dass ich es begrüßen würde, einen schönen Mann wie ihn öfter zu sehen. Oh Mann, wie offensiv ich Männern gegenüber einmal war! Und wozu hatte es geführt? Ich starre mein Wasserglas an, beobachte die kleinen Bläschen am Rand.

Tatsächlich wollte Thomas mir weiterhin gefallen und schob mir irgendwann seine Telefonnummer zu. Ich ließ ihn, frei nach dem Motto: »Willst du gelten, mach dich selten«, zappeln und rief erst anderthalb Wochen später bei ihm an. Er war so aufgeregt, dass seine Stimme bebte, und ich fand das extrem süß. Wir verabredeten uns für einen Kinoabend in der Kammerbühne. Ein modernisiertes altes Kino mit gemütlichen Sesseln und kleinen Tischchen. Wir sahen einen Überraschungsfilm. Die Geschichte um die blauen Avatare. Erleichtert lächelten wir einander im Halbdunkel zu: Glück gehabt, das war was für uns beide. Unsere Berührungen im Dunkeln fielen nicht so auf. So cool ich ihm gegenüber bisher aufgetreten war, als wir in dem Loveseat-Sessel ohne Armlehne zwischen unseren Körpern nebeneinander saßen, ging mir die Pumpe und die Schmetterlinge flogen nur so durch meinen Körper. Irgendwann streichelte Thomas meinen Arm und noch während des Films küsste ich ihn zum ersten Mal.

Das ist nun vier Jahre her. Schmetterlinge im Bauch oder gar im ganzen Körper habe ich erst immer seltener und schließlich gar nicht mehr gehabt. Wir sehen uns drei- bis viermal in der Woche, essen gemeinsam zu Abend, meistens in meiner Wohnung, Fastfood oder einfache deutsche Gerichte wie Pellkartoffeln und Quark, Thomas trinkt Wasser ohne Sprudel, ich Cola. Wir sitzen in meiner Küche.»Wie war dein Tag?«»Gut und bei dir«»Auch o. k.« Immer das Gleiche wie bei einem alten Ehepaar. Wir sprechen mehr über die Fakten als über unsere Gefühle. Im Grunde erlebe ich in unserer Beziehung nur noch dann mehr, wenn es zum Streit kommt. Der eine verletzt den anderen. Das kommt immer häufiger vor. Die Türen fliegen meistens durch meine schwungvoll-zornige Hand ins Schloss. Und dann ist Funkstille. Wir vermeiden vermutlich beide, mehr von uns preiszugeben. Fühlen uns jeweils vom anderen nicht verstanden. Eigentlich passen wir auch gar nicht richtig zusammen. Er ist ein echtes Sport-Ass, spielt Basketball. Mich interessiert Sport hingegen nicht die Bohne. Und anstatt dass mich sein athletischer Körper erregt, rieche ich den Schweiß. Ich gehe lieber ins Kino. Doch die Zeit der Loveseat-Sessel ist vorbei.

»Filme können wir uns doch auch bei dir zuhause ansehen, ist doch viel gemütlicher und intimer«, behauptet er, hat dann aber selten Lust auf die Filme, die mir gefallen, findet Fernsehen überhaupt Zeitverschwendung und was für Sofafreaks oder Schöngeister wie mich. Er ist der große Techniker und studiert Maschinenbau. Ich dagegen verstehe von technischen Themen nur sehr begrenzt etwas, liebe aber die Malerei, von der er wiederum keine Ahnung hat. Sein Ziel ist es, irgendwann als Ingenieur eine Anstellung zu finden. Er hat viele Freunde, mit denen er Sport treibt oder Playstation spielt. Thomas liebt gutes Essen, Radfahren und elektronische Musik, wohnt in einer WG mit drei anderen Studenten seines Alters, alle einige Jahre jünger als ich, räumt nicht gern auf und putzt ungern. Alles bei ihm ist ziemlicher Studentendurchschnitt, wenn ich es recht bedenke.

Auch am Morgen gibt es nicht viel Gemeinsamkeit. Thomas übernachtet nach dem Essen bei mir und wenn ich aufstehe, ist ihm das viel zu früh. Mein Morgenritual besteht aus einem frischgebrühten Kaffee und Cornflakes mit Milch. Dreißig Minuten brauche ich für alles, Zähneputzen und Anziehen inklusive. Die Klamotten aus dem Schrank im Schlafzimmer ziehend, schaue ich neidisch auf den schlafenden Thomas und ärgere mich: Schöner Freund! Kümmert ihn kein bisschen, dass ich jeden Morgen um halb acht aus dem Haus muss, allein frühstücke, mir den zweiten Kaffee im Laden Coffeelatte, an dem ich auf dem Weg zur Arbeit vorbeifahre, hole, um auch diesen ohne ihn zu trinken. Der hat ja keine Ahnung, was es heißt, sich seinen Lebensunterhalt selbst zu finanzieren! Der schwänzt ja seine Vorlesungen, wenn er 10 Uhr 30 noch müde ist. Der Arme!

Warum nur bin ich weiterhin mit diesem Typen zusammen? Der mag Tanja ebenso wenig wie ich seine Freunde Tom und Sascha, in meinen Augen zwei spätpubertierende

Machos, die über nichts anderes reden können als darüber, wie viele Frauen sie aufgerissen haben, Telefonnummern zählen und Strichlisten führen. Von Emanzipation haben die offensichtlich noch nie was gehört.

Wie hatte ich in Thomas je einen interessanten, attraktiven Mann sehen, mich auf diese Beziehung einlassen können? Von wegen Traummann. Längst ebenso Asbach wie der einstige Traumjob. An die sechs Wochen Arbeitslosigkeit und vielen Bewerbungen nach meiner Ausbildung zur Bürokommunikationsfrau scheint sich Tanja fast besser zu erinnern als ich. Stimmt schon, das war eine üble Zeit, in der ich froh war, wenn schon keine Arbeit, dann zumindest einen Freund wie Thomas zu haben. Als es dann schließlich auch mit dem Job klappte, schien mir mein Leben perfekt.

Ich hatte mich um die Assistenzstelle der Aufnahmeleitung vom Fernsehsender »Köbrü Aktuell« beworben und war von 98 Bewerberinnen diejenige gewesen, die genommen worden war! Hier waren alle von Anfang an begeistert von mir. Ich passe mit meinem Gespür für spannende Themen, meiner sensiblen Interviewtaktik und meinem haargenauen Zeitmanagement perfekt zu den Kollegen, vor denen ich immer noch Respekt habe, jedoch auch kein Blatt vor den Mund nehme, wenn es kritisch wird. Das haben Margot, die Aufnahmeleiterin, Achim Lahnus, der berühmt-berüchtigte Moderator, der gleich betonte, dass ich vor allem ihm als Assistentin zugeordnet sei, sowie die Redakteure Zedrick Habermann, Leon Busch und Ditmar Anders bereits im Vorstellungsgespräch aus mir herausgekitzelt. Sie haben mit mir Rollenspiele veranstaltet. Zedrick hat dabei nur in der Ecke gesessen und auf seinem Smartphone gescallt. Von dem sieht man in meiner Abteilung eh nicht viel. Er spricht im Prinzip nur mit Achim und will bei Neueinstellungen dabei sein, mehr nicht.

Auch ich war vom Team positiv beeindruckt. Die nahmen mich ernst! Egal, was ich verbockt hatte oder woran ich mich ausprobierte, die anderen, egal ob Margot, Janik, der Kameramann oder Marc, der Toningenieur, sahen mich als eigene Persönlichkeit und hörten zu. So kritisierte mich Margot, mit der ich die Zeitpläne für die Nachrichten-Livesendung erarbeitete, ganz fair, als ich anfänglich nicht besonders gut organisiert war und ungenaue Zeit- und Ortsangaben von mir gab. Am Anfang hatte ich zu große Hochachtung vor dem Medium und ließ mich einschüchtern.

Auf der anderen Seite lobte Margot mich gleich in den ersten Wochen sehr für meine spontane Kreativität, als am Vorabend einer Livesendung von Achim ein wichtiger Studiogast absagte und ich kurzerhand verschiedene regionale Künstler noch am gleichen Abend als alternative Interviewpartner mobilisieren konnte. Ich bereitete die Interviews vor, arbeitete die halbe Nacht. Auch Janik nickte anerkennend, als er von meinem Einsatz erfuhr und sagte am Morgen der Livesendung: »Wir wussten schon, warum wir nur dich wollten.« Achims Reaktionen waren eher verhalten. Er braucht das Lob ständig für sich selbst, hat ein großes Ego. Dennoch ist er live unschlagbar, steckt voller findiger Einfälle, ein großes Talent und Glück für den Sender.

Beim Fernsehen sind die meisten Menschen sehr weltoffen und oft sehr ehrlich und direkt. Das kann natürlich durchaus auch schmerzlich sein und tut nicht immer gut. Doch das ist auf keinen Fall, was mich stört. Ganz im Gegenteil. Ich schließe meine Augen, verschränke meine Arme hinter dem Kopf und atme tief ein und wieder aus.

Nein, auch an den anderen liegt es nicht. Ich mag fast alle in meinem Team, jeden mit seinen Macken, Ecken und Kanten. Margot Zaun ist eine wunderbare Seele. Sie sieht genau, wenn etwas mit den einzelnen Mitarbeitern nicht stimmt, bringt dann Tee oder Kaffee vorbei, legt ihre Hand auf meine Schulter. Ohne dass sie konkret weiß, was die Menschen bedrückt, ich glaube, das will sie auch gar nicht immer, beruhigt sie diese auf eine mütterliche Art und Weise. Janik Heine ist trotz seiner Mitte dreißig ziemlich kindlich in seiner Betrachtungsweise, unverfälscht. Er sieht Bilder hinter der Kamera, die ich so nicht gleich wahrnehme. Genauso sieht er das Leben. Immer noch einmal einen Ticken einfacher. Er ist sehr ehrlich und direkt. Und spricht über den Elefanten, den er gerade zufällig in den Wolken gesehen hat, während einer Autofahrt zum nächsten Drehort. Das ist wunderbar, viel zu selten beim anderen Geschlecht anzutreffen. Wenn er einen Fehler gemacht hat, was selten vorkommt, habe ich immer das Gefühl, ihm helfen zu müssen. Marc Mroseck nimmt den Ton fürs Bild auf. Er ist eher der Handwerkertyp mit breiten Schultern. Er macht einen guten Job, ist immer pünktlich und gibt einem das Gefühl, ohne viele Worte verstanden zu werden.

Mit Achim gestaltet es sich schwieriger. Ich bewundere sein Talent, mit den Menschen ins Gespräch zu kommen, ihnen eigentlich geheime Informationen zu entlocken. Er ist unglaublich kontrolliert, scheint nie nervös zu werden, auch vor großen Interviews wie dem mit Angelique Joline nicht. Da war Achim der erste Moderator, der herausbekam, dass die berühmte amerikanische Schauspielerin von New Orleans nach Los Angeles zurückziehen würde. Kein Wunder, dass die Sendungen mit Achim eine hohe Quote haben. Doch mir steht sein Ego im Weg. Sobald die Kameras aus sind, behandelt er uns andere wie Dienstboten. Ist sein Tee nur noch lauwarm, schreit er sogar Janik an. Er betrachtet mich als seine persönliche Assistentin, obwohl ihm der Sender eine solche nicht genehmigt, und alle haben da mitzuspielen. Viele Menschen am Drehort schütteln den

Kopf, wenn er sich nicht im Griff hat. Ich respektiere ihn aufgrund seines Talents. So grandios wäre ich auch gern. Doch menschlich fällt es mir schwer, ihn zu mögen. Ihn für meine allgemeine Lebensunzufriedenheit verantwortlich zu machen, das ginge sicher zu weit ... Auch Thomas sollte ich nicht zum Sündenbock machen ... wir haben noch immer unsere guten Momente ... haben vielleicht einfach zu lange keinen Urlaub mehr zusammen gemacht, nicht einmal eine Fahrradtour oder eine Wanderung am Wochenende ...

... Thomas und ich wandern durch eine Felsengegend. Nebeneinander und doch jeder für sich. Wir sagen kein Wort, wir schauen einander nicht an, sondern konzentrieren unsere Blicke auf den schmalen Pfad, der steil zwischen den Klüften ansteigt. Rechts und links nacktes Gestein, hier und da etwas Grün, hier und da ein Baum. Ganz in der Nähe stürzt Wasser einen Abhang hinab. Obwohl ich den Katarakt nicht sehe, weiß ich, dass er es ist, dessen Gewalt mir auf die Ohren schlägt. Uns folgt meine Mutter. Sie schreit gegen das Tosen an: »Passt auf euch auf! Ihr meistert das schon alleine! Ich muss noch zu einem Meeting«, und kehrt um. Da weichen die Felswände, schwingen auseinander wie zwei Flügel eines riesigen Tores und wir sind auf einmal in einer ganz anderen Landschaft. Der Pfad schlängelt sich über eine Rasenfläche voller Gänseblümchen, die ein tiefer Wassergraben einfasst. Mir ist, als zöge dieser Graben uns wie Marionetten an einem Faden zu sich, fort vom Pfad, über die Wiese. Thomas und ich schauen einen Moment ins Wasser hinab, dann öffnet Thomas seinen olivgrünen Sportrucksack. Ich merke erst jetzt, dass er ihn die ganze Zeit dabei hat. Er zieht zu meinem Erstaunen meine gesamte Bettwäsche aus ihm hervor, erst das weiße Bettlaken, dann die weißbezogenen Kissen und zuletzt die zwei weißbezogenen Bettdecken, breitet alles am Rand des Wassergrabens aus.

Wie müde ich mich fühle! Wir legen uns nebeneinander hin, schlafen ein ...

Was ist das? Auweia! Ich falle ja. Ich zucke zusammen und wache auf. Bin ich etwa vom Bett gerollt? Saß ich nicht eben noch auf der Bettkante? Nein, ich muss mich hingelegt haben und eingeschlafen sein. Diese Träume sind furchtbar! Wann sind Thomas und ich zuletzt gewandert? Das ist bestimmt über ein Jahr her. Wie komme ich nur auf derartige Träume? Ich setze mich aufrecht hin und bin verwirrt. Wie spät ist es? Halb acht. Gut.

Wo bleibt eigentlich Thomas? Er wollte doch um sieben bei mir sein. Ich ziehe mein Schlafhemd aus und schlüpfe in meine hautenge Lieblingshose. Ganz neu! Sie nennt sich Jeggings. Eine dunkelblaue Mischung aus Jeans und Leggings. Total up-to-date gehe ich in die Küche und bereite das Abendessen vor. Unspektakulär. Es gibt Brot. Zur Feier des Tages schneide ich noch Paprika auf. Sie duftet herrlich frisch genau wie die Gurke, die ich in Sticks verwandle. Quark angerührt. Fertig.

Fünfzehn Minuten später ist Thomas immer noch nicht da. Ich hole mein Telefon aus der Badetasche und wähle seine Nummer. Er geht nicht ran. Dann vertreibe ich mir die Zeit eben mit dem Fernseher und schaue den Rest meiner Lieblings-Telenovela!

Mann, Mann, Mann, in diesen Serien ist nie irgendwem langweilig. Ständig jagt eine Intrige die nächste. Liebe hier, Schnulze da und von Thomas, dem Mann in meinem Leben, fehlt weiterhin jede Spur. Ich rufe ihn noch einmal an. Er geht wieder nicht ans Telefon. Wo steckt er nur? Warum ist er nicht hier bei mir? Warum lässt er mich so warten? Was, wenn ... Meine Atmung wird flacher. Ich spüre, wie die Abhängigkeit sich in mich krallt. Ist er bei einer anderen? Wie ein großes, nachtschwarzes Gespenst stürzt sich die

Eifersucht auf mich. Und das obwohl gar nichts, nicht mal der Sex zwischen uns stimmt! Warum ertrage ich den Gedanken, ohne ihn zu sein, nur so schlecht?

Ich schalte den Fernseher aus und beginne in der Wohnung herumzulaufen, von einem Fenster zum nächsten. Es ist inzwischen halb neun und immer noch kein Thomas in Sicht. Ihm wird doch nichts passiert sein? Ach was, der Mistkerl hat mich einfach vergessen! Na, der kann was erleben! Ich bleibe vorm Küchenfenster stehen, von dem aus ich die Straße im Blick habe. Kommt er da nicht gerade auf seinem BMX-Superrad um die Ecke gefahren, diese Sportskanone? Nein, das ist nur mein Nachbar Klaus, der ist ja ebenfalls bikeverrückt. Erneut laufe ich durch meine Wohnung. Hin und her. Rufe einmal mehr auf seinem Handy an, höre einmal mehr die Mailboxansage: »Hey Guys, ich bin nicht da. Also sprechen nach dem Pieieieieip.« Verdammt. Diese alberne Ansage. Ich beschließe, positiv zu denken, hole meine Brille aus der Handtasche und sehe die Welt sofort in orangenes Licht getaucht. Ich atme tief durch. Es gelingt mir nicht. Das Gespenst »Er-liebt-dich-nicht-wirklich« klebt auf meinem Rücken, krallt seine hässlichen Hände tief in meine Schultern, lastet auf meinem Magen. Ich setze mich wieder auf das Sofa und versuche an nichts zu denken. So sitze ich weitere zehn Minuten einfach da und starre an die Wand.

Tick, Tack, Tick, Tack, höre ich meinen Wecker. Die Stille tut förmlich weh. Ich kann mich nicht gut lange allein fühlen. Auch jetzt fange ich an zu schwitzen, mein Herz schlägt schneller, mein Atem wird flach. Es ist furchtbar. Obwohl ich mit Frau Hegel schon eine Weile daran arbeite, bekomme ich diese Panikattacken einfach nicht in den Griff. Zehn nach neun, 15 nach neun, 20 nach neun, … es klingelt. Ich schaue auf die Uhr, möchte nicht wissen, zum wievielten Male – 27 Minuten nach neun. Ich gehe zur Sprechanlage.

»Ja?«»Ich bin's«, flötet Thomas. Ich sage nichts, betätige den Summer, lehne die Tür an, laufe ins Wohnzimmer und setze mich. Meine Hand fährt langsam über den roten Samt meines Sofas. Tränen rollen über meine Wangen. Ich bin wie gelähmt.

Thomas kommt gemächlich die Treppen hoch, schließlich zur Tür herein: »Hi Schatz!«, schmeißt seine Sportklamotten in die Flurecke und geht auf die Toilette. Ich sage nichts. »Ich bin erst mal kurz im Bad, ja?« Es ist ihm anscheinend egal, ob ich sein »Hallo« erwidere oder nicht. Offensichtlich hat er unser Date total vergessen. Na bestens! Nun höre ich zu allem Überfluss auch noch seinen Urinstrahl. Er uriniert also wieder im Stehen. Dabei weiß er genau, dass ich das nicht leiden kann. Die Spülung geht. Nun wird er duschen. Die Geräusche bestätigen meine Vermutung: Er schiebt den Duschvorhang zur Seite und steigt in meine Badewanne. Die Wanne knarzt unter seinem schweren Schritt. In mir kocht der Puls immer höher, bis zur Schmerzgrenze. Er wird mein Badezimmer wie einen Saustall hinterlassen! Auf die Idee, zumindest das Wasser, das er verbraucht, zu bezahlen, kommt er natürlich nicht. Er ist ja schließlich der Student und ich bin die, die arbeitet. Jetzt reicht es mir! Ich reiße die Tür auf und ziehe den Duschvorhang zur Seite. »Sag mal, findest du das richtig, wie du mich behandelst? Hast du unser Abendessen um sieben total vergessen oder wieso kommst du erst jetzt? Und anstatt dich zu entschuldigen, verschwindest du nach einer kurzen, von der Tür aus zugerufenen Begrüßung sofort in der Dusche! Die im Übrigen *meine* Dusche ist! Es ist *mein* Wasser, das du verbrauchst und *meine* Toilette, die du im Stehen mit deinem Urin vollpinkelst!« Thomas schaut irritiert und schweigt mich an. »Am besten ist, ich gehe erst mal, bis du dich beruhigt hast«, sagt er nach einer gefühlten Ewigkeit, nimmt sich ein Handtuch, trocknet sich kurz ab, zieht sich in Windeseile an und flüchtet mit seiner Sporttasche gen Wohnungstür. »Ach klar! Wenn's ernst wird, haust du ab! Weißt du was? Ich hab für dieses Verhalten nur noch meinen Mittelfinger übrig!«, ich zeige ihm diesen natürlich nicht, dampfe stattdessen wütend in die Küche. Puh! Dem habe ich aber gesagt, was Sache ist! Mein Herz schlägt wie verrückt. Ich schaue aus dem Fenster und sehe, wie Thomas in die Pedalen tritt, um schnell von mir wegzukommen. Ja, hau bloß ab, du Idiot!

Der Gang ins Bad fällt mir schwer. Ich klappe den Klodeckel runter, starre die vielen kleinen Urintröpfchen auf meinen Kacheln und dem Rand meiner Toilette an und beginne mich über mich selbst zu ärgern. Musste ich derart unkontrolliert reagieren? Ihn anschreien, bevor er etwas hätte erklären können? Es duftet nach Lavendel. Schaumreste, die leise knisternd zerplatzen. Ich kann mit Thomas' Arroganz einfach nicht umgehen. Ich habe ihm oft genug gesagt, was ich nicht leiden kann, aber ihn stört das nicht die Bohne. Er macht einfach, was er will. Ich beginne, die Kacheln trocken zu wischen, lasse die Tube des Lavendelschaumbads zusammenschnippen und bringe alles wieder in Ordnung, zumindest äußerlich.

Mein Blick bleibt am Spiegel hängen. Blonde Mähne mit Pony, helle Haut und braune Knopfaugen. Nichts Besonderes, eher langweilig hübsch. Die ersten feinen Fältchen um die Mundwinkel und auf der Stirn, Augenringe und blasse Lippen. Vielleicht bin ich zu unscheinbar für diesen Blödi und sein Ego.

Es gluckst und quäkt in meinem Bauchraum. Durchfall. Meine Hände zittern, als ich die Spüle betätige. Ich verlasse das Bad und hole mir ein Glas Wasser, um mich zu beruhigen. Erwarte ich am Ende zu viel von ihm?

Egal. Ich gehe mit meinem Glas ins Schlafzimmer. Vielleicht kann Tanja mich besser beruhigen als das Glas Wasser. Ich rufe sie an. Sie geht gleich ran und sagt, ohne mich zu Wort kommen zu lassen:»Hi Süße, ich kann gerade nicht, bin in der Spätvorstellung im Kino. Ich ruf dich morgen an. Bye.« So viel zu guten Freundinnen. Also bleibt mir nichts, als mich, nachdem ich mein Kopfkissen aufgeschüttelt habe, in mein Bett zu legen. Doch nicht ohne erst einmal den Laptop hochzufahren. Ich höre mir unzählige traurige Songs an und schlafe, erschöpft, wie ich bin, trotz all des Ärgers und all der Enttäuschung schnell ein und einem Tag entgegen, der mir und Thomas wenig neues Glück zu versprechen scheint.

Kapitel 3

»Guten Morgen, Klara«, klingelt mein Handywecker um halb sieben. Ich fahre mir mit der Hand über die Stirn. Oh Mann, mein Kopf! Los, aufwachen – arbeieieiten! Jetzt! Alles sträubt sich in mir. Ein Schwung und ich sitze. Die erste Hürde ist geschafft. Oh je ... Ach nein ... ich falle zurück in die warme, weiche, wohlige Kuhle meines Bettes. Ich will hier nicht weg! Fühle mich geborgen, vertraut, sicher. Nie wieder aufstehen müssen. Einfach liegen bleiben können ... – Es reicht, Klara, raus aus den Federn!

Ich setze mich auf die Bettkante, atme tief durch und merke, dass ich alles wie durch einen Briefkastenschlitz sehe, undeutlich erkenne ich mich und meine Augenwulste im Kommodenspiegel gegenüber dem Bett. Na toll, und all diese Heulerei wegen einem Mann, mit dem es alles andere als die wahre Liebe ist! Sicher, die große Liebe, die gibt es wohl sowieso nur in Hollywoodfilmen. Trotzdem. Ein bisschen mehr Verständnis und Einfühlungsvermögen und dass er hält, was er verspricht, das ist jawohl nicht zu viel verlangt! Und was den Sex anbelangt, nun ja. Wann haben wir das letzte Mal miteinander geschlafen? Zwei Wochen ist das mindestens her!

Auf Beinen, die sich wie zu weich gekochte Spaghetti anfühlen, wackele ich zur hellbraunen, kleinen Kommode gegenüber meinem Bett. Aus dem heillosen Durcheinander von Socken, Slips, Strumpfhosen und BHs krame ich aus der obersten Schublade zwei weiße Socken hervor. Die passen zu allem. Weißer Slip, schwarzer BH. So betrachte ich mich im Spiegel und sehe ein klappriges, langes Geschöpf ohne viel Hintern und Busen, aber mit tiefen Augenringen. Auweia. Mein Magen stimmt mir zu. Frühstücken ist also heute Morgen nicht drin. So speiübel, wie mir ist, kann ich froh sein, wenn ich den Tag woanders als auf der Toilette verbringe.

Manchmal hoffe ich, Thomas würde nach einem Streit anrufen, um meine Stimme zu hören, weil es ihm genauso schlecht geht wie mir. Undenkbar. Ich atme schneller. Alles beginnt sich zu drehen. Schnell laufe ich in das Bad und setze ich mich auf die WC-Brille. Nach zehn Minuten Sitzen geht es mir wieder etwas besser. Mit meinem Zustand einigermaßen zufrieden, lasse ich kaltes Wasser in das Waschbecken ein. Es plätschert durch den kopflosen, alten Hahn in die Keramikwanne. Ich tauche meinen Kopf samt Haaren ins gefüllte Becken. So, Klara, du musst positiv werden, positiv denken, positiv, positiv, positiv, trichtere ich mir ein, während sich das kalte Nass auf meiner Kopfhaut ausbreitet und die Haut im Gesicht schmerzhaft zusammenzieht. Raus aus dem Becken. Tief atme ich ein, werfe meine Haare zurück, so dass sie gegen die Wand hinter mir klatschen. Kalte Tropfen fallen vom Haaransatz auf meine Schultern. Kurz wird mir schwarz vor Augen. Nachdem ich Gesicht und Schopf abgetrocknet habe, fühle ich mich etwas besser. Wimperntusche und Augenbrauenstift geben meinem Gesicht die Linie, die es braucht. Ach, eins fehlt noch, damit das mit der Positivbeschwörung auch wirklich klappt: Ich hole meine Sonnenbrille und setze sie auf. Die Kontraste verschwinden, mein Blick fühlt sich weich an, als würde er, was er sieht, mit Wattefingern anfassen. Zähneputzen, enge Jeans und Knitter-Shirt über den hageren – pardon, viel zu negativ gedacht, höre ich Frau Hegels Stimme und verbessere: schlanken – Körper und los.

Im Auto überlege ich, ob ich mein Geld eingesteckt habe. Schlüssel und Smartphone sind auch dabei. Der Tag kann losgehen. Ich halte am Coffeelatte am Altmarkt und bestelle schnell meinen Lieblingskaffee: einen großen, doppelten Cappucchino mit viel Espresso und etwas aufgeschäumter Milch. Der geht immer und muss sein. Die Kassiererin an der Theke sieht ähnlich verquollen aus wie ich. Ich lächle ihr zu, als sie mir meinen Kaffee auf die Theke stellt. Sie lächelt zurück und wünscht mir einen schönen Tag. Mit einem kurzen »Ebenso«, springe ich aus dem Laden und laufe zurück zum Auto. Als ich sitze und den Motor starte, denke ich noch mal an Thomas. Wie soll es nur mit uns weitergehen? Ich sollte mich unbedingt mit Frau Hegel treffen, werde sie am besten, sobald ich im Studio bin, anrufen.

Mein Smartphone vibriert. Ich fummele es aus meiner Tasche. »Na, Frau Sagehorn? Wie war ihr Date?« »Gott Klara. Dieser Nachname! Dafür müsste man meine Erzeugerfraktion direkt ausbuhen! Tanja Sagehorn. Supername!« Dann wird es ruhig am anderen Ende: »Wo soll ich bloß anfangen? Also, mein Date, das war Felix. Weißt du, das ist der, von dem ich dir erzählt habe.« »Nein, weiß ich nicht.« »Mann, Klara, du vergisst echt alles! Felix, das ist doch der Typ, den ich seit Wochen zufällig überall getroffen habe, beim Einkaufen, in der Uni, auf einer menschenüberfüllten Party.« Während ich mit dem linken Arm Lenkrad und Handy festhalte, schalte ich kurz einen Gang runter. Das liegt mir überhaupt nicht, Auto fahren und zuhören. Jetzt fällt mir auch die Geschichte mit Felix wieder ein. »Ah ja, von dem hattest du erzählt. Den hast du doch mal angesprochen, hatte der nicht eine Freundin?« »Ja, als wir uns wieder einmal in der Uni über den Weg gelaufen sind und uns so peinlich angeschaut haben, habe ich ihn angequatscht, ob er mal mit mir ausgeht, weil wir uns eh ständig über den Weg laufen. Aber er hat mir einen Korb gegeben, er habe leider eine Freundin. Aber wenigstens hatte er mir seinen Namen verraten«, der Tonfall ihrer Stimme verriet mir ihr Grinsen. »Und nun? Mensch Tanja, jetzt lass dir doch nicht alles aus der Nase ziehen«, runzle ich die Stirn und fahre mir mit der Handfläche über die Wölbungen, die auch immer tiefer zu werden scheinen. Ich fahre viel zu langsam, hinter mir hat sich schon eine Schlange von Autos gebildet. »Du wirst es nicht glauben, sein Nein hat ihm keine Ruhe mehr gelassen, er hat immerzu daran denken müssen, wie attraktiv er mich gefunden habe, und sich geärgert, dass ich ihm auf einmal so gar nicht mehr über den Weg laufe. Schließlich hat er eine Kommilitonin nach meiner Nummer gefragt, natürlich so getan, als habe es etwas mit dem Studium von mir zu tun. Kaum hatte er die Nummer, hat er mich angerufen und sich mit mir zu einem Abend zu zweit verabredet. Richtig romantisch mit allem Drum und Dran, angefangen beim Rosenstrauß. Einfach himmlisch! Ein bisschen blöd ist nur, dass er sich bisher noch nicht getrennt hat. Doch offensichtlich läuft die Beziehung nicht mehr so gut, klingt ganz nach einer baldigen Trennung.«

Moment einmal. Das hieß doch aber, dass … Konnte es etwa sein, dass Tanja sich … Mir schwindelt der Kopf. Ich blinke rechts und halte in einer Parktasche an. »Hast du mit ihm geschlafen?«, frage ich ungewollt laut. Es ist leise am anderen Ende, vermutlich weiß Tanja, wie ich dazu stehe. »Ja?«, antwortet sie unsicher.

Mein Bauch fühlt sich auf einmal so klamm wie einer meiner gebrauchten Waschlappen an. Ich weiß gar nicht, was ich sagen soll. Geht meine beste Freundin einfach so mit einem liierten Mann ins Bett. Plötzlich bin ich wieder das Kind, das bei Bettina Knobloch, einer engen Freundin meiner Mutter, die ich sehr mochte und die mit mir immer Rommé spielte, miterleben musste, wie diese von ihrem Mann Sebastian betrogen wurde. Bettina trennte sich von Sebastian und war daraufhin viele Wochen arbeitsunfähig. Sie zog bei uns ein und weinte viel, wirkte auf einmal oft abwesend und hatte auch keine Lust mehr Rommé zu spielen. Ich stelle mir sofort die Freundin von Felix vor, ihren Kummer, wenn sie wüsste, dass ihr Felix sie betrügt, und solidarisiere mich, trotz der Freundschaft zu Tanja, mit der anderen, der betrogenen Frau.

»Klara? Bist du noch dran?« Im Moment kann ich nicht mehr weiter telefonieren und mir etwas über das himmlische Date anhören. »O. k., Tanja, den Rest erzählst du mir heute Abend, ja? Ich komme gerade auf der Arbeit an und muss rein, bin spät dran, sorry«, wimmele ich meine beste Freundin ab. Sie weiß ja nicht, dass ich mit meinem Wagen mindestens zwei Kilometer entfernt von meinem Büro stehe. »Hm, … aber ich möchte es dir noch mal richtig und ausführlich erzählen. Du sollst keinen falschen Eindruck bekommen, o. k.?« »Ja, lass uns heute Abend noch mal telefonieren. Bis dann, mach dir einen schönen Tag.«

Ich weiß gar nicht mehr, was ich von denen, die mir am nächsten sind, denken soll. Ich habe Thomas vor die Tür gesetzt und Tanja schläft ungezwungen mit einem Typen, der vergeben ist. Ich starte den Motor meines Toyos, erreiche in wenigen Minuten das TV-Haus, sprinte die Treppen zu meiner Aufnahme-Abteilung hoch und hole mir als Erstes eine Wasserflasche aus der Küche. In unserem Großraumbüro begrüße ich Janik und John sowie Margot und frage, ob etwas Wichtiges reingekommen sei. Manchmal nimmt Achim am Abend noch einen Interviewtermin an. Dann muss ich schnell eine Kurzbiografie vom Gast zusammenstellen, ist es eine Autorin, braucht der Moderator eine Zusammenstellung aller von ihr geschriebenen Bücher nach Erscheinungsjahr recherchiert. Manchmal wird ein Rundgang durch unsere heiligen Hallen gewünscht. Meine Aufgabe ist es, unser Studio zu repräsentieren, Fragen zu beantworten und dem zum Interview Eingeladenen ein gutes Gefühl zu geben. Die meisten meiner Kollegen sind Journalisten. Alles andere als ein idealer Job, das ist mir inzwischen klar. Ein im wahrsten Sinne wahnsinniger Beruf mit seinen Arbeitszeiten an Wochenenden, Feiertagen und in der Nacht, seinem ständigen Abgabe- und Zeitdruck. Viele Journalisten sind einsam. Manch einer ersäuft sich in seinem Schicksal, andere nehmen drastisch zu oder ab und sehen ihre Ehen scheitern. Die Medienwelt ist etwas für Genies und Grenzgänger. Als solche erlebe ich viele meiner Kollegen, brillant im Texten, Schneiden und Improvisieren. Sie liefern oftmals hervorragende Arbeit ab, die hochgelobt wird, machen Karriere und steigen auf, nur eines sind viele nicht: glücklich. Denn nach der Arbeit wartet niemand auf sie, zuhause gehen sie meist allein in ihr Bett. Oft trifft sich der ein oder andere daher nachts mit einem der ebenso einsamen Kollegen. Sie besprechen dann ihre Karrieren bei ein paar Bieren, seltener ihren Kummer. Den behalten sie lieber für sich. So bin ich schnell drauf gekommen, was es mit den so genannten Traumberufen auf sich hat – nein, hochgelobt und brillant, berühmt und reich, das ist schon lange nicht mehr das, was ich werden will. Der Preis ist mir zu hoch.

Margot, die gute Seele unserer Abteilung, meint, dass ihr nichts Neues zu Ohren oder auf den Tisch gekommen sei und ich wohl erst mal nichts zu befürchten habe. Puh, bloß gut. Also vorerst keine Panikmache. Das kann mein Team nämlich recht gut: ungeplante Situationen dramatisieren. Alle rennen hektisch durcheinander, zwar weiß jeder, was er zu tun hat, und doch wird mir vom bloßen Zusehen schwindelig. Es gibt fünfzehn Arbeitsplätze im Raum und an jedem lenken große Grünpflanzen vom Durcheinander auf dem Tisch ab. Wahnsinnig unordentlich zu sein, scheint ebenso unabdingbar zum Journalistenimage zu gehören wie die Nachtarbeit. Jeder hat sein eigenes Chaos und fühlt sich pudelwohl darin. Mein Arbeitsplatz, einer der wenigen aufgeräumt wirkenden, ist hinten links, drei Tische vor mir sitzt Margot, die immer als Erste da ist und als Letzte geht. Den nächstenTisch hat seit kurzem John Reckbein in Beschlag genommen, vorher saß dort noch der Redakteur Willy Fein. Der arbeitet nun bei TV Berlin. John hat Journalismus studiert und ist seit zwei Monaten Praktikant bei uns. Er kommt aus den USA und wird wohl ein Jahr hier bleiben. Und direkt vor mir sitzt Micha Heiligenstedt. Einer von denen, dessen Tisch überquillt von Texten, Leserbriefen und Bechern, aus denen er Kaffee extra stark trinkt. Hinter seinem Drehstuhl häufen sich die Pfandflaschen, beklebt mit Etiketten von Energy-Drinks oder Fruchtsäften.

Das Schönste an meinem Arbeitsplatz: Fotos von Omilein stecken in einem grünen Rahmen. Ich nicke ihr beruhigend zu: »Keine Angst, ich schaff das schon«, und denke plötzlich: »Gegen Dich Omilein kommt keine Gute-Laune-Brille an!« Als ich meinen Computer hochfahre, fällt mein Blick auf Thomas, den ich dummerweise ebenso wie Tanja und Isabel auf meinem Mousepad verewigt habe. Ich seufze in mich hinein und spüre den Kloß in Magen und Hals bei dem Gedanken, dass mit Thomas tatsächlich Schluss sein könnte. Was, wenn er sich nicht mehr meldet? Es geht nicht mit, aber auch nicht ohne ihn.

Unentschlossen nehme ich mein Handy zur Hand, lehne mich in meinem Drehstuhl zurück und starre auf das Dialogfeld meines Computers: »Willkommen Klara Blick. Wenn

Sie mit Ihrer Arbeit beginnen wollen, loggen Sie sich bitte ein«. Netter Hinweis. Wer will schon arbeiten! Das Handy lege ich wieder aus der Hand und neben den Bilderrahmen mit den Fotos von Omilein ab. Ich schaue durch die großen Studiofenster. Das Wetter scheint genauso bescheiden wie gestern zu sein.

Na dann werde ich mich mal einloggen. Während mein Rechner hochfährt, drehe ich mein Handy auf meinem Schreibtisch um sich selbst. Es ist echt bescheuert, dass immer ich diejenige bin, die anruft. »Du brauchst ihn nicht. Du bist stark, Klara, du brauchst niemanden, dem du nicht wichtig genug bist«, versichere ich mir selbst. »Klara, ist das dein Ernst? Ohne ihn wärst du viel schlechter dran«, redet die Stimme meiner Mutter in meinem Kopf gegen mich an. Während meine inneren Stimmen erst das eine, dann das andere raten, öffne ich den Kalender von Achim. Er kommt erst um halb elf. Noch ist er bei einem Interview mit der Bürgermeisterin. Über eine Stunde Zeit! Da kann ich ja einmal in aller Ruhe ... doch da habe ich die Rechnung ohne Margot gemacht. Sie kommt angetrabt und winkt mit einem Zettel. Margot ist eine derartig kleine Person, dass bei ihr schnelle, hektische Bewegungen immer sehr lustig aussehen. Sie wirkt dann wie ein aufgebrachter Spatz, der sich nicht beruhigen kann. »Klara, schnell, du musst los! Das Team von Janik hat niemanden für die Tonaufnahmen, Marc hat sich eine Magen-Darm-Grippe eingefangen. Ich habe deine To-do-Liste gecheckt, die Inspektion der Räume und die Führung durchs Studio übernehme ich heute Vormittag. Um circa drei Uhr müsstest du wieder zurück sein. Dann schaffst du es noch, den Zeitplan für heute Abend mit Achim durchzugehen. Los, ihr habt um zehn einen Termin in Freustein.« Ich logge mich schnell aus meinen Systemen wieder aus, schnappe mir meine Strickjacke und Tasche und renne das Treppenhaus herunter. Ach Mist, glatt hätte ich die Recherche zu Lukacz und Weronika Malinowski vergessen! Ich laufe zurück und rufe noch im Treppenhaus: »Du, Margot, besprich bitte noch kurz mit Micha die Zuarbeiten für seinen Nachrichtenblock, da geht's um die Polengeschichte, die musst du dann machen, o. k.?«»Alles klar, mach los jetzt!« Ich wetze weiter wie ein rasender Reporter und hüpfe in den schwarzen Audi von Kameramann Janik mit seinen unbequemen, immer zu kalten Ledersitzen. »Morgen, Janik, alles klar?«, frage ich. »Logisch, bei dir auch?«»Na ja, geht so«, presse ich etwas außer Atem hervor. »O. k., Klara, wenn du willst, kannst du dich noch etwas aufs Ohr packen, wir fahren etwa eine Dreiviertelstunde.« Ich nicke also ein. In Freustein treffen wir den zuständigen Journalisten Karl Mann, einen der freien. Im Studio lässt sich der selten sehen. Laut Kollegentratsch gefällt Karl die Atmosphäre bei uns nicht. Daran wird Achim nicht unschuldig sein. Der duldet nämlich niemanden neben sich. Karl beschreibt Janik, welche Bilder er für seinen Bericht zum Freusteiner Harfenfestival haben möchte. Dann gehen die Interviews los. Ich reguliere Höhen und Tiefen, filtere Hintergrundgeräusche heraus. Das lange Halten des Mikrofonstabs kann echt in die Muskeln gehen. Früher hatte ich immer einen fiesen Muskelkater, dann hat mir Marc ein paar Griffe gezeigt. Vier Stunden später haben wir alles im Kasten.

Im Auto gehe ich meine heutige To-do-Liste durch. Margot müsste ja eigentlich schon zwei Drittel davon erledigt haben. Die ist ein Genie im Managen. Weiß immer genau, woran die zwanzig bis dreißig Studiomitarbeiter im Moment gerade arbeiten. Ohne sie müsste unser Sender wahrscheinlich gleich drei neue Leute einstellen. Ich schätze, dass ich nur noch die Zeitpläne mit Achim durchgehen muss und dann frei für heute habe. Eine Vorstellung, die aufmuntert. Lange her, dass ich freiwillig länger als nötig im Studio blieb, weil ich von allem hier nicht genug bekommen konnte. Mittlerweile habe ich von dem hohen Erwartungsdruck die Nase ziemlich voll. Fortwährend wird die Zeit zu knapp, so dass alles noch schneller als superschnell gehen muss. Oft vergesse ich vor lauter »und das am besten gleich auch noch« zu essen und zu trinken, beim Aufstehen vom Bürostuhl wird mir dann schon einmal schwarz vor Augen. Die Mediziner nennen das Kollaps.

Das Ortseingangsschild nähert sich. Noch circa zehn Minuten und wir werden wieder im Studio sein. Janik versucht mich noch mal zum Reden zu bringen. »Welche Laus ist dir denn eigentlich über die Leber gelaufen? Hast du Sorgen?« Er hat es schon oft geschafft, dass ich mehr von mir preisgegeben habe, als ich eigentlich vorhatte. Aber nein, heute nicht. Es ist wahrlich nicht Janik, dem ich mich im Moment anvertrauen mag, so wie der gerade auf den Wolken mit seiner Freundin Teresa, einer Tanzlehrerin, schwebt! Einer der wenigen, der wie ich in festen Händen ist. Ich fummele an meinen Fingerspitzen herum – dass ich mir das nicht abgewöhnen kann! – und gebe mir einen Ruck: »Ach, weißt du, manche Themen muss man mit sich selbst ausmachen.« Herrjeh, klar, nun ist er enttäuscht. Also frage ich ihn anstandshalber, wie es Teresa geht und ob die Familienplanung voranschreite. Und schon hab ich den Salat. Zwar verschattet nun nichts mehr Janiks so sehr weichen, zu seiner Fürsorglichkeit passende Wangen. Doch dafür entgeht ihm, wie sich meine Züge verhärten, denn so sehr ich mich auch anstrenge, abzuschalten, ich bekomme noch viel zu viel von seinen Liebes- und Glückshymnen mit: „Ach ja, es sei schon nicht zu fassen, wie glücklich er sei … den Kaufvertrag für das Haus, ich wisse schon, sie hätten da doch tatsächlich ihr Traumheim gefunden, eine frisch sanierte Altbauwohnung im dörflich gebliebenen Vorort Woperste, der Kaufvertrag sei abgeschlossen, sie seien sich in allem einig, noch immer so verliebt wie am ersten Tag, Kinder auf jeden Fall, mindestens zwei, wahrscheinlich vier bis fünf ... Ich atme auf, als wir das Studio erreichen. Allerdings nicht lange.

»Das hat de-fi-ni-tiv Konsequenzen!«, höre ich Margot bereits unten an der Treppe brüllen. Oben wird mir schnell klar, wie dick die Luft ist. Klar, ausgerechnet heute muss auch hier alles schiefgehen. Ein Kamerateam, das ich kaum kenne, weil es ziemlich neu ist, hat die frisch gedrehten Bänder für Michas Sendung »Sieh, das Gute liegt so nah« offenbar in dem Restaurant liegenlassen, in dem die letzten Aufnahmen zum Thema: »Gastronomisch rund um Königsbrück unterwegs« gedreht worden sind. Toll, das Wertvollste überhaupt, wenn man Fernsehen machen will! Kein Wunder, dass Margot durchdreht. »Es ist unglaublich, so etwas darf einfach nicht passieren! Nie, nie, nie!« Das Kamerateam versucht zu beschwichtigen, es würde die Bänder holen. »Ach ja, und wozu? Allein für die Autofahrt hin und zurück benötigt ihr mindestens 40 Minuten. Wenn Ihr dann mit den Bändern, die noch von Micha geschnitten und für seine Sendung fertig gemacht werden müssen, kommt, ist ja eh alles zu spät. Jetzt sofort und hier an Ort und Stelle werden die Aufnahmen gebraucht!«

Um mich herum wuselt, schreit und pulsiert es. Hilft ja alles nichts, wer anders als ich ist hier, um Margot zur Hand zu gehen und sich etwas einfallen zu lassen? »Hey, was kann ich tun? Wie können wir improvisieren?« »Tja ... wir brauchen etwas aus dem Archiv, das Micha einfach noch mal einspielen kann. Irgendetwas, was er thematisch in Einklang mit dem Motto seiner Sendung bringen kann. Der ist

ja pfiffig. Der bekommt das schon hin. Etwas zu den Klein-
gärtnern der Umgebung zum Beispiel. Verdammt, da hat
man aktuelles, gutes Material und muss ne miese Sendung
absolvieren, als pfeife man aus dem letzten Archivloch, nur
weil die Idioten es versemmeln!« Was ist schnell zu drehen
und besser als nen archivierter Lückenbüßer? Mein Herz
klopft bis zum Hals. Moment mal, ich glaube, ich habs.
»Margot, wie wär's, könnten wir nicht eine Umfrage zur
aktuellen Frauenquoten-Diskussion machen? Schau, John
hat gerade nicht viel zu tun. Er kann die Interviews führen,
da kann er was dazulernen als Praktikant, und Janik hat,
wie ich weiß, auch nichts anderes mehr heute zu tun und
für den Ton wird sich auch jemand finden. Micha improvi-
siert zu den geführten Interviews dann eine Sendung über
Königsbrück und die Frauenquote.« Margot seufzt, überlegt, trommelt mit ihren Nägeln auf den Tisch. Schließlich
nickt sie es ab und holt in Windeseile Janik und John. »O. k.,
Klara, dann mal los!« Hä? Wieso denn ich? Oh nein. Ich
vergaß – wer sollte außer mir derart ad hoc für die Tonauf-
nahme zur Verfügung stehen?

Niemand hat Lust auf diese Hauruck-Aktion. Nicht mal
John. Anstatt sich über die Chance zu freuen, macht es ihm
zu schaffen, dass er noch nie ein Interview geführt hat. Sein
ganzes amerikanisch legeres Selbstbewusstsein, auf das
ich gesetzt hatte, ist dahin. Er wirkt fahrig und supernervös.
Dabei ist sein Deutsch erstaunlich perfekt! Und Janik ist
richtig schlecht drauf. Er hatte gedacht, heute mal derart
früh bei seiner Vorzeigefreundin sein zu können, um ihren
Umzug in die neue Traumwohnung in die Wege zu leiten.
Trotzdem rennen wir die Treppen hinunter und in die Ein-
kaufspassage, die direkt neben dem Studio liegt. John zückt
das Mikro und hält eine Passantin an. »Hallo, wie geht's
Ihnen?«, fragt er die etwa zwanzigjährige Frau. Janik ver-

dreht die Augen und sagt:»Mensch John, mach das Mädel nicht an, frag sie nach ihrer Meinung!«Johns Hände zittern, somit auch das Mikrofon, und er bekommt kein weiteres Wort raus. Die junge Frau kichert und geht weiter.»Oh Mann«, stöhnt Janik,»wird das heute noch was, wir haben keine Zeit! Ich will nach Hause!« John tut mir leid. Das ist wahrlich nicht die beste Ausgangssituation für das erste Interview.»John, lass mal, wir tauschen einfach, ja? Janik, zeige John bitte kurz, worauf er beim Tongerät zu achten hat, wenn ich die Interviews führe«, sage ich kurzentschlossen. Die Lautstärke überwacht der für den Ton Zuständige mit einem kleinen Kasten. Die Ausschläge des sensiblen Geräts dürfen einen gewissen Rahmen nicht über- oder unterschreiten, sonst ist die Qualität des Tons für den Zuschauer nicht gut genug. Nach der Einweisung durch Janik sieht John schon entspannter aus und wirft mir einen dankbaren Blick zu. Dann mal rein ins Getümmel. Für mich ist das kein Problem, ich habe Interviews schon oft genug mal eben so und mit nur einer Viertelstunde Zeit führen müssen.

Ich gehe auf die Passanten zu, stelle mich vor und frage, ob ihrer Ansicht nach überhaupt eine Frauenquote nötig sei, was sie von der aktuellen Diskussion mitbekommen hätten, was sie von ihr hielten und ob sie denken würden, dass mindestens die Hälfte aller Ämter von Frauen besetzt sein sollte. Die Leute sind kurz überrascht, erzählen dann jedoch durchweg bereitwillig, wie sie zur Frauenquote stehen. Die meisten erregt die Aussicht, dass sie im Fernsehen zu sehen sein werden. Das hebt sie aus der Menge heraus. Ich stelle mir vor, wie sie nach ihren Einkäufen Bekannte, Verwandte und Freunde anrufen, höre schon jetzt den aufgeregten Ton in ihrer Stimme, wenn sie ganz beiläufig erwähnen, dass sie heute in einer Sendung zur Frauenquote zu sehen sein werden.

»Uff, alles im Kasten!«, selbst jetzt, da es ihn derart drängt und er verärgert arbeitet, wirken Janiks Bewegungen geschmeidig. Schnell hasten wir zurück ins Studio. Vor Ort drückt Janik das eben bespielte Band einem bereits wartenden Micha in die Hand. Micha verliert kein Wort und läuft schnell in den Schnittraum. Margot ist immer noch genervt von all dem Wirbel und befiehlt dem armen John, mit Micha zu gehen. Er müsse alles erlernen, was hier so laufe, gerade unter Stress. Wenn er dann nach seinem Jahr bei uns immer noch Journalist werden wolle, na dann habe es ihn ganz eventuell tatsächlich genug gepackt, um sich das sein Leben lang anzutun.

Ich schleppe mich zum Kaffeeautomaten und hole mir einen Cappuccino. Zurück an meinem Arbeitsplatz, mache ich erst einmal das Fenster weit auf. Mit einem langgezogenen Uuuufffff lasse ich mich meinen Drehstuhl fallen und atme tief ein und aus. Automotoren, Hupen, gereizte Fahrer- und Fußgängerstimmen: »Grüner wird es nicht!«, »Mensch, nu mach schon!«, »Trödel nicht so rum, Kind!«– eine Idylle ist das nicht, was da zum Fenster hereinkommt. Ach, wäre ich jetzt nur an einem weißen Sandstrand! Während mein Computer hochfährt, wird mein Blick weit und wechselt den Ort. Heiße Luft, die mir über die gebräunte Haut streicht – endlich frei und für mich. Das ist es, was mir fehlt, Freiheit und Gelassenheit, und das jeden Tag. Ich seufze in mich hinein.

Dösend merke ich, wie sich ein Sonnenstrahl durch die dichten Wolken hindurchdrängelt und direkt auf meine Nase fällt. Ein einzelner Lichtstrahl, wie für mich bestimmt! Irritiert schaue ich weg und auf meinen Bildschirm, doch dieser Moment ist so magisch, dass ich wieder hinaufblicken muss, genau in das Licht. Der Sonnenfinger streichelt mir über das Gesicht und ich muss unwillkürlich lächeln.

Ich bekomme eine Gänsehaut. Der Sonnenstrahl scheint auf etwas in mir hindeuten zu wollen, eine helle Stelle, die sich trotz allem in ihrer Klarahaut wohl fühlt. Die Wolken schließen sich wieder. Wer positiv ist, zieht Positives an, sage ich mir im Hegelton und versuche, das Lächeln in meinem Gesicht nicht zu verlieren, während ich mich durch meine Unterlagen arbeite. Mein Blick fällt auf das Foto von meiner Oma. Ich weiß genau, warum ich kein Foto von meiner Mutter auf meinem Schreibtisch stehen habe. Es ist mein Omilein, das mir Sicherheit gibt. Egal, was ist, ich weiß, sie hat mich gern und ist für mich da.

Erst vor Kurzem habe ich mir zur Aufmunterung außerdem ein Mousepad im Internet bestellt, auf das ich mein jeweiliges Lieblingsbild von Tanja, Isabel und Thomas habe kopieren lassen. So klicke ich nun täglich auf meinen zwei besten Freundinnen und auf Thomas herum. Tja, mit meinen Freundinnen habe ich zumindest tatsächlich das Glückslos gezogen. Tanja habe ich mit 15 über Isabel auf einer Party kennengelernt, sie war die Freundin einer Freundin von Isabel. Wir haben uns gleich super verstanden und wir beide schätzen den Rat der anderen. Isabel kenn ich von Kleinkind auf. Sie hat nur zwei Wohnungen weiter im selben Häuserblock im Walderviertel gewohnt, wir sind quasi bis zum neunten Lebensjahr miteinander aufgewachsen. Omilein war nicht nur meine Oma, sondern auch Isabels Immer-da-Oma. Denn ihre eigenen Großeltern wohnten zu weit weg. Die kamen nur hin und wieder mal auf Besuch. So hat Omilein sich oft nicht nur um mich, sondern um uns beide gekümmert. Entweder ist meine Oma zu uns ins Walderviertel gekommen oder wir sind zusammen zu ihr, haben dort oft einige Nächte hintereinander und manch Ferienwoche verbracht. Herr und Frau Heger, die Eltern von Isabel, waren froh und dankbar. Die sahen zwar viel mehr als meine Eltern zu, für ihre Kinder da zu sein – die Hegers, die waren für mich immer sowas wie eine intakte Familie –, aber beide arbeiten bis heute mit massig Überstunden in der Verwaltung des Möbelunternehmens Hanelut und hatten außer Isabel noch die drei Jahre jüngeren Zwillinge Finn und Jonas zu versorgen.

So teilten sich Isabel und ich vom Schulbrot bis zur Oma alles. Die zwei Unzertrennlichen nannten uns alle und Omilein neckte uns manchmal: »Na, Klarabella, wie sieht's bei euch zweieine heute aus? Lust mit mir was zu unternehmen?«

Dann kamen unsere Eltern auf die Idee, aus der Siedlung wegzuziehen. Meine und auch Isabels Eltern hatten den Traum vom eigenen Haus. Raus aus der Mietwohnung und hinein in das Einfamilienhaus mit Garten davor. Nur musste es für Mama natürlich gleich was Nobleres sein. Die hatte über unser kleinkariertes Wohnen schon lange ihre Nase gerümpft. Es sei far behind dem, was sie inzwischen sei und erreicht habe. Unsere Mittelschicht-Wohnung im Neubauviertel am Waldrand entsprach schon lange nicht mehr ihrem Stil und ihrer Karriere, war ihr längst peinlich. Unmöglich konnte sie, die Managerin und Business-Frau von Welt, jemanden zu uns einladen, wenn wir so wenig großzügig, innovativ und modern style lebten. Und mein Vater? Der war selber vom untergeordneten zum übergeordneten Teamleiter in seiner Firma »Comwita« aufgestiegen, himmelte meine Mutter und ihre Visionen an und wollte ansonsten vor allem seine Ruhe haben – und die Möglichkeit, seinen Modellflugzeugen zu frönen.

Mit neun Jahren weg von allem, was uns lieb und vertraut war! Unser Wald, in dem wir unser Baumhaus und unsere Klarabellawelt mit ihren Feenwiesen, Trollhöhlen, geheimen Verstecken und offenen Besucherecken hatten, unser gemeinsamer Schulweg, unsere Plätze in der Klasse nebeneinander, unsere gemeinsame Zeit mit Omilein! Was waren Isabel und ich damals sauer! Ein Riesentheater haben wir gemacht. Half aber natürlich alles nichts. Wir, die ja am Ende noch am meisten zuhause waren, wie wir meinten, zählten gar nicht. Obwohl unsere Eltern natürlich behaupteten, dass sie das alles vor allem für uns taten. Von wegen! Was ich und Isabel damals kein bisschen begriffen: Dass einen nicht ewig glücklich macht, was einmal das Richtige zu sein schien, das ist mir im Moment allzu klar.

Nach unseren Umzügen gingen die Briefe zwischen Isabel und mir erst jede Woche, dann jeden Monat, alle paar Monate, einmal das Jahr und schließlich gar nicht mehr hin und her. Ich ging inzwischen aufs Rosa-Luxemburg-Gymnasium, sie aufs Einstein-Gymnasium, da hatte jede ihre eigene Klassenclique, in der sie wer sein wollte. Ich war ansonsten mehr denn je bei Omilein, wohnte praktisch ganz bei ihr, verabredete mich mit meinen neuen Freundinnen bei ihr. Sie kannte sie alle mit Namen, kannte meine pubertären Sorgen und Zweifel. Meine Eltern nicht. Sie erlebten mich vor allem als aufmüpfig. Mit Mamas Glaspalast konnte ich mich einfach nie anfreunden, verlor mich in seiner Weite und Helligkeit, fühlte mich fremd und allein. Zweimal haben Isabel und ich einander noch besucht und den Unterschied der Welten gespürt, in denen sich unsere Eltern nun eingerichtet hatten. Es gab mir einen Stich, wie mich auf Schritt und Tritt im Haus und Garten der Hegers ein heiles Familienleben anzulachen schien. Isabel und ich drohten uns restlos aus den Augen zu verlieren. Nur wenn Isabel eins ist, dann fürsorglich und beständig in ihrer Zuwendung. So bekam ich, als ich 14 war, auf einmal einen Brief von ihr. Wie es mir und meiner Oma gehe. Sie denke so oft an uns. Ob ich fände, wir seien für Sommerferien bei

Immer-da-Oma zu alt. Es sei komisch, sie habe noch immer das Klarabella von einst im Ohr. Ob sie in den kommenden Sommerferien mal wieder mit mir eine Woche lang bei unserer Immer-da-Oma verbringen könne? Und so stand Isabel am 27. Juli 2005 vor mir und Omilein, kniff die Augen zu schmalen Schlitzen zusammen, genau so, wie sie es schon als Kind getan hatte. Und wir wussten genau, was das bedeutete. Sie wollte etwas ausprobieren, von dem sie nicht sicher war, ob es noch immer gut ging. »Na, das wird aber auch Zeit, ihr zweieine, dass wir uns mal wieder so richtig ausquatschen!«, lachte Omilein und das machten wir dann auch, eine ganze tolle Woche lang.

Irgendwie haben wir es dann geschafft, wieder beste Freundinnen zu werden und auch zu bleiben. Aus Klarabella wurde alsbald das Kleeblatt Tanja-Klara-Isabel und lange Zeit schien unsere Mädchenwelt rund. Isabel hat das erste Semester noch hier studiert und ist dann für ein Auslandssemester nach Liverpool gegangen. Dort hat sie sich in ihren Gerry verliebt und ist geblieben. Mir und Tanja fehlt sie sehr, ein zweiblättriges Kleeblatt, das ist einfach nichts Halbes und nichts Ganzes. Natürlich sind wir noch in Kontakt mit Isabel. Wenn möglich fliegen wir einmal im Jahr zu ihr und sie kommt zwei- bis dreimal im Jahr nach Hause: zu Weihnachten, Ostern und unseren Geburtstagen. Tanja und ich haben im Mai Geburtstag, ich am zehnten, sie am 25., und können daher unsere Partys zusammen feiern. Außerdem telefoniere ich fast wöchentlich mit Isabel. Und manchmal erlauben es unsere Jobs auch, dass wir während der Arbeit miteinander chatten. So werden wir uns zwar nicht fremd, aber dennoch ... »Ach Omilein, Zeit, dass wir uns mal wieder eine Woche lang so richtig ausquatschen, nicht wahr?«, nicke ich dem schiefgelegten Fotokopf meiner Oma zu.

Ich schrecke auf. Ist das Omilein, die mir antwortet? Nein, es ist Margot, die vor mir steht:»Mach Schluss, Klara! Ich seh doch, wie wenig präsent du nur noch bist. Ihr habt heute genug Stress gehabt«, flüstert sie mir ins rechte Ort und streicht mir kurz mütterlich über den Arm. Ach, meine so energische Chefin Margot, sie kann erstaunlich sanft werden, denke ich und packe sofort meine Sachen zusammen. Yeah, endlich nach Hause! Ich freue mich wie ein Teenager. So schnell ich kann, sitze ich in meinem Toyo und in Lichtgeschwindigkeit ist der Wagen vor meinem Haus geparkt.

Während ich über die Straße zu dem Mehrfamilienhaus gehe, in dem ich meine eigene Mietwohnung für mich allein habe, fällt mir erst wieder ein, wie blöd der gestrige Abend mit Thomas verlaufen ist. Nicht ärgern und besser den Augenblick genießen, ist es nicht das, was mir der Sonnenstrahl heute sagen wollte? Hinterm Haus gibt es einen Garten mit mehreren Wäschestangen, unter denen die Kinder manchmal Fußball spielen. Dahinter steht ein großes Trampolin, welches Herr Albert, unser alleinstehender Hausbesitzer, vor drei Jahren aus den Staaten mitgebracht hat. Mit Herrn Albert haben wir Mieter Glück gehabt. Das ist ein ganz Netter, der immer ein Ohr für die Sorgen der Mütter hier im Haus hat. So einer hätte Isabel und mir in unserer Walderviertelzeit gefallen, doch Herr Schrampert war einer von der Ordnung-muss-sein-Sorte. Für den waren wir Kinder nichts als Ruhestörer und Schmutzfinken.»Raus mit Euch! Im Treppenhaus wird nicht gespielt! Wasser und Dreck gehören ebenso nach draußen wie ihr!«, war alles, was ihm einfiel, wenn er uns sah.»Kinder, Wasser, Dreck: Ab nach draußen!«, ist bis heute eines der geflügelten Worte zwischen mir und Isabel.

Kurz entschlossen laufe ich am Hauseingang vorbei und zum Garten. Wahnsinn, was die unteren Mieter aus diesem gemacht haben! Die haben ihren Balkon quasi im Garten und viele Büsche, Blumen sowie einen Bambus angepflanzt. All die Farben und Düfte, sie wecken etwas in mir, sprechen zu mir, lassen eine verborgene Freude anklingen. Was sind Worte gegen solch ein Sommerbild? Wieder ist mir, als sollte mir etwas gezeigt oder klar gemacht werden. Aber was? Ich schüttle den Kopf. Klara, was ist heute nur mit dir los?

Ich gehe zum Trampolin. Anscheinend hat es jemand dekoriert. Es hat ein beigefarbenes Baströckchen bekommen. Wenn man nahe herantritt, kann man sehen, dass der Bast mit Nadel und Faden angenäht worden ist. Von außen können die Kinder nicht mehr unter das Trampolin schauen, somit bildet es ein prima Versteck. Ein Kind bin ich zwar nicht mehr, aber da hier im Garten im Moment niemand zu sein scheint, klettere ich auf das Trampolin und lege mich auf den Rücken. Die schwarze Sprungmatte fühlt sich warm an, von der Sonne aufgeheizt. Die Wärme tut nicht nur meiner Haut gut, sondern auch meinem Herzen. Ich höre den Bast, der leicht von der Luft bewegt wird, schaue in den leicht mit Wolken bedeckten Himmel und sehe Phantasietiere vorbeiziehen: eine Nashornschlange, ein Känguruhkaninchen, einen Monddackel. Einatmen, ausatmen. Das feine Singen des Bastes im Wind hören, die Farben der Blüten riechen, die Wärme der Sprungmatte spüren, mit den Handflächen über den leicht rau gewebten Untergrund streichen ...

Vielleicht ist Thomas gar nicht so schlimm, so egoistisch und selbstverliebt. Vielleicht bin ich diejenige, die ein derart negatives Bild von ihm erschafft. Was kann er dafür, wenn ich nicht allein sein kann, wenn ich Panik bekomme? Ich drehe mich auf den Bauch, auf eine Stelle des Trampolins, die vielleicht noch ein wenig warm ist, denn der Wind wird stärker und ich rieche bereits den kommenden Regen. Dennoch bleibe ich liegen. Etwas zieht in meiner Brust, als habe sich dort etwas verklemmt. Bin ich es denn nicht wert, dass mich jemand wirklich liebt? Ein Tropfen landet auf dem Trampolin, direkt neben meinem Daumen, der nächste auf meinem Handrücken. Immer mehr Regentropfen benetzen die Sprungmatte und mich. Regungslos lasse ich es geschehen. Male mit meinem Finger Tropfen für Tropfen Muster auf die Matte: ineinandergreifende Schlingen, weglaufende Wellen, mir zulaufende Kreisel. Wie der Bast, der eben noch im Wind schwang, zusammenklebt, genauso pappt meine Kleidung an meiner Haut. Die Wärme schwindet aus meinem Körper. Eine Gänsehaut überfährt meine Arme, wandert zum Rücken und von dort bis zu den Beinen hinunter. Mein Augenaufschlag ist langsam, meine Gedanken werden schwerer. Eigentlich will ich nicht fortgehen, hier auf immer liegen bleiben. Den Augenblick festhalten. Wer könnte das?

Wie ich die Treppe zu meiner Wohnung hinaufgehe und Pfützen hinterlasse, muss ich erneut an Hausmeister Schrampert denken: »Kinder, Wasser, Dreck: Ab nach draußen!« Kaum in der Wohnung angekommen, öffne ich die Fenster. Ich versuche noch ein wenig länger die Ruhe des Kindes in mir zu genießen, indem ich am Wohnzimmerfenster stehe, dem Regen lausche und mir nichts aus Wasser und Dreck mache. Schließlich ziehe ich doch meine matschigen Turnschuhe aus, entleere meine abgegriffene, feuchte Tasche, hänge sie an einem Haken über der Badewanne auf, feudele meine feuchte Spur durch die Wohnung auf und fühle mich zunehmend wieder erwachsen. Du olle Hausfrau, du! Jetzt gönn dir erst mal eine Cola!

Ich öffne meinen Kühlschrank und hole mir aus dem separaten Eisfach zwei Eiswürfel heraus. Da die Cola Zimmertemperatur hat, wissen die Eiswürfel nicht, wohin sie sich ausbreiten sollen, sind geschockt und äußern ihr Unwohlsein mit einem Knacken. Herrlich! Die Kohlensäure schäumt nach oben und meine Hand bekommt kleine Wassermoleküle ab. Ich liebe dieses Ritual: nach der Arbeit eine warme Cola über Eiswürfel zu gießen.

Ich schalte das Radio ein und setze mich hin, um gleich wieder aufzustehen, denn die Moderatoren reden mir zu viel Blödsinn. Ich hole mir mein iPhone, schließe es an meine Anlage an, wähle Gitarrenklänge und kann mich nun endlich entspannen. Ich trinke ein paar Schlucke von meiner langsam kälter werdenden Cola. Das Colaglas schwenkend, beobachte ich die Eiswürfel. Es ist wie der Tanz zweier Verliebter. Am Anfang berühren sie sich langsam und zart, und doch bleibt jeder für sich. Jede Berührung entfacht ein Feuerwerk – ein Knacken im Eis. Nach und nach werden die Berührungen sicherer und intensiver, bis die zwei Tänzer sich einander hingeben und ganz miteinander verschmelzen.

Ich lehne mich in meinen Sessel zurück. Manchmal mag ich meinen Kopf einfach nicht, immer muss er denken. Könnt ihr Gedanken mich nicht in Ruhe lassen? Wie in dem Moment, als mich der Sonnenstrahl streichelte? Da waren auf einmal alle Probleme fort aus dem Kopf, keine Traurigkeit, keine Unruhe, Zufriedenheit und Stille. Der perfekte magische Moment. Muss er vergehen? Kann er nicht bleiben und zur Dauer werden? Halt Klara, benutze deine Brille, bevor dich deine Gedanken wieder nach unten ziehen. Langsam glaube ich, dass mich dieses Ding tatsächlich positiv beeinflusst. Ich nehme die Brille von der Kommode im Flur, setze sie auf und lache mich im Spiegel über der Kommode an. Na, wer bist du Schöne denn? Na bitte, über mich selber lachen, das kann ich, oder?

Was für Stärken habe ich eigentlich? Eine der Hausaufgaben, mit denen mich Frau Hegel bis in meinen Alltag hinein nicht loslässt. Meine Schwächen halte ich mir ja oft genug vor, meint sie, stattdessen solle ich mir mal meine Fähigkeiten oder Vorzüge vor Augen halten. Nun gut. Also los, liebe Klara. Ich sei lustig, sagen Tanja, Isabel, Omilein oft und sogar Thomas hin und wieder. Auch ich finde den ein oder anderen Einwurf von mir recht originell. Es freut mich, wenn die Menschen über meine Witze lachen können. Geht doch. Weiter so!

Ich konnte früher gut malen. Verflixt ja. Eine allerdings fragwürdige und mit sehr ambivalenten Gefühlen verbundene Stärke. Dieses Glück, wenn sich meine Stimmung auf einer Leinwand ausdrückte, wenn sich die Heiterkeit eines Augenblicks in den zarten Linien und sanften Farben spiegelte, mein Bild die Stimmung einer sonnigen Wiese voller Schmetterlinge verströmte. Wenn sich die Gewalt eines Gewitters in einem kraftvoll explodierenden Farbfeuerwerk entlud und es dann gar jemanden gab, der vor meinem Bild stand und in dessen Gesicht ich genau das wiederfand, was ich empfunden hatte, als ich es malte.

Nun gut, als Künstlerin bist du wahrscheinlich mehr als ausbaufähig, meine liebe Klara, das weißt du doch. Aber warum solltest du deshalb eigentlich gleich nie wieder malen?

Es hat mir früher geholfen, meine Gefühle der Leinwand anzuvertrauen, weshalb heute nicht auch. Wieso hatte ich es nicht über mich gebracht, meine Pinsel, Farben, meine Palette und die verbliebenen Leinwände wegzuschmeißen? Warum hatte ich den ganzen Kram bei meinem Einzug stattdessen unter meinem Bett vergraben? »Unser Unbewusstes kann uns viel über uns verraten, was unser Bewusstsein nicht wahrhaben will und deshalb tief in uns versteckt hat«, würde Frau Hegel jetzt sicher zu mir sagen. Der hatte ich ebenso wenig von meiner einstigen Malleidenschaft erzählt wie Tanja. Die lernte ich einige Wochen, nachdem ich einen

Schlussstrich unter mein Hobby gesetzt hatte, kennen. Dabei war das Malen doch wohl genau das, was dazu taugte, wieder Farbe in mein Leben zu bringen, ganz wortwörtlich sozusagen. Ich drehe die Musik leiser, trinke den letzten wässrigen Rest meiner Cola und krame mit einem komischen Gefühl zwischen Beklemmung und Euphorie Pinsel, Ölfarben, eine leere Leinwand und eine Mischpalette unter meinem Bett hervor. Alles tatsächlich noch immer vorhanden.

Schnell ziehe ich mich um. Ein altes, weißes Hemd, einst von meinem Vater gemopst, und die alte, graue Schlafanzughose mit Snoopy drauf. Ich muss schmunzeln: Aussehen tue ich wirklich wie eine Künstlerin, mit meiner orangenen Brille, komme da Yoko Ono in Hippie-Kleidung in nichts nach. Die Brille muss nun trotzdem runter.

Ich stelle die Leinwand im Wohnzimmer auf und lege den Boden mit Zeitungspapier aus. Ein grandioser Gedanke, jetzt zu malen! Weshalb habe ich überhaupt derart absolut aufgehört? Nicht zu dem stehen können, was ich gerne mache?

Ich war gerade 15 Jahre alt geworden, als ich an einem Wochenende in meinem Zimmer viele runde, dunkle Kreise malte, die trichterförmig in die Leinwand zu strudeln schienen. In die Mitte setzte ich einen großen Strudel. Mitten in ihn hinein malte ich die Konturen einer Person. Sie war bereits bis zur Hüfte versunken. Von der Hüfte abwärts verliefen feine rote Linien, die wie verschmiertes Blut aussahen. Der Strudel zog nicht nur alles in sich hinein, nein, er wollte es verletzen, bluten lassen, zerstören. Dieser Strudel zeigte, wie ohnmächtig und nichtig ich mich fühlte. Damals hatte ich mich gerade von meinem allerersten festen Freund getrennt und konnte nicht verstehen, dass er nur wenige Tage nach unserer Beziehung schon wieder eine Neue hatte. Das tat entsetzlich weh, riss tief ins Ich.

All meine Not, all meine Verletztheit suchte sich im Bild einen Weg – da stürmte mein Vater in mein Zimmer. Es war eines dieser Wochenenden, die ich mit meinen Eltern verbringen musste, weil Omilein angeblich zu sanft mit mir umgehe und Papa und Mama immer wieder und ganz unberechenbar darauf kamen, dass sie ja noch ein Kind zu erziehen hatten. »Bring bitte den Müll raus, Klara«, forderte Papa mich also auf, ohne ein Wort für das zu haben, womit ich mich gerade beschäftigte. »Und dann gehst du bitte mit Mama einkaufen. Du weißt doch, wie wenig Zeit wir füreinander haben, weil Mama und ich so viel arbeiten müssen. Musst du dich nun auch noch ständig zurückziehen. Wir haben uns das ganze Wochenende nur für dich freigehalten und anstatt das zu schätzen, siehst du zu, uns zu kränken, indem du so tust, als seist du beschäftigt.« »In einer halben Stunde bin ich so weit, in Ordnung?«, knurrte ich zurück. »Nein, meine Liebe, du erledigst das jetzt sofort! Wir haben genug von deinem pubertären Gehabe! Hör endlich mit dieser albernen, vorgeschobenen Malerei auf! Ein bisschen mehr Vernunft können wir von dir in deinem Alter schon erwarten.« »Wie bitte? Albern?« Tränen drückten auf meine Augen. Wut kämpfte in mir mit dem Gefühl, ein Niemand zu sein. Gerne würden meine Eltern mich mehr bei sich haben. Das merkte ich schon. Wie traurig hatte es mich einmal gemacht, dass ihre Arbeit das nicht zuließ. Jetzt war ich jedoch nur froh darüber. Denn offensichtlich war es gar nicht ich, an der ihnen etwas lag. Die hatten nicht das kleinste bisschen Verständnis für mich! Ach, Omilein, was würde aus mir, wenn ich dich nicht hätte? Wenn Papa dachte, ich würde so einfach klein beigeben, dann hatte er sich geirrt: »Ach, und mit Mama einkaufen zu gehen, das ist nicht albern, ja? Die Bilder, die ich male, das bin ich! Aber das versteht ihr nicht. Ihr habt ja nur euch im Kopf und denkt, ich müsste so sein wie ihr. Aber ich ticke eben anders!«»Klara bitte, für wie blöd hältst du mich denn? Das da, das ist doch kein Bild, sondern nur ein pubertärer Protest. Düster und grell. Das kann doch jedes Kind malen. Das soll uns doch nur aufregen. All deine angeblichen Bilder sind so. Nichts als dunkle Farben und zornig dahingeworfene Linien. Das hat doch nichts mit Kunst zu tun!« Das hat mich damals dann doch schwer getroffen. Es erzeugt auch heute noch einen Kloß in meinem Hals.

Während ich meinen Pinsel in der Hand halte und anfange, in meiner purpurroten Farbe zu rühren, rollen Tränen über meine Wangen. Ich fühle mich sehr, sehr klein. Und doch haben damals nicht alle wie mein Vater auf meine Bilder reagiert! Was ist mit meiner Kunstlehrerin, Frau Roter? Die hat von Talent gesprochen, meine Bilder gelobt und mir lauter Einsen auf sie gegeben. Wie konnte mir solch ein Streit mit meinem Vater derartig das Malen verderben? Wie kann es sein, dass seine Auffassung mir mehr bedeutete als die der Lehrerin, die viel mehr von Kunst verstand? Auf einmal ist es nicht mein Vater, sondern Thomas, den ich höre: »Hi Schatz, mach doch nicht aus allem ganz unnötig solch ein Drama. Weißt du, am besten ist, ich gehe erst mal, bis du dich beruhigt hast.« Auch der sieht mich ja gar nicht. Nimmt meine Stimmungen kein bisschen ernst. Hatte er je echtes Interesse an mir? Keine Ahnung.

Ich atme die frische Luft ein, die durchs Fenster hereinweht, wische meine Tränen weg und sage laut und selbstspöttisch in Richtung auf mein Sofa, als ob da jemand säße: »Ihr könnt mich mal, ihr Mannsbilder! Ich mal jetzt noch einmal meinen albernen Strudel!«

So skizziere ich mit meinem Rundpinsel noch einmal, was mein Vater damals als albern bezeichnet hatte. Nur sollte der Strudel dieses Mal nicht schwarz werden. Das viele Schwarz gehörte tatsächlich einer anderen Zeit, einer anderen Phase an. Dass Schwarz die Lieblingsfarbe vieler Jugendlicher ist und sie damit eine Art Weltuntergangsstimmung ausdrücken, ist mir inzwischen sehr wohl bekannt, werter Herr Papa. Nicht nur Frau Hegel interessiert sich für die Farbpsychologie. Achim, unser großer Reporter mit einem Gespür für brisante Themen hatte gerade vor kurzem eine Sendung über die »Farben, die mehr sagen als tausend Worte«, gedreht. Na und? Nur weil alle Jugendlichen ihre Schwarzphase haben, muss jedes schwarze Bild doch nicht gleich pubertär sein! Heute steckt mein Pinsel jedoch bereits tief im Rot, purpurrot wie die Verletzbarkeit, die offene Wunde, die Liebe, die so empfindlich ist. Ich mische eifrig weiße Farbe hinzu, hellrot entsteht, wirft kleine Blasen. Dann mische ich ein Dunkelrot, gebe braune und schwarze Farbe hinein. Viele Schattierungen verpasse ich meinem Strudel, so wird er zu einem Wesen, wie es auch der Mensch ist: lebendig, immer in Bewegung mit seinen dunklen und hellen Seiten. Mein Strudel scheint über den Holzrahmen hinausfließen zu wollen, so wie alles fließt und über die Grenzen hinausdrängt, die ihm gesetzt sind. Eine Energie strömt von mir ins Bild. Ich male und male. Dieses Bild ist nur für mich. Was geht es die anderen an? Es fühlt sich herrlich an, wie das, was in mir steckt, an Form und Farbe gewinnt. Da stehe ich in meinem Wohnzimmer und vergesse alles um mich herum, schaue nicht einmal auf die Uhr, egal, wie die Zeit vergeht, ob es mir morgen an Schlaf fehlen wird. Keine Eile, kein Telefon, kein Vater oder Thomas, der jetzt reinkommt und stört. Nur ich, mein kleiner Raum für mich allein und meine kleine Freiheit, das zu machen, was ich will und mich begeistert.

In das Auge des Strudels, in die Mitte, gebe ich einen schwarzen Fleck, sodass der Eindruck entsteht, dass dahinter nichts mehr komme, ähnlich einem schwarzen Loch im Weltraum. Und fertig. Auf einmal weiß ich, das ist es, mehr Farbe und Energie braucht es nicht. Der perfekte Strudel, in dem alle Verletzlichkeit steckt, die ich aufzubieten habe.

Ich denke an Thomas. Wenn ich doch nur etwas von diesem Glück, sich an dem verausgabt zu haben, was in mir steckt, mit ihm teilen könnte. Wäre er fähig, mich und meine Leidenschaft zu begreifen? Das Display meines Telefons bestätigt, was ich bereits ahnte. Natürlich hat er sich nicht gemeldet. Das Glücksgefühl von eben verpufft über meinem Kopf. Ich sacke in mich zusammen, auf die Knie, auf den Boden. Keiner, der darauf aus ist, mein Glück mit mir zu teilen, keiner der da ist, um mitzuerleben, wie es mir geht, um nachzufragen, wie mein heutiger Tag war. Wie die Eltern so der Freund. Alle nur sich selbst am nächsten.

Ich gehe in die Küche, schließe die Fenster und ziehe mir mein Nachthemd an. Mein Magen knurrt. Ich hole mir ein paar Wiener aus dem Kühlschrank und esse sie kalt, wasche mich, putze mir die Zähne und hole mein iPhone von der Musikanlage. Warum kommt es immer wieder zum Streit mit denen, die wir lieben? Ich möchte mich viel lieber versöhnen als in dieser Anspannung zu leben. Auch Tanja hat sich nicht noch mal gemeldet. Warum hat mich die Tatsache, dass sie etwas mit einem bereits liierten Mann hat, derart verletzt, dass ich unser vertrautes Miteinander riskiere? Sie hat ja Recht: Jeder hat seine Wahrheit. Es ist ihre Entscheidung. Sie macht ihre eigenen Erfahrungen. Es ist nicht an mir, das gut zu finden. Ich bin da, um ihr als Freundin zuzuhören und Rückhalt zu geben, zu versuchen, das Ganze aus ihrer und nicht meiner Sicht zu begreifen. Auch mit Thomas möchte ich, dass es wieder besser läuft. Ich tippe also ein versöhnliches:»Lass uns das bitte klären, damit wir uns nicht länger gegenseitig wehtun. Gute Nacht«, in mein Handy. Ich weiß, dass er nicht antworten wird. So ist er nun mal, aber ich habe ihm gesagt, was nötig war und den heutigen Tag, wie ich finde, erstaunlich gut gemeistert. »Gute Nacht, Klara. Schön, dass du heute gemalt hast«, belobigt mich eine Stimme in meinem Kopf. Und trotz einem mulmigen Gefühl bei dem Gedanken an Thomas hüpfe ich mit einem kleinen, zufriedenen Lächeln ins Bett. Selbst ist die Frau.

Kapitel 4

Früh am Morgen wache ich auf. Es ist halb sechs. So früh stehe ich sonst nie auf! Ich kann einfach nicht mehr schlafen, gehe ins Wohnzimmer und betrachte mein Bild von gestern. Wirklich toll! Wie ein Befreiungsschlag steht es im Wohnzimmer und zieht mich in seinen Bann. Mein Herz klopft. Ich habe etwas geschaffen. Dieser Gedanke beflügelt mich.

»Erstmal duschen!«, beschließe ich, ziehe mein Seidenschlafhemd aus und hüpfe unter die Brause. Fünfzehn Minuten brennt heißes Wasser den schläfrigen Schleier vom Körper. Nach dem Duschen ziehe ich mich an und setze mich vor den Fernseher. Ich zappe mich durchs Frühstücksfernsehen und schaue schließlich das ARD-Magazin: »Schönen Guten Morgen Herr Büser, erläutern Sie doch mal die Veränderungen. Was gibt es denn da Neues?« Während der Rechtsexperte vom Stadium vor dem Urteil des Bundesverfassungsgerichts zum momentanen Stadium gelangt: »Der Vater kann also beantragen, dass er auch das Sorgerecht bekommt«, frage ich mich, was wäre, wenn Thomas und ich uns in unserer verkorksten Beziehung auch noch Kinder wünschen würden. Wären wir überhaupt in der Lage, zusammen ein Kind zu erziehen, hätten wir die gleichen Ansichten, Werte? Unsere Unterschiedlichkeit wäre sicher nicht die optimale Ausgangslage. Gut, dass wir, was die Kinderplanung betrifft, wenigstens ganz und gar einer Meinung sind. Im Moment geht es in unserem Leben um ganz andere

Dinge. Ich blicke auf mein Handydisplay. Keine Antwort! Ich schaue sehnsüchtig auf das Foto des verliebten Paares aus dem Sommer vor vier Jahren. Da waren wir wirklich happy.

Was würde Tanja, der Bauchmensch, zu meinem Streit mit Thomas sagen? Dass ich meinem Gefühl folgen und einen Schlussstrich unter alles setzen soll, was ich nicht mehr will? Entspricht das denn wirklich meinem Gefühl? Ist mein Wollen nicht immer wieder hin und her gerissen zwischen dem, was ich habe, und einem unbestimmten: Da müsse es doch aber noch etwas anderes geben? Und was weiß Tanja schon, wie das ist, eine eigene Wohnung zu finanzieren und sich selbst um den ganzen Haushalt kümmern zu müssen? Die wohnt ja immer noch bei ihren Eltern! Ihre Mama wäscht ihre Wäsche, der Kühlschrank ist immer voll. Sogar die Studiengebühren zahlen ihre Eltern! Da lässt sich bestens dem eigenen Bauchgefühl folgen, sogar in eine recht fragwürdige Liaison hinein. Was weiß Tanja, wie das ist, bereits mit 18 in seine eigene Wohnung ziehen. Klar waren meine Eltern und meine Oma dagegen, als ich, gerade einmal volljährig, so schnell wie möglich in eine eigene Wohnung ziehen wollte. Ich ging ja noch zur Schule und musste nebenher in der Gastronomie arbeiten. Die Zensuren waren auf einmal nicht mehr sehr gut, sondern nur noch befriedigend. Mir war das egal! Ich wollte machen können, was ich wollte, unabhängig sein. Endlich aufstehen, wann ich es wollte. Endlich essen, wann und was ich wollte. Nach Hause kommen, ohne dass Oma oder gar Mama auf die Uhr schauten. War dann ganz schön verdutzt, wie sehr mir die Familie fehlte. Da war ich auf einmal nicht nur unabhängig, sondern auch ganz schön allein mit allem. Hatte mir überhaupt nicht klar gemacht, worum alles sich bisher andere gekümmert hatten. Du liebe Zeit! Von wegen mehr Freizeit und Freiheit! Einkaufen, sauber machen, ständig ging etwas kaputt, musste repariert oder neu angeschafft werden, hatte mich auch ganz schön verkalkuliert, wie schnell ich pleite war, wenn ich mir mal hier und da ein neues T-Shirt gönnte. Ein Wochenende zu wenig gearbeitet – und schon hatte ich wieder keine Kohle. Und kam abends in eine Bude, in der mich niemand erwartete als der Abwasch, der noch gemacht, oder die Klamotten, die noch gewaschen werden mussten. Kein Omilein, keine Mama und kein Papa, bei denen ich loswurde, was mich ärgerte und was ich dringend gemacht haben wollte. Viel öfter als geahnt, klopfte ich bei Mama und Papa an die Tür, um mich mit Kaffee und Kuchen bewirten zu lassen und am Ende nach einer kleinen finanziellen Unterstützung zu fragen.

Heute, mit 24, weiß ich, dass ich mich zwar erwachsen gefühlt habe, es aber mehr brauchte als einen Auszug, um es auch zu sein. Damals habe ich auf mein Bauchgefühl gehört. Doch so glücklich, wie das Gefühl gemeint hatte, hatte mich das keineswegs gemacht. Fakt ist heute wie damals: Ich bin abhängig! Von der Liebe, vom Job, von dem, was andere denken! Ich bin abhängig von der Sicherheit, die mir meine Arbeit, meine Kollegen, Tanja, Thomas und auch meine Eltern geben. Konfrontationen mag ich nicht, wenn ich sie auch nicht vollends scheue, verunsichern sie mich extrem. Mit dem Finger male ich ein Herz, ein Viereck und ein Kreuz auf den samtigen Stoff meines Sofas, wische alles weg und male es erneut. Ich weiß nicht richtig, was ich will vom Leben, aber was ich nicht will, das weiß ich: Ich möchte nicht so sein wie viele andere, die im Strom schwimmend alt werden. Zum Beispiel meine Nachbarin, Frau Kalkscheuer. Ihre Schwangerschaft mit Anfang vierzig wirkte auf mich, als habe sie es endlich zum Quotenkind geschafft. Höre ich sie reden, denke ich oft, dass sie ausnahmslos fremdgesteuert handelt. Der Gesellschaft, ihrem Mann, sie will es allen recht machen. »Es sahen mich viele meiner Kollegen so mitleidig an, ohne Kind, das ging einfach nicht«, erzählte sie mir vor ein paar Jahren im Treppenflur. Nun ist sie fünfzig und rennt zu all den Schulveranstaltungen ihres Sohnes Daniel eher gereizt als genießend. Oder Herr Wagner, der Besitzer unserer Familien-Autowerkstatt, dessen Hund jedes Mal irrsinnig auf mich zuspringt, sich glücklich in den Staub wirft und nach Streicheleien bettelt. Er erlernte den Beruf des KFZ Mechanikers, weil der Betrieb seit Generationen in seiner Familie weitervererbt wird. Als ich letztes Frühjahr einmal warten musste, während die Sommerreifen an meinem Wagen angebracht wurden, erzählte mir Herr Wagner, dass seine eigentliche Leidenschaft die Pflanzen seien. Schon immer gewesen. Er erklärte mir, wann die Gladiolen am besten wachsen und warum die Pflanze Aloe Vera sich in unserem Breitengrad nicht sonderlich wohlfühle. »Wissen sie, Frau Blick, ich wäre gern Landschaftsarchitekt geworden, aber dann hätte mein Vater die Werkstatt, die er wie Generationen vor ihm von seinem Vater übernommen hatte, zumachen müssen. Ich war der Einzige, der in Frage kam, sie zu übernehmen, und wollte ja auch meine Familie nicht enttäuschen.« Obwohl er erstklassiges Handwerk an Autos bewies, seine Werkstatt gut lief und die Kunden seine Arbeit schätzten, hatte ich schon lange die Traurigkeit in den Augen Herrn Wagners bemerkt und mich gewundert. Und richtig, er war nicht glücklich, weil andere als er bestimmt hatten, wer er war. Das wäre nichts für mich. Meine Zukunft liegt noch immer in meiner Hand und nicht in der meiner Familie oder Arbeitskollegen. Oder? Will ich es nicht auch eher den Erwartungen der anderen als meinen eigenen recht machen?

Wie sieht das eigentlich mit meinen Herzenswünschen aus? Was erwarte ich mir von meiner Zukunft? Doch offensichtlich auch mehr oder etwas anderes als ich bereits habe. Ich stehe vom Sofa auf, ohne die Fingerbilder erneut wegzuwischen, krame kniend in der Ablage unter dem Couchtisch einen Bleistift und einen Zettel hervor und liste alles auf, was mir einfällt:

„Ich möchte malen – Kreativität macht mich glücklich und erfüllt mich.

Ich möchte einen Freund, der mich wirklich liebt, wahrnimmt und schätzt. Einen Seelenverwandten, jemanden, der mich mit all meinen Stärken und Schwächen annimmt. Der sensibel ist und merkt, wie es mir geht, mich unterstützt, sexuell befriedigt – und mit mir frühstückt!

Ich möchte mich nicht mehr so allein fühlen mit dem, was ich empfinde und tue.

Die Negativität und Angst, die mich beherrschen, sollen verschwinden!

Ich möchte Geld. – Geld löst keine Probleme, aber es macht unabhängiger, vieles einfacher und sorgenfreier.

Ich möchte reisen. – Ich bin neugierig auf all die Welt, die ich noch nicht kenne, mich reizen andere Länder, vor allem Indien. Die Inder sollen ja eines der glücklichsten Völker der Welt sein und ich möchte wissen und lernen, wie das kommt.

Ich möchte meiner eigenen Kindheit den Traum entgegensetzen, den ich schon, als ich klein war, von einem harmonischen und glücklichen Familienleben hatte.

Ich wünsche mir ein Haus mit großem Garten. – Die Vorstellung, dass meine Kinder später einmal im Garten spielen, während ich drinnen meine Bilder male, erfüllt mich mit Freude."

Ich lege den Bleistift neben das Blatt, schaue mit einem klaren Blick, der meinem Namen zur Abwechslung einmal alle Ehre macht, aus dem Fenster ins Grün der Gartenanlage mit den rostigen Wäschestangen und dem frisch gemähten Rasen hinterm Haus und spüre, wie mein ganzes Gesicht, vom Haaransatz bis hin zu Kinn und Ohren schmunzelt. Das sind doch durchaus Perspektiven, die du da hast! Und das ganz ohne orangefarbener Brille auf der Nase!

Ich hole mir ein Glas eiskalter Milch aus der Küche. Außer der Milch mache ich im Kühlschrank nur noch drei Schokoriegel und ein paar der Brotbeläge aus, die ich eigens für das Abendessen mit Thomas besorgt und in Frischhaltefolie eingewickelt habe. Also für heute Abend reicht das nicht mehr. Mit dem Glas Milch gehe ich zurück ins Wohnzimmer, schaue aus dem Fenster auf die Straße, auf der Frau Kalkscheuer zusammen mit ihrem inzwischen neunjährigen Daniel einen Meerschweinkäfig zu ihrem Auto trägt, und trinke bedächtig kleine Schlucke. Hoffentlich ist das Tier nicht krank. Daniel liebt es, lässt es jeden Sommer im Garten hinterm Haus Klee fressen. Sicher, eines Tages möchte auch ich Kinder haben. Aber das ist noch lange hin. Als Hausfrau und Familienputze sehe ich mich jedenfalls nicht. Da wartet mehr auf mich. Eine selbstbestimmte Klara. Ohne den richtigen Mann wird das sowieso nichts mit dem Familienleben.

In Gedanken tanze ich durch einen großen, blumigen Garten. Ein Super-Typ kommt auf mich zu, echt'n Schmacko, würde Tanja sagen, und wedelt mit Kinokarten:»Liebste, wie schön du bist! Was meinst du, was ich hier habe?« Küssend liegen wir uns in den Armen. Thomas kommt mir in den Sinn und sofort vergehen die allzu schönen und naiven Bilder. Es ist an der Zeit, unsere Beziehung zu klären. Schnell, bevor ich es mir wieder anders überlege, hole ich mein Handy und, um mich hinreichend zu wappnen, meine orangene Brille. Ich setze sie auf, gebe, am Wohnzimmerfenster stehend, Thomas bei den orange eingetrübten Kontakten ein und drücke, sobald sein Name erscheint, auf »Anruf«. Mein Herz klopft wie verrückt. Draußen auf der Straße ist kein Mensch. Wie spät ist es denn eigentlich? Hm, halb sieben. Um sieben fängt Thomas Schicht im Werk an. Er liebt diese Schicht geradezu und schraubt dort als Werkstudent begeistert an Leiterplatten für irgendwelche Flugzeuge herum. Demnach müsste der Langschläfer also schon wach sein. Ich räuspere mich und atme tief durch. »Ja?«»Hallo du«, antworte ich. Stille. Hm … toll. »Hast du meine SMS gestern bekommen?« »Ja«, sagt Thomas so leise, als solle ich es nicht wirklich wissen. »Wie geht es dir?«, frage ich nun ebenso kleinlaut. »Nicht gut«, antwortet er. »Tut mir leid. Wir sollten uns treffen und miteinander reden. Heute Abend, nach der Arbeit?«, ich laufe mit Handy und Milch durchs Zimmer und sinke schließlich ins rote, weiche Sofa ein, während Thomas mich wie ein Kind abkanzelt: »Hör zu, Klara, ich treffe mich nur mit dir, wenn du nicht wieder gleich hochgehst! Es gibt keinen Grund, so auszurasten. Deine Launen sind echt zum Kotzen in letzter Zeit.« Natürlich, bei meinen Fehlern wird er gleich ordinär und seine eigenen sieht er gar nicht! Ich schweige und halte mit Mühe an mich. Wie soll ich da ruhig und gelassen reagieren? »Lass uns heute Abend darüber sprechen, ja?«, insistiere ich schließlich noch einmal. »O. k., wo treffen wir uns?« Thomas' Stimme ist ebenso kalt wie meine letzten Schlucke Milch. »Vielleicht in der Friedrichstraße? Im Gelb?«, überlege ich laut. »Hm … Gut. Um sieben, ja?«»Ja, um sieben, wie vorgestern.«»Jetzt lass das mal, Klara. Ich weiß, dass ich das mit der Zeit verpeilt habe«, nun klingt er zumindest etwas nervös. »Wie wär's denn dann mit ner Entschuldigung?«»Ach komm. Ich werd heut Abend dann schon pünktlich sein und jetzt muss ich los zu meiner Schicht. Weißt du ja.«»Machs gut, bis heute Abend«, sage ich, lege auf und atme tief durch. Phhhh …

War es wirklich richtig, mich heute Abend nach der Arbeit mit Thomas zu treffen? Das Gespräch eben hatte ja nicht gerade gezeigt, wie gut ich mit ihm und seiner Kälte umgehen kann. Seine Einsichtigkeit ist offensichtlich gleich Null. Wenn ich mein Leben dringend aufräumen sollte, war es jedoch vor allem Thomas, mit dem ich anfangen sollte. Thomas' Grundeinstellung, seine Unaufmerksamkeit mir gegenüber – nein, daran lässt sich sicher nichts ändern. Was ich mir in einer Partnerschaft wünsche, würde er niemals erfüllen. So charmant er auch sein kann. Wenn er mich zum Beispiel zu einem Fußballspiel im Stadion überreden möchte. Ja dann schaut er mich durch seine großen braunen Knopfaugen wie ein kleiner Junge an, der ein Eis von Mama will. Und obwohl ich kein Fußballfan bin, kann ich ihm die Bitte selten abschlagen. Ich reibe mir die Stirn mit den Fingern: Wie lang ist es eigentlich her, dass er mich mit seinem unwiderstehlichen Blick gebeten hat, mitzukommen? Monate? Vielleicht gar schon ein Jahr? Selbst dass er mich bei etwas, woran IHM liegt, dabei haben will, ist also nicht mehr der Fall. Wenn ich außerdem an meine Toilettenbrille oder die von Urin benetzten Kacheln denke, kommt jawohl nur eine Lösung infrage und die heißt, sich trennen. Schluss machen. Und schon fällt es mir schwer, ein- und auszuatmen! Die Vorstellung, dass da gar kein Thomas mehr ist, niemand, der zu mir gehört, nimmt mir den Atem. Ich glaube, ich brauche erst einmal meinen Kaffee. Die Situation mit Thomas würde der allerdings auch nicht verbessern. Wozu hatte ich Frau Hegel? Ich sollte mir mal wieder etwas Lebenshilfe bei ihr holen! Hatte ich sie nicht eigentlich bereits gestern aus dem Studio anrufen wollen? Zu dumm, dass ich dann darüber hinweggekommen war.

Drei Rufzeichen abgewartet und schon springt der Anrufbeantworter an: »Leider rufen Sie außerhalb unserer

Geschäftszeiten an. Sie erreichen uns von neun bis zwölf Uhr und von vierzehn bis neunzehn Uhr. Bei wichtigen Anliegen hinterlassen Sie bitte Ihre Rückrufnummer und sprechen nach dem Signal.« Piep.»Ja, hallo Frau Hegel, hier ist Klara Blick, bitte rufen Sie mich doch dringend unter meiner Nummer zurück! Wäre schön, wenn Sie in den nächsten Tagen Zeit für eine Sitzung hätten. Tschüss.«

Ich gehe ins Bad und trockne meine blonden, langen Haare. Die heiße Luft, die unter mein T-Shirt gleitet, ist angenehm. Mein Spiegelbild lächelt mich ernst an. Schnell noch meine Augen mit schwarzem Kajal und Wimperntusche geschminkt und den Jeansminirock aus dem Schrank geholt. Mit meinen dunkelbraunen Cowboystiefeln ist er genau das, was mich heute stärkt. Ich schlüpfe in ein dunkelblaues, längsgestreiftes Tanktop und eine dünne, lange Woll-Strickjacke.»Auf, blondes Wunder«, muntere ich mich auf und renne die Treppen herunter. Den Kaffeeduft bereits in der Nase, sause ich mit meinem türkisfarbenen Blitz durch die Straßen. Toyo am Bordstein abgestellt, Warnblinkanlage eingeschaltet und hinein in mein geliebtes Coffeelatte! Als ich aussteige, fährt ein hellblaues Mercedes E-Klasse-Cabrio an mir vorbei und hupt dreimal laut. Ich visiere den Fahrer, etwa Mitte dreißig, Flieger-Sonnenbrille und schwarze Locken, genau:»Hat der jetzt wegen meinem kurzen Rock gehupt oder weil ich ihm im Weg war?«

Ich beschließe, meinen Cappuccino gleich hier in der Sonne auf der rechteckigen Terrasse des Coffeeshops mit den vielen dunkelgrünen Sonnenschirmen, direkt auf dem Präsentierteller des Altmarktes zu genießen. Für einen kurzen Augenblick strecke ich meine linke Hand aus und lasse die Strahlen durch meine Finger tanzen. In diesem Moment klingelt mein Handy. Ich hole es aus der Tasche meiner Strickjacke.

»Hallo, Frau Blick, wie geht es Ihnen?«»Hallo Frau Hegel, in diesem Augenblick geht es mir gut. Aber mit Thomas gab es Stress und ich bin entschlossen, da endlich etwas zu klären. Haben Sie in den nächsten Tagen Zeit für ein Gespräch?«»Lassen Sie mich kurz in meinem Kalender nachsehen, einen Moment.« Das Blättern von Seiten, ein »Hm«, ein Gekritzel und dann habe ich meine Antwort:»Wenn ich einen Patienten bitte, seinen Termin um eine Viertelstunde vorzuverlegen, kann ich Ihnen sogar heute einen Termin geben, um halb zwei. Die nächsten Tage sieht es eher schlecht aus bei mir. Ich habe ab Freitag Urlaub für zehn Tage.« Uff, so schnell habe ich nicht mit einem Termin gerechnet, aber wenn ich mit Margot spreche und nichts Besonderes anliegt, könnte ich schon hin.»Ich müsste das erst mit meiner Chefin besprechen, aber Überstunden habe ich eigentlich genug abzuarbeiten. Wäre es in Ordnung, wenn ich eine E-Mail schreibe, sobald ich das geklärt habe? Spätestens halb zehn wissen Sie Bescheid.«»Gut, Frau Blick, hoffen wir, dass das klappt. Für den heutigen Tag wünsche ich Ihnen schon einmal viel Freude und Licht.« Oh Mann, wie esoterisch-liebevoll das klingt. Manchmal nerven mich ihre positiv gestimmten Grüße. Doch heute, so in der Sonne sitzend, kommen mir Freude und Licht gerade recht.»Gut, für Sie auch. Tschüss.«»Tschüss.«

Während ich auflege, kommt die Bedienung mit meinem Cappuccino, den ich allerdings mit gemischten Gefühlen trinke, sehr wohl wissend, wie sehr mich die Sitzungen oft aufwühlen und was für eine Konfrontation mit Thomas mir am Abend bevorsteht. Inzwischen ist es acht Uhr, die Straßen und Fußgängerzonen füllen sich langsam mit Menschen, Radfahrern und Autos. Alles und jeder scheint im mediterranen Flair zu schwelgen, das die Sonne verströmt. Ein Moment, so selten wie ein entspannter Strandtag mit

Thomas. So bleibe ich noch sitzen, nippe an meinem Kaffee, fühle mich wie im Urlaub und seit Langem das erste Mal so richtig gelassen und eins mit dem Augenblick. »Dingelingeling Dingdong«, die Musik aus Speedy Gonzales Zeichentrickfilm erklingt. Ja, ja, mach mir ruhig die Stimmung kaputt! Ich fahre in meine Strickjackentasche, deren weiche Wolle meine Hand umschmiegt, und ziehe mein Smartphone hervor. Huch, beim Blick auf das Display erschrecke ich mich, in einer halben Stunde muss ich bei der Arbeit sein. Na ja, für Tanja wird wohl noch genug Zeit sein. »Na, du Beziehungsbombe«, begrüße ich sie. »Hm, hallo, Klara, ich …« Tanja scheint nicht weiter zu wissen, ich sehe förmlich vor mir, wie sie sich Haarsträhnen hinter ihr Ohr zieht, die dort längst sind, während ich mir die Stirn mit den Fingern reibe und nicht zugleich telefonieren und an meinen Fingerkuppen herumfummeln kann. Wie wir alle doch, wenn wir nervös sind, unsere Übersprungshandlungen brauchen! »Bist du irgendwie böse auf mich? Du hast mich so abgewürgt letztens und dann gar nicht noch einmal mit mir telefoniert und deine Begrüßung jetzt …«, setzt Tanja schließlich an. »Ach Tanja, böse? Nein, das nicht, aber irgendwie enttäuscht, wegen der Sache mit Felix. Dass meine beste Freundin so wenig ehrenwert handelt, das gefällt mir nicht, weißt du? Aber ich möchte mich nicht einmischen und werde die Situation so akzeptieren, wie sie ist.« »Ich fühle mich ja auch nicht gut dabei. Einerseits ist es mir schon egal, weil ich endlich mal zum Zuge komme, andererseits ist es einfach nicht fair von ihm«, sagt sie. »Weißt du, Tanja, ich finde es auch nicht fair von dir, Felix' Freundin gegenüber. Stell dir vor, dein Freund betrügt dich, während du dich seiner sicher fühlst. Was denkst du denn, was aus euch auf Dauer wird? Wird er nicht auch dich irgendwann hintergehen, dich durch eine andere ersetzen?«

Am anderen Ende ist es erneut eine ganze Weile still, so dass die Nervosität zwischen uns an Raum gewinnt. »Vielleicht will ich einfach nicht liebenswert und anständig sein. Männer nehmen solche Frauen einfach nicht ernst. Die finden nette Frauen langweilig. Da will ich lieber die Femme fatale sein.«»Tanja, mal ehrlich. Das bist doch gar nicht du. Weißt du nicht mehr, wie du dich noch vorgestern über diese Sahneschnitte im Freibad geärgert und aufgeregt hast? Hör auf dein Herz, Tanja. Das predigst du doch immer.«»Nun mach aber mal einen Punkt. Also erst mal bin ich noch immer die Tanja, die du schon so lange kennst und die schon immer ihre Affären und wechselnden Männergeschichten hatte, wenn auch bisher mit ungebundenen Männern. Und mein Herz sagt mir in der Tat, dass es vielleicht nicht ganz in Ordnung ist, aber auch, dass ich mir die Chance nicht entgehen lassen sollte. Mensch, endlich wieder ein Mann in meinem Leben! Allein war ich lang genug.« Ich kann durch mein Smartphone hören, wie Tanja die Dusche anmacht. Sie wird das Gespräch sicher gleich beenden wollen. Ich reibe mir mit meiner freien, linken Hand den Nacken. Er schmerzt, wie so oft, wenn ich angespannt bin. »Tu, was du für richtig hältst. Ich halte mich da dann also lieber raus.« »Mann, Klara«, lenkt Tanja ein, »ich will mich nicht mit dir streiten. Lass uns besser mal treffen und in Ruhe darüber reden.« »Ja, ich will mich auch nicht streiten, ich habe schon genug Gezanke um mich herum«, sage ich.

Dieses Mal ist die Stille, die folgt, nicht mit Nervosität, sondern mit Verblüffung angefüllt. »Wieso, gibt's Stress mit Thomas?«, fragt Tanja endlich. »Ja, und wie! Ich treffe mich heute Abend zur Aussprache mit ihm.« »Oh je, so heftig dieses Mal? Na, da sollten wir uns erst recht treffen, wir Frauen, und anstatt zu streiten lieber so einen richtigen Mädchenabend mit ›Desperate Housewives‹, Eis, Chips und Tratsch veranstalten! Wie sieht es denn morgen Abend bei dir aus?«»Ja, können wir mal vormerken. Und jetzt muss ich dringend los.«»In Ordnung, Klara, das ist doch was, um sich drauf zu freuen. Hoffe nur, dass wir uns nicht zoffen.«»Na ja, gehört eben auch zu einer Freundschaft, ne? Du, ich muss wirklich dringend in die Redaktion!«»Tschüss und mach dir einen schönen Tag.«»Bye, du dir auch«, ich lege auf, greife in meine Tasche, setze meine orange Brille auf, drehe mich im Aufbruch noch einmal um und winke: »Und du, lieber Marktplatz, mach's auch gut, und du, meine schöne Urlaubsstimmung!«

Mein kleines Auto erwartet mich schräg auf dem Bordstein stehend, wie ich es zurückgelassen habe, und blinkt fröhlich vor sich hin. Das ist das Gute an einer Kleinstadt wie Königsbrück, da fallen so kleine Verkehrsdelikte nicht ins Gewicht, macht hier doch jeder mal. Ich steige in meinen Wagen, schalte den Warnblinker aus, das Radio an und fahre bei offenem Fenster und beschwingter, lauter Soulmusik die paar Straßen weiter zur Funkanstalt. Als ich dort aussteige, kreuzt ein Fahrradfahrer meinen Weg: »Oh la la!« Ich schaue mich um, wem das wohl gilt. Doch er scheint tatsächlich mich gemeint zu haben. Jetzt muss nur noch Margot ein: »Ja, kannst gehen«, murmeln, und alles ist geritzt. Freude und Licht – na ja, ein bisschen mehr Klarheit und Entspannung dank Frau Hegel vielleicht. Das wär schon was. Mit diesen Gedanken spaziere ich auf unser Funkhaus zu, laufe, nachdem ich den Pförtner Jakob Wachenhausen begrüßt habe, die Treppen nach oben und checke, wie alle so drauf sind.

»Ah, Morgen, Klara, wie geht's?«, fragt John mit amerikanischem Kaugummiakzent. Ich glaube, der ist immer noch dankbar, dass ich ihn vor dem Interview gerettet habe. Ja, John ist eigentlich ein Netter und sieht mit seinen markanten

Grübchen, wenn er lächelt, sehr männlich und süß aus. Nur traut er sich zu wenig zu und stellt seine eigenen, wirklich guten Arbeiten zu oft infrage. Er braucht einfach noch mehr Selbstbewusstsein.»Gut, und selbst?«, zwinkere ich ihm zu. »Ach, weißt du, wenn die Sache mit dem deutschen Bier nicht wäre ...«»Ah, verträgst du es immer noch nicht?« John, lachend:»Ich glaube nicht, dass ich und euer Bier noch mal warm miteinander werden.«

Ich erinnere mich gut, wie er vor drei Monaten die Tage nach seinem Praktikanteneinstand mehrere Stunden auf der Toilette verbracht hat. Das reichlich genossene Königsbrücker Bier hatte ihm gezeigt, was es so drauf hatte! Nach seiner ersten erfolgreich über den Sender gelaufenen Kurznachricht, auch Nif genannt, in der der Zuschauer in rund dreißig Sekunden zum Beispiel über einen Unfall auf der Autobahn und dessen Ausgang informiert wird, feierten wir am Abend im Presse-Café. Aus Amerika kannte John bis dahin nur leichtprozentiges Bud light Bier. Nach dem dritten Königsbrücker ging es ihm nicht mehr gut. Er torkelte, verlief sich, als er zur Toilette wollte, in die Restaurantküche und versuchte gute Miene zum bösen Spiel zu machen. Wir kannten ein solches Verhalten von unseren Praktikanten zuhauf. Viele kommen geradewegs vom Studium ziemlich unbedarft zu uns.»Wir kriegen die schon erwachsen«, sagte Achim einmal.

Ich grinse John verständnisvoll zu und laufe zu Margots Tisch. Dort stapeln sich wie immer etliche E-Mail-Ausdrucke, Pressemitteilungen, Polizeiberichte, Zeitungsausschnitte, Papiere aller Art. Dazwischen steht ihre halbvolle pinkfarbene Kaffeetasse mit ihrem weißgeschriebenen Namen darauf. Zwei weitere leer getrunkene Tassen, an denen sich getrocknete Kaffeeränder abzeichnen, hat sie neben dem Telefon versammelt. Am Ende eines Tages kann man auf Margots Tisch mindestens sechs ihrer Kaffeepötte mit den unterschiedlichsten Motiven vom Moin Moin bis zum Berliner Bären bestaunen. Dass hier heute schon gearbeitet wurde, ist offensichtlich, nur Margot ist nicht zu sehen. Im Vorbeilaufen grüße ich Janik und Marc.»Na Marc, wieder einsatzbereit?« Somit entkomme ich der lästigen Tonarbeit! Ich muss unwillkürlich lächeln und sehe im Vorbeilaufen, wie sich kleine Fältchen um meine Augen kräuseln und im großen, dunklen Monitor von Janik spiegeln. Janik und Marc sind ohnehin das unschlagbare Team.

An meinem Arbeitsplatz fahre ich alle relevanten Systeme hoch, checke die Kalendereinträge Achims und hoffe ungeduldig, dass Margot auftaucht. John kommt zu meinem Platz und reicht mir einen Kaffee.»Danke, John, das ist sehr nett. Das Zeug kann ich immer trinken.« Er nickt und macht einen Knicks, wie es kleine Mädchen manchmal tun.»Sag mal, Klara, kann ich dir nicht vielleicht ein bisschen zur Hand gehen? Wie wär's, wenn ich heute mal deinen persönlichen Praktikanten abgebe?«, er streicht dabei mit seinen dünnhäutigen, schmalen Fingern über die Kante meines Schreibtisches. Es braucht einen Moment, bevor ich antworte. Denn zwei Gedanken schießen mir gleichzeitig durch den Kopf:»Moment mal, darf ich das überhaupt, ihm etwas auftragen? Schließlich bin ich nicht weisungsbefugt.« Und:»Da hast du deine Chance, Klara! So kommst du vielleicht wirklich früher hier weg!« John neigt seinen Kopf gefährlich weit nach links, schaut mich immer schräger an, bis es knackt. Dann neigt er den Kopf nach rechts und dreht dabei sein Gesicht nach links. Erneut kracht es in seinem Hals. Was treibt er da? Meine Augenbrauen ziehen sich zusammen:»Also gut, aber lass deinen Kopf schön in Ruhe ja?«Jetzt muss ich ihm noch sagen, was er für mich tun soll:»Hmmm, du könntest vielleicht schon mal durch die Produktionsräume, durch Schnitt und Aufnahme, gehen und die Autorentexte auslegen. Die Reihenfolgen liegen im grünen Schrank, quer über den Gang in der Ablage ›Aktuelle Übertragung‹. Vorher müssten wir dann aber über die Sicherheitsvorkehrungen sprechen.« John willigt ein. Ich erhebe mich von meinem Arbeitsplatz und gehe mit ihm über den langen Gang, zwei Treppen runter, einen weiteren langen Gang entlang und wieder eine Treppe hoch. Hier sind die Produktionsräume. Ich zeige ihm die Fluchtwege im Falle eines Feuers sowie diverse Feuerlöscher, erkläre die Sicherheitsschilder und verschiedene farbige Lampen, besonders im Studio ausgiebig. Natürlich darf hier nirgends geraucht werden! Vor zwanzig Jahren war das allerdings noch erlaubt. Soll vor meiner Zeit auch einen furchtbaren Brand gegeben haben, der das Studio teuer zu stehen gekommen sei: »Doch, wie gesagt, das war, als ich hier anfing.« Es gefällt mir, wie Johns Gesicht meine Ausführungen reflektiert, wie er den Kopf schräg stellt, wenn er aufmerksam und interessiert zuhört und sich bei mit Gefahr verbundenen Themen sein Gesicht leicht anspannt. Er wiederholt manchmal, was ich gesagt habe. Mit dem einen oder anderen deutschen Wort hat er noch Probleme, besonders bei der Aussprache. Dann wiederhole ich es so lange, bis er es nahezu akzentfrei wiederholt. John ist unglaublich gut mit der deutschen Sprache. Müsste ich alles so perfekt in Englisch erledigen, ich würde alt aussehen. Warum verliebe ich mich nie in so einen netten Typen. Oder Tanja? Warum fallen wir immer auf solche Poser herein? »Ach ja, um circa zehn Uhr treffen die Maskenbildnerinnen für Achims neue Talk-Show ›Berühmt und berüchtigt‹ zur Königsbrücker Prominenz ein, die kannst du unten am Empfang abholen und in die Räume führen. Sie sind das erste Mal da und kennen sich hier noch nicht aus. Du kannst dann im Anschluss noch die Veranstaltungstipps auf der Internetseite aktualisieren, die Texte dafür liegen hier neben meinem Rechner«, beende ich mit einem Fingerzeig auf den Stapel aktueller, von mir recherchierter Events meine Anweisungen. Absolut auf dem neuesten Stand und topaktuell zu sein, gehört im Wettkampf um Ansehen und Einschaltquoten zum A und O einer Rundfunk- und Fernsehanstalt.

Ich schicke John los, damit er schön meine Aufgaben erledigt. Mal sehen, was Margot davon hält. Statt der so heiß von mir erwarteten Margot, taucht jedoch erst einmal Micha auf. »Morgen, Klara. Wie geht's, wie steht's? Was macht dein junges Leben«, frotzelt er und schmeißt seine Strickjacke auf seinen übervollen Tisch. »Na ja, es lebt so vor sich hin. Hab Ärger mit Thomas.« Während Micha versucht, sich einen groben Überblick über seine Projektstapel auf dem Tisch zu verschaffen, verschiedene Zettel in die Hand nimmt, um sie gleich wieder wegzulegen, seufzt er: »Ach, Klaralein, der Typ isses nicht. Nicht für dich.« »Na klar, super Tipp von jemandem, der mit seinem Job verheiratet ist!« Micha lächelt nur säuerlich. Verdammt, musste das sein, Klara? Musst du immer gleich so empfindlich reagieren?

Endlich! Oder eher eine Fata Morgana? Margot kommt ausgeglichen durch den Gang geschlendert. Sonst wirkt sie immer gestresst und hoch engagiert. Jetzt scheint sie fast zu schweben und ganz woanders mit ihren Gedanken zu sein. »Hallo Margot, welche Fee hat dich denn heute beglückt, du bist ja gar nicht wiederzuerkennen?« »Meine liebe Klara, stell dir nur vor, ich bin Oma geworden! Pia hat vor vier Stunden ihren Emil zur Welt gebracht.« Ihr rundes Gesicht zeigt mir Lachfalten, die ich sonst selten wahrnehme. Margots Wangen sind leicht rosa und ihr Blick gleicht einer Verliebten. »Ein richtiger kleiner Wonneproppen, sage ich dir! Gestern Abend war ich im Krankenhaus bei Pia und

durfte ihn auf den Arm nehmen. Er hat die ganze Zeit ge-
lächelt.«»Oh wie schön, Margot, das freut mich sehr für
dich! Herzlichen Glückwunsch.«Ich umarme sie spontan
und frage mich, wieso sie uns nach einer kurzen, in der Ar-
beitshektik untergehenden Erwähnung vor Monaten so gar
nichts mehr über die Schwangerschaft ihrer Tochter erzählt
hat. Da arbeiten wir acht bis zehn Stunden täglich zusammen, teilen jede Krisenstimmung auf der Arbeit, aber den
eigentlichen Menschen, sein tägliches Glück und Unglück,
bekommen wir kaum noch mit. Die Luft zittert auf einmal
vor meinen Augen. Nein, so nicht. So will ich nicht weiter-
leben!

»Komm, Kindchen, nun aber ran an die Arbeit«, flüstert
Margot – schon wieder ganz die Alte und auf dem Weg zu
ihrem Schreibtisch, als auch ich mich zu fassen suche und
mühsam nachsetze:»Ähm, hör mal, nun ja, Margot, nicht,
dass du dich wunderst. John wollte mir etwas unter die
Arme greifen und in meinen Bereich des Jobs reinschnup-
pern, da habe ich ihm ein paar Aufgaben übertragen. Ich
hoffe, das war o. k.?« Margot überlegt kurz, fragt, ob ich
ihn hinsichtlich der Sicherheitsbestimmungen in den verschiedenen Studios unterwiesen habe.»Ja klar habe ich das.«
»Hat er die Unterweisung unterschrieben?«, hakt Margot
nach.»Ähhh, ich glaube, das habe ich vergessen.«»Das ist
nicht gut, Klara. Du müsstest die Vorschriften doch mittlerweile aus dem Effeff kennen.« Im Gesicht, Halsbereich und
auf dem Brustkorb Margots breiten sich rot-weiße Flecken
aus. Wo ist die strahlende Oma geblieben?»Entschuldigung,
Margot, war ja keine böse Absicht.«»Na gut, ich hole das für
dich nach. Dass John die verschiedenen Bereiche kennen-
lernt, ist ja nur gut. Kannst den Praktikanten ruhig im
Alleingang ab und zu was zu tun geben. Die sollen so viel
wie möglich lernen und uns unterstützen.« So schnell, wie

Margots Unmutsflecken kommen, verschwinden sie auch wieder. »Was hast du noch auf dem Herzen, Klara, ich sehe doch, dass da noch was ist.« »Na ja, ich würde gern Überstunden abbauen und bereits um die Mittagszeit herum gehen.«

»Lass mich mal kurz schauen, was so anliegt«, mit einem winzig kleinen Lächeln im Gesicht blättert sie im Papierstapel auf ihrem Tisch. Sie schaut auf ihren PC-Bildschirm und klickt ein wenig mit der Maus herum. Ich habe das Gefühl, dass sie mich mit Absicht zappeln lässt. Nach gefühlten fünf Minuten lenkt sie ein: »Ist o. k., kannst gehen.« Ich muss sie noch einmal umarmen. »Margot, jetzt bin ich mindestens so glücklich wie du!« Margot lacht auf und schubst mich sanft in Richtung meines Arbeitsplatzes. Dort schreibe ich als Erstes Frau Hegel eine E-Mail mit meiner Zusage. Pünktlich um halb zehn klicke ich auf »Senden«. Ha, wie versprochen.

Wie ist Margot wohl so als Mutter? Wie wird sie sich als Oma machen? Den Kleinen im Kinderwagen durch den Branitzer-Park fahren? Mit ihm spielen? Wann hat sie für all das Zeit? Was ist das für ein Berufsleben, bei dem wir das, was uns persönlich wichtig ist, außen vor lassen müssen und uns täglich nur noch dafür, dass der Laden effektiv, reibungslos und konkurrenzfähig läuft, einsetzen, interessieren und abhetzen? Gibt es Alternativen? Etwas, was sich für mich richtiger anfühlen würde? Finanzielle Unabhängigkeit und Kinderwunsch, so hat eine kürzliche Umfrage von uns ergeben, seien die zwei wichtigsten Ziele im Leben vieler junger Frauen in Deutschland. Das neue Leitbild der in Vollzeit arbeitenden Mutter übe großen Druck auf sie aus. Da ist sicher etwas Wahres dran und dennoch spüre ich, dass da noch etwas Drittes oder anderes neben eigenem Geld und eigenen Kindern ist, wonach eine Frau wie ich sich sehnen kann. Sollte ich auch darüber erneut mit

Frau Hegel reden? Hatte es nicht sogar etwas mit meinen Auseinandersetzungen mit Thomas zu tun? Doch genug jetzt davon! In den wenigen Stunden, die mir nun noch blieben, war trotz Johns Einsatz noch genug zu schaffen! So mache ich mich an Michas Recherche über die Umgestaltung der Universität. Es wird eine neue Fakultät eingerichtet, ein ganz neuer Forschungszweig, Materialwissenschaften genannt, der sich zum Beispiel damit beschäftigt, ob Autos in der Zukunft mit Wasserstoff fahren werden. Hochspannend für Technikfreaks wie Micha oder auch Thomas, aber weil Micha schon wieder Zuarbeiten für Achim aus dem Ärmel schütteln muss und der Bericht morgen Abend gesendet werden soll, ist es nun an mir vom Thema wenig Begeisterten, den Professor Doktor Kreuzer anzurufen und den genauen Aufbau und Lehrstoff der neuen Fakultät zu erfragen. Welche der von mir reichlich gesammelten Informationen Micha dann für seinen Bericht verwenden wird, wird sich zeigen. Für die Gestaltung seiner Sendungen ist noch immer er zuständig, so sehr Achim auch mittlerweile versucht, uns alle für sich und seine Sendungen einzuspannen.

So telefoniere ich, lese die Veröffentlichungen der Universität, klicke mich durch die verschiedenen Seiten der Uni und schreibe alle brauchbaren Informationen übersichtlich gegliedert in ein Word-Dokument. Das drucke ich Micha aus und lege es zusammen mit allen Originaldokumenten, die ich in einem Ordner übersichtlich abgeheftet habe, auf seinen Platz. Dann schicke ich Micha meine Zusammenfassung per E-Mail und stelle fest: Feierabend!

Viertel vor eins mache ich somit Schluss und gehe in die Suppenbar um die Ecke. Uff, ein Barhocker direkt am Fenster ist noch frei. Schon immer einmal wollte ich die Karotten-Kokos-Suppe, von der Margot so schwärmt, probieren. Langsam bröckle ich das Brot in die Suppe und rühre mit meinem Löffel in der grünen Keramikschüssel umher. Heißer Dampf steigt auf und der exotische Geschmack, den er verspricht, will so gar nicht zu der älteren Dame im geblümten Hemdblusenkleid passen, die einen Kinderwagen durch die Fußgängerzone schiebt. Sie greift in das Netz am Wagen und holt ein helles Brötchen hervor, das sie noch langsamer zerbröckelt wie ich noch kurz zuvor mein Brot. Ihre Bröckel sind für die Tauben und die Bespaßung des Bubs im Wagen, der sicher ihr Enkel und gerade einmal ein Jahr alt ist, gedacht. Er begreift schnell, dass er den verwilderten Straßentauben, die den beiden auf einmal von allen Seiten zufliegen, die Bröckel der Oma zuwerfen soll, quietscht wie ein rosa Spielzeugferkelchen und klatscht in seine Händchen, sobald sich die fetten Tauben auf die Bröckchen stürzen. Stelle mir Margot mit ihren zackigen Bewegungen und ihrem Organisationstalent beim Taubenfüttern mit Enkel vor. Erst als die anderen sich nach mir umsehen, merke ich, wie laut ich aufgelacht habe. Die beiden da draußen hinter der Scheibe wirken auf mich wie eine unserer Werbesendungen. Dabei müssen Omi und ich ähnlich ausgeschaut haben. Jeden Nachmittag machte sie ihre Kinderwagenrunde mit mir, holte mich und Isabel zunächst vom Kindergarten, später von der Schule ab. Wir gingen Hand in Hand Eis essen, Enten füttern, fuhren im Sommer zusammen mit dem Rad durch die Weizenfelder zum See oder harkten im Herbst das Laub zu großen Haufen zusammen, in die sich Isabel und ich mit Anlauf hineinschmissen. Unbeschwert. So war die Zeit mit Omilein für uns.

Die Suppe schmeckt so tropisch wie sie aussieht und duftet kräftig und leicht scharf mit ihrer südlich-asiatischen Note nach Kokospalme, Safran und Ingwer. Während ich löffle, kann ich das Paar auf den Barhockern an der Theke hinter mir streiten hören. Er versucht, sie zu beschwichtigen: »Shhh mein Gott, musst du jetzt so durchdrehen?« Das kommt mir verdammt bekannt vor. Ihm ist die Reaktion seiner Freundin peinlich, deshalb will er die Freundin beruhigen, nicht etwa, weil er Verständnis hat. Er hat einfach keinen Bock auf die Auseinandersetzung. Doch sie lässt sich nicht besänftigen. »Ich lasse mich nicht länger von dir als Dummchen darstellen. Das machst du immer nur, wenn Bernd dabei ist.« Ich kann mich natürlich unmöglich umdrehen, um zu sehen, wer da streitet, bin jedoch ziemlich neugierig und suche das Paar im Spiegelbild des Fensters. Mit gespitzten Ohren blicke ich abwechselnd auf meine Suppe und auf das im Glas flirrende Paar. Sie hat einen schwarzen, eleganten Blazer an, strahlt Geschmack und Weltläufigkeit aus, dunkle Locken fallen ihr auf die Schulter. Eigentlich nicht der Typ Frau, der öffentlich derart laut und privat wird. Er trägt eine sportliche Brille und Polohemd, der durchtrainierte, saloppe Typ, der zu allem einen flotten Spruch hat. Vermutlich trifft sich das Paar in der Mittagspause. New Professionals. Sie wirft die Serviette auf ihren Teller, legt einen Geldschein auf den Tisch, lässt das halbleer getrunkene Weinglas stehen, gleitet vom Barhocker und geht erhobenen Hauptes auf ihren nude-farbenen Highheels, die ich im Augenwinkel nah an meinem Hocker vorbeistelzen sehe, aus der Suppenbar. Er lehnt sich in seinem Stuhl zurück und schüttelt nur genervt seinen Kopf, die Scheibe zeigt ihn eher erleichtert als beunruhigt. War es ihm derart egal, wie wütend sie auf ihn war? War er sich seiner selbst und seiner Beziehung zu dieser Frau derart sicher? Ihr Abgang hatte etwas ausgesprochen Endgültiges gehabt. Wie konnte er da so gelassen sitzen bleiben?

Die Szene hatte mir jedenfalls nicht gerade Lust auf einen Wortwechsel mit Thomas gemacht. Der war doch ganz genau so ein nur auf seine eigene Bequemlichkeit und sein Ego bedachter Kerl, außen als lässiger Champ daherkommend, innen am Ende nichts als ein super uncooler Macho. Wie sollte Frau Hegel da weiterhelfen? Die hatte in vergangenen Sitzungen zu allem Überfluss auch noch Dinge gesagt wie: »Frau Blick, alles was Sie an Ihrem Gegenüber bemäkeln, worüber Sie sich so maßlos aufregen, hat vor allem ganz viel mit Ihnen zu tun. Mit dem, was Sie auf die Palme bringt, haben Sie Probleme, weil es mit nicht wirklich vergangenen Beziehungen zu tun hat oder weil Sie es an sich selbst nicht mögen, also mit von Ihnen noch nicht bewältigten Anteilen und Idealen. Um sich mit dem Gegenüber konstruktiv auseinanderzusetzen, müssen Sie vor allem sich selbst und Ihre eigenen Möglichkeiten annehmen, wissen, worum es Ihnen geht, aber auch akzeptieren, wer der andere und was diesem möglich ist. Sie müssen bestimmte, festgefahrene Beziehungsmuster, aber nicht den anderen verändern wollen.« Innerlich habe ich im ersten Moment die Augen verrollt und doch gespürt, dass was dran ist. Au weia, es ist schon zehn vor halb zwei.

Trotz meiner Skepsis durchströmt mich ein gutes Gefühl, als ich die Wendeltreppe der Jugendstilvilla zu Frau Hegels Praxisräumen im Eilschritt hinauflaufe. Die dunklen Holzstufen knarzen. Es riecht nach Geschichte in diesem Gebäude. Früher hatte diese Villa zum Puschkinpark gehört und wurde von Adligen bewohnt. Kaum bin ich da, komme ich auch schon dran. Frau Hegel öffnet ihren Sitzungsraum und verabschiedet einen großen, schlaksigen Mann mit vollem Haar, der ein dunkelgrünes Hemd zu einer Markenjeans trägt und einen unglaublich wohlriechenden Duft verströmt. Eine Brise vom Meer, sanft männlich, nicht aufdringlich und nicht schwer, wie der frische Atem der Natur. Obwohl das Erscheinungsbild genau das Gegenteil vermuten lassen würde. Ich kann ihn nur kurz sehen, da er mit gesenktem, nachdenklichem Blick schnell fortgeht, spüre aber, wie ich einen Moment innehalte, ihm nachblicke und wissen möchte, wer er ist und was mich wohl derart an ihm anspricht.

»Ah, hallo Frau Blick, schön, dass es noch klappt mit uns«, Frau Hegel sieht mich mit ihren großen, braunen Augen warmherzig an. Ich schüttle ihr die Hand und gehe zum Korbsessel, in dem ich so gerne sitze. Als ich mich setze, merke ich, dass dieser noch ganz warm ist. Der Duft nach Meer, der mir so gefällt, liegt noch immer im Raum. Frau Hegel öffnet die Fenster weit und bietet mir Wasser an. Ich nehme es dankend an und stelle fest: »Ein schöner Duft, den dieser Mann eben trug.« »Ja, er ist edel. Der Mann, sein Geschmack und der Duft«, lacht sie, schließt die Fenster wieder und setzt sich auf den moosgrüngepolsterten Sessel mir gegenüber. Ihr blondes, schulterlanges Haar hat sie heute locker zu einem kleinen Pferdeschwanz gebunden. Eine lose Strähne klemmt sie gelegentlich hinters Ohr. Feine, kleine Fältchen säumen ihre großen, wachen Kulleraugen. Sie trägt wie immer eine graue Leggings mit Spitzenabsatz am Knöchel, darüber ein wallendes, cremefarbenes Long-Shirt, das mit silbernen Fäden durchzogen ist. Sie hat mir mal verraten, dass sie gern zwei, drei Kilos weniger wiegen würde.

»Na, Frau Blick, schlägt Ihre Brille in die positive Richtung an?«, fragt sie mit einer Handbewegung in Richtung meiner Tasche. Diese ist halb geöffnet und ein halbes Brillenglas schaut heraus. »Hm, teils, teils. Vor allem beim Autofahren kommt sie gut!«, antworte ich gewohnt flapsig, werde dann aber sofort ernst: »Naja, so einfach funktioniert das natürlich nicht und die Leute gucken meistens auch so komisch. Aber wenn ich ehrlich bin, habe ich durchaus meinen Spaß an der Brille und in manchen Situationen das Gefühl, dass sie mir tatsächlich einen anderen, einen leicht verschobenen und neuen, ja vielleicht auch etwas weniger düsteren Blick auf die Dinge ermöglicht, mich vielleicht einfach etwas Abstand gewinnen lässt.«»Schön, das klingt nach einem Anfang, die Welt nicht mehr nur grau und negativ zu sehen. Sie waren ja ausgesprochen skeptisch und amüsiert das letzte Mal. Was gibt es denn heute so Dringendes?«

O. k., jetzt geht's los, alles möglichst offen, geradezu nackt herausgerückt, wozu sonst dieser Termin?»Nun, ich hatte einen heftigen Streit mit Thomas, habe mich, nur weil er nicht pünktlich war, furchtbar aufgeregt, eine Panikattacke nicht in den Griff bekommen, Sie wissen schon, das Gespenst hat mich so richtig gekrallt. Und als er dann endlich da war, habe ich ihn furchtbar angeschrien, bin richtig ausgerastet und er ist sofort geflüchtet, einfach gegangen und nicht wiedergekommen, hat nur gesagt: ›Am besten, ich gehe erst mal, bis du dich beruhigt hast‹, und weg war er. Und dass er auch etwas falsch macht, das sieht er gar nicht ein. Meint, nur ich sei schlimm und nicht mehr zu ertragen. Dass er mich nur benutzt, mein Bad, meine Wohnung, mein Für-ihn-da-Sein, sich gar nicht mehr bemüht, kaum noch mit mir schläft, das merkt er gar nicht. Und obwohl ich selber finde, dass das mit uns so nicht geht, ertrage ich die Vorstellung nicht, ohne ihn zu sein. Will so sein, dass er bei mir bleibt. Kann mir nicht vorstellen, ohne ihn zu leben. Bin eifersüchtig, obwohl ich, wenn ich ruhig darüber nachdenke, doch gar nicht mehr weiß, warum wir eigentlich zusammen sind, was ich einmal an ihm gefunden habe und was uns miteinander verbindet. Und heute Abend will ich nun mit ihm über alles reden, so richtig aufrichtig alles zur Sprache bringen. Und ich weiß nicht, wie ich das hinkriegen soll, werde bestimmt sofort wieder kleinlaut und gebe bei oder raste aus, was auch nicht besser ist. Und dann ist da noch diese Geschichte mit Tanja. Die hat mit einem

Mann geschlafen, der eine Freundin hat. Und ich will nicht, dass meine beste Freundin so etwas tut, sie soll das nicht. Ich finde das so richtig schlimm für die andere Frau und muss es trotzdem zulassen, es ist ja Tanjas Leben und nicht meins. Dass unsere Freundschaft dadurch kaputtgeht, das will ich auf keinen Fall, will nicht wie ein Moralapostel auftreten, aber trotzdem, so was macht man einfach nicht, finde ich und der besten Freundin muss ich jawohl ehrlich gegenüber sein können. Und dann habe ich heute auf der Arbeit gemerkt, dass mir gar nicht bewusst war, wie wenig wir voneinander wissen, obwohl wir die ganze Zeit das Private alles andere als außen vorlassen und so tun, als seien wir offen und befreundet miteinander. Vor allem hatte ich keine Ahnung, dass Margot Oma geworden ist. Verstehen Sie, Margot, die mir doch beruflich täglich so nahesteht. Das kann es doch nicht sein. Das kann doch nicht die Art von Beziehungen sein, die ich bis an mein Lebensende führen möchte.« Als ich fertig bin, ist eine Viertelstunde um und Frau Hegel hat nichts als zugehört, mich erst einmal alles loswerden und in laut ausgesprochene Worte fassen lassen.

»So, Frau Blick, also wenden wir uns der Frage zu, wie Sie zu Ihren Beziehungen stehen. Welcher Art ist Ihre Beziehung zu Thomas? Würden Sie sagen, Liebe spielt da eine Rolle?« Keine Ahnung. Hm, Liebe, dass Frau Hegel mit so einem romantisch-altmodischen Wort kommt, hätte ich nicht gedacht. »Ehrlich gesagt, weiß ich nicht, ob ich Thomas liebe. Ich war, wie Sie wissen, mal sehr verliebt in ihn. Doch das ist schon lange vorbei. Und nun hänge ich wohl eher an ihm, habe mich an uns als Paar gewöhnt, finde, es muss doch möglich sein, an einer Beziehung zu arbeiten.« »Frau Blick, denken Sie denn, Thomas will das auch, an Ihrer Beziehung zueinander arbeiten?« »Na ja, eher nicht«, entgegne ich ziemlich schnell. »Der will es doch nur bequem mit mir haben! Wissen Sie, so richtig verstanden fühle ich mich eigentlich von niemanden, nicht mal von Tanja. Doch die schiebt nicht alles auf mich ab. Von der würde ich schon sagen, dass auch sie an unserer Beziehung arbeiten will. Aber Thomas? Bei Thomas habe ich das Gefühl, dass er sich selbst am nächsten ist und einfach noch nicht reif genug für eine Beziehung, wie ich sie mir vorstelle.«»Ah, sehr gut. Sehen Sie, Sie wissen also doch, was Sie wollen, Sie müssen sich nur trauen, es zu benennen. Was genau stellen Sie sich denn vor, wie sollte Ihre Beziehung sein?«»Ich wünsche mir einen Freund, der auch bereit ist, mal ein Opfer für mich zu bringen. Vor allem sollte er respektvoll und liebevoll mit mir umgehen und meine Sicht- und Denkweise ernst nehmen. Das heißt, dass er sie ruhig auch hin und wieder einmal hinterfragen soll, aber eben mit Respekt und Liebe. Außerdem sind mir Werte wie Ehrlichkeit und Aufrichtigkeit ganz wichtig, daher ja auch meine heftige Reaktion auf Tanjas Affäre. Von Thomas wünsche ich mir auch wieder mehr Leidenschaft. Ich selbst kann ja schließlich auch recht temperamentvoll sein.«

»Und obwohl Thomas nichts davon erfüllt, denken Sie, dass Sie mit ihm zusammenbleiben müssen?« Ein dicker Kloß macht sich in meinem Hals breit und nimmt mir die Stimme. Ich beiße mir auf die Zähne, um nicht weinen zu müssen.»Weshalb?«, fragt Frau Hegel und überlegt:»Weil das die Art von Beziehung ist, die Sie kennen, in gewisser Weise seit kleinauf als Erfahrung in sich tragen und die Ihnen daher Halt verspricht, könnte ich mir denken.« Jetzt kullern doch die Tränen über meine Wangen. Frau Hegel reicht mir eine Kleenex-Box.»Es ist für mich einfach ein schwerer Gedanke, mir vorzustellen, dass ich niemanden mehr haben könnte, der zu mir gehört, ich würde mich alleingelassen und ungewollt, unattraktiv fühlen.«

»Dass Sie das glauben, bedeutet aber nicht, dass das auch tatsächlich so sein muss. Zudem scheinen Sie sich ja auch mit ihm alleingelassen zu fühlen. Sie werden aus Thomas keinen anderen Mann mit anderen Freunden und Hobbys, die Sie mehr als seine jetzigen teilen, machen können. Ich denke, im Grunde wissen Sie das. Doch was Sie können und offensichtlich wollen, ist, ihm klar machen, dass er Sie verliert, wenn er Ihnen weiterhin vorführt, wie wenig bereit er dazu ist, Sie so wertzuschätzen, wie Sie sind. Aber Sie haben sich ja vorgenommen, ihm zu sagen, wie es um Sie und Ihre Gefühle ihm gegenüber bestellt ist, nicht wahr? Auch, dass er Ihre Zuneigung in gewisser Weise bereits verloren hat. Das wäre jedenfalls wahrlich ein Schritt, der Mut braucht.« Frau Hegel hält inne und schaut kurz aus dem Fenster. »Also Frau Blick, nehmen Sie Ihre Bedürfnisse und Vorstellungen ruhig einmal ernst genug, um Sie gegenüber Thomas emotional nüchtern und ohne einen Ausbruch, den er nur wieder für ein situatives Überschnappen hält, auszusprechen. Bedenken Sie dabei aber auch: Ihm mitzuteilen, was Sie empfinden und warum Sie immer wieder emotional unkontrolliert auf seine Art, mit Ihnen umzugehen, reagieren, erfordert sehr viel Selbstvertrauen von Ihnen. Geben Sie nicht auf, wenn das alles seine Zeit braucht und doch nicht gleich heute schon gelingt. Das ist ganz normal. Die Art, wie wir mit uns und unseren Beziehungen zurechtkommen, wie wir uns selbst zu schätzen wissen, hat nämlich nicht nur mit dem Heute zu tun.«

Frau Hegel schenkt mir Wasser ein: »Bitte trinken Sie,« so nehme ich einen Schluck, merke aber, dass dieser nur schwer am Kloß im Hals vorbei kommt.

»Glauben Sie mir, Frau Blick, Sie sind Ihrem Problem sehr viel nähergekommen. Die eigentliche Frage, der Sie sich stellen sollten, lautet nämlich gar nicht Thomas, sondern:

Warum haben Sie derart große Angst vor dem Alleinsein? Angst davor, jemanden oder etwas zu verlieren, sei es Thomas, sei es Ihre Freundin Tanja, sei es Ihre Arbeitsstelle? Ihr jetziges Verhalten hat viel mit Ihrer Kindheit und damit zu tun, dass Ihre Eltern Sie an Ihre Oma abgegeben haben.« Erneut nehme ich ein Kleenex aus der Box und putze mir die Nase.»Wirklich? Sie meinen, weil ich mich schon als Kind allein gefühlt habe und mir das früher immer sehr wehgetan hat, komme ich nun von Menschen nicht mehr los? Was ist dann aber damit, dass ich recht früh in der Lage war, für mich selbst zu sorgen?« Während ich das sage, sehe ich mich keineswegs als junge, selbständige Frau, sondern als Fünfjährige vor mir. Ich sitze in der dunklen Stube der Kindergartenleiterin, der Kindergarten ist längst geschlossen, alle anderen Kinder sind bereits vor Stunden abgeholt worden. Ich bin die Letzte, die Leiterin wollte schon längst zuhause bei ihrem Mann sein, ich spüre, wie ungehalten sie ist, ihre Mühe, freundlich mir gegenüber zu bleiben:»Pass auf, gleich sind sie da!« Mama und Papa haben mich einfach vergessen oder gedacht, jeweils der andere holt mich schon ab. Schließlich ist es wieder einmal Omilein, die kommt, mich umarmt und nach Hause begleitet, Mama und Papa hätten noch zu tun, sie hätten sich einfach nicht loseisen können. Es täte ihnen sehr, sehr leid. – Moment mal, jetzt scheine ich einen Teil dessen, was Frau Hegel mir erklärt, verpasst zu haben. Sie ist bereits mittendrin in ihrer psychologischen Deutung.

»… so konnten Sie Ihr Urvertrauen nicht richtig aufbauen. Besonders Kinder bis sieben Jahre benötigen jeden Tag den gleichen Ablauf und vor allem die Eltern als verlässliche Bezugspersonen beständig um sich herum. Kein Wunder, dass es Ihnen heute schwerfällt, Vertrauen zu anderen Personen, besonders zu Männern aufzubauen. Sie haben das vage

Gefühl, wieder alleingelassen zu werden. Vor lauter Angst versuchen Sie dem Einhalt zu gebieten, das heißt den anderen festzuhalten und sich gleichzeitig frei und davonzumachen. Eine ersichtlich widersprüchliche Haltung. Sie fahren, bildlich gesprochen, mit angezogener Beziehungs-Handbremse umher. Ihr Ziel könnte somit gar nicht die Versöhnung mit Thomas, sondern mit Ihren Eltern sein. Ein erster Schritt dahin, sich von Ihrer eigenen Vorstellung, wie perfekte Eltern sein sollten, zu lösen. Es geht ja darum, dass Sie ganz werden, im Inneren heilen, das geht leider meist nur, wenn das, was war, zugelassen und verziehen oder nicht mehr nachgetragen wird, sodass es endgültig vernarben kann. Erst dann können Sie beginnen, im Jetzt zu leben und das Beste aus dem Moment zu machen.« Meine blöden Eltern, ganz recht, die haben das ja erst verzapft. Frau Hegel reicht mir eine zweite Kleenex-Box. »Ja, lassen Sie Ihre Sintflut an Kummer nur raus! Ist er fortgespült, fällt das Vergeben schon leichter. Wenn Sie Ihren Eltern erst einmal verziehen haben, werden Sie Männern viel eher eine echte Chance geben können. Halten Sie es denn für möglich, mit Ihren Eltern über Ihre unbewältigte Kindheit zu sprechen?«

»Hm, keine Ahnung. Mit meiner Mutter wohl kaum. Ihr: ›Das ist nicht dein Ernst, Klara‹, hat sich mir zutiefst eingebrannt. Nach dem letzten Treffen ist mir bestimmt nicht so schnell wieder danach, noch einmal mit ihr über irgendetwas zu reden, was mich betrifft«, schnäuze ich in ein Kleenex. »Und mein Vater? Nein, das hat einfach keinen Sinn, da können Sie so viel raten, wie Sie wollen. So wie es aussieht, werde ich erst einmal mit Thomas sprechen. Ich bin mir nicht sicher, ob ich ehrlich mit ihm sein kann hinsichtlich unserer Beziehung und meiner Abneigung gegen vieles, was er macht und für mich verkörpert. Das möchte ich erst einmal abwarten und dann weitersehen.«

»Zur Not haben Sie ja auch noch diejenige, die Ihnen mit ihren Eierkuchen oder ihrer Honigmilch schon immer beigestanden hat,« lächelt Frau Hegel in meine glasig und geschwollenen Augen. »Ja, mein Omilein! Die kann ich heute Abend sicher gebrauchen und sie wird da sein und alles gutheißen, wie immer.« »Sehen Sie, so ganz ohne Halt sind Sie nämlich keineswegs groß geworden, das gibt Ihnen mehr innere Kraft und Selbstsicherheit, als Ihnen im Moment vielleicht bewusst ist. So. Und wie immer schließen wir die Sitzung mit einer kleinen Entspannungsübung ab. Schließen Sie Ihre Augen und atmen Sie ein paar Mal tief ein und aus. Atmen Sie dann in den Bauch und versuchen Sie die Luft für ein paar Sekunden zu halten. Wiederholen Sie das Ganze drei Mal. Bleiben Sie danach bitte noch ruhig ein- und ausatmend sitzen. Der nächste Klient kommt erst in zehn Minuten. Ich mache Ihnen eine CD mit entspannenden Naturgeräuschen an.« So halte ich meine Augen erschöpft geschlossen und die verrücktesten Bilder tanzen. Tiefes Ein- und Ausatmen. So langsam löst sich meine Anspannung. Kling' Klang – in einem ruhigen Plätscherwald höre ich Vögel zwitschern. So langsam fühlt es sich an, als würde ich fliegen, über die Erdbeerfelder, die ich mit Omi als Kind besuchte, über mit Blumen getupfte Felder, über Berge hinweg immer höher in den Weltraum hinein. Wahnsinn! Ich schwebe um die Erde, den Mond, die Sonne, raus aus unserer Galaxie, hin zu einer anderen. »So«, sagt auf einmal Frau Hegel mitten in diese andere Galaxie hinein: »Sie können Ihre Augen wieder öffnen,« was ich langsam tue, das durch die Fenster auf mich fallende Licht trifft mich grell, ich schüttle mich kurz: »Himmel, war ich weit weg.«

»Gut, und jetzt, da Sie wieder da und entspannt sind, machen Sie was draus,« grinst Frau Hegel und wirkt wie eine Fee, die mit ihrem langen, cremefarbenen Hemd durch den Raum schwebt. Ich schüttle ihr die Hand und sage »Auf Wiedersehen, haben Sie einen schönen Urlaub!« »Bis bald, Frau Blick. Und wenn es dringend ist, reden Sie mit Ihrer Großmutter.« Sie strahlt plötzlich so viel Wärme aus, dass ich wünschte, so wäre meine eigene Mutter gewesen.

Kapitel 5

Als ich bei Frau Hegel die Augen schloss und in eine andere Galaxie entschwebte, begannen die ersten Farben und Fantasien in meinem Kopf aufzublitzen, ein tiefroter Blütenkelch, auf dem sich ein kristallklarer Regentropfen ausruhte, ein schwarzes Pferd mit Flügeln, das von saftiger Sommerwiese aufsprang und davonflog, seine grazilen Konturen verwandelten sich in dreieckige bunte Formen, die über den Himmel zogen. Ich lag auf der Wiese und sah ihnen zu, bis sie verblassten, ineinanderflossen, zu einer Leinwand wurden, auf der sich meine Kindheit abspielte. Ich sah mich als kleines Kind aus der Sicht meiner Mutter mit puterrot Kopf am Mittagstisch vor dem Spargel sitzen, den ich nicht mochte. Meine Mutter schrie mich an:»Nun iss endlich etwas!« Ich sah Thomas und mich in Schweigen erstarrt. Nur einen Moment später beobachtete ich den ersten Kuss, den wir tauschten, mit all den Schmetterlingen, die sich von uns loslösten und wie Nenas 99 Luftballons ihren Weg zum Horizont suchten. Als Thomas eine Kommilitonin ziemlich lange auf einer seiner Studentenpartys anstarrte, feuerten meine Augen Blitze und doch landeten wir im nächsten Augenblick zwischen baumhohen Mohnblumen und liebten uns.

Als ich die Wohnungstür aufschließe, vermag ich die Flut an Farbfantasien in meinem Kopf kaum mehr zu bändigen. Ich hole mir noch eine Cola mit Zimmertemperatur, dazu Eiswürfel und stelle beides auf dem Couchtisch ab. Meine

Finger kribbeln wie buntes Brausepulver auf der Zunge. Es drängt sie zu Pinseln, Farbpalette und Leinwand. Alle Acrylfarben stehen in kleinen, mittelgroßen Tuben in matt und glänzend auf dem Tischchen in der Raumecke meines Wohnzimmers. Alte, abgenutzte Pinsel aus Teenagertagen, an denen der Lack an den Griffen abblättert, warten in einem Einwegglas mit getrockneten Wasserflecken. Das Holzbrett zum Mischen der Farben liegt ebenso bereit. Eine Holzpalette, der man die Vergangenheit der vielen dunklen Farbräusche ansieht. Denn reinwaschen lässt es sich nicht mehr. Ich gehe hinüber und greife sie mir, rieche an ihr. Ein leichter Duft von altem Acryl, etwas angestaubt. Vor dem Tisch mit meinen Utensilien habe ich meine Holzstaffelei aufgestellt, die glatte Leinwand ist etwa einen halben Kühlschrank groß. Die Staffelei steht schräg im Raum, so dass ich durch das Fenster schauen kann und das Tageslicht beim Malen nicht blendet. Die Fenster sind weit geöffnet.

Heute sind es die Tuben Hellgrün und Deckweiß, die ich als Erstes öffne, dann Hellblau. Ich mische zarte, sanfte Töne auf der Palette an. Ein gutes Gefühl, den Pinsel einzutauchen und all meine Einfälle und Gefühle in ihn hineinfließen und in einem Bild münden zu lassen. Farbtupfer für Farbtupfer, Klecks für Klecks entsteht vor meinen Augen eine Wiese, frisches, laubfroschgrünes, hochstehendes Frühlingsgras, zwei Kinder, ein Mädchen im weißen Männerhemd, ein Junge im weißen Männerhemd, drehen sich im Kreis. Frei und unbeschwert halten sie sich lachend an den Händen und freuen sich. Kindheitsglück, Freundschaftsglück. Doch da, ganz in der Nähe steht die Trauerweide und lässt alle ihre Arme über den Bach, der modrig graues Wasser führt, hängen. Er treibt einen alten, braunen Koffer mit sich. An einem kleinen Sandbereich des Ufers ist ein schwarzer Männerhalbschuh angespült worden.

Eine Weile stehe ich vor dem Bild und spüre, wie es mich traurig und glücklich zugleich stimmt, wie ich mit den Kindern tanzen und mich zugleich unter die Trauerweide setzen und auf etwas besinnen möchte. Ich wende mich ab und schließe das Fenster. Die Sommerluft hat sich abgekühlt, Zeit aufzubrechen.

Zum verabredeten Zeitpunkt stehe ich vor dem Gelb und sehe Thomas auch schon um die Ecke geradelt kommen. Auf den Punkt genau, wenn das nicht doch für ein schlechtes Gewissen spricht. Erstaunt stelle ich fest, dass ich lieber noch einen Moment auf ihn gewartet hätte.

»Hey Schatz«, sagt Thomas, lehnt sein Rad an die Hauswand und drückt mir flüchtig einen Kuss auf die Wange. Auch ich grüße ihn mit »Schatz« und küsse ihn eilig auf die Wange. Er lächelt, ich lächle. Na bestens, und nun? Unser verkorkster Abend scheint mir plötzlich ganz weit weg und nur noch idiotisch. Zusammen gehen wir in das Lokal. Drinnen sind an Decke und Wänden überall gelbe Glühbirnen angebracht, eine lustige Deko, die mich schon immer amüsiert hat. Sicher der Grund, warum mir das Gelb als Erstes in den Sinn gekommen ist. Schwierige Gespräche brauchen eine Umgebung, die aufmuntert, finde ich. Verschiedene Sitzgelegenheiten aus unterschiedlichsten Materialien wirken im Gelb wie eine kunterbunte, gemütlich-lockere Möbellandschaft, in der jeder sein Eckchen findet. Wir nehmen auf einer einfachen, roten Eckbank neben edel wirkenden Sesseln aus blauem Samt Platz. Ich bestelle eine Weinschorle und Thomas ein Bier. Die Ventilatoren an der Decke drehen sich wie verrückt und fächeln uns kühlen Wind zu.

Als unsere Getränke kommen, entschuldige ich mich dafür, ihn angeschrien zu haben. Ich wüsste, dass das keine Art sei: »Aber du musst auch einmal sehen, warum ich so ausraste! Was du damit zu tun hast! Es geht nicht an, dass du mich so wenig achtest. Jedenfalls nicht für mich und meine Vorstellung von einer Beziehung.« Thomas braucht eine Weile, wirkt einen Moment unsicher, gewinnt jedoch viel zu schnell seine Fassung und die Gewissheit zurück, dass er im Recht ist:»Klara. Du reagierst immer über. Das, was ich tue, ist ganz normal, wenn man so lange zusammen ist wie wir. Du stellst einfach zu hohe Erwartungen an mich, dich und das Leben. Natürlich achte ich dich. Was meinst du denn, warum ich mit dir zusammen bist? Du bist eine tolle Frau, die einen tollen Job meistert. Doch dass du immer gleich so überreagierst, das hat mit meiner Achtung für dich absolut nichts zu tun, ist eine andere Sache. Eine, an der du ja bereits arbeitest, was ich durchaus gut finde.« Ich schlucke. Klar, jetzt nimmt er mir wieder einmal die Butter vom Brot! »Mag, sein, dass das deine Sicht der Sache ist. Meine nicht. Du vergisst mich, lässt mich stundenlang warten und wie ich dir das klar mache, kommt noch nicht einmal eine Entschuldigung über deine Lippen! Ganz im Gegenteil, Du nimmst mir meine Wut auch noch übel. Das nennst du ganz normal und zu hohe Erwartungen?«

Thomas hadert nun doch ein bisschen mit sich. Brummt schließlich:»Es tut mir ja schon leid. Na komm, Schwamm drüber, wir sind eben beide nur Menschen. Vertragen wir uns wieder, ja?« Diese Worte klingen viel zu gut, wie leicht könnte ich jetzt wieder einmal nachgeben – aber nein, dieses Mal würde ich es ihm nicht so einfach machen. »Haben wir uns denn wirklich noch lieb?«, frage ich Thomas. »Ja, haben wir«, sagt dieser doch glatt und drückt mich an sich. »Das war echt ein Scheißgefühl, Klara, als du mich rausgeworfen hast, als ob ich nicht mehr zu dir gehöre.« Wieso rausgeworfen? Ist er nicht eigentlich vielmehr abgehauen, weil er keinen Bock auf einen Streit hatte? Thomas streichelt sanft und bedächtig meine Hand. »Du hast mich aber auch echt auf die Palme gebracht. Es ist sehr schwer für mich, mit deiner Respektlosigkeit umzugehen, wär schon schön, wenn du das einmal begreifst.« Thomas wirkt traurig: »Das tue ich ja. Wir müssen eben beide an uns arbeiten. Ich werde versuchen, rücksichtsvoller zu sein und du, nicht mehr derart zu übertreiben, was meinst du?« Es ist komisch, einerseits ist er der Obermacho und andererseits der sanfte, schüchterne Typ. »Klara?«, fragt mich Thomas schließlich, »Ich würde gern bei dir pennen, wär das o.k.?« »Hm, ja, denke schon«, antworte ich und lächle ihn an, »und dein Rad?« Thomas spekuliert wahrscheinlich darauf, dass wir es in meinem Auto transportieren, was ich gar nicht leiden kann. Es zerkratzt Toyos Lack. »Das passt doch bestimmt in deinen Kofferraum, oder?« Na bitte. Der Versöhnung zuliebe sage ich aber nichts, sondern rolle nur kurz mit den Augen. So fahren wir, Lenk- und Vorderrad aus dem Kofferraum hängend, zu mir.

Ich gehe in die Küche, um ein Glas Wasser zu trinken, während Thomas Richtung Wohnzimmer verschwindet. »Hey Klara, woher hast du denn die Bilder? Hast du die etwa selbst gemalt?« »Hab dir doch vor einiger Zeit erzählt, wie gerne ich als Kind gemalt habe! Nach unserem Streit habe ich wieder damit angefangen. Möchtest du auch ein Glas Wasser?«, rufe ich aus der Küche. »Nein danke. Naja, hätte nicht gedacht, dass das Malen so ein raumgreifendes Hobby ist. Überall Pinsel und so. Wo du doch sonst so ordentlich bist. Sind gar nicht so schlecht, aber eigenartig, die Bilder, mein' ich. Musstest ersichtlich einfach Dampf ablassen. Scheint mir aber eine gute Idee, wenn du dich an den Farben statt an mir abreagierst. War das Frau Hegels Idee?« Ohne mir einen Moment zum Antworten zu lassen, fährt er fort: »Weißt du, würd gerne ein bisschen an dir graben,« kommt zu mir in die Küche und nimmt mich von hinten in den Arm. Ich stürze das Wasser herunter und bin enttäuscht, wie wenig errregt mein Körper auf Thomas Berührungen reagiert.

Wir schlafen in Missionarsstellung miteinander, mäßig erregt, ein Akt, der mich ernüchtert, erneut an unserer Beziehung zweifeln lässt und nach dem Thomas sofort einschläft. Kann es sein, dass Thomas gar nicht aus Lust auf mich, sondern aus schlechtem Gewissen mit mir geschlafen hat? Und auf meine Bilder hatte er auch nicht sehr viel besser wie früher mein Vater reagiert! Malen, das ist ja nichts Wirkliches, nur so ein Hobby, etwas, was man macht, weil man sich abreagieren muss, ganz nett, aber nichts Nützliches, nichts praktisch Sinnvolles, also nicht ernst zu nehmen. Ich gehe ins Wohnzimmer und starre mein Frühlingsbild an. Nicht nur Schwarz, Wut und Trauer, sondern auch Licht und Freude. Könnte meinem Vater sogar gefallen. Ich sehe förmlich sein herablassend-gönnerhaftes Lächeln, mit dem er es seinen Gästen zeigt, lauter Young-Professionals oder Mit-Fünfziger, alt-eingesessene Alleskönner und vor allem Alleswisser.

Als Kind hat mich der Surrealismus fasziniert. In meinen Bildern wollte ich phantastische, unbewusste, den Träumen entnommene Wirklichkeiten schaffen. Salvador Dalí, Max Ernst, Edvard Munch, das waren Vorbilder für mich. Für meine Eltern nur eine dieser Phasen in der Kindheitsentwicklung, die ebenso wie die anderen vorübergehen würde. »Aha, gar nicht so schlecht, aber ganz schön düster und grotesk, nicht wahr? Mal doch mal was Hübsches, ein Stillleben mit Blumen oder so. Das können wir dann vielleicht sogar ins Wohnzimmer hängen und sagen: ›Das hat unsere Tochter gemalt.‹« Die Bemerkung meines Vaters: »Das da, das ist doch kein Bild, sondern nur ein pubertärer Protest. Das kann doch jedes Kind malen«, hatte mir den Rest gegeben, das Strudelbild hatte ich zerrissen und in den Papierkorb geschmissen. Danach bis heute nie wieder einen Pinsel angerührt. Sogar gegenüber meiner Kunstlehrerin, Frau Roter, gebockt. Die hatte mich erst beschworen, dann säuerlich reagiert und mir schlechte Noten verpasst. »Wer das, was ihm in die Wiege gelegt wurde, derart mit Füßen tritt, der hat es nicht besser verdient!« Jedes Detail meines Strudels hat sich mir eingeätzt. Warum male ich nicht einfach noch einen zweiten Strudel? Dieses Mal ebenso pubertär schwarz, wie ich ihn in Erinnerung habe? Düster genug ist meine Stimmung inzwischen. Ich tapse barfuß zurück zum Schlafzimmer, streife mir Socken über und stelle fest, dass ich nur noch eine Leinwand unterm Bett liegen habe. Da muss ich wohl gleich morgen neue kaufen.

Ein großer, schwarzer Strudel entsteht in der Mitte der Leinwand, um ihn herum viele kleine kreisförmige dunkle Schatten, welche ebenso trichterförmig in die Leinwand strudeln wie in meinem roten Strudelbild. Beide Bilder nebeneinander, das gibt einen prima Kontrast! Ha, ganz recht, eine prima Methode, Dampf abzulassen! Der Gedanke treibt den Pinsel in die fleischene Farbe, die ich auf der Palette angemischt habe. Ein Mensch steckt bis zur Hüfte im Strudel, ein Mann, eine Frau, wie der Betrachter es sich vorstellen mag, klammert sich an sich selbst fest, das Gesicht zu einem Schrei verzerrt, ebenso nackt im Gefühl seiner weit aufgerissenen Konturen wie sein Urbild, Munchs Schrei, doch hilfloser und trauriger im Augenausdruck. Obwohl ich noch nicht ganz fertig bin, merke ich, dass ich aufhören und ins Bett muss. Mit dem Schrei habe ich mir und meinen Gefühlen ein wenig Genugtuung verschafft. Der Blick auf die Uhr entlockt mir ein »Auweia!« Ich stelle meinen Handywecker, lege mich zu Thomas – die körperliche Nähe tut mir einfach gut – und schlafe nun endlich ebenfalls sofort ein.

Die Sonne kitzelt mich wach und blendet sehr. Thomas ist schon weg, hat mir aber einen Zettel auf das Kopfkissen gelegt:»Ich wollte dich nicht wecken, hab dich lieb. Thomas«. Er hat mich also lieb. Na, schreiben lässt sich viel. Moment mal, Thomas bereits fort, eine Sonne, die blendet – erschrocken fahre ich hoch. Ich habe den Wecker gar nicht gehört. Und richtig, genau jetzt müsste ich bei der Arbeit sein. Verdammt! Sofort rufe ich bei Margot an und melde meine Verspätung.

Dreißig Minuten später sitze ich an meinem Schreibtisch. Margot hat mich mit einem saurem Gesicht begrüßt:»John sollte ein bisschen für dich arbeiten, nicht du ein bisschen für ihn!« Nicht zu verübeln. John hat sich an die Moderations-Vorgaben für Achim gewagt. Was er da geschrieben hat, lässt sich gut ausarbeiten. Dass ich mal einen Praktikanten habe, der mir zuarbeitet, obwohl auch ich nur eine Zuarbeiterin bin! Mag es Margot gefallen oder nicht, ich bin guter Dinge und sehr erleichtert. Thomas wird sich mehr Mühe geben, John hat sich als guter Geist erwiesen, beste Voraussetzungen, sich in mehr Gelassenheit zu üben. Ich durchstehe den Arbeitstag sitzend, halb schlafend, sowohl die Vorarbeiten zur Moderation als auch die restlichen anfallenden To-dos, merke kaum, was ich tue, und hake ihn ab. Warum bin ich nicht eher drauf gekommen? Mein Fehler ist, mir von einer Sache gleich alles zu versprechen. Von Thomas alles Beziehungsglück, vom Job alles Schaffensglück. Wie Recht meine Mutter hatte, erwachsen klingt das nicht gerade. Die Arbeit sorgt für finanzielle Sicherheit, Thomas für emotionale, den Rest hole ich mir eben woanders. Hobby, Omilein und beste Freundinnen machen erst perfekt, was so unvollkommen daherkommt.

Nachdem ich neue Leinwände gekauft habe, lege ich mich zu Hause sofort aufs Ohr. Um fünf vor halb acht klingelt der Handywecker – funktioniert also. Erleichtert steige ich unter die Dusche. Während ich auf Tanja warte, breite ich schon mal Salzstangen und Süßes auf dem Couchtisch aus und stelle das Bild von gestern Nacht vorerst zu den anderen zwei Bildern vor der Balkontür.

Es klingelt überpünktlich, ist bei Tanja ja kaum anders zu erwarten. »Ach Menno, die hatten keine Naturals mit Balsamico mehr bei uns im Laden! Wie sollen wir ohne meine Lieblingschips chillen? Die bringe ich doch immer mit!«»Ja, ja, ist ja gut. Jetzt setz dich hin und hör auf zu quaken, ich freu mich schon den ganzen Tag auf die ›Desperate Housewives‹«, ziehe ich Tanja zu mir auf das Sofa. Wir schauen den Nachbarinnen Lynette und Bree dabei zu, wie sie am Küchentisch einen Kuchen essen, den Bree gebacken hat, und inständig versuchen, auch nur ein gutes Haar an ihren Ehemännern zu finden. Tanja meint: »Ich heirate nie! Erst liebt man sich heiß und innig und nach ein paar Jahren und Kindern möchte man seinen Mann am liebsten um die Ecke bringen.« Ich daraufhin: »Selbst Thomas Gottschalk hat auf die Frage: ›Haben sie je an Scheidung gedacht?‹, geantwortet: ›Nein an Scheidung nicht, aber an Mord.‹ Also wenn du mich fragst, ist das Modell heiraten eh längst überholt.« Tanja dreht eine Colaflasche auf. Es zischt. Sie nimmt einen Schluck aus der Flasche: »Irrtum, das Hochzeitsgeschäft boomt, wie du genau weißt. Hast mir ja oft genug erzählt, wie dich dieser Trend zur Traumhochzeit in Weiß im Fernsehalltag nervt. Der schönste Tag im Leben sei inzwischen ein größerer Quotengarant als Mord und Totschlag, hab ich letztes Jahr von dir gehört, als Achim dich von den Brautkleidern, die in sind, bis zu den beliebtesten Hochzeitsorten wochenlang nur noch zu diesem Thema die aktuellsten Frauenträume recherchieren ließ. Dabei braucht man doch als Frau den Ehemann nur, um sich abzusichern, wenn die

Kids unterwegs sind.«»Mein Gott, wie unromantisch«, runzle ich die Stirn.»Doch zu einer ähnlichen Erkenntnis bin ich heute auch gekommen. So ganz unstylish brauchen wir nu aber auch wieder nicht zu tun! Haben wir nicht letztens erst in den Vitrinen der Altstadt die neue Romantik angehimmelt?«

Wir verputzen ungeheuer viel Süßkram und Chips und aalen uns in dem Gedanken, von dem einen Abend dick und hässlich zu werden.»Du, fett und pickelig oder dürre und faltig, das ist mir ja so wurscht, Hauptsache, uns geht es gut, ne? Schade, dass Isabel jetzt nicht hier sein kann. Weißt du noch, wie wir früher immer zusammen die Folgen von ›Sex and the City‹ und die ›Vampire Diaries‹ angesehen haben?«, fragt Tanja mich.»Ja, sie hat immer weggesehen, wenn Samatha oder Elena Sex hatten. Isabel unsere Prüde. Hätte fast selbst die Charlotte spielen können. Trotzdem fehlt sie mir total. Hatte schließlich immer das Herz am rechten Fleck und war unser Gewissen, wenn wir uns nicht mehr halten konnten, sobald ein gut aussehender, junger, neuer Mann in der Serie auftauchte.« Tanja lacht laut auf:»Von wegen Gewissen, wir legten dann erst so richtig los! Es war doch einfach zu köstlich, wie Isabel sich in ihre klugen Kommentare, wie kindisch wir seien, hineinsteigerte. Das führte bei uns dann erst recht zum Lachflash!« Da kommt mir auf einmal eine Idee.»Irgendwie bekommen wir kaum noch etwas voneinander mit, seit sie bei den Briten lebt. Je mehr ich versuche, sie auf dem Laufenden zu halten, desto mehr wird mir bewusst, dass ihr Leben einfach völlig anders ist als unseres hier. Was hältst du davon, wenn wir sie dieses Jahr endlich wieder einmal besuchen? Wir versprechen ihr das schließlich bereits seit Monaten, ohne Nägel mit Köpfen zu machen«, frage ich Tanja.»Oh ja, super Idee. Aber im Moment habe ich noch keine Kohle. Vielleicht im Herbst?«

Daraufhin stöbern wir gleich im Internet nach möglichen Flügen und schreiben Isabel eine E-Mail, ob sie in der zweiten Oktoberwoche Zeit für uns habe.

So ganz bin ich allerdings nicht bei der Sache. Je mehr ich mich davor drücke, Tanja auf die Sache mit Felix anzusprechen, desto heftiger schwirrt der Name Felix in meinem Kopf herum. Erst das Vergnügen, dann der Ernst, so hatte ich es vorab geplant. Und nun hatten wir unser Vergnügen gehabt und ich wünsche mir, wir könnten es dabei belassen. Aber es hilft ja alles nichts, wenn mir wirklich etwas an unserer Freundschaft liegt. Also gehe ich es schließlich an: »Du, Tanja? Ich wollte dich noch mal wegen Felix fragen, ich meine, du weißt schon, weil er doch ...«, und schon weiß ich nicht weiter. Doch auch Tanja möchte sichtlich nicht über dieses Thema reden, schaut mich nicht direkt an, sondern zur Seite. Schließlich hält sie die Stille zwischen uns nicht mehr aus. »Ach, Klara, ich hab es dir doch schon erklärt. Es ist eben aufregend, dass sich dieser supercoole und smarte Typ für mich interessiert. Das Gefühl tut mir gut. Dass er mich will. Und das, obwohl er vergeben ist. Dass sein Begehren stärker ist. Du kannst dir das eben nicht vorstellen, also auch nicht mitreden.« Schön. Anscheinend denkt Tanja, dass ich keine Ahnung von Männern habe. Habe ich die denn? Ich hatte, wenn ich's mir überlege, hintereinanderweg mit drei Männern eine Beziehung, also wirklich keine Vorstellung, wie das ist, ohne Mann zu leben, ja ersichtlich auch eine Heidenangst davor, wie mein Verhalten Thomas gegenüber zeigt. Gleich nach Hans, meiner Jugendliebe – meine Güte wie toll und erwachsen ich mich gefühlt habe, nur weil der auf die benachbarte Sportschule ging und zwei Klassen über mir war. Nur dass Hans dann nach der Schule zum Bund gegangen ist, das habe ich nicht verknust, passte so gar nicht zu meinen pazifistischen Ansichten, 'nen Mann in Bundeswehrklamotten, den wollte ich nicht in meinem Bett. Kaum waren wir auseinander, kam Alex. Mit ihm war ich ein Jahr zusammen. Die klassische Wochenendbeziehung! Mit der habe ich also Erfahrung! Das muss Tanja mir anrechnen. Studierte Alex doch Sprachwissenschaft in Bamberg, ich war also Tage und Abende ohne Mann zu Hause, das kannte ich durchaus zur Genüge. Alex und ich merkten viel zu spät, wie wenig wir uns zu sagen hatten. Er, ganz der zukünftige Wissenschaftler, den Kopf voller Dinge wie Morpheme, Suffixe und Interjektionen, die mir nichts sagten, ich ganz von meiner Ausbildung zur Kommunikationskauffrau eingenommen. So gut, wie wir uns im Bett verstanden, war es kein Wunder, dass wir so lange das Gefühl hatten, wir seien wie füreinander gemacht. Wünschte, Thomas wäre nur halb so zärtlich und lustbetont. Als er ziemlich direkt auf Alex folgte, hat mich das Neue und andere an ihm noch gereizt. Da schien er mir kein solcher Macho wie Alex. Da meinte ich, mit ihm wird alles anders. Pustekuchen. Eine feste Beziehung nach der anderen und am Ende jedes Mal die Erkenntnis, der Richtige mit dem richtigen Verständnis für einen ist es wieder nicht gewesen, und der Zweifel, ob es so etwas denn überhaupt gibt. Tanja dagegen? Die hatte schon immer ihre One-Night-Stands gehabt und ihre festeren Beziehungen regelmäßig spätestens nach einem halben Jahr gegen die Wand gefahren. Es tat mir immer leid, wie sehr sie wieder und wieder litt. Doch mitreden, wieso sollte ich das mit meinen zwei Ex und meiner Thomaskrise im Moment nicht können? Ganz offensichtlich halte ja auch ich es nicht aus, ohne Mann sein.

Wir sitzen immer noch auf der Couch. Tanja surft im Internet und ich zappe mich im Lautlos-Modus durch die Kanäle, als ich erwidere: »Mag sein, Tanja. Vielleicht kann ich mir tatsächlich nicht vorstellen, wie es ist, in deiner Haut zu stecken. Aber auch, wenn ich nicht alle paar Monate rumheule, dass mich der Soundso verlassen hat, reichen meine Männererfahrungen aus, um dir mit meiner eigenen Meinung zu kommen. Dass ich dir das einmal so sagen muss, hätte ich nie gedacht. Schließlich schlage ich mich mit Thomas und seinen nervigen Angewohnheiten vor allem darum herum, weil ich spüre, wie ungewollt ich bin. Im Grunde sind wir beide mit unseren Männern nicht glücklich. Ich nicht, weil ich es nicht ertrage, wenn der Wind raus ist, die Beziehungsroutine einkehrt und statt Begehren nur noch Behagen zu spüren ist. Und du nicht, weil die Männer dich ja doch nur ins Bett kriegen wollen und dann? Dann kannst du gehen und bist wieder enttäuscht von der Männerwelt. Das hast du doch aber gar nicht nötig. Und auch nicht so einen, wie es mir, entschuldige, dein Felix zu sein scheint. Warum nehmen wir uns denn nicht jemanden, der es wirklich ernst mit uns meint?«

»Ach Klara, sei doch nicht so voreingenommen. Ich spüre doch, wie ernst es Felix ist. Das ist ja das Problem. Und dein Thomas bringt dich zwar zunehmend auf die Palme, aber er bleibt bei dir. Dass einer auch dann noch mit mir zusammen bleibt, wenn die Beziehung beginnt, zur Gewohnheit zu werden, das möchte ich auch einmal erleben. Entweder die Kerle haben Schluss gemacht, wenn ich ihnen nicht mehr neu und aufregend genug war, oder sie hingen mir nach nur einer Liebesnacht an den Hacken und quatschten von Heirat. Komm, lass es gut sein, Klara. Eigentlich sind wir beide gebrannte Kinder, die das Feuer scheuen. Oder? Sollten wir uns nicht fest in die Arme nehmen und froh sein, dass wir zumindest uns haben und schon so lange miteinander befreundet sind, dass alle unsere Männerbeziehungen zusammen genommen dagegen gar nichts sind?«
Sie wendet mir ihr leicht schiefes, hinterhältiges Lächeln zu:

»Und was, wenn Felix die andere meinetwegen verlässt?«
Unverbesserlich, meine Tanja, denke ich, stehe auf, drücke
sie einmal kurz und fest und entgegne: »Gebrannte Kinder
– du mit deinen Redensarten. Na gut. Aber du kennst meine
Einstellung. Mir tut die Freundin von Felix leid. Wenn Felix
sie deinetwegen verlässt, dann ist sie es, die vor Kummer
und Enttäuschung heult. Da werde ich mich dann keineswegs mit dir freuen können. Klaro?« Tanja rollt übertrieben
ihre Augen und signalisiert mir, dass sie ja schon verstanden
habe, wir es nun auch gut sein lassen könnten und es uns
wieder gemütlich machen sollten.

»Du, was ich mich schon die ganze Zeit frage, my dearest
friend Klara, was hast du da eigentlich auf den Balkon raus-
gestellt? Wäsche zum Trocknen ist das jawohl nicht.«»Nee,
das sind Ölbilder.«»Ölbilder? Wieso denn Ölbilder? Lass
ma sehen! Mensch Klara. Wie cool! Wo hast du die denn
her? Die müssen ja ein Heidengeld gekostet haben, sind ja
offensichtlich Originale«, mit hochgezogenen Augenbrauen
und schräggestelltem Kopf steht Tanja vor meinen drei
Bildern, die sie mit einigen Kraftakten ins Wohnzimmer ge-
hievt hat. Offensichtlich traut mir niemand zu, sie gemalt
zu haben. »Na hör mal, die hab natürlich ich gemalt! Was
denkst du denn?«»Du hast die gemalt! Echt krassnik. Ich
hatte ja keine Ahnung von deinem Talent. All die Jahre und
kein Ton davon! Dunkel erinnere ich mich, dass Isabel mal
so etwas angedeutet hat. Schau mal, hab richtig Gänsehaut
bekommen. Dieser Schrei! Ne Bombe. Das geht einem ja
durch Mark und Bein. Und dann daneben diese Tanzenden.
Ein Blick und die Welt scheint wieder in Ordnung. Bei Ebay
kannst du locker 100 Euro für die Dinger nehmen. Wenn
du willst, helf ich dir beim Verhökern.«»Du liebe Zeit,
spinnst du? Ich habe doch gerade erst wieder angefangen.
Das ist doch nur so für mich.«»Bist nur wieder mal viel zu

bescheiden. Aber wenn du dich noch nicht so sicher fühlst, dann mach doch 'nen Mal-Workshop oder so. Und wer den Pfennig nicht ehrt, der ist ...« Ich lache:»den Taler nicht wert? Und der Pfennig, das ist was? Mein Talent?«»Richtig, folge deinem Gefühl, trau dir mal so richtig was zu und die 100 Euro werden schon kommen. – Dass ich aber auch so gar nichts davon gewusst habe, das fasse ich nicht«, fügt sie kopfschüttelnd hinzu.

Natürlich ist Tanja so spät am Abend viel zu müde, um nach Hause zu fahren und schläft bei mir auf dem Sofa. Ganz anders als Thomas steht sie, obwohl sie erst um elf in ihre Vorlesungen muss, mit mir auf, macht mir und sich einen Kaffee und sitzt noch kurz mit mir zusammen – wenn auch reichlich wortkarg und kleinäugig –, bevor ich los muss und sie sich noch einmal hinlegt. Freundinnen sind eben doch die Besten, auch wenn sie nicht immer in allem einer Meinung und einer Lebensweise mit mir sind und höchst abstruse Ideen haben. 100 Euro, ha!

Kapitel 6

Die Wochen vergehen. Der August 2014 hat Regen im Gepäck. Prickelnd. So sitze ich drinnen, überlege, was ich heute, am Samstag, machen könnte. Ich telefoniere erstmal mit Omilein. »Hallo Omilein, mir ist ziemlich langweilig. Was machst du heute?« »Hallo mein Liebes. Ich liege auf dem Sofa, lese in meinem neuesten Inspector Lynley und schaue gleich den Fernsehgarten, die haben auch Regen gemäß der Ankündigung im Programm. Frau Kiwi im froschgrünen Regenoverall sieht sehr lustig aus. Wenn du magst Klara, komm doch her und wir schauen die Sendung zusammen.« Vielleicht lieber nicht, ich würde die Musik ja doch nicht ertragen. »Trotz Regen schön Wetter machen? Nein, Omilein. Da geh ich lieber in die Galerie Landström.« Dort hängen neue Stücke von Nicole Eisenman. Was diese zeigen, erläutere ich Omi lieber nicht. Die sind nämlich ziemlich radikal, aber hochgefeiert in der Kunstszene. Ich habe letzte Woche einen Artikel im Internet darüber gelesen. Eine mutige Frau, die sich was traut in der Kunstwelt. »Ach nein Klara, die Bilder haben teilweise keine Augen, davon träume ich am Ende schlecht.« »Woher weißt du das denn?« »Also wirklich Klara, da hängt ein Riesenplakat vor dem Supermarkt mit eben diesen schrecklichen Gesichtern drauf.« »Ok, verstanden. Ich rufe wieder an, ja?« »Gut, gut mein Liebes. Mach dir einen schönen Tag. Tschüss.«

Was sonst mit meiner freien Zeit anfangen. Allein in die Galerie gehen? Eigentlich ist mir mehr danach, selber ein Bild zu malen. Das tut mir meist gut und ich merke, wie ich technisch besser werde. Wenn ich daran denke, wie Tanja mich zu den Mal-Workshops, die Hobbykünstler in Abendkursen geben, regelrecht überreden musste, komme ich mir inzwischen ziemlich albern vor. Die Kurse finden in den leerstehenden alten Garagen einer Keramikgalerie im Zentrum statt. Jeden zweiten Dienstag im Monat lerne ich dazu und lasse mich dazu anregen, einmal etwas Neues auszuprobieren. Die letzten Male habe ich mich an Tupftechniken mit unterschiedlichen Pinselformen versucht. Geradezu erstaunlich, welche emotionalen Effekte allein unterschiedlich getupfte Luft erzeugt! Die Fläche scheint zu pulsieren und zu vibrieren, die Spannung überträgt sich auf den Betrachter. Vorher ging es vor allem darum, die verschiedenen Nuancen beim Mischen, die den exakten Schatten einer Vase, eines Tieres oder eines Menschen ermöglichen, kennen zu lernen. Und das nicht nur am eigenen Bild. Nie hätte ich gedacht, wie viel der Austausch und das Miteinander des Malens mir bringt! Wie spannend es ist, auch bei den anderen genau hinzuschauen und zu versuchen, es so in Worte zu fassen, dass wir alle etwas davon haben. Vor allem mit Hannes male und rede ich um die Wette.

Doch wie ich heute vor der Leinwand stehe, den Pinsel in der Hand, die Palette einsatzbereit, will die sonstige rauschartige Stimmung nicht aufkommen. Anstatt, wie erwartet, in einen selbstvergessenen, ganz vom Bild ergriffenen Zustand zu geraten, beginnen die Gedanken in meinem Kopf zu kreisen. Wozu habe ich eigentlich eine Beziehung? Da muss ich am Samstag doch wohl nicht allein Trübsal blasen! Wie kommt es, dass Thomas und ich uns nicht verabredet haben? Was hält uns davon ab, den Samstag gemeinsam zu verbringen? Ich beschließe, meinen Freund spontan vom Sport abzuholen. Hatte ich viel zu lange nicht mehr gemacht. Eine Stunde später steige ich in meinem schwarzen Minikleid und mit eingedrehten Locken höllisch hübsch gestylt, um Thomas Lust auf ein Wochenende mit mir zu machen in meinen Toyo und fahre zur Sportarena, wo er mehr als eine Sportart ausübt. Hm, was war das gleich noch alles? Fußball, Basketball, Leichtathletik und das Pumpen.

Oh man, was ist denn hier los? Das ist ja der Wahnsinn, wie viele Fahrräder am Zaun der Arena lehnen. Ja klar, echte Sportler fahren eben Rad und nicht Auto. Ich stelle mein unsportliches Auto ab und warte. Acht Uhr, jetzt hat er Schluss. Etliche Jungs kommen aus der Fußballhalle. Thomas müsste eigentlich auch dabei sein, ist es aber nicht. Weitere Minuten vergehen. Ah endlich, da kommt Thomas auf mich zugelaufen. Allerdings nicht aus der Fußballhalle, sondern aus der Leichtathletikhalle und er sieht nicht sehr erfreut aus. Dementsprechend begrüßt er mich mit einem recht lauen: »Hallo Klara. Was machst du denn hier?«, und einem flüchtigen Kuss auf den Mund.

»Na, ich habe mir gedacht, dass ich dich zur Abwechslung einmal überrasche und zu einem gemütlichen Abend zu zweit abhole.« »Hm Klara, das ist jetzt echt schlecht, weil ich mit meinen Jungs noch was trinken gehen will. Sei nicht böse, ja?« Mir rollen sofort, obwohl ich das nicht will, die Tränen über das Gesicht. »O. k., schon gut«, ich drehe mich um und möchte gehen. Doch Thomas hält meinen Arm fest, er wirkt auf einmal aufgebracht. »Klara, jetzt pass mal auf, du kannst hier nicht einfach aufkreuzen und davon ausgehen, dass ich mit dir einen romantischen Abend verleben möchte. Und dann auch noch heulen, wenn nichts draus wird!« Er schreit geradezu. Was für ein Arschloch! Nicht einmal mehr abholen darf ich ihn? Das ist jawohl nicht wahr! Ich reiße mich von seinem Arm los und laufe zum Auto. Thomas läuft mir nach und setzt zum Sprechen an. Ich bin super wütend und möchte jetzt nichts mehr von ihm hören. Wumms fliegt die Autotür mit Schwung ins Schloss. Kurble noch einen kleinen Schlitz das Seitenfenster herunter. Dann schreie ich zurück: »Ein wenig Liebe, Anerkennung und Respekt, was ist dagegen schon einzuwenden? Was gibt dir das Recht, mich wie ein Kind zu behandeln und derart zu maßregeln?« Ich knalle die Autotür zu und versuche den Motor zu starten. Na klar, ausgerechnet jetzt würge ich die Scheißkarre ab. Ich sehe, wie Thomas grinst. Oh dieser überhebliche Typ! Dieser Macho! Er ist es eben nicht. Nein, er ist es nicht! »Ach komm Klara, du machst dich doch nur lächerlich.« Ich schaue durch die Fensterscheibe und kann sein kugelrundes Gesicht, seine gegeelten Haare einfach nicht mehr ertragen. Fast automatisch schüttle ich meinen Kopf, höre auf, hektisch am Schlüssel, der Zündung zu drehen und sehe ihn an. Ich öffne die Tür, steige aus, die Autotür fällt in das Schloss und ich gehe zwei, drei Schritte auf ihn zu: »Thomas, das war's. Es ist Zeit, dass wir getrennte Wege gehen«, sage ich mit verquollenen Augen, aber einer Stimme, die absolut sicher und entschieden klingt. Ich kann es selbst kaum glauben. Er schaut mich mit aufgerissenen Augen, die auf einmal wirken, als ob sie gleich herausfallen an und lenkt ein: »Jetzt komm schon Klara. Wir haben doch schon öfter gestritten, das ist doch kein Grund, gleich Schluss zu machen.« »Sei ehrlich, Thomas, das mit uns ist eben schon eine Weile nicht mehr das Richtige. Ich habe dir nach unserem Gespräch im Gelb noch eine Chance gegeben, dir geglaubt, das du bereit bist, mehr Rücksicht zu nehmen. Dass das nur Worte waren, hast du mir eben allzu deutlich gemacht«, zärtlich lege ich ihm eine Hand auf die Wange:

»Ich wünsche dir viel Glück. Aber ab jetzt ohne mich. Denn ganz offensichtlich sind wir ohne den anderen besser dran. Ich bin dir bei deinen Jungs nicht recht und du hast keine Lust auf meine Freundinnen und Hobbymaler.« Langsam drehe ich mich um und gehe zu meinem Wagen zurück. Mit jedem Schritt weg von ihm krampft sich mein Magen zusammen. Ein Schmerz, als würde ein Feuer mir die Organe verbrennen. Dennoch gibt es kein Zurück mehr.

»Hey Klara, warte mal. Ich liebe dich doch.« Das erste Mal in vier Jahren klingt seine Stimme verzweifelt statt cool oder lässig. Ich schmeiße den Motor an und kurble mein Seitenfenster weiter herunter: »Nein, Thomas, das sind nur Worte! Dein Tun hat mir soeben ganz etwas anderes verraten.« »Bitte, fahr nicht, Klara, lass uns noch mal über alles reden.« Thomas steht an meinem Auto und hält sich an Toyos Fenster fest, langsam rutschen seine Finger am anfahrenden Auto entlang. Im Rückspiegel sehe ich sein blasses Gesicht. Während des Fahrens wird mir übel. Mein Mund ist trocken, das Schlucken fällt mir schwer. Als ich zu Hause ankomme, kann ich nicht aus meinem Toyo aussteigen. Am liebsten hätte ich jetzt einen Schokopudding von meiner Oma. Den hat sie früher oft gemacht, wenn es mir schlecht ging. Oder Eierkuchen. Ich hole mein Telefon aus der Tasche und entdecke meine orange Brille. Ha, warum nicht?

Omas Nummer ist schnell gewählt. Doch muss ich es zweimal versuchen, bevor sie rangeht. Sie hat sicher mal wieder Probleme mit ihrem Handy. Ich muss ihr mal ein neues besorgen. Bei dem alten klemmen die Tasten manchmal. »Hallo?«, fragt mich Omas Stimme. »Hallo Omilein, 'tschuldigung, wenn ich dich jetzt noch störe, was machst du gerade?« »Nichts, ich wollte gerade ins Bett gehen. Ist was passiert. Du klingst nicht gut.« »Hm, kann ich heute bei dir schlafen, Omilein?«»Natürlich, mein Schatz, was ist denn los?«»Habe gerade mit Thomas Schluss gemacht. Aber das erzähle ich dir, wenn ich gleich da bin, ok?«

Kaum öffne ich wie zu Kinderzeiten die Gartentür, fühle ich mich auch schon geborgen. Trotz der Tränen in meinen Augen muss ich lächeln:»Hallo Omilein, da bin ich und so froh, dass es dich gibt!« Während sie leckere Eierkuchen bäckt, erzähle ich ihr Wort für Wort, was Thomas und ich vor der Arena gesagt haben und wieso es so kommen musste:»Ach weißt du Omilein, ich wusste doch schon längst, dass es nicht stimmt zwischen uns!« Obwohl es mittlerweile Mitternacht ist, hört sich meine Oma alles geduldig an und streichelt ab und an über meinen Arm oder die Schultern.

Abwesend überstehe ich die nächsten Tage, stehe morgens auf, gehe mir im Coffeelatte meinen Kaffee holen wie immer und mache etliche Überstunden in der Redaktion, um nur nicht nach Hause zu müssen. Halte ich einen Moment inne, scheint mir alles ein wenig verzerrt, verschoben, nicht mehr am rechten Platz und im rechten Verhältnis zu mir zu sein. Zwischen 21 und 22 Uhr komme ich in meinen vier Wänden an, gehe ohne etwas zu essen und ohne mich abzuschminken ins Bett und schlafe gleich ein, als sei das das Einzige, was nun noch zu machen sei. An Thomas und dem, was mit uns war oder nicht war, möchte ich nicht rühren, möchte nicht mehr dran denken, und das, was ist und werden könnte, fühlt sich im einen Moment fremd, im nächsten leer an. Selbst das Malen will nicht so richtig helfen, scheint nicht die richtigen Farben und Formen für dieses Vakuum parat zu halten.

Beim Lesen meiner E-Mails stelle ich fest, dass Isabel zugesagt hat und sich sehr über unser Kommen im Herbst freut. Da mir alles bedeutungslos, also egal geworden ist, bitte ich Tanja, Flüge zu buchen und auch den Rest zu organisieren.

Mama ruft etliche Male an, hat sicher alles von Oma erfahren und hält meine Trennung für eine große Dummheit, also ignoriere ich die Anrufe und schreibe ihr eine Message:»Mir geht's ganz o.k., melde mich demnächst.« Das Schlimmste aber sind Thomas' Briefe. Auf einmal wird er aufmerksam. Er stellt mir ganze USB-Sticks mit meiner Lieblingsmusik zusammen, von der ich gar nicht gedacht hätte, dass er sie kennt. Platziert gekonnt Songs zwischen meine Lieblingslieder, die mich umstimmen sollen, wie: »Was wichtig ist, begreift man erst zu spät, weil man es nicht mit dem Verstand versteht. Ich weiß nicht, ob ich dich zurückgewinn ...« Er versucht mich per Telefon zu erreichen, postet auf meiner Facebook-Seite Texte wie:»Mein Leben war ein Irrtum, es ist nichts ohne dich.«

Aber es ist zu spät. Seine Zahnbürste in meinem Bad, seine Sporttasche in der Ecke meines Flurs, an der ich manchmal mit dem Fuß hängen geblieben bin, ich vermisse sie nicht, sondern bin froh, sie los zu sein. Seine Versuche, mich zurückzugewinnen, erzeugen kein Herzklopfen, keinen freudigen Schwindel im Kopf, sondern nur ein dumpfes Herzweh, ein schmerzliches Ziehen im Bauchraum. Was so weh tut und alles derart leer und nichtig erscheinen lässt, ist nicht, dass ich es endlich geschafft habe, einen Schlussstrich unter eine so wenig erfüllende Beziehung zu ziehen. Nein, es erleichtert mich, Thomas, seine müffelnden Sportklamotten und Freunde nicht mehr ertragen zu müssen. Aber dass da nun niemand mehr ist, dass ich Abend für Abend allein mein Brot esse, Nacht für Nacht allein in meinem Bett schlafe, Morgen für Morgen allein aufwache, dass ich nur noch mit mir leben und auskommen muss – das nimmt mir die Lebensfreude. Tag für Tag niemand da, der kommt, um bei mir zu sein und sich anzuhören, wie ich drauf bin und was ich erlebt habe. Den konkreten Thomas will ich nicht zurück – was ich zurückhaben will, ist das Gefühl, einen Freund zu haben.

Spontan, um mir und der Einsamkeit wenigstens für ein paar Stunden zu entkommen, verabrede ich mich am Freitagabend mit meinen Kollegen Micha und John im Fresenius. Das Fresenius ist ein Snack-Restaurant und Club – total angesagt, vor allem bei Singles, weshalb ich bisher nie da war. Nun gehöre ich also zu den einsamen Journalistenkollegen, die bei einem Bierchen oder Sektchen ihre Karrieren, seltener ihren Kummer besprechen. So schnell geht das! Ich schreibe auf alle Fälle Tanja noch eine Whats-App, dass sie doch bitte auch in den Club kommen, mich nicht allein mit den einsamen Wölfen lassen solle. Ich muss schlucken, als ich meine WhatsApp-Nachricht noch einmal überfliege, ich bin sonst nicht die, die um Hilfe schreit.

Wir sitzen in einer etwas abgedunkelten Ecke, ich halte mich an meinem energyhaltigen Wodkadrink fest, vom Salat, den ich bestellt hatte, hatte ich kaum einen Bissen herunterbekommen, dafür aber die Karaffe Wein viel zu schnell geleert. Die Gespräche über die neuen jungen Praktikantinnen in der Radio-Etage über uns und über den Skandal der Bürgermeisterin, die einen mindestens zwanzig Jahre jüngeren Liebhaber hat, sind mir lieb, obwohl ich selber kein Wort sage. Sie bringen mich auf andere, nicht allzu persönliche Gedanken. Hin und wieder schaut Micha mich aufmunternd an, lächelt John mir mitleidig zu. Auf einmal überkommt mich das Elend. Die Vorstellung, nicht nur heute, sondern tagtäglich lieber noch einen trinken zu gehen als in der leeren Wohnung zu sitzen, lässt die Tränen nur so laufen. Sie verschmieren mein Gesicht mit Schminke und ein Typ im Alter meines Vaters, in sportlich engen Jeans und auf jung getrimmt, braun gebrannt, mit blondiertem Haar zeigt auf mich und tuschelt einer Frau neben sich etwas zu, worauf diese mir kuhäugig zuschaut.»Was ist? Noch nie jemanden heulen sehen?«, rufe ich lauter, als beabsichtigt, und denke:»Es ist wahrscheinlich das Beste, wenn ich noch einen Drink nehme. Das ist ja alles sonst gar nicht auszuhalten.« Ich bekomme meinen Cuba Libre und nehme einen großen Schluck – die Kälte überrascht mich, scheint mir die Zunge im Mund und das Hirn zugleich einzufrieren. Die Menschen im Raum bewegen sich steif und kommen mir wie Puppen eines Marionettenspielers vor, der zu wenig Übung und zu wenig Ahnung vom Stück hat, das gespielt werden soll. Die brauchen auch noch ein paar Drinks. Ein Grinsen macht sich in meinem Gesicht breit. Ein weiterer Cuba Libre tut das Übrige. Ich wackle, meinem Gefühl nach die einzig Aufgelockerte in diesem Club, mit meinem Drink in Richtung leerer Tanzfläche. Das Glas noch immer in der Hand entwickle ich einen ganz neuen Freestyle, bewege mich, wie es mir gerade in den Sinn kommt. Hm, herrlich und vollkommen frei – frei von allen Lastern, frei von allem Termindruck, frei von allem Muss und Soll, frei von Thomas. Ach, dieser Alkohol! Ein Geschenk der Kummergötter!

Und da sind also auch Micha und John, kommen herbeigeeilt und versuchen mich von der Tanzfläche zu zerren: »Alles o.k, Klara? Komm, wir gehen besser! Du hast genug gehabt. Zeit für uns alle, nach Hause und ins Bett zu kommen.« »Blödsinn! Mir geht es gut. Rockt so richtig, die Musik, findet Ihr nicht? Weiß nicht, wann ich zuletzt so getanzt habe.« Micha und John tauschen Blicke aus. Die haben mich noch nie betrunken und glücklich gesehen. Ach, lasst mich doch. Lasst mich alle in Ruhe! Nur mein Traumprinz, mein Märchenprinz, der soll kommen auf seinem weißen Pferd und mich holen! Wackelnd tanzend stoße ich an andere Tanzende, schaue mich um und bemerke die Männerschar, die sich um mich herum gebildet hat. Ah, seht Ihr, wie anziehend ich bin! Thomas, du kannst mich mal. Ich fange an zu flirten. Ein Kuss hier, ein beherzter Griff da. Was stellen die sich bloß vor, dass ich sie alle vier vernasche? Haha, so weit kommt es noch. Die Bilder verschwimmen, ich werde gehalten, stolpere und falle in irgendjemanden hinein. Keinen einzigen Namen habe ich mir merken können. Nun ist nicht der Raum mehr riesengroß, ich bin es. Es fühlt sich an, als ob ich wachse und wachse. Ich schüttele mich, versuche einen klaren Gedanken zu fassen, doch es gelingt nicht. Einer dieser Typen begleitet mich zum Klo. Ein mächtiger Durchfall durchspült meinen Körper, die Übelkeit steigt mir in die Kehle, von dort in den Kopf, alles dreht sich. Bloß nicht bewegen, bloß nicht wieder rausgehen! Hier eingeschlossen bleiben, für mich allein. Ein plötzlicher Schwall Erbrochenes gibt mir Recht. Bitterlich fange ich zu schluchzen an und kann mich nicht mehr beruhigen. Eine Stimme, die ich nur entfernt kenne, schreit meinen Namen ins Klo. Ich antworte natürlich nicht. Viele weitere Minuten vergehen, bis ich eine vertraute Stimme erkenne. »Klara? Klara, bist du da drinnen?« Ist das Tanja? Oh ja, das ist Tanja!

Erleichtert öffne ich die Klotür. »Hey Süße, was machst du denn hier?«, fragt Tanja und nimmt mich, die ich schon wieder weine, in den Arm. Mir ist immer noch total schwindelig, ich kann mich kaum auf den Beinen halten. Dennoch versuche ich, aufzustehen, aber die Schwerkraft zieht mich zurück auf den zugeklappten Klodeckel. Nun ruft auch John ins Klo: »Hey, Klara, geht's dir gut?« »Hm, neee.«, bringe ich hervor und muss mich schon wieder übergeben, reiße den Toilettendeckel nach oben und würge die letzten Reste einer undefinierbaren, gelbstichigen Essenz aus mir heraus. Oh man, ich will zu Omilein!

Tanja winkt John ins Klo und macht ihm verständlich, dass er mit anpacken müsse, um mich irgendwie auf das gammelige Sofa im Eingangsbereich zu schleppen. Boah, bei diesem Gedanken wird mir wieder übel. »Nö, nüscht aufsch Schofa, mür ischt schu schlecht«, nuschele ich. »Was?«, fragt Tanja und schon ist auch John da, beide packen mich und schleifen mich mehr als dass sie mich tragen über den schmutzigen Flur direkt auf das alte, abgewetzt-bordeaux Sofa. Die Zwei tun echt so, als wöge ich hundert Kilo. Es sind aber nur sechzig. Mein Kopf legt sich wie von allein auf die Lehne. Ich schließe die Augen und hoffe, dass dieses Drehen vorbeigeht. Tanja und John reden auf mich ein. Auf einmal ist einer dieser Typen von der Tanzfläche neben den beiden, schüttelt mich: »Ey, komm dancen!« Tanja geht dazwischen: »Lass sie in Ruhe, ihr geht es nicht gut, das siehst du doch!« »Mann, wie bescheuert, eben wolltest du doch noch. Hab gedacht, wir gehen dann noch zu mir«, mault er und geht kopfschüttelnd in den dunklen Tanzsaal zurück. Ich frage mich, wie ich bloß mit Tanja hier wegkomme. Tanja wäre jedoch nicht Tanja, wenn sie nicht schon alles organisiert hätte. »Es ist so, Süße. Der John ist mit dem Auto da und wird dich jetzt nach Hause fahren. Er holt jetzt seinen Wagen und wir werden dich da rein verfrachten.« Nur wenig später sitze ich tatsächlich in Johns Auto und hoffe, dass ich mich während der Fahrt nicht übergeben muss. Seltsamerweise geht aber alles gut.

Als wir ankommen, helfen Tanja und John mir noch mit nach oben und verabreichen mir ein großes Glas Wasser zusammen mit einer Aspirin. »Bäh, ich habe keine Kopfschmerzen.« »Ich denke, es ist besser, wenn du das jetzt nimmst«, sagt Tanja mütterlich. Ich nehme also die Pille, trinke das Wasserglas leer und bringe ein »Danke« hervor. »Ich komme morgen zum Frühstück vorbei, o.k.? Dann reden wir über alles, ja?« »Hm, ja. Nicht so früh bitte«, presse ich hervor und schleppe mich mit dem Gefühl ins Bad,

Wasser und Aspirin wieder von mir geben zu müssen, doch als ich über der Kloschüssel hänge, passiert gar nichts. Ich höre noch, wie John und Tanja sanft die Tür schließen und bin allein. Toller Filmtitel: Klara besoffen allein zuhause!

Ich öffne das Badfenster und setze mich aufs Klo, rutsche hin und her und spüre, wie mein wundes Herz pocht, mein trauriger Kopf schwer wird. Ach, warum kann nicht eine Malerin aus mir werden? Machen, was ich möchte, berühmt sein, ach was, nicht berühmt, weiß doch von den Journalisten, wie blöd das ist, glücklich, einfach glücklich sein. Und das ganz ohne Mann. Bei offenem Fenster schlafe ich schließlich auf der Toilette ein. Erst als mein ganzer Körper sich wie eine einzige Gänsehaut anfühlt, wache ich auf und krieche auf vier Beinen in mein Bett.

Samstag um zehn nach elf wache ich erneut auf, bleiern und elend, der Hals kratzig, die Haut empfindlich und vom Magen zieht ein stechender Geruch nach saurem Regen und vergifteter Galle über Speiseröhre und Mund in die Nase. Ekelig. Entschlossen setze ich mich, noch immer komplett so angezogen, wie ich gestern zur Arbeit gegangen bin, in die Badewanne, lasse warmes Wasser über meinen Körper laufen, ziehe erst sehr langsam mein Top aus und schäle mich dann aus meiner knallengen Jeans. Nachdem ich alles klatschnass ins Waschbecken geworfen habe, falle ich zurück in die Wanne und stöpsle den Ausfluss zu. Gemächlich füllt sich die Badewanne und das warme Wasser umschließt nach und nach meinen Körper. Oh, das tut gut! Tief atme ich ein und aus, denke an nichts. Nur ganz langsam kommt die Erinnerung an die Nacht wieder. Wie bin ich eigentlich nach Hause … ah ja, na klar, Tanja natürlich. Moment einmal. Ich drehe den Wasserhahn zu. Tanja hat doch aber nur ein Fahrrad und vom Club bis hierher sind es locker zehn Kilometer. Ich versinke im Wasser. Was wäre, wenn ich gar nicht mehr auftauchen würde? Einfach untergetaucht bleiben, dieser wunderbaren Leichtigkeit ganz und gar erliegen. Ich tauche nur kurz auf, hole Luft und tauche wieder ab. Ist es nicht das, wonach wir uns alle sehnen? Unendliche Wärme? Die Luft wird unter Wasser knapp, die Wärme lässt nach. Also komme ich wieder zurück ins Jetzt, seife mich mit Duschbad ein, tauche noch einmal unter – und fertig. Frisch gebadet entsteige ich der Wanne und schlüpfe in meinen weißen, knielangen Bademantel aus kuschliger Baumwolle. Mein Telefon klingelt irgendwo im Flur. Ich schlendere in den Korridor und fische es aus meiner Strickjacke.

»Hallo Tanja, is gerade schlecht, bin mit Sterben beschäftigt«, sage ich mit kleinlauter Stimme. »Hey Süße, hast dich zwar gestern ganz schön abgeschossen, aber gestorben wird mit neunzig oder hundert.« »Hm.« »Gestern Nacht habe ich dir vorgeschlagen, dass ich zum Frühstück vorbeikomme, wie sieht es aus, hast du Lust?« »Ja, ist gut. Kann ja Brötchen holen vom Bäcker um die Ecke, o.k.?«, sage ich, froh, dass Tanja nicht viel Aufhebens davon macht, dass ich mich nach der Nacht wahrscheinlich an nichts mehr erinnere. »Gut, ich bin also in einer halben Stunde bei dir.«

Die Welt fühlt sich noch immer recht undeutlich und kreiselnd an. O.k. Dann werde ich mich mal anziehen. Mit Schlabberhose, leicht ausgewaschenem T-Shirt und Strickjacke mache ich mich auf den Acht-Minuten-Weg zum Bäcker Hofmeister. »Grüß Gott, Frau Blick.« Doch ich nicke nur kraftlos und verziehe ansonsten kein Gesicht, als ich die fünf Brötchen, zwei Kaiser und drei dunkelkörnige Schusterjungen aus mir herauspresse. Wie komisch mich die Verkäuferin anschaut. Ich bin froh, als ich wieder auf der Straße bin.

Zuhause greife ich in der Küche zum Tee, denn Kaffee bekomme ich jetzt nicht runter. Ich stelle Teller, Tassen, Marmeladen, Honig, Wurst und Käse so auf den Küchentisch, wie sie mir in die Hände geraten. Wird jawohl auch mal so gehen, ohne erst noch den Käse- und Wurstaufschnitt auf zwei Tellern auszubreiten und mit aufgeschnittenen Tomaten, Gürkchen, Radieschen und so zu dekorieren. Wozu eigentlich immer dieser Umstand? Schmeckt auch so kein bisschen anders. Kaum ist Tanja da und schaut sich den Frühstückstisch an, ziehen sich ihre Augenbrauen auf die für sie so typische kritische Weise zusammen. »Na, du stehst wahrlich reichlich neben dir, meine Liebe. Erst besäufst du dich und dann das hier. Komm, so viel schöner war das Leben ja nun wirklich nicht mit Thomas. Hast also allen Grund, ihm und dir jetzt zu zeigen, wie gut du es dir ohne ihn gehen lässt! Und ich bin ja auch noch da.«

»Ach Tanja, gerade du müsstest doch verstehen, dass ich meine Schwierigkeiten damit habe, auf einmal Single zu sein. Du mit deinem Felix.«»Na prima, jetzt verteidigst du dich schon mit dem! Ich verstehe dich schon, aber wie gesagt, es gibt ja auch noch mich und Isabel, die sich schon so auf uns freut.« Während ich an meiner ersten Brötchenhälfte mit Johannisbeermarmelade – eigentlich meine Lieblingsmarmelade – knabbere, ohne viel herunterzubekommen, belegt Tanja bereits die dritte Kaiserbrötchenhälfte mit ihrem geliebten Wurstsalat. »Hm, Yummy …«, flüstert sie und streichelt meinen Arm. Ach, sie hat ja so Recht, meine Tanja. Solange wir uns haben, ist noch nicht alles verloren. »Tja, also gut, ich bin ja nicht so. Auch wenn mir nicht gefällt, dass Felix untreu ist, wenn er mit dir zusammen ist, finde ich es ganz schön blöd, dass du mir so gar nichts mehr von euch erzählst! Nu erzähl schon von deinem neuen Beziehungsglück. Bitte! Ich werde auch versuchen, nicht wieder als Moralapostel aufzutreten. Ehrlich!«

»Ach von wegen Beziehungsglück! Ich hatte einfach keine Lust auf dein Na-Siehste und hab deshalb nichts mehr erzählt.«

»Was soll das denn heißen, Tanja? Jetzt aber raus damit!«

»Hm, es läuft eben ganz und gar nicht mehr so gut wie zu Anfang. Er bezieht mich in nichts richtig mit ein und hat neuerdings zunehmend Ausreden, warum wir uns doch nicht treffen können. Seine Kumpels gehen ihm über alles und natürlich ist da auch noch Kerstin, seine eigentliche Freundin. Was mich am meisten fertig macht, ist, dass er mir das Gefühl gibt, nicht mehr so bei ihm anzukommen. Irgendwie scheine ich auf einmal doch wieder nur die nette Freundin zweiter Wahl zu sein.«

»Oje, nach nur drei Monaten. Das tut mir leid, Tanja. Aber – nein, kein Aber und auch kein Na-Siehste! Weißt du, anstatt uns gegenseitig zu bedauern, sollten wir in der nächsten Zeit einfach mehr miteinander unternehmen. Dann kommst du auf andere Gedanken und ich auch.«

»Klaro, auf die Idee bin ich auch schon gekommen! Doch was ich dich unbedingt noch fragen wollte. Den John, den fand ich echt süß, und als er mich gestern nach meiner Nummer gefragt hat, habe ich sie ihm gegeben. Was hältst du von ihm? Wie ist er denn so auf der Arbeit? Ist das o. k., wenn ich mich mal mit ihm treffe oder bist du selbst an ihm interessiert?«

»Der John! Sieh mal einer an. Das ist wirklich ein ganz Lieber. Arbeitet mir prächtig zu bei der Arbeit. Treff dich auf jeden Fall mit dem! Ich mag ihn auch total gern, aber mehr so als Kollegen und Kumpel, weißt du, als Freund ist der mir zu wenig trinkfest«, betone ich, den Zeige- und Mittel-finger beider Hände einknickend und mit hochgezogenen Augenbrauen. »Ha, Ha, das aus deinem Mund!« »Na, was das Sprachgenie betrifft, passt er jedenfalls besser zu dir als zu mir«, grinse ich zurück.

Zwei Frauen, ein Wort, anstatt zuhause Männertrübsal zu blasen, werden Tanja und ich unternehmungslustig, machen vor allem lauter Sachen, für die die Männer normalerweise nicht so zu haben sind: Kino, Theater, Konzert, Galerien, Museen, Parks, Landschaften, Schwimmen … verabreden uns aber auch immer einmal wieder zum Essen – ganz so, als hätten wir ein Date miteinander.»Frauen sind eben die besseren Männer!«, frotzelt Tanja. Sie wartet im Moment gerne mit Sprüchen über Frauen und Männer auf:»Weißt du, als Gott den Mann schuf, hat sie nur geübt!«»Du meinst also auch, Gott ist eine Frau?«»Na klar, denn schon Mark Twain hat festgestellt, was die Männer ohne die Frauen wären.«»Rar, sehr rar, Tanja!«»Na also! Was machen wir zwei Schönen denn heute? Erst in die «Alte Mühle» und dann zur Kunst den passenden Wein getrunken?« Tanja hat schnell gemerkt, dass es mich vor allem in die Galerien zieht.»Schöner Kontrast, was? Solch moderne, abstrakte Ölgemälde in der 1865 nach holländischem Muster gebauten Mühle. Wenn ich eine Galerie aufmachen würde, dann sicher am liebsten auch in solch einem schönen Gebäude. Gefällt mir gut, diese Kombi von Architektur und Kunst, von Alt und Neu. Was meinst du, eine eigene Galerie, wär das was für mich?«, frage ich lachend, als wir uns in der Galerie »Alte Mühle« die großformatigen Bilder eines Künstlers namens Kawaski anschauen. Geometrische Formen in knalligen Farben stehen in bizarren Wiesenlandschaften. »Wenn dein Bauchgefühl ja dazu sagt, warum nicht? Und was hältst du von diesem Kawaski? Scheint nen ganz schöner Fantast mit ner Spur Größenwahn zu sein, oder?« Wir müssen beide derart losprusten, dass ich Tanja anschubse und mit Mühe zwischen meinen unterdrückten Lachern herausdruckse:»Bevor uns hier alle für Kunstbanausen halten, lass uns lieber noch einen Wein im Mühlencafé trinken, ja? Mein Fall sind diese futuristischen Visionen auch nicht. Aber malen kann der Typ. Wenn bei mir die

Pinselstriche und Farbaufträge ebenso säßen, dann wäre ich schon glücklich.«»Och Mensch, Klara, das ist nicht dein Ernst, so gut wie der bist du schon lange! Hör lieber auf mich und mein Bauchgefühl, als andere um etwas zu beneiden, das am Ende mehr hohle Luft und Großspurigkeit als wirkliches Können ist.«

So kommt dank Tanja und ihren lockeren Sprüchen mit dem Lachen auch wieder mehr Lebensfreude und Lust aufs Malen in meinen Alltag. Zu meiner Verwunderung haben sich zudem John und Micha als verständnisvoller erwiesen, als ich gedacht und befürchtet hatte, was meinen nächtlichen Ausrutscher betrifft. Sie unterließen jeglichen ironischen Kommentar. Micha fragte mich nach dem Wochenende nur schmunzelnd, ob er mir eine Aspirin geben solle oder ob ich auch ohne wieder arbeitsfit sei. John tat alles mit einem Zwinkern und den fehlerfreien, wenn auch nicht akzentfreien deutschen Worten ab:»Jetzt sind wir mehr quitt. Du weißt ja noch, wie dumm und nervös ich mich bei der Passantenbefragung angestellt und keinen brauchbaren Satz herausbekommen habe. Und dann die Geschichte mit mir und dem deutschen Bier. Wir haben alle unsere schwachen Momente, nicht wahr? Du hast im Übrigen eine super nette Freundin. Die hätte ich ja sonst gar nicht kennengelernt.«

Kapitel 7

Ohne Strickjacke oder leichte Übergangsjacke gehe ich nicht mehr aus dem Haus. Die Röcke, Shirts und Flip-Flops werden wieder ganz nach hinten in die Schubläden geschoben, um nach und nach Platz für die Herbst- und Wintersachen zu machen. Beim Lüften meiner Wohnung bekomme ich jedes Mal eine Gänsehaut. Dabei ist es erst Anfang September. In anderen Ländern ist da noch Hochsommerwetter, wie in Florida. Das hat mir eine Doku auf Phönix vor ein paar Tagen vor Augen geführt. Da müsste man leben. Mir stehen derweil mein erster Herbst und Winter ohne Thomas bevor. Zeiten, in denen niemand da ist, um mich zu wärmen. Rilkes Verse gehen mir durch den Kopf: »Wer jetzt allein ist, wird es lange bleiben, wird wachen, lesen, lange Briefe schreiben und wird in den Alleen hin und her unruhig wandern, wenn die Blätter treiben.« Omilein hat sie mir wie so viele andere früher als Kind gerne vorgetragen. Bei ihr klangen selbst traurige Verse warm und hoffnungserfüllt. Ach, es wäre schon schön, wieder jemanden zu haben. Auch wenn Männer laut einem von Tanjas Sprüchen für jede Lösung ein Problem kennen und mir sicher niemals so viel unbeschwerten Zusammenhalt geben würden wie Tanja, Erfüllung ohne Partnerschaft, das war auf Dauer nichts für mich. Kein Mann würde meine kleinen weiblichen Macken wie Tanja verstehen. Die zehn Lagen Wimperntusche, die ich mir über meine Wimpern pinselte, obwohl ich auf diese

Weise Manga-Augen wie die Comic-Figuren aus Japan bekomme, zum Beispiel. Und doch verlangten Seele und Körper zusätzlich noch nach etwas anderem. Das hatte ich auch Frau Hegel gesagt. Aber das nächste Mal sollte es kein Thomas sein. Nein, nie wieder ein Thomas.

»Und haben Sie eine Ahnung, woran Sie merken, dass Sie sich nicht doch nur wieder auf einen Thomas einlassen?« Ja, Frau Hegel mit Ihren richtungsweisenden Fragen:»Wer sind sie Klara? Was wollen sie Klara? Was möchten sie tun, um ihr Ziel zu erreichen?« Wieder und wieder bearbeiten wir Verhaltensmuster, Ängste und Vergangenheiten.»Es ist Ihre Meinung, Ihre Wahrheit, die zählt, wenn es um Sie selber, um Ihre Gefühle und Ihr Wohlergehen geht. Was ihre Eltern und andere über Sie denken, ist deren Meinung und Wahrheit. Die müssen für Sie keineswegs stimmen. Nur sitzt der Widerstand, sitzt die Stimme der anderen mittlerweile tief in Ihnen drin und blockiert Sie. Solange Sie uneins mit sich und dem, was Sie haben und sich wünschen, sind, werden Sie Unsicherheit und Unruhe nicht loslassen.« Waren vor ein paar Tagen noch Frau Hegels Worte.»Wofür sonst ist das Leben da, als dazu, sich weiterzuentwickeln und an sich selbst und seinen Problemen zu wachsen? Glauben Sie an sich. Sagen Sie sich jeden Tag vor: ›Ich bin Klara Blick und auf das, was ich geschafft habe, auf mein Jetzt und Hier stolz. Aber ich weiß auch, dass das Leben weitergeht und mir noch einiges zu bieten hat.‹«

Mittlerweile gelingt es mir tatsächlich, mehr Ruhe zu bewahren in Situationen, in denen ich noch vor ein paar Monaten in Panik geriet oder in die Luft gegangen bin. Neulich zum Beispiel meinte ein schnöseliger Redakteur aus der Radio-Etage doch tatsächlich zu mir, ich sei ja eine ganz Dolle, wenn ich was getrunken hätte, ob ich wohl auch einmal mit ihm ins Fresenius gehen würde. Micha und John hatten ja, wie ich wusste, auf keinen Fall etwas herumerzählt. Aber in dieser kleinen Stadt kommt auch so einfach alles irgendwie unter die Leute. Es waren ja reichlich genug davon im Fresenius gewesen, um mein nicht gerade unauffälliges Verhalten mitzubekommen. Alter Arsch, habe ich gedacht, doch erst einmal ein paar Mal tief durchgeatmet, bevor ich erstaunlich cool hervorbrachte: »Nein danke, das Armutszeugnis männlichen Charmes stelle ich dir gerne sofort hier an Ort und Stelle und vollkommen nüchtern aus. Ein Fresenius-Test erübrigt sich also«, und noch bevor er mir mit noch mehr doofen Sprüchen kommen konnte, hatte ich mich umgedreht und ihn dumm dastehen und aussehen lassen. Ha!

Frau Hegels Entspannungsübungen verhelfen mir, nehme ich mir täglich auch nur ein paar Minuten für sie, insgesamt zu mehr Gelassenheit. Manchmal ist jedoch auch ein Soforteinsatz nötig. Kaum spüre ich, wie das Blut in meinen Adern und Stürme von fiesen und miesen Gedanken in meinem Kopf zu wallen beginnen, verlasse ich, wenn irgend möglich, kurz den Raum, laufe ein bisschen draußen herum oder schließe die Augen und atme bewusst: zuerst einmal tief ein und aus, dann ein großer Atemzug, die Luft ein paar Sekunden angehalten und stoßweise wieder ausgeatmet. Erneut tief ein- und ausgeatmet, die Luft angehalten und langsam wieder herausgelassen. Ein Rhythmus, ein Bild entsteht. Eine alte Dampflock, die durch einen Wald rattert, Rauchwolken ausatmend, oder ein See, in den ich einen Stein werfe. Die Kreise erst eng und schnell, dann werden sie weit und ruhig und ich denke an einen der schönen Momente mit Oma zurück, erlebe ihn noch einmal. Wie sie mich auf dem Kindersitz ihres schwarzen Fahrrads aus den 1920ern zwischen ihren Armen hatte, die Tüten vom Markt am Lenkrad, rechts den frischen Lauch und die Tomaten, links die duftenden Erdbeeren – ein Balanceakt, bei dem wir beide strahlten, die Passanten, die uns vorbeiradeln sahen, jedoch bestürzte Gesichter bekamen. Wie sie mit mir Weihnachtskekse backt. Wie sie mit mir Lesen übt …

»Dein Bauchgefühl wird besser! Du kannst ja tatsächlich immer öfter einmal das Hier und Jetzt genießen«, freut sich Tanja. »Das Leben ist ja auch einfach viel zu kurz …« – »… um auch noch Zeit zu verlieren«, beende ich den Satz. Und Tanja »Deshalb trauern wir den miesen Mannsbildern nicht nach, sondern machen unser Ding. Du malst und ich halte in den Galerien nach einem süßen Franzosen Ausschau, der mich bestens auf meine Französischprüfungen vorbereitet, zudem Geld hat und mich anhimmelt.«

Was mich betrifft, ist an Tanjas Frotzelei tatsächlich viel dran, ich male und male, habe vor zwei Wochen gar begonnen, Skulpturen aus Gips und Pappe zu gestalten: eher rätselhafte Wesen, mit Hörnern und Umhängen, bei denen nicht klar zu erkennen ist, ob sie Frau oder Mann, Tier oder Baum sind, Wesen aus einer anderen Welt oder auch aus unserer, in einer Verwandlung begriffen. Da bleibt dem Blick des Betrachters einiges an Spielraum, um in die Figuren hineinzulesen, was an Vorstellungen in seinem eigenen Inneren steckt. Manche Figuren sind ungefähr katzengroß, andere haben schon Beinlänge erreicht. Es macht Spaß, mit dem Blick desjenigen zu spielen, der diese Skulpturen einmal sehen wird. Von verschiedenen Winkeln aus betrachtet, wirken manche der Figuren entweder sanft und liebevoll oder bedrohlich und abweisend. Ich stelle mir zudem vor, wie Licht und Schatten den Eindruck verändern. Während ich auf diese Weise meine Trennung von Thomas zunehmend besser bewältige, immer seltener ins Single-Loch falle, mache ich mir um Tanja und ihre Art, nach außen locker zu wirken, Sorgen. Wenn es mich immer wieder einmal überkommt, ich mir auf einmal wünschte, Thomas sei wieder da und ganz der Thomas unserer Anfangszeit, wenn ich ihn und mich händchenhaltend am Strand entlanglaufen sehe wie in guten gemeinsamen Ferientagen, dann heule ich mich bei Tanja aus, schluchze, was wir nur falsch gemacht hätten, ob ich uns nicht doch noch eine Chance hätte geben sollen. Tanja hingegen überspielt, wie sehr ihr die Trennung von Felix zu schaffen macht. Setzt ihre Sprüche ein, findet immer neue, die ihre Verletzlichkeit verbergen.

Mag sein, dass ich es ein bisschen leichter habe mit meinem Selbstbewusstsein, weil ich diejenige gewesen bin, die Schluss gemacht hat. Bei Tanja liegt die Sache anders. Felix hat sie kalt abserviert, bevor sie sich noch so richtig über sein verändertes Verhalten ihr gegenüber beschweren konnte. Mehr als eine kurze Affäre ist es wieder nicht gewesen. Obwohl mir nicht klar ist, wie sie sich nur mehr davon hatte versprechen können, hab ich doch gemerkt, dass das so war und würd nun gerne ihren Kummer ebenso mit ihr teilen wie sie meinen. Wenn sie doch nur mit mir reden würde! Sich mir anvertrauen könnte, wie das mit der Trennung genau abgelaufen ist und wie weh ihr das getan hat, anstatt sich und mir vormachen zu müssen, dass sie als moderne Femme fatale über der Sache stehe, ja es ja genau so gewollt habe, eine aufregende Affäre, mehr nicht. »Alle Männer sind ichbezogene Kinder, Klara, und für Kinder sind wir doch noch viel zu jung, nicht wahr? Ihnen hin und wieder ihr Spielzeug zu geben, geht noch an, aber mit ihnen ein ganzes langes Leben verbringen? Besser nicht. Kurz und gut: Du bist mir noch immer der beste Lebensgefährte.« Gut und schön, aber ... denke ich, lass es zunächst jedoch gut sein und bin froh und glücklich, dass Tanja so viel Zeit mit mir verbringt. Ist fast wie zu Kinderzeiten.

Tanja und ich haben heute am Sonntag meinen Keller von all dem Gerümpel befreit: alte Pfandflaschen abgegeben, staubige Umzugskisten, ein klappriges, unbrauchbares Fahrrad entsorgt, diverse Schuhe und abgetragene Kleidung zum Roten Kreuz gefahren, eine alte Schreibmaschine zum An- und Verkauf gebracht und den Rest als Sperrmüll angemeldet und auf die Straße gestellt. Tanja war so richtig guter Laune: »Das war richtig befreiend, was Klara?« Woraufhin ich nur schmunzelnd zustimmen konnte. »Jetzt kannst du deine Bilder und Figuren hier unten solange aufbewahren, bis sie dir die echten Kunstkenner aus der Hand reißen.« »Na, nun übertreib' doch nicht gleich wieder. Du weißt doch, wie mich das nervt.« »Zumindest, meine liebe Klara, würde ich mir deine Kunst sofort ins Zimmer stellen. Vor allem eine dieser herrlich schrägen Figuren!« »Na dann, such dir eine aus, aber nur eine von den kleineren. Die großen sind mir noch nicht so recht gelungen.« Das lässt sich Tanja nicht zweimal sagen: »Au ja, warte mal, gar nicht so einfach, sich zu entscheiden. Hier, dieser komische Vogel hat es mir von Anfang an besonders angetan oder nein, noch besser, diese drollige, halb hopsende, halb schwebende Fee, die passt jawohl herrlich zu meinem verspielten Free-Style, nicht wahr?« »Du wirst es nicht glauben, ich habe tatsächlich ein bisschen an dich gedacht, als ich sie geformt habe. Ich hab sie deshalb auch Anjabella genannt. Ich bin sicher, sie wird sich bei dir so richtig wohl fühlen. Hilfst du mir jetzt noch, die Bilder und restlichen Figuren in das Leinen hier zu hüllen und in den Keller zu tragen?« »Nur unter einer Bedingung, meine Liebe. Lass mich die besten deiner Stücke fotografieren! Bitte, bitte! Was spricht denn gegen den Versuch, sie bei Ebay zu versteigern? Frisch gewagt ist bekanntlich bereits halb gewonnen. Und wir können zumindest mal sehen, wer von uns beiden recht hat. Denn ich bin noch immer fest davon überzeugt, dass da manch Liebhaber auf dich aufmerksam wird. Mann, ich sehe bereits den Galeristen Kasimier mit schwarzem Hut vor mir, wie er die größte Skulptur, die du selbst vollständig abtust, eigenhändig aus deinem Keller trägt.« Typisch Tanja. Aber was soll's. Warum eigentlich nicht, ein, zwei Bilder und Skulpturen ins Netz stellen?»Nun gut, du gibst ja doch keine Ruhe. Dann entscheide du nun auch mit, welche zwei Bilder und zwei Figuren am besten geeignet für Ebay sind! Ich finde ja, sie sind alle nicht gut genug und halte das Ganze eher für einen Witz. Nur, dass ich für meine Lieben hier nichts gewagt hätte, das lasse ich mir auch wiederum ungern nachsagen.« Tanja ist Feuer und Flamme. Sie möchte am liebsten alle meine Figuren und Bilder einstellen. Am Ende können wir uns darauf einigen, es erst einmal mit zwei meiner farbenfrohen Darstellungen, einer mit Paradiesvögeln und einer mit einem Narren, zu probieren.

Tanja fotografiert die Bilder aus verschiedenen Perspektiven.»Und was mach ich nun mit dem Preis? 50 Euro sind bestimmt zu viel, oder zu wenig? Was meinst du? Wie lässt sich Kunst überhaupt bezahlen? Jetzt, wo du mich so weit hast, möchte ich gleich wieder einen Rückzieher machen. Mann, da kann ich doch kein Geld für nehmen!«»Klar kannst du und bloß nicht zu wenig. Scheinst ja eher froh zu sein, wenn sie dann doch keiner nimmt. Also fängst du am besten gleich mit 150 Euro an. Das klingt doch nach was.«»Nee du, 150, bestimmt nicht. Aber gut, wenn du meinst, also wage ich es tatsächlich gleich mit 100 Euro.« Keine Ahnung, wie Tanja das macht, aber eh ich mich versehe, biete ich zwei meiner Kinder, wie ich sie für mich nenne, für sage und schreibe 100 Euro bei Ebay an. Mir klopft das Herz im Hals vor Angst und Scham zugleich.

Nach zehn Tagen, in denen ich kaum glauben mag, wie oft meine beiden Lieblinge angeklickt werden, glückt der Verkauf auch schon. Beide Bilder gehen für je 150 Euro – Tanjas Bauchgefühl lässt grüßen – an ein und denselben Interessenten! 300 Euro mal eben so verdient. Die Käuferinformationen lassen auf einen Antiquitäten-Händler schließen. »Wie viel neue Leinwände ich davon kaufen kann!«, lächle ich in mich hinein. »Na ja, shoppen wird auch noch drin sein. Das richtige Künstleroutfit tut obendrein not, wie mein neues Bauchgefühl und du mir sagen, meine liebe Tanja«, flappse ich am Telefon. Tanja ist natürlich die Erste, der ich meinen Erfolg mitteile. »So, Tanja, und jetzt muss ich unbedingt zu Omilein, die wird staunen!«

Ungeduldig klingle ich mindestens dreimal in kurzen Abständen an Omileins Tür. Als sie endlich öffnet, »Hallo Omilein, ich muss dir unbedingt etwas erzählen, hast du Zeit?«, laufe ich an ihr vorbei geradewegs in ihre Küche. Etwas irritiert schaut sie hinter mir her. »Hallo Klara-Kind. Du scheinst ja etwas sehr Wichtiges auf dem Herzen zu haben.« In der Küche sitze ich wie immer auf dem mit buntem Stoff bezogenen Stuhl und sie auf der hölzernen Ecksitzbank an ihrem alten, großen Küchentisch. »Also, ich bin ganz Ohr.« Ich strahle sie an: »Halt dich fest, ich habe zwei meiner Bilder auf Ebay verkauft!« »Das ist der An- und Verkauf im Internet, bei dem dann noch alles eingepackt und zur Post gebracht werden muss, nicht wahr?« fragt Oma nach. »Genau mein schlaues Omilein. Wie gut du informiert bist! Tanjas Oma bekommt gar nichts mehr mit.« »Na hör' mal Klara. Sie ist ja auch nochmal fünfzehn Jahre älter als ich.« Ich winke ab. »Meine Bilder! Verkauft! Was sagst du denn dazu? Ist doch kaum zu fassen!« Ich klopfe mir selbst mit spöttischer Miene auf die Schulter. »Gratuliere mein Schatz!« Omi steht auf und umarmt mich. »Ganz fremde

Leute, die dich gar nicht kennen, haben deine Bilder gesehen und gekauft? Also auf keinen Fall dir zuliebe?«»Quasi ersteigert, die bieten da auf Ebay um die Wette. Die zwei Bilder sind für sage und schreibe 300 Euro an ein und denselben Käufer gegangen, einen Herrn Baumgarten.« Oma setzt sich wieder in die Eckbank.»Alle Achtung, das ist ja echt beeindruckend. Auch wenn ich schon immer wusste, dass du großes Talent hast. Ich bin da ja voreingenommen, so als Oma. Dass sie jemand kauft, den nur die Bilder interessieren, das ist ganz was anderes. Das sollten wir feiern. Schließlich erinnere ich mich noch allzu gut daran, wie dir dein Vater, dieser eingefleischte Trampel, damals gleich die ganze Malerei ausgetrieben zu haben schien. Wie mich das geärgert hat, wie ich mit ihm geschimpft habe und dir zugeredet und alles doch nichts geholfen hat. Das war echt arg. Nu wünsch dir zur Feier des Tages etwas von mir. Eierkuchen für das Goldkind? Und dann noch etwas Mousse au chocolat dazu, wie ich es immer zu besonderen Anlässen mache?«»Fein! Eierkuchen und Mousse au chocolat. Genau das Richtige, um einen Künstler zu zelebrieren! Kreativ und feudal!«, frotzele ich. Also macht sich Omilein ans Werk. Und als wir beide vor unseren Eierkuchen mit Mousse au chocolat sitzen, stoßen wir unsere Löffel gegeneinander, dass es freudiger als jedes Sektglas in unseren Ohren klingelt und löffeln unsere Künstlerspeise ruckzuck und stillschweigend weg. Sowie wir auf blankgeputzte Teller blicken, sage ich mit fester Stimme:»Und dieses Mal male ich weiter, das sag ich dir, Omilein. Frau Hegel steht hinter mir und dann habe ich noch dich und meine Tanja. Da ist auf einmal noch so eine Idee, die mir im Kopf herumspukt. Ich möchte mehr als nur so für mich rummalen, ich möchte das richtig professionell lernen und angehen. Tanja hat mich bereits förmlich in die Workshops geschubst. Und nun kann ich gar nicht genug davon bekommen. Weiß nicht, wann mir zuletzt etwas so viel gebracht hat. Und die anderen dort, die halten echt was von meiner Kunst und fragen sogar, ob ich schon einmal an eine richtige Ausbildung zur Künstlerin gedacht hätte.« »Ja Klara, Recht haben die, unbedingt! Das ist mehr als nur eine herumspukende Idee! Ich bin ja so stolz auf dich, dass du endlich merkst, was in dir steckt!« Warum hatten meine Eltern nicht ein bisschen was von meinem Omilein? Nur ein bisschen? Um wie viel leichter wäre alles!

Wieder zuhause, setze ich mich sogleich mit einem Cola-glas an meinen Rechner und surfe mich durch die verschiedenen Universitäten und Ausbildungsangebote. Die richtig guten Ausbilder sind natürlich auch so richtig teuer. Die Zulassung zum Studium hängt von einer eingereichten Mappe aus Arbeitsproben ab, die dann eine von sehr, sehr vielen ist, die von den akademischen Herrschaften begutachtet wird. Die meisten halten ihren Ansprüchen nicht stand. Selbst, wenn ausgerechnet ich es schaffen sollte, genommen zu werden, will ich denn wirklich studieren? Neben der Arbeit her. Ob das überhaupt machbar ist? Am Tag Geld verdienen und die Abende, an denen ich ja nun niemanden mehr erwarte, ein richtiges Studium absolvieren? Besser als Männerfrust schieben und sich gar nach den stinkenden Socken und der Sporttasche in der Ecke des Geliebten zu sehnen in jedem Falle. Einen Versuch wert? Was gibt es denn überhaupt so für Studiengänge? Mein Suchportal spuckt allerlei aus: Bildende Kunst, Kunsttherapie, Webdesign, Industriedesign, Grafikdesign, Modedesign, Kommunikationsdesign, Produktdesign, Art Direction, Freie Kunst, Lehramt, Bachelor- und Masterstudiengänge, Kunstgeschichte, Bildhauerei, Art in Context, Malerei, Grafik, Kunst und Multimedia ... Puh, der reinste Wahnsinn, was sich alles mit Kunst machen lässt. So richtig sehe ich mich da nun aber doch nicht. Vielleicht doch erst noch einmal bei Ebay meine Verkaufschancen testen, war sicher sowieso nur ein Zufallstreffer. So ein Blödsinn, nur weil jemand ein Heidengeld für zwei meiner Bilder ausgibt, gleich studieren zu wollen. Dass es da ein paar Mitsteigerer gab, was sagt das schon? Fängt einer an, denken schnell ein paar, da muss was dran sein. Klara Blick, die Kunststudentin: purer Größenwahn. Das geht außerdem gar nicht so leicht neben der Arbeit her. Du liebe Zeit, Klara, wo sind deine Vernunft und dein Pragmatismus geblieben?

Siehe da: In den nächsten Tagen verkaufe ich tatsächlich fünf weitere Bilder und dieses Mal an ganz verschiedene Interessenten. Es sind allerdings vor allem Stillleben und Tiermotive und bei denen habe ich pro Stück nun wirklich bei 50 Euro angefangen und alle unter 100 verkauft. Ist sowieso noch nicht lange her, dass ich das Potenzial entdeckt habe, das diese mir zunächst so langweilig erscheinenden Genres bieten. Eine blaue Rose neben einer langhälsigen, brennenden Kerze, in ein atmosphärisch aufgeladenes Halbdunkel getaucht, ein Silbertablett, auf dem neben einem halbgefüllten Sektkelch eine Gartenschere liegt, ein Seeadler über einem geheimnisvoll glänzenden See, im Sturzflug begriffen, ein Schneehase, der ausgestreckt ins Dunkle hineinspringt. Das ist im Grunde natürlich genau das, was sich meine Eltern gewünscht hätten, weil es als dekorativer Wandschmuck dienen kann und ihnen der Satz: »Das hat unsere Tochter gemalt«, nicht peinlich sein muss. Ein akzeptables und verschenkbares Freizeitvergnügen, kein provokatives Gehabe. Ich eröffne dennoch mit einem seltsam sicheren Gefühl einen Onlineshop auf Ebay und bin fortan stolze Besitzerin einer virtuellen Galerie von Bildern. Wenn ich da auch nur reinstelle, was mir verkaufbar scheint und was ich ohne großen Trennungsschmerz so einfach an Mann und Frau bringen mag, bereitet mir das irre viel Vergnügen! Das Malen gibt mir einen Halt, den mir kein Mann noch meine Eltern je gegeben hätten. Und doch. Sobald ich mich ernstlich frage: »Du bist also glücklich, Klara?«, antworte ich mir auch schon unbarmherzig: »Wenn es nur so wäre!« Irgendetwas fehlt noch immer. Ist das Malen etwa nur ein Ersatz? Aber wofür? Warum fühlt sich alles, was ich mache, so unvollständig an? Geht das nur mir so?

Kapitel 8

Unser Trip nach England rückt nahe. Die Blätter fallen bunt zu Boden, das Laub raschelt und duftet besonders, wenn die Sonne darauf fällt. Ich habe Tanja nun schon zwei Wochen nicht gesehen. Ein seltsames Gefühl, nachdem wir uns über Wochen täglich gesehen und gesprochen haben. Sie hatte eine stressige Klausurphase und ich habe mich in meinen Bildern und Versteigerungen verloren. Außerdem war in der Redaktion mal wieder ständig der Teufel los: unvorbereitete Journalisten, die sich verzettelt hatten, stülpten mir einen gehörigen Recherche-Berg auf, prominente Gäste mussten eingeladen werden, sagten kurzerhand wieder ab und Margot wurde zum Drachen, denn sie arbeitete trotz eingefangener Erkältung und hohem Fieber weiter, ließ ihre Laune allerdings lauthals an ihren Kollegen aus und kein Wort mehr über ihren Enkel Emil. Gut, dass es noch Micha und John gab, die zwischen allem doch auch immer noch ein kurzes privates Wort für die Kollegen und Kolleginnen übrig hatten, ihren Humor behielten, egal was Sache war.

Als ich neulich John meinen Kaffee über seine Hose gekippt habe, hat er mich kurz und beherzt an der Schulter gestreichelt und mit seinem niedlichen amerikanischen Akzent gefragt:»Trinken wir nachher noch ein Feierabend-Bier zusammen? Kannst du bestimmt vertragen!«»Puh, lieber nicht, ich brauche heut Abend zuhause noch einen klaren Kopf, will mindestens noch zwei Bilder vor England ver-

kaufen und bin ansonsten bereits mitten in den Vorberei-
tungen für die Reise. Und außerdem: du und ein deutsches
Bier? Guter Scherz! Dennoch danke, weiß deine Frage zu
schätzen und komme bestimmt einmal darauf zurück.«
Mein breites Lächeln dazu trifft auf seines. Erstaunlich, wie
gut wir uns inzwischen verstehen und miteinander klar-
kommen. Dass er und Tanja füreinander was übrig haben,
gefällt mir, obwohl ich skeptisch bin. Tanja und ein netter,
unkomplizierter Typ wie John? Ein Treffen zwischen John
und Tanja scheint auch noch immer nicht zustande gekommen zu sein. In ihren heißen Lernphasen ist Tanja noch nie
ansprechbar gewesen. Ich weiß, dass ich mir da keine Sorgen
um sie zu machen brauche. Nur John ebenso? Tanja zieht
sich dann immer vollends in ihr Lerndomizil zurück, geht
sozusagen in Klausur. Dafür würde bald unser Kleeblatt
wieder beisammen sein. Ach, wie ich mich inzwischen auf
Isabel und England freute! Endlich raus aus dem Redak-
tionsstress! Endlich wieder gemeinsam statt einsam! Und
malen ließ sich sicher ebensogut, wenn nicht sogar besser
in England.

Ich hatte mir zu Englands Gärten, Schlössern und Kunst-
museen einige Bücher aus der Stadtbibliothek ausgeliehen
– aber natürlich auch noch einmal genauer recherchiert,
was Liverpool so für Kunstfans bot. Und das war, wie ich
ja bereits wusste, nur bisher ignoriert hatte, nicht ohne: Die
Walker Art Gallery ist eine der größten Kunstsammlungen
Englands! Und dann steht das Hafenviertel von Liverpool
seit 2004 auf der Liste der Weltkulturerbestätten der Unesco.

An einem Donnerstagabend ist es endlich so weit! Wir
packen unsere Sachen und telefonieren miteinander. »Biste
startklar? Haste Bock auf Isabel?«, höre ich Tanja freudig
tröten. »Logisch, meine Liebe.« Am Freitag treffen wir uns
am Bahnhof, beide einen Rollkoffer hinter uns herziehend

und einen Rucksack als Handgepäck auf dem Rücken. Bis zum Flughafen Berlin Schönefeld fahren wir zwei Stunden.

Während wir so mit dem Zug durch die deutschen Lande fahren, hier eine prächtige Kirche sehen, dort am Bahnhof Kinder, die dem Zug nachwinken, und tatsächlich in einem Abteil ganz für uns allein sitzen, frage ich Tanja nach dem Stand der Dinge. Wie ihre Klausur gelaufen sei. »So richtig gut, glaube ich. Zur Abwechslung hatte ich mal genau das Richtige gelernt. Über das moderne französische Chanson kann ich dir eine Menge erzählen! Fast so viel wie über französische Sprichwörter und Redensarten. Ce n'est pas la mer à boire. Ist nicht gleich nötig, das Meer auszutrinken – sagen die Franzosen, wenn alles halb so schlimm ist.«»Und ist es das, ist alles halb so schlimm? Ach Tanja, ich wollte dir das schon die ganze Zeit sagen. Aber erst war ich einfach froh darüber, wie viel Spaß wir zusammen hatten und wie gut es dir gelang, mich von meiner blöden Sehnsucht nach Thomas abzulenken, ja und dann stand dir die Klausur bevor. Irgendwie bin ich aber enttäuscht, dass du mir nur so halb angedeutet und nicht wirklich erzählt hast, wie es kommt, dass du derart endgültig mit Felix fertig bist. Ich meine, erst bist du ganz begeistert und glaubst, dass der Felix es ernst mit dir meint, bist derart verliebt, dass es fast unsere Freundschaft gefährdet, und wie er dann auf kaltherzige Weise mit dir Schluss macht, teilst du mir das ganz lässig und gefasst mit, als sei es für dich ganz einfach von großer Liebe zu unversöhnlich und wieder Single umzuschalten, das kann doch nicht sein. Nachdem ich doch gerade erst von dir zu hören bekommen habe, wie dir das Singleleben zu schaffen macht. Und genau das finde ich als Freundin, die mit dir all ihre Thomasschwächen geteilt hat, nicht fair!«

Wie Tanja erst einmal nur die Nase runzelt und mich wie ein kleines Kind, das Schelte bekommen hat, anschaut, ist mir schon etwas mulmig zumute. Musste ich das ausgerechnet jetzt vor unseren gemeinsamen Urlaubstagen in England ansprechen. »Ach Klara«, setzte Tanja mit wahrlich ungewöhnlich kleinlauter Stimme an. »Das ist wahrlich nicht fair von mir und feige dazu. Aber die Entwicklung schien dir zu meinem Ärger in allem so Recht zu geben. Ich hab mir glatt was vorgemacht und natürlich geht es mir damit nicht gut. Nur hattest du so streng und abweisend geklungen, als ich noch so felixeuphorisch war, das kannte ich gar nicht von dir und da war ich eben verunsichert und auch ein bisschen verlegen. Sorry. Weißt du, der Felix, der hat doch glatt per SMS mit mir Schluss gemacht! Ohne jede weitere Erklärung. Und zwei Tage danach habe ich ihn zufällig vorm Insider gesehen. Da hat er Teufel komm raus mit einer anderen geflirtet. Einem ganz jungen Ding mit superkurzem Rock und hochhackigen Schleifenpumps. Also genau, was ich nicht habe wahrhaben wollen. Ein Schneckenchecker und Hobbyangler, der sich einen Dreck um die Gefühle der Frauen kümmert, nur sein eigenes Ego und seine eigene Lust befriedigen will. Und so einen hatte ich toll gefunden und gemocht, war schon wieder reingefallen mit meiner Liebe. Das hat verdammt weh getan. Das wollte ich aber nicht. Ich wollte mich nicht von meiner eigenen Verliebtheit kleinkriegen lassen und derart dumm und beschämt dastehn. Auch vor dir nicht. Wollte dich auch nicht noch zusätzlich runterziehn. Und da hab ich lieber die Aktive gegeben, mich aber nicht wirklich so gefühlt, sondern innen so komisch wund und verloren und so bin ich zu deiner Frau Hegel.«

»Was? Zu Frau Hegel und auch davon hast du mir nicht einen Ton gesagt?« Ich kann es nicht verhindern, nun klinge ich richtig verärgert. »Es ging einfach nicht. Ehrlich. Ich musste Abstand gewinnen, weißt du, gerade auch zu mir. Frau Hegel spricht davon, dass es in manchen Situationen wichtig sei, eine Sichtweise jenseits aller Betroffenheiten und auch Ratschläge guter Freundinnen einzunehmen. Gerade du hast mir doch in letzter Zeit gezeigt, was es bringt, sich mit sich selbst und seinen Problemen auseinanderzusetzen und an sich und seinen Verhaltensmustern zu arbeiten. Daran, dass ich nun sozusagen auch Hegelanerin bin, bist du nicht so ganz unschuldig, Klara.«

»Wahnsinn. Echt Cool. Nun stehe ich mit meinen Sitzungen nicht mehr so allein da. Das hätte ich dir wahrlich kaum zu raten gewagt. Ein und dieselbe Therapeutin, nun gut, wenn das nicht wahre Freundschaft ist. Tut trotzdem weh, so viel Zeit mit dir verbracht und doch das Eigentliche nicht mitbekommen zu haben. Frau Hegel hin, Frau Hegel her, hast mir irgendwie eine heile Welt vorgespielt, als sei ich nur irgendwer – hoffe sehr, dass das nicht wieder vorkommt.« »Nein, bestimmt nicht. Auf keinen Fall. Hand aufs Herz. Aber mir war das doch selber gar nicht so richtig klar, dass meine flotten Sprüche mehr Schutz als Frauenpower sind. Ehrlich. Ich muss offensichtlich erst noch einiges über meine Emotionen lernen, bevor ich meine Energien nicht mehr aufs falsche Pferd setze. Jetzt habe auch ich meine Hausaufgaben zur Selbsterkenntnis zu machen«, lächelt Tanja mir ganz ungewohnt unsicher zu, »aber statt einer Brille was zum Lesen und Achtsamkeitsmeditationen verschrieben bekommen. Die Meditation der Achtsamkeit ist nämlich in der Medizin gerade voll am Kommen. Die merken langsam, dass sie ihre Behandlungen ganzheitlicher angehen müssen. Klingt bei Frau Hegel natürlich alles viel professionell psychologischer. Kennste ja. Es geht jedenfalls bei der Achtsamkeitsmeditation darum, den Moment anzunehmen, wie er ist, vor allem aber, ihn nicht zu bewerten, nicht dagegen anzukämpfen. Das heißt, Frau Hegel glaubt, dass ich mir auf diese Weise ganz von selbst einiger wesentlicher Dinge, die mich bei meinen Männergeschichten immer wieder unglücklich machen, bewusst werde. Pass auf, das geht so: Sitze einfach, ohne dich zu bewegen, und beobachte deine Gedanken und Gefühle. Tue dies ohne Wertung, ohne jegliches Urteil. Lasse alles zu, was sich zeigt. Du kannst ebensogut beim Abwaschen, Bügeln, Spazierengehen, Joggen meditieren. Worum es geht ist, dass du, wenn du regelmäßig dabei deine Gedanken und Emotionen beobachtest, bestimmte, immer wiederkehrende Themen erkennst. Diese Muster sind wie kleine Programme, die unbewusst ablaufen. So lernst du dich unversehens besser kennen. Das ist also die eine meiner Hausaufgaben. Nicht dass ihr euch wundert. Von Bruce Lee stammt der Spruch: «Um von dem verschieden zu sein, was wir sind, müssen wir ein Bewusstsein von dem entwickeln, was wir sind», und genau daran arbeite ich jetzt nach meinem Felix-Desaster. Und das hier, das ist das Buch, das ich als zweite Hausaufgabe englandpassend lese!« Sie hält mir den Buchdeckel entgegen und ich lese ihn laut vor: »Pia Melody, ›Facing Love Addiction. Giving Yourself the Power to Change the Way You Love‹. Na klar, gleich auf Englisch, du Sprachgenie«, schaue ich Tanja ungläubig an. »Mann Klara, das bisschen Englisch, das kannst du doch ebenso gut lesen«, winkt Tanja ab, und fügt nach einer kleinen Pause hinzu: »dass du dich immer kleiner machen musst, als du bist, das solltest du dir jedenfalls mal bewusst machen. Auf jeden Fall möchte ich endlich mal ne funktionierende Partnerschaft.«

»So wie ich, my dearest one« grinse ich, während Tanja in ihrem Buch blättert. »Und John?«, frage ich nach einer Weile vorsichtig. »Dem mag ich mich in meiner momentanen Männerverfassung einfach nicht zumuten«, gesteht meine sonst so selbstbewusste Tanja. Da nehme ich sie in den Arm und sage ihr, dass ich gut verstehen kann, wie ihr zumute ist und dass wir die Männer die nächsten Tage am besten allesamt vergessen und nur an uns und unsere Freundschaft denken sollten.

»Mensch, bin ich froh, dass ich wegkomme«, jubelt Tanja. »Oh ja, ich auch!«, jubele ich mit. »Bin mal gespannt, ob Isabel sich verändert hat. Endlich erleben wir sie mal wieder in ihrem Umfeld und können Liverpool aufs Neue entdecken!«

So ganz wollen mich Tanjas Mitteilungen noch nicht loslassen. Ich erinnere mich nur zu gut, wie das ist, wenn man das erste Mal über seine Gefühle, seine Familie und Vergangenheit spricht. Da kommen Themen hoch, von denen man dachte, sie wären längst abgehakt. Zwar habe ich immer gewusst, dass es mit meinen Eltern nicht toll lief, aber dass ich deshalb heute so schlecht Vertrauen zu anderen Menschen fassen kann, habe ich keineswegs wahrhaben wollen. Selbst was Thomas betrifft, ist mir inzwischen klar, dass das Misslingen unserer Beziehung auch damit zu tun gehabt hat, dass ich mich gar nicht richtig kannte und wir beide wenig fähig waren, unsere Gefühle zu kommunizieren.

»Hey Klara, du hörst mir ja gar nicht richtig zu! Bist in Gedanken sicher ebenfalls schon in England. Hast du überhaupt mitbekommen, was ich dich gefragt habe? Was denkst du? Ist Isabel noch fülliger geworden?« »Na, zu verdenken wäre es ihr nicht, wo sie immer so von der englischen Küche schwärmt, ganz gegen deren sonstigen Ruf«, muss ich lachen und lasse mich nun voll und ganz auf das ein, was uns erwartet. Isabel war immer die Kleine und Runde von uns, die uns mit unseren Modelfiguren schon einmal ihre Meinung sagte, wenn wir mal ein Kilo zugenommen hatten und daraus gleich ein Riesendrama machten: »Seid ihr noch gescheit? Au weia, Weight-Watchers-Alarm!«, giggelte sie übertrieben und schwang dabei ihre Hüften. Was uns sofort signalisierte, dass unser Verhalten total übertrieben war.

Isabel hat uns mit ihrer eigenen Haltung ihrem Gewicht gegenüber und ihrer bewussten, aber auch gesellschaftskritischen Lebensfreude manches Mal unsere Oberflächlichkeit ausgetrieben. So gern sie schon immer gekocht und gegessen hat, so genau hat sie auch darauf gesehen, woher die Zutaten kamen. Außerdem war sie uns an funktionierenden Männergeschichten immer voraus. Isabel hatte meistens Glück, ihre Männer liebten ihre Frohnatur und hätten alles für sie getan. Und nun schien sie in Gerry den Mann fürs Leben gefunden zu haben.

»Solange ihr Gerry Isabel immer noch liebt und sie sich wohlfühlt und dabei ganz die Alte ist, kann es uns ganz egal sein, wie viele englische Pfunde sie inzwischen auf die Waage bringt. Sei mal ehrlich, Tanja, waren wir nicht schon immer ein wenig neidisch, wie gut Isabel das Runde steht? Ich bin mir sicher, dass sie noch immer fantastisch aussieht mit ihren fröhlichen Sommersprossen und ihrer Eieruhr-Figur, großer Busen und Hintern und dann diese schmale Taille dazu. So richtig weiblich perfekt proportioniert.«

»Ich bin gespannt. Es ist schon verwunderlich, wie glücklich sie mit ihrem Gerry ist, während wir uns so schwer tun, einen geeigneten Mann zu finden. Da hat sie wirklich den Hauptgewinn gezogen.«

»Ja, Tanja, hoffentlich. Anfangs hatte sie ja schon große Probleme in England, mit der Kultur und den Menschen. Wahrlich längst überfällig, uns wieder ein richtiges Bild zu machen.«

Die zwei Stunden und zehn Minuten im easyJet vergehen wie im Zeitraffer. Wir heben um 13 Uhr vom Flughafen Berlin Schönefeld ab und landen nicht einmal ganz zwei Stunden später bei kaltem Herbstwind in Liverpool. Kaum haben wir unsere Koffer vom Laufband gehebelt, geht Tanja noch einmal zur Toilette. Isabel erspähe ich sofort im

Wartebereich und winke auffällig. Von wegen noch fülliger – sie hat eher ein paar Kilos verloren als zugelegt, also kein Kilo zu viel. Hübsch sieht sie aus mit ihren grünen Augen und braunen Locken, die ihr rundes Gesicht einrahmen. Isabel bemerkt mich nicht und läuft auf eine Bank zu, auf die sie sich setzt und zwei Kinder beim Spielen beobachtet. Das Lächeln, das nun ihren Mund umspielt und zwei Grübchen in ihre Wangen schreibt, kenne ich gut. Ja, das ist Isabel, in sich ruhend, im Frieden mit sich und der Welt. Tanja kommt von der Toilette und schnappt sich ihren Rollkoffer. Wir laufen auf die Schiebetüren der Wartehalle zu, beim Hinausgehen stupse ich Tanja in die Richtung, in der Isabel auf der Bank sitzt. Schon fallen sich Tanja und Isabel in die Arme. Als schließlich auch ich bei Isabel ankomme und sie herze und drücke, laufen ihr nur so die Tränen das Gesicht herunter. Wie uns das gefehlt hat! Isabels Gefühlsüberschwang, ganz egal, wo sie sich gerade befindet! Sie hat uns mit ihrem spontanen und ausgiebigen Weinen und Lachen oft angesteckt.

»Ihr seid bestimmt hungrig! Jetzt gibt es zum Willkommen erst einmal ganz ungesunde Fish'n Chips. Das gehört einfach dazu, will man in England so richtig ankommen. Einer der Gründe, warum ich mich so schwer damit tue, so ganz vegetarisch oder gar vegan zu leben. Und dann ab ins Pub! The Grapes, genau die richtige Atmosphäre für ein erstes Gespräch ganz unter uns Frauen und ohne Gerry.« Und richtig, auch hinsichtlich ihrer energischen, die Initiative ergreifenden Art ist Isabel unverkennbar die Alte. Per Bus 82A geht es also samt Gepäck erst einmal mitten in die Stadt Liverpool hinein, in das historische Georgian Quarter mit seinen klassischen Backsteinfassaden aus dem 18. und 19. Jahrhundert, echt sehenswert. In den engen Straßen der Altstadt erstehen wir spitze Papiertüten, gefüllt mit frittiertem Fisch und Pommes. »Für ihre Fish'n Chips nehmen die Briten Kabeljau oder einen anderen Fisch mit weißem Fleisch. Jeden Morgen kaufen die Besitzer der Straßen-Läden den frischen Fisch auf dem Wochenmarkt«, mimt Isabel den Reiseleiter. Vorträge waren schon immer eine ihrer Leidenschaften, die uns nicht immer willkommen waren. Ich weiß also genau, warum Tanja mir so eifrig, aber heimlich zuzwinkert. »Früher wurde die schnelle Kost in Boulevardzeitungen verpackt und dem Kunden gereicht. Das ist aber heute zum Glück nicht mehr so, denn irgendwann führten die Menschen Gott sei Dank Hygienevorschriften ein! Nun aber ab in den Pub. Da vorn ist das Grapes, angeblich bester Pub Liverpools, zumindest seit dem letzten Jahr«, lächelt Isabel. »Da können wir noch ein Bier trinken, ein bisschen tratschen und chillen, wir Frauen unter uns, und danach ab nach Hause. Ihr seid sicher müde vom Flugstress. Aber es ist ja gerade mal zwei. Ich hasse das ja. Fliegen. Und das nicht nur, weil es absolut umweltunfreundlich ist.« Tanja säuselt mit vollem Mund: »Klar, du Ökofreak, das Gepäck können wir hinter den schweren Vorhängen am Eingang verstecken. Den Laden kenn ich doch noch vom letzten Mal, das dürfte sicher kein Problem sein! Aber ehrlich Isabel, das bringst nur du, uns mit unseren Rollkoffern sofort nach der Ankunft sogleich ein erstes Sight-Seeing absolvieren zu lassen. Und das, nachdem du bei unseren bisherigen Besuchen immer derart gegen die Vermarktung der Vergangenheit gewettert hast! Alles nur noch Geldmacherei, waren deine Worte. Den Hafen und die Georgianische Architektur, die müsst ihr schon gesehen haben. Stürzt euch ruhig einmal in den Trubel, aber ohne mich.« Mittlerweile sind wir in eine Gasse gebogen. Ebenerdig angeordnete Pflastersteine machen einen ordentlichen Eindruck vor den Türen des Grapes. »Sorry, über diese kindische Verbohrtheit bin ich jetzt zum Glück los.

Als ich mich letztes Jahr wegen eines Referats näher mit dem Altstadtviertel beschäftigen musste, bin ich bekehrt worden. War da wohl etwas voreilig mit meinen Urteilen. Na logo ist das hier schön. Das Restaurant und Pub ist schließlich ein historischer Ort!«, erklärt Isabel. »Schon der Schriftsteller Charles Dickens ging hier 1820 ein und aus, auch Oscar Wilde oder Arthur Conan Doyle, beide ebenso vom schreibenden Fach. Die Beatles sollen hier vorgeglüht haben, um danach weiter in ihre Musikkeller gezogen zu sein. Und du Tanja, hast das Grapes offenbar bereits bei einer deiner Shopping-Touren ohne uns im Alleingang entdeckt.«

»Ganz recht und das Bier ist der Hammer!«, flötet Tanja und öffnet die blaue Holztür mit verschnörkelt, mattiertem Muster in der Glasscheibe. »Alte Partynudel!«, ruft Isabel und lockert ihren roten Schal. »Zipp!«, ziehe auch ich den Verschluss meiner warmen Jacke nach unten. Die eine Seite des Pubs dominiert der dunkle Holzbeschlag, die andere Seite ist mit dunkelroter Farbe gestrichen. Wir verstauen die Koffer gleich neben dem Eingang, dessen schwere Vorhänge tatsächlich einen idealen Ort für sie bieten. Geschwungene Lampen in runder Lampionform sind an den Wänden über jedem kleinen rechteckigen Tisch angebracht. Maximal können vier Menschen an einem Tisch sitzten. »Der dort ist doch wie für uns gemacht!«, zeige ich auf ein Tischchen direkt an der Stirnseite der Bar, die aus demselben dunklen Holz wie die Wand besteht. Dunkelrote Barhocker mit Lehne, auf denen Engländer, aber auch Touristen sitzen, wie ich am Dialekt eines wohl holländischen Pärchens hören kann. Die zwei Mädchen einer französischen Familie neben uns am Tisch versuchen unentwegt die Eltern zu überreden, Ipod spielen zu dürfen. Nicht, dass ich sie verstanden hätte, aber sie zeigen permanent auf ihre MP3-Player und den liedhaften Sound des Französischen, den erkennt ja noch jeder.

»Ist ja schon voll der Tourischuppen, meine liebe Isabel«, amüsiert sich Tanja und zieht eine Augenbraue nach oben. »Na ja, alles, was vor 1900 gebaut wurde, wird hier eben zur Touristenattraktion, deshalb muss es doch nicht gleich an Persönlichkeit verlieren oder ich, wenn auch ich einmal nicht bei einer Meinung bleibe, oder?«, kontert Isabel mit einer für sie ungewöhnlichen Schärfe in der Stimme, während ich die Menü-Karte aufschlage. Doch Tanja ist so oder so schon zur Bar unterwegs, muss offensichtlich sofort ihr Ale haben. Sie liebt dieses dunkle britische Bier mit seiner wenigen Kohlensäure. Ich und Isabel sind hingegen Cider-Fans. Dass Isabel nach stressigen Klausurphasen, in denen sie die Disziplin selber ist, erstmal die Sau rauslassen muss, kennen wir zur Genüge. »Hat sie sich verdient!«, sagt Isabel auflachend und klingt wieder so mild und freundschaftlich, wie ich sie seit eh und je kenne. Ich bin erleichtert, einen kurzen Moment lang war mir, als sei nichts auf Dauer sicher und vertraut, um dieses Gefühl endgültig abzuschütteln, begebe auch ich mich auf vertrautes Tanja-Terrain: »Ja, das hat sie. Pass auf, gleich fängt sie mit dem Rothaarigen da drüben zu flirten an!« Ein paar Sekunden vergehen, in denen Tanja eine Runde Bier bestellt und mit den Glasuntersetzern aus Pappe zu spielen anfängt. Isabel kichert. »Warte nur ab«, insistiere ich noch einmal. Und da, tatsächlich neigt Tanja ihren Kopf, streicht sich eine blonde Strähne hinter ihr Ohr, das den goldenen Ohrring mit schwarzem, ovalem Stein freilegt und lächelt den Engländer offensiv an. Er lächelt keck zurück und der Barmann klinkt sich auch noch ein, reicht ihr drei Flaschen, die Tanja gekonnt händelt, mit ihren Augen klimpert und zu uns zurückgeht. Ich hebe währenddessen meine flache Hand und warte auf ein »High-five« von Isabel, die sich lachend den Bauch hält und einschlägt. Zur Musik, eine Mischung aus Snow Patrol und Gitarrenklängen, Beatles, den Stones, ein wilder Mix, der aber nicht passender zu diesen Pub sein könnte, trinken wir Ale und Cider und outen uns durch unser Deutsch als Nicht-Liverpooler.

»Nun erzähl aber mal, wie geht es dir? Was machst du so? Wie lebt es sich hier in England inzwischen? Offensichtlich hat sich ja mehr verändert als wir über die Entfernung so mitbekommen konnten. Oder? Womit beschäftigst du dich so am Tag?« Tanja und ich quetschen Isabel aus und so ganz nebenbei setzt Tanja ihre Flirterei mit dem irisch aussehenden, schätzungsweise dreißigjährigen Roten fort.

»Also Mädels, habt ihr Facebook gar nicht verfolgt? Ich habe letzte Woche einen Facebook-Mützen-Laden eröffnet. Es geht auf Weihnachten zu, da haben meine Facebook-freunde in einer Woche schon so viele Mützen bestellt, dass ich mit dem Häkeln gar nicht mehr hinterherkomme.« Gehäkelt hat Isabel schon immer. Für ihre Mama Tischdecken, für sich und ihre Öko-Freunde Hippi-Westen mit langen Strippen dran, für mich und Tanja schrille Schals mit passenden Mützen, mit denen wir im Winter mehr auffielen, als es uns lieb war, die wir aber dennoch tapfer trugen, wahre Freundinnen, die wir waren und sind. »Verkaufst du hier genauso viele Mützen wie in Deutschland? Bist du glücklich? Läuft alles mit Gerry so, wie es soll?«

»Halt, halt, meine Lieben, nicht alles auf einmal! Nu genießt doch erst einmal ein paar kräftige Schlucke der edlen britischen Art und lasst mich kurz Luft holen! – Ja, ich bin sehr glücklich hier und komme inzwischen bestens mit the british way of life zurecht, hier geht alles viel entspannter zu als in Deutschland und selbst den englischen Humor beginne ich zu verstehen. Aber natürlich hat sich mein Leben seit eurem letzten Besuch noch einmal ganz schön verändert und in eine neue Richtung bewegt. Also passt auf: Gerry und ich sind ja vor einem Jahr zusammengezogen, die Bilder von unserem Cottage habe ich euch per E-Mail geschickt und einige auf Facebook gepostet. So gut wie unser Zusammenleben läuft, haben wir eifrig weiter Zukunftspläne geschmiedet. Mein Studium holpert hingegen etwas, denn ich habe Probleme mit der Anerkennung meiner praktischen Semester, die ich noch in Deutschland absolviert habe. Das nervt gerade sehr. Denn ich will nun schnellstmöglich einen Schlussstrich unter mein Architekturstudium setzen und für anderes frei werden. Hat lange genug gedauert. Das Häkeln meiner Mützen, die sich grandios verkaufen, beruhigt meine Gedankengänge, mit jeder Masche sehe ich das, was wird, souveräner, ausgeglichener und englisch gelassener. Ich sticke da zuletzt immer Etiketten mit ›Made by a German Girl‹ drauf. Deutschland ist überall auf der Welt ein echtes Aushängeschild, wenn es um Qualität geht. Made with Love, made by a real German!«

»Das ist ja der Wahnsinn, du wirbst mit Germany?«, Tanja schmeißt sich gegen ihre Stuhllehne und haut sich auf den Oberschenkel.»Na klar, High Quality! Geile Idee!«, lache ich laut mit, spüre aber ein merkwürdiges Beben in der Stimme. Irgendetwas stimmt nicht. Das mit dem schnellstmöglichen Schlussstrich klingt so gar nicht nach Isabel.»Klingt zwar eher nach Ami-Einstellung als nach good old Britain, aber wenns neben den guten Gedanken sogar noch Geld einbringt«, Tanja streckt ihren Daumen nach oben. Sie scheint nach ihrem dritten Bier etwas angetrunken zu sein, zeigt nur noch die Bierflasche in die Luft und der Barmann bringt ein neues Ale nach dem anderen, während ich noch immer an meinem ersten Cider sitze und Isabel ihren seltsamerweise noch gar nicht angerührt hat.»Sag einmal, du trinkst ja gar nicht! Nicht zu glauben, führst uns hierher und nippst noch nicht einmal am Alkohol«, stellt nun auch Tanja irritiert fest, während sie aus den Pappuntersetzern Dreiecke baut.

»Fürchte, deine Bestellung für mich war tatsächlich etwas zu voreilig, Tanja dear, hatte mich schon auf mein Ginger Ale gefreut. Ihr werdet alsbald erfahren, warum ich im Moment keinen Alkohol trinke. Die Neuigkeit will ich mir noch etwas aufsparen. Erst noch einmal zu eurer Frage, wie es sich hier in Liverpool inzwischen lebt. Na ja, die Kohle ist ne andere Nummer als in Königsbrück. Die Lebenskosten sind um ein Drittel teurer als in Deutschland, dabei ist es hier in Liverpool eher günstig im Vergleich zu anderen Städten in England. Viele Studenten leben hier, auch super viele Sportfans kommen allein wegen der Pubs und Sportbars gern nach Liverpool, um zu entspannen nach getaner Arbeit – das After-Work-Ding lieben die Engländer generell. Hier hängen ja auch überall die Plasmabildschirme mit den Übertragungen. Dann sind die Leute hier total stolz darauf, ihren Liverpool-Dialekt zu sprechen, weswegen sie sich als Scouser bezeichnen und ich niemals wirklich eine von ihnen sein werde, hab ja längst nicht dein Sprachtalent, Tanja. Aber das Kulturangebot ist einfach krass hier und je länger ich hier bin, desto mehr weiß ich das zu schätzen, ständig gibt es neue Bands, die in Kellern spielen, die Echo-Arena im Hafen, wo die richtig Berühmten auftreten, Ausstellungen und Galerien – hab da schon einige für dich vorgekostet, Klara – Theater, der Beatles-Kult mit einigen Museen in den Albert Docks am Hafen, seit kurzem mein besonderes Liverpooler-Highlight, wirklich zu dumm, wie lange ich gebraucht habe, um mich so richtig einzulassen und wirklich heimisch zu werden, Fußball ist überall gegenwärtig und dann überhaupt dieses Hafenflair, das …«»You're not from here, are you?«, unterbricht der vermeintliche Ire Isabels Redestrom, der sich sowieso mehr und mehr in den eines

Touristenführers zu verwandeln scheint, und schiebt sich lässig zwischen meinen und Tanjas Holzstuhl. »The question is more, from where are you, dearest one?«, schmeißt Tanja gekonnt akzentfrei zurück und grinst über beide Ohren. »Den nimmst du aber nicht mit zu mir!«, gibt Isabel auf Deutsch zu bedenken. Doch Tanja lacht nur, lächelt den Typen an, geht mit ihm zur Bar und bestellt etwas, das nach Wasser aussieht.

»Puh, verrücktes Huhn!«, schüttelt Isabel den Kopf. »Ach weißt du, dafür sind doch die Zwanziger da, oder? Party machen, verrückt sein, sich mal betrinken, sich wieder zusammenreißen, zu laut sein, angezogen in den Pool springen, flirten und sexen, ich wünschte manchmal, ich wär da ein bisschen mehr wie Tanja, du nie?«»Nein, Klara, ich bin lieber ich selbst, eure kleine, runde Allzeitgutwetternatur, solange die Umweltbilanz stimmt.« Isabel schiebt ihren Stuhl dicht an meinen, neigt sich zu mir und umarmt mich lange, ohne noch ein Wort von sich zu geben, bis sie sich schließlich wieder aufrichtet und mir ernst in die Augen schaut: »Du hattest es schwerer als wir, Klara, und machst es dir zu allem Überfluss auch noch immer schwerer als nötig. Das weiß Tanja genau wie ich. Dabei bist du irre toll. Wie unabhängig du durch das Leben gehst, das haben wir, solange wir dich kennen, bewundert. Wird Zeit, dass du über dieses Einsamkeitsding hinwegkommst, und endgültig über Thomas, diesen Idioten, der dich nun wirklich nicht verdient hatte.«»Ach, wenn es nur das wäre! Im Grunde bin ich mittlerweile nur froh. Thomas braucht mich nicht und ich ihn nicht. Ganz klar, da gibt es für mich kein Zurück. Ich wäre gern einfach nur auch einmal ganz unbeschwert fünfundzwanzig, ohne all die ernste Scheiße in meinem Kopf. Aber weißt du, das Malen, das wäre dann vielleicht weniger aufregend, und das wäre schade.«

Die Musik schlägt nun härter in die Gitarrensaiten und irgendwie passt das zu meinen Bildern, an die ich nun denke. Isabel nickt, schweigt und wippt mit ihrem Fuß zur Musik. Tanja fängt mit dem Rothaarigen zu tanzen an, dreht sich durch seinen Arm, alles langsam mit einem seeligen Lächeln. Sie hat zu viel getrunken, aber sich hinreichend im Griff, nicht wie ich vor noch gar nicht so langer Zeit. Ich schließe die Augen, höre die Musik, fühle mich schwerelos, der Cider hat bei mir wie gewohnt schnell angeschlagen. Das Leben ist schön in Liverpool.

Tanjas Schulterklaps holt mich heraus aus meinem Traum. »Klara, ist der nicht süß?« Was? Wer? »Jason!«, brüllt sie mir ins Ohr, als könne sie meine Gedanken lesen. »Na du weißt, Geschmäcker sind nun einmal …« – »… verschieden, haha, jetzt fängst du schon mit der Sprichwörtelei an. Wir sind doch einfach ein Superteam und goldrichtig hier in diesem Pub.« »Wir werden trotzdem nun gehen, my dearest one!«, klimpere ich sie mit meinen langen schwarzgetuschten Wimpern an. Isabel hält Tanjas leeres Bierglas in die Höhe, nicht ohne hochgezogene Augenbrauen in Richtung unserer Superteamlerin. »Och man, jetzt wo es lustig wird!«, zieht diese eine Schnute, die bei einem Schlauchboot-Schönheitswahn-Kontest mitmachen könnte. »Du bist besoffen, lass uns gehen,« lache ich. »Nur noch das Lied!«, und schon rennt sie weg in Jason's Arme und tanzt das letzte Lied zu Ed Sheerans »Thinking Out Loud«. Himmel ist das romantisch, wie sie diesem Unbekannten in die Augen schaut, unsere Tanja, die wissen will, wie sie liebt, um endlich anders lieben zu können und das mit den Männern so gut drauf hat. Ich muss die ganze Zeit lächeln und schunkle mit Isabel, während wir den Refrain auswendig sehr leise mitsingen: »We found love right where we are.« Und noch mal »We found love right where we are«.

Die letzten Töne verklingen und ich gehe zu Tanja, knickse mit ihrem Mantel in der Hand und tue so, als fordere ich sie zum Tanz auf. »The last dance is mine«, flüstere ich Jason ins Ohr, der angenehm riecht. Ein gutes Parfüm. So nimmt Tanja meine Hand, ohne die Augen von Jason zu lassen und geht rückwärts, mir folgend Richtung Ausgang, Isabel hinter uns her, während Jason langsam seine Finger zu einem wellenförmigen »Bye« formt.

Draußen angekommen, erneut unsere Rollkoffer hinter uns herziehend, stolpern wir hinter Isabel drein. »Auf die Freundschaft!«, schreie ich in den frühen Abend, während Tanja liebestaumelnd stottert: »Boah war der bombe, also wenn, also wenn ...«»Also wenn wir nicht wären, wärest du mitgegangen, haben wir gesehen Herzchen!«, sagt Isabel nüchtern. »Ist ja schon gut, ihr Langweilerinnen!« Ich lache die ganze Zeit. Es ist zu komisch, wie wir hier mit Sack und Pack über das Pflaster humpeln. Die Seitenstraßen wirken nicht sehr einladend, eher dreckig, übervolle graue Mülltonnen. Dann sehe ich eine Ratte an den Hauswänden entlangrennen. Ich zeige auf den flinken Nager und Tanja dreht sich: »Ihhhhh, widerlich«, schreiend weg, während der Nager unter einem verschnörkelten Gullideckel verschwindet, ohne dass ich ausmachen kann, wie er das gemacht hat. »Also doch noch achtzehntes Jahrhundert, was Isabel?«, jauchze ich, weder eine Ratte noch Tanja in ihrem Glück ziehen mich im Moment runter. Liverpool, you are brilliant! Such a nice old town full of colour and wonder. Die einzelnen Läden sind beleuchtet, alte Backsteinbauten ragen nicht mehr als vier Stockwerke in die Höhe, Leuchtreklame, kleine Schilder hängen über den kleinen Ladengeschäften. Wir gehen an einzelnen Beatlesfiguren aus Metall vorbei. »Ein Selfie, ein Selfie! Ein Selfie mit John Lennon!«, brüllt Tanja und hängt sich um die lebensgroße Figur, die an einer

Hauswand lehnt, küsst ihn auf die Wange und schießt ein Selfie mit ihrem iPhone.»Wird gepostet!«Ich nehme ihr das Telefon ab:»Komm ich mach lieber noch ein Bild in voller Schönheit, ja?!«»Oh ja!«, und schon post Tanja wie ein Model, himmelt John Lennon an und streckt ihm gleichzeitig die Zunge raus – ich kenne wahrhaftig niemanden, der das so wie Tanja hinkriegt:»Ätsch, mich lernst du nicht mehr kennen! Do you remember: Life is what happens while you are busy making other plans?«

»Wisst ihr überhaupt, wo wir sind?«, fragt Isabel. Klar, sie kennt diese Straßen mittlerweile wie die unserer Jugend. »Neeeee, Touriguide sag an«, frotzelt Tanja.»The Cavern Pub of Liverpool! Die sind hier ständig in den Keller rein, die Beatles. Ist heute noch ein gefragter Ort – hier sind die angesagten, neuen Bands am Start, generell haben hier alle wichtigen Brit-Popper ihre Musik gespielt. Gibt's seit den 50ern!«»Hammer echt? Mein Gott, ist ja der Wahnsinn. Ach ich liebe diese altehrwürdigen Orte.« Die roten Backsteine der Häuserwand vom Cavern Keller sind mit allerlei Namen graviert worden: Kenney Jones, Rick Wills, The Corvettes, Living Soul. Viele Touris haben darüber und darunter Namen eingeritzt. Nun zieht uns Isabel am Arm weiter durch die engen Gassen der Innenstadt, über eine große Verkehrsstraße hinweg durch den kühlen, frühen Abend, zuletzt noch eine Straße entlang, links abgebogen und bis zu ihrem neuen Haus in der Midqhall St., nicht weit vom River Mersey entfernt, der nur ein paar Kilometer nord-westlich ins Meer mündet.

Das Meer, wie gut, dass es das zumindest noch gibt, muss ich auf einmal denken. Das und die 1905 gegründete Uni, an der Isabel begeistert ihre Ideen einer organischen und ökologischen Architektur verfolgte, sind es jedes Mal gewesen, die auch unsere Besuche bestimmt hatten. Es schien immer so eindeutig, so sicher, was Isabel will und wofür sie lebt. Eine Welt, in der Landschaft und Gebäude miteinander harmonieren, in der natürliche Baumaterialien die ihnen gemäße Form entwickeln und biologisch, umweltverträglich, sozial und psychologisch zweckmäßig eingesetzt werden – hatte ich jemals zuvor erlebt, dass Isabel über Stunden nicht ein Wort über ihre Vision verloren hat? Heute sind wir schneller in Liverpool angekommen denn je zuvor, aber mit einer Isabel, die mehr über Liverpool als sich erzählt und uns immer noch eine Neuigkeit vorenthalten hat, die doch unmöglich nur darin bestehen kann, dass sie es gesünder findet, keinen Alkohol mehr zu trinken.

Kapitel 9

»Welcome to my world!«, öffnet Isabel die Holzpforte und hüpft den Sandweg zwischen den üppigen Blumenbeeten entlang, der auf ein einstöckiges, aus Natursteinen gebautes Cottage mit Reetdach zuführt. Wie hatten sie und Gerry das nur zwischen all den zweistöckigen, weißen Flachbauten ausfindig gemacht? Eines dieser Isabel-Wunder, über das Tanja und ich bereits ausgiebig gestaunt hatten, als wir die Fotos zum ersten Mal sahen. Es passt einfach zu perfekt zu Isabel. Das kleine Haus hat ebenso wie sie seine Rundungen, wirkt mild, frohgemut und so richtig cosy auf mich. Ich fühle mich auf einmal geborgen in einer dörflichen Welt fern der Großstadt, die doch nur ein paar Schritte von hier tobt. Isabel öffnet die petroleumgrüne Tür und was wir nun betreten, ist wahrlich das, wovon Isabel so oft, nur heute nicht gesprochen hat, eine Wohnungseinrichtung ganz aus Naturmaterialien, vor allem Holz, Stein und bunten Stoffen, harmonisch und kreativ in ihren vegetativen Formen und Verzierungen. Nie hätte ich es für möglich gehalten, dass es so viele verschiedene Arten von Holz und Stein gibt und was sich aus ihnen machen lässt. Es juckt mich in den Fingern und ich weiß sofort, warum. Die Künstlerin in mir regt sich. Auf einmal begreife ich, wie sehr sich das, was an Schaffenskraft in uns beiden steckt und herauswill, ähnelt und was es bedeutet, wenn das, was wir geschaffen haben, Resonanz in anderen findet. Dass es dabei nicht um Erfolg geht. An dem Leuchten in Isabels Augen können wir sehen, wie sehr sie sich freut, dass wir das hier sehen. Wie sicher ich mir immer war, Isabel gerade deshalb zu mögen, weil sie so anders ist als ich. Sie die handwerklich begabte, lebensbejahende Fürsorgerin mit Umweltvisionen und ich die modern denkende, nachdenkliche Eigenständige mit Organisationstalent. Und nun sind wir beide vor allem begeisterungsfähige, engagierte Künstler. Oder ist es vor allem die Liebe zu Gerry, die ihre Augen spiegeln? Erst jetzt sehe ich die vielen, vielen Fotos in den bunten Holzrahmen, an den Wänden, auf dem Kaminsims im Wohnzimmer. Da liegt Isabel in einem lindgrünen Sommerkleid in Gerrys Schoß, da steht er hinter ihr und umarmt sie, vergräbt sein Gesicht in ihrer Schulter, da laufen beide händchenhaltend am Strand dem Mond entgegen. Himmel, das hier ist nicht nur organisch eingerichtet, sondern auch enorm romantisch! Ein Liebesnest sozusagen. Ein Stich durchfährt mich vom Kopf bis in die Füße. Von wegen seelenverwandt. Dass auf kleinem Platz viel untergebracht ist und überall noch etwas steht oder liegt, von der Muschel über die Tonfigur bis zur Blume, kennen wir nicht anders von Isabel. Es hat den besonderen heimeligen Charme jeder ihrer Unterkünfte ausgemacht.

»Ist wirklich Wahnsinn Isabel, das hast natürlich du so eingerichtet!«, reiße ich mich aus meinen Gedanken und wende mich den glänzenden Augen Isabels zu. »Klar!«, Isabel zieht ihren Mantel aus und wirft ihn einfach über einen der originell gedrechselten Holzstühle im Flur. »Nu legt doch erst einmal ab!«, sagt sie. »Einfach hier auf den Stühlen. Die Garderobe ist in meinem Kopf noch in Arbeit, ohne Gerrys Kohle wäre mir dies alles hier unten nicht möglich, könnt ihr euch ja vorstellen. Ich lasse die Möbel vollständig nach meinen Ideen von mit mir befreundeten Design-Studenten anfertigen, die dann oft noch das i-Tüpfelchen hinzufügen, und möchte die natürlich nicht zu mickrig bezahlen. Manchmal ist mir das schon unangenehm. Gerry bezahlt einfach alles. ›Mach dir mal keine Sorgen‹, sagt er. Der hat gut reden, kommt aus einer reichen Familie, ich selber sehe das schon anders. Gerade weil ich selbst kein Geld verdiene, muss ich aufpassen, nicht allzu selbstverständlich die Kohle auszugeben, auch wenn Gerry es hat. Ich schau schon genau darauf, wofür wir es ausgeben. Oben im zweiten Stock, wo ihr schlaft, habe ich deshalb auf Ikea und billige Second-Hand-Einrichtung bestanden, aber natürlich dennoch alles nach meinem Geschmack ausgesucht, gemütlich und Natur muss es schon sein. Komm, ich zeig euch eure Zimmer und lass euch Zeit, euch ein wenig auszuruhen, vom Alkohol zu entnüchtern« – sie blickt mit zusammengekniffenen Augen auf die leicht torkelnde Tanja – »und frisch zu machen. In zwei Stunden treffen wir uns dann hier im Wohnzimmer wieder. Gibt vegetarische Häppchen und nach dem vielen Alkohol einen super leckeren Pukka refresh. Das ist ein preisgekrönter, englischer Biotee mit Pfefferminze, Rose, Hibiskus, Koriander, Fenchel und Süßholz, zwar etwas teuer, aber superlecker und genau das Richtige jetzt. Müsst ihr unbedingt probieren. Könnt ihr Gerry endlich begrüßen und wir euch unsere Neuigkeit erzählen. Gerry denkt zwar, die hab ich euch schon im Frauengespräch verraten, aber irgendwie möchte ich, dass er mit dabei ist. Wo steckt der nur! Gerry?« »Bin hier oben, my love and sun! Hab mich erst noch einmal hingelegt.« »Na, dann bleib am besten noch zwei Stündlein liegen! Klara und Tanja hatten noch keinen Moment Pause und ich sorge in der Küche für die Snacks nachher! Ich freue mich schon den ganzen Tag darauf, die Mini-Picnic-Quiche-Bites und Mini-Picnic-Calzones von Kates Veg-Space-Blog auszuprobieren!«

Während wir die schmale, dunkle Holztreppe – »Nussbaum«, ruft uns Isabel, sich kurz umdrehend, zu – hinauflaufen, müssen wir uns an allerhand hölzernen Skulpturen und bunten Blumen in Vasen vorbeischlängeln, die anscheinend überall noch ein Plätzchen gefunden haben, selbst auf den sicher nicht einmal drei Meter langen Stufen. Ein wahres Blumenmeer, dessen Duft uns förmlich schwindlig macht. »Ach ja, die Blumen hat Gerrys Mutter Anne kurz vor ihrer Abfahrt angeschleppt. Die hat uns ja, wie ihr von unseren Telefonaten her wisst, gerade besucht und ist erst gestern wieder nach London zurück. Die findet nämlich, das gehört sich für ein ordentliches Willkommen.« »Oh, das ist aber nett von deiner Schwiegermutter«, lacht Tanja leicht ironisch. Das »mmh«, das wir von Isabel daraufhin hören, klingt keineswegs amüsiert.

»So, und das ist jetzt euer Zimmer, unser White-Swan-Guest-Room!«, öffnet Isabel oben die mittlere Tür der drei. »Nussbaum, wie die Treppe«, denke ich, während ich Isabels weiteren Erklärungen zuhöre: »Links von euch ist das Bad und rechts dann Gerrys und mein Schlafzimmer. Fühlt und bewegt euch wie zuhause, schaut euch um, nehmt, was ihr braucht, nur das Schlafzimmer ist erst einmal tabu«, kichert sie, »und ach ja, falls doch noch was ist, mich findet ihr unten in der Küche, gleich hinter dem Wohnzimmer! Ansonsten bis acht.« Und weg ist sie.

Tanja und ich fallen angezogen auf das frisch bezogene, weißlackierte Ikea-Holz-Bett, dessen Bezüge nach Zitronen und Äpfeln duften. Ich fühle mich, als säße ich im schönsten Sonnenschein mitten in einer Streuobstwiese und finde es lustig, dass mir meine Kopfstimme: »Alles Natur und Bio!«, zuruft. Hier im zweiten Stock ist es wirklich eher spartanisch, praktisch, gut eingerichtet. Das absolute Kontrastprogramm zu unten. Schrank, Bett, rechts und links vom

Bett zwei Ablagetischchen mit einer Schublade, ein Tischchen und zwei Stühle dazu, alles weiß lackiert und schlicht in der Form. An der Wand ungerahmt hinter Glas das plakatgroße Foto eines Schwans, der einem Schwanentretboot mit zwei Kindern folgt, darunter die Liedzeile:»Two Island Swans mated for life«. Eher englischer als Isabels Humor, würde ich sagen. Und dass Gerry Christy-Moore-Fan ist, hatten wir die letzten Male bereits mitbekommen. Er hatte uns nicht nur das traurige Lied vom letzten kalten Schwanenkuss vorgespielt.»Dusch du zuerst, ich biiiin nooch zu betrunken«, lallt Tanja neben mir. Also gut. Ich setze mich mürrisch brummend auf und hole meinen Rollkoffer heran, packe aus. Die Schublade meines Schränkchens hakt, als ich ein paar meiner Kleinkramutensilien dort verstaue. Ich muss wieder lächeln. Unten Ökokunst à la Isabel, einfallsreich und romantisch, oben IKEA-Style, pragmatisch und unkompliziert, eine Innenarchitektin muss eben beides drauf haben.

Unter der Dusche merke ich erst so richtig, wie erschöpft, vermufft und müde ich bin. Hinlegen und durchschlafen, das wär's jetzt! Morgen ist ja auch noch ein Tag. Nur, diese verflixte Neuigkeit macht mich langsam etwas nervös. Und Gerry hatten wir ja auch noch nicht begrüßt … Bevor ich mich zur schnörchelnden Tanja lege, stelle ich also meinen Reisewecker auf Viertel vor 20 Uhr.

Was ist das? Was rasselt denn da so? Wo bin ich? Herrjeh, natürlich. Und Tanja rührt sich nicht. Ich schüttele sie:»Hey du! Aufwachen!«»Ey!«Ich muss sie eigenhändig aus dem Bett, über den Flur ins Badezimmer bugsieren. Auspacken muss sie eben später.»Kannst mein oder Isabels Duschgel benutzen! Bio oder nicht Bio ist hier die Frage. Bis denne!«Als Tanja wieder fit und erstaunlich nüchtern im White-Swan-Room auftaucht, habe ich meine orangene Brille zu meinem schwarzen Cocktailkleid aufgesetzt. »Ladylike snacken und englischer Humor ist angesagt«, begrüße ich sie. »Na, wenn du meinst«, und eh ich mich versehe, zieht Tanja ein enges, hinten weit ausgeschnittenes, sehr kurzes, eng ansitzendes und schwarz glitzerndes Kleid an.

»Hallo Tanja, hallo Klara, wo wollt ihr denn noch hin, zum Fasching?«, Gerry ist bereits unten im Wohnzimmer, grinst und umarmt erst mich, dann Tanja. Er hat schon einwandfrei Deutsch gesprochen, als Isabel ihn kennenlernte. Da seine Uroma Deutsche war, bekam er eine deutsche Nanny. Sein leichter britischer Akzent gefällt uns allen, wenn wir ihn auch nicht gerade derart süß finden wie Isabel. »Eine quietsch-orange Sicht der Dinge ist bei uns jetzt der letzte Schrei! Nu guck nicht so verdutzt, Gerry, ist natürlich Unsinn, hat aber tatsächlich was mit Farbpsychologie zu tun, dass ich hin und wieder dieses monströse Ding trage. Isabel weiß Bescheid.«

»Auwei, hätt ich mir aber nicht ganz so partyschreckmäßig vorgestellt«, sagt diese und ich setze die Brille erst einmal wieder ab und frage Gerry, ob ihm sein Experimentieren mit den Studenten noch immer so viel Vergnügen bereite. Gerry ist wissenschaftlicher Mitarbeiter mit Dokotortitel von der Stanford University in Kalifornien. Aufgewachsen ist er in London, private Schulen, teure Universität in den Staaten, das waren die Ziele seiner vermögenden Eltern. Er sollte wie sein Vater und dessen Vater die Diplomatenlaufbahn einschlagen. Doch Gerry gingen die hohen Ansprüche und Erwartungen seiner Eltern auf den Senkel. Er studierte Physik, promovierte noch in Kalifornien, ging dann jedoch nach Liverpool, in die Beatles-Stadt. Hier experimentiert er nun am Lehrstuhl der University of Liverpool mit zukünftigen Doktoren im Fach High-Energy-Physics und hat eine Laufbahn als angehender Professor eingeschlagen, die viel her und seine Eltern stolz macht, wenn diese ihn auch lieber in London oder an einer der großen amerikanischen Universitäten der USA gesehen hätten. Doch Gerry liebt Liverpool. Er spielt Fußball mit seinen Kumpels und prahlt gerne damit, dass Liverpool als die einzige britische Stadt gilt, die seit der Gründung der Football League 1888 dauerhaft mindestens einen Erstligisten stellt, auch wenn er selbst nicht im FC Liverpool, dem erfolgreichsten englischen Fußballteam spielt. Außerdem begeistert sich Gerry für die Bands in den vielen Pub-Kellern der Stadt. Damit hat er inzwischen auch Isabel angesteckt, die früher immer nur die Beatles, den französischen Chanson und einige wenige Songs mit dem, was sie für einen guten Text hielt, gelten ließ. In den USA habe es Gerry an Historie gefehlt, erklärte sie mir einmal. »Oh ja, im Großen und Ganzen habe ich noch immer meinen Spaß mit meinen Graduierten. Doch manchmal, wie heute, schaffen die Kids mich ganz schön, da sind sie unkonzentriert, machen nichts als Unfug und kommen zu fehlerhaften Ergebnissen. Dann freu ich mich nur noch darauf, nachhause zu Isabel zu kommen. Wir lieben es, lesend oder fernsehend beieinander zu sitzen und nie kann Isabel es lassen, mich zu bekochen. Hätte nie gedacht, dass ich mal ein derartiger Fan der Pflanzenkost und Homöopathie würde! Isabel wirkt da manch Wunder, wer wüsste das besser als ihr. Natürlich wird sich in unserem Alltag hier demnächst einiges ändern, die frohe Botschaft habt ihr ja sicher ...«»Oh no, not yet, my dearest – ich habe es nicht über mich gebracht, sie ohne dich dabei zu verkünden!«, fährt Isabels Stimme aus der Küche mitten in Gerrys Rede hinein. »Bitte, setzt euch doch schon einmal an den Tisch, ich komme jetzt mit den Häppchen. Es gibt nämlich tatsächlich etwas zu feiern.«

Also gut, nur nervt mich dieses Getue um die Neuigkeit inzwischen derart, dass ich den auf Isabels kreativ-stilvolle Art gedeckten Tisch kaum noch wahrzunehmen weiß: ein hoher Kupferständer, dessen fünf kunstvoll beblätterte Äste die roten Stielkerzen halten, die Gerry gerade anzündet, das uns vertraute, von Joachim Klatt in Königsbrück getöpferte, irdene Geschirr mit bordeauxroten Verzierungen, das Besteck mit Rosenholzgriffen, das Isabel vor Jahren auf einem gemeinsamen Königsbrücker Flohmarktbummel so entzückt hat, immer wenn ich es sehe, höre ich ihr damaliges Jauchzen, und zu allem die passenden bordeauxroten Servietten. Kaum hat Isabel ihre zwei Platten mit Bites, die wahrlich tasty aussehen und duften, rechts und links vom Kerzenständer abgestellt, platzt Tanja leicht gereizt heraus: »Nu schieß los, was mochtest du uns im Pub nicht erzählen? Das muss ja ein dolles Geheimnis sein!« »Also, meine Lieben, ich und Gerry«, Isabels Blick wandert liebevoll lächelnd zu Gerry, der wie ein roter Lampion strahlt, »werden heiraten und zwar in einem halben Jahr bereits. Unser Hochzeitstermin ist der 5. März, der Tag, an dem Gerry und ich uns kennen gelernt haben. Merkt euch das Datum also unbedingt vor!« Ach du meine Güte, auch Tanjas Schmunzeln friert einen Moment ein, wahrscheinlich geht ihr dasselbe wie mir durch den Kopf: »Hallo? Isabel? Du bist erst 26, hast noch nicht einmal fertig studiert und willst heiraten? Ist das nicht etwas überstürzt? Seid ihr nicht gerade erst zusammengezogen?« Doch nein, Tanja hat schneller gecheckt, dass solche Fragen jetzt ganz bestimmt nicht das sind, was Isabel von uns zu hören erwartet. Sie jubelt: »Oh wunderbar, ich freue mich so für euch!«, und umarmt erst Isabel und dann Gerry. Ich brauche eine ganze Weile länger, bringe schließlich mit kratziger Stimme nur recht leise heraus: »Herzlichen Glückwunsch. Das, das … sorry, das kommt so plötzlich.«

»Plötzlich? Oh ja, das stimmt irgendwie. Wir haben uns tatsächlich sehr spontan und schnell dazu entschieden, nicht wahr, Gerry? Die Hochzeit gerade erst angemeldet und ihr seid nach Gerrys bestem Freund Jake und unseren Eltern die Ersten, die es erfahren. Oh my dearest ones, das ist nämlich noch nicht alles!« Oh lieber Gott, lass sie nicht schwanger sein!»Ich bin schwanger. Wir wissen es erst seit zwei Wochen.« Tatsächlich. Also doch. Das auch noch. Ich sage gar nichts mehr.»Oh, wie toll, meine Süße wird Mama! Ich freue mich so, ich freue mich so, ich freue mich so!«, Tanja fällt der überglücklichen Isabel um den Hals. Das wird alles ändern, sind meine Gedanken. Wir werden nicht mehr einfach so als Kleeblatt Liverpool erleben können. Eben waren wir noch so glücklich zu dritt im Pub. Sollte das das letzte Mal gewesen sein? Isabel wird sich nicht mehr einfach so mit uns treffen können, wenn sie nach Deutschland kommt. Sie wird sich um ihr Kind kümmern müssen. Mutter und vermutlich Hausfrau werden die Rollen sein, die sie demnächst ausmachen. Unsere Isabel. Kann sie das wirklich glücklich machen? Und ihre beruflichen Zukunftsträume? Ihre künstlerische Ader, die hier überall zu spüren ist, mich heute derart berührt hat wie noch nie zuvor? Was sollte aus der werden? Mit einem Säugling, der gestillt werden will, alle Aufmerksamkeit braucht, kommt man jawohl zu gar nichts anderem mehr. Konnten Ökowindeln, Biobabykost und die Frage, welcher Kindergarten auch ökologisch der richtige sei, ebenso die eigene Persönlichkeit und Kreativität befriedigen? Horror, wenn ich mir vorstelle, ein schreiendes Kind würde mich vom Malen abhalten.»Na und du, Klara, hat es dir derart die Sprache verschlagen?« »Ja, tut mir leid, ich gratuliere dir natürlich auch zu deiner Schwangerschaft. Aber ein Kind, da hängt echt so viel dran. Damit hatte ich einfach nicht gerechnet. Es gibt noch so vieles, was … Ich meine, bevor … Ach … Wie willst du denn mit Kind als Innenarchitektin arbeiten? Es war doch immer dein Wunsch, verrückte, umweltbewusste Einrichtungen an Mann und Frau zu bringen. Von Familie war da nie die Rede. Das Leuchten deiner Augen heute, als wir dein selbst entworfenes Cottage betraten. Mir schien auf einmal ... Weißt du ... naja ...« Gerry springt ein:»Keine Angst, Klara, es gibt ja auch noch mich und ich liebe Isabels Eigenwilligkeiten viel zu sehr als sie zum puren Hausmütterchen machen zu wollen. Sie soll auch mit Kind noch Raum für sich und ihre Ambitionen haben. Du kennst mich doch. Auch ich habe vor, in meinem Unijob eine Zeitlang kürzer zu treten, das habe ich Isabel versprochen. Du kannst mir glauben, wir hatten manch heiße Diskussion.« Und Isabel kommt ihm zur Hilfe:»Das wird sich alles zeigen, Klara. Ich kann mir im Moment gut vorstellen, mich eine Weile nur um die Kinder zu kümmern. Wer weiß.« Oh Mann. Jetzt redet sie schon von mehreren Kindern.»Wie konnte ich nur vergessen, was für eine Skeptikerin du bist, Klara. Glaub mir, ich bin anders als du, mich um was Kleines zu kümmern, entspricht meiner fürsorglichen Natur. Kannst du dich nicht wenigstens ein klein bisschen mit mir freuen? Bitte. Ich hatte mir eure entzückten Gesichter vorgestellt und nun ziehst du so eine Schnute. Dabei wünschen wir uns so sehr dich und Jake als Trauzeugen und dass du und Tanja als meine allerbesten Freundinnen Patinnen werdet, versteht sich jawohl auch von selbst.« Trauzeugin, Patin – mir ist gar nicht wohl in meiner Haut. »Wow, Patentante, wie klingt das denn! Also auf mich kannste sicher zählen. Aber nen Hammer ist das schon. Deine Reaktion, Klara, kann ich gut verstehen. Nur hab ich keinen Bock auf diese miese Stimmung, die hier auf einmal aufkommt, klaro? Dafür hab ich mich bestimmt nicht so in Schale geworfen«, Tanja setzt sich in Pose und zieht eine Strähne ihrer Haare hinter ihr Ohr,»nu los, lasst uns endlich ladylike snacken, bevor mich der Pizzageruch noch wahnsinnig macht.«»Aye, aye sir«, lache ich und hoffe, es klingt nicht ganz so unecht, wie es sich in meinen eigenen Ohren anhört.

Isabel setzt sich auf das Sofa und schaltet die Musik-Anlage ein, die sie mit Bluetooth und ihrem Smartphone verbindet. Es ertönen die Sportfreunde Stiller mit ihrem Song »Applaus, Applaus« – »Ist meine Hand eine Faust, machst du sie wieder auf und legst die deine in meine.« Ich bekomme nur mit viel Mühe je einen von beiden Picnic-Bites herunter, so flau, wie mir im Magen ist. Für mich wollen dieses englische Cottage, die deutsche Musik, Schwangerschaft und wir vier bei Tee und Pizza-Bites einfach nicht zusammenpassen. Ich wünschte, mein Herz ginge so auf, wie die Sportsfreunde Stiller es uns in die Ohren singen. Stattdessen scheint es eine Klappe dichtgemacht zu haben. Und auch, dass mir auf leise Art und Weise gezeigt worden ist, was Weitsicht heißt, bezweifle ich. Es stimmt ja, dass Isabel schon immer eine fürsorgliche Ader hatte. Mit der ist sie Tanja und mir schließlich immer mal wieder auf die Nerven gegangen. Was für ein Aufstand, wenn wir mal erkältet waren! Zum Glück waren da immer noch Isabels viele andere Adern. Was würde aus denen werden? Nicht mal einen Tag da und schon der erste Missklang und diese Panik, die in mir anschwoll. Die Isabel, wie ich sie noch vor zwei Jahren kannte, hätte nie im Leben eine solche Entscheidung getroffen.

»Sag einmal Gerry, welcher Art sind denn die Experimente im Moment, mit denen du und deine Doktoranden zu tun haben? Wieder so etwas Abgedrehtes wie bei unserem letzten Besuch?« Die gute Tanja. Was sie doch für ein Schatz ist! Ich nippe vorsichtig am Tee. Hm, schmeckt besser als gedacht. »Ganz sicher«, lacht Gerry, »jedenfalls für Nicht-

Physiker. Ich betreue unter anderem gerade einen Doktoranden, der mit mir zusammen die Red Sprites erforscht.«
»Ok? Das klingt wahrlich abgefahren. Was sind denn bloß
Red Sprites?«»Werden auch Kobold-Blitze genannt. Bei
einem Gewitter zucken sie etwa einmal pro Minute über
den Wolken. Sie sehen ulkig aus, ähneln roten Quallen oder
Feuerwerkskörpern. Leider sind sie von der Erde aus gar
nicht sichtbar. Aber Piloten, Passagiere oder Forscher, die
über einem Gewitter fliegen, können die spektakulären Red
Sprites beobachten und haben sie oft beschrieben. – Bähm«,
Gerry reißt seine Augen auf und imitiert mit einer Handbewegung die Entladung, wie ein Magier kommt er mir vor,
»so entzündet sich die Energie aus der Mitte und entlädt
sich nach unten und oben. Nur Wenigen ist die Live-Er-
fahrung vorbehalten und doch sind diese Blitze von großer
Bedeutung für die Forschung.«

So sitzen wir beisammen, umschiffen die Klippen, in die
unsere Freundschaft geraten ist, beruhigen unsere Gemüter
mit Alltagsgeschichten und gemeinsamen Königsbrücker
Erinnerungen, bis alle nur noch gähnen und ich froh bin,
endlich davon- und zu mir zu kommen.

Während Tanja sich im Bad bettfertig macht, sitze ich auf
der Bettkante und lasse die Zeit verstreichen. All die Wochen,
die ich mich auf unser Kleeblatt gefreut habe, auf unser Miteinander wie in alten Zeiten. Und nun das. Weshalb kann
Isabel so einfach und unbedenklich auf ihr Bauchgefühl
hören? Glücklich sein? Obwohl nichts mehr wie vorher sein
wird? Wieso kann ich das nicht? Warum muss ich immer
alles in Zweifel ziehen? Warum kann ich mich nicht einfach
mit Isabel und Gerry freuen? Wieso ist da in mir gleich wieder die Angst und das Bild einer Isabel, die trotz schreien-
dem Baby auf dem Arm mit mir zu telefonieren oder skypen
versucht? Um die blöde Angst loszuwerden und mich zu

entspannen, atme ich tief und bewusst ein und aus, halte die Luft kurz an und atme sie ganz langsam wieder aus, solange bis die nach Minzzahnpasta und englischer Lavendelseife riechende Tanja die Tür öffnet.

Im Bad fülle ich eiskaltes Wasser ins Becken und tauche mein Gesicht hinein. Meine Gesichtshaut zieht sich wie eine Schnecke bei Gefahr zusammen. Ich tauche auf, schaue mir mein knallrotes, vor Feuchtigkeit glänzendes Gesicht im Spiegel an und beginne, laut mit mir zu reden: »Meine liebe Klara, so bist du Isabel keine beste Freundin. Was du brauchst, ist ein anderer Blick auf die Welt und das auch ohne Brille.«

Tanja hat sich noch gar nicht schlafen gelegt. Sie empfängt mich vor ihrem Laptop sitzend: »Hey Klara, my Darling, guck mal, ich habe dein John-Lennon-Foto von mir gepostet. Do you remember: Life is what happens while you are busy making other plans. Kaum zu glauben, was für einen Spaß wir heute hatten! Ich komme kaum nach, die Likes zu zählen und die Kommentare zu lesen. Wenn es hier jeder Tag so in sich hat, himmelhochjauchzend bis klarabetrübt, na prost Mahlzeit. Besser wir schlafen uns so richtig aus! Wird schon funzen. Let life happens, my love. Isabel is making her own plans, that's for sure. And Gerry is such a sweetheart and so funny with his Red Kobolds over the clouds, isn't he?«

Kapitel 10

Baby hin, Baby her, Liverpool, wir kommen! Isabel, Tanja und ich sollten die Zeit nutzen, die wir für uns haben. Gerry versteht das und verspricht, uns drei Frauen Tag für Tag allein losziehen zu lassen. Ein Gefühl, als wären wir wieder komplett, als wäre alles wie früher. Das Thema »Ehe und Kinder« schwelt derweil untergründig in uns weiter.

Wir genießen es, an unserem ersten Morgen zusammen im urigen Wohnzimmerambiente zu frühstücken. Die Marmeladentoasts, die es gibt, sind nicht gesund, aber wunderbar lecker. Lemon-Curd, Orangen- und Ingwerkonfitüre, wir trinken Tee und Orangensaft dazu, ich bekomme auf speziellen Wunsch meine absolut unverzichtbare Tasse Kaffee, und dann machen wir uns auf den Weg in die Walker Art Gallery. Isabel und Tanja haben gar zu offensichtlich beschlossen, mich nach dem gestrigen Schrecken wieder in Laune zu bringen. Und ich bin dankbar. Andere werdende Mütter wären eingeschnappt, verärgert, nicht so Isabel. Sie nimmt mich, wie ich bin, weil sie annimmt, ich würde das mit der Zeit umgekehrt genauso tun, unverbesserliche Optimistin, die sie ist. Eine heile Welt am Rande eines Abgrundes, scheint mir unsere Freundschaft auf einmal, ich spüre, wie das Kind in mir auf der Hut ist. Wie lange wird Isabels Geduld und Optimismus anhalten? Sie schont mich doch nur, um mich am Ende auf ihrer Seite zu wissen.

Drei Frauen mit offenen Haaren, die in den Sonnenstrahlen glänzen. Ein milder Herbsttag mit bunten Blättern an den Bäumen, die meine insgeheimen Sorgen zu spiegeln scheinen, die schönsten Farben zeigen sie uns bekanntlich kurz vor ihrem Fall. Schnellen Schrittes machen wir uns in bequemen Turnschuhen auf den Weg, Tanja in ihren Sneakers, die in allen Regenbogenfarben neon leuchten, ich in meinen grauen Tennisschuhen und Isabel in ihren flachen, weißen Keds, mit denen Baby in Dirty Dancing die weiße Treppe heruntertanzt. Fast hätte sie Isabel wieder ausgezogen, als wir sie damit neckten. Wie hatte sie sich vor Jahren darüber aufgeregt, als Tanja und ich uns diesen albernen, bieder-sentimentalen Teenie-Love-Tanzfilm gleich zwei Mal nacheinander angesehen und ihr kichernd so dirty und sexy wie irgend möglich vorgetanzt haben! Wie wir nach Südwesten, die Vauxhall Road entlanglaufen, hupen uns Autos hinterher und das an einem Freitag Morgen – »three dirty and sexy girls on her way to heaven«, flötet Tanja, sich eine Strähne hinters Ohr streichend, während Isabel ihre Augen zu schmalen Schlitzen zusammenkneift, weil ihr das keineswegs gefällt – weiter geht's auf der Dale Street, dann nur noch in die Hatton Garden und schließlich auf die William Brown Street, fünfzehn Minuten später, hat Tanja ihr Liebesdilemma mit Felix ganz tanjalike sprüchelnd zum Besten gegeben: »Und das Ende vom Felixlied: Mir fehlt bei den Männern eben immer noch das Manni-Fest, wenn ihr versteht, was ich meine«, sind wir angekommen. Und schon verfällt Isabel in ihren Guide-Ton: »Meine Lieben, wir stehen hier vor einem neoklassischen Gebäude mit Elementen der Renaissance, mit der unsere Moderne beginnt. Ihr seht ja, dass sich das Eingangsportal an griechisch-römischen Tempeln orientiert.« »So, so, hört, hört, die Architektin spricht«, amüsiert sich Tanja, während ich mir die rechts und links auf hohen Sockeln sitzenden Statuen anschaue. »Dort erwarten uns Kunstobjekte aus dem 13. Jahrhundert bis zur Gegenwart«, fährt Isabel unbeirrt fort, »die Sammlung gilt als eine der größten Englands und geht auf die Stiftung des Brauereibesitzers und ehemaligen Bürgermeisters Andrew Barclay Walker zurück. Ja, und die beiden Herren, die du derart ins Visier nimmst, Klara, sind Michelangelo und Raffael. Mir scheint, jetzt ist ein Foto von dir fällig. Tanja, dein Smartphone ist gefragt: Klara Blick himmelt Raffael da Urbino, den berühmten Madonnenmaler der Renaissance an!«»Na gut, meine Lieben, will kein Spielverderber sein. Raffael ist der rechte mit den Engellocken, lieblich wie seine Bilder, nicht wahr?«»Ganz recht, my dear.« So zückt Tanja ihr Handy und ich strecke dem großen, jungen Künstler meine Hände entgegen und versuche möglichst romantisch verzaubert zu ihm hinaufzuschauen. »Wonderfull, the princess and her prince! Klick, klick und gebongt!«

Wir gehen durch die sechs Säulen aus Sandstein an den Sicherheitskräften vorbei, bezahlen unsere Tickets und landen alle drei in einer der berühmtesten Kunstsammlungen Europas. Tanja und Isabel schauen dennoch arg verschlafen aus verquollenen Augen auf die jahrhundertealten Gemälde und Skulpturen. Nur ich bin hellwach. Wow! Ich kann es nicht fassen, wie wenig begeistert die beiden wirken. Das Gebäude besteht aus Ober- und Untergeschoss, die über eine leicht geschwungene, beige gefließte Treppe miteinander verbunden sind. Wir gehen über weiß gekachelten Boden mit schwarzer Fugendichtung und einer Rahmung aus schwarzen, schlanken Kacheln. Unten wird umgebaut, nur im Eingangsbereich sind ein paar lebensgroße Marmorstatuen ausgestellt. Richtig interessant wird es erst oben. Ich bemühe mich redlich, nicht zu lange an einem Gemälde hängenzubleiben und doch passiert es. Ein kräftiger, bärtiger und halbnackter Mann wird mit Gewalt von einigen Männern festgebunden und wehrt sich heroisch, eine weißhäutige Frau mit schwarzen, langgelockten Haaren und bloßen Brüsten lacht hochzufrieden und bösartig. Sie zieht an Samsons langen Haaren, so doll sie nur kann. Der Audioguide, den ich mir ausgeliehen habe, erzählt die Geschichte, wie sie das Alte Testament überliefert. Die Frau, Delila, lebte dem Buch der Richter nach in einem kleinem Seitental am Bach von Sorek, das heute im Grenzgebiet Israels zum Gazastreifen liegt. Der Heros Samson, ihr Geliebter, war bei seiner Geburt von Gott auserwählt und mit unbesiegbarer Stärke gesegnet worden. Gott ordnete an, dass niemals ein Schermesser an sein Haar gelangen dürfe, ansonsten würde er seine Kraft verlieren. In zahlreichen Abenteuern kämpfte Samson gegen die Feinde seines Volkes, so hatte auch die Bibel ihren Herkules. Eines Tages verliebte sich Samson nun in das Mädchen aus dem Tal Sorek. Delila gehörte dem Volk der Philister an und die Fürsten ihres Stammes versprachen ihr 1100 Silberstücke, wenn sie das Geheimnis von Samsons Kraft lüften und ihnen verraten würde. Sie fragte Samson also nach dem Ursprung seiner großen Kraft, dreimal erhielt sie von ihm eine falsche Antwort: wenn man ihn mit sieben Seilen von frischem Bast bände, wenn jemand ihn mit neuen Stricken fessele, wenn man seine sieben Locken mit einem Webstuhl zusammenflechten und mit einem Pflock im Boden befestigen würde. Sobald Samson vermeintlich schwach war, rief Delila: »Samson, Philister über dir!« – Doch in allen drei Fällen war Samson kampfbereit. Beim vierten Mal jedoch klagte Delila, Samson würde ihr nicht genug vertrauen. Da wurde ihm sein Herz sterbensmatt und er verriet ihr sein Geheimnis. Delila ließ die Fürsten der Philister rufen, die Samson die Haare im Schlaf abschnitten und ihn anschließend blendeten. Eine fiese

Geschichte, aber auch ein kraftvolles Bild. Die starke Bewegung und Gegenbewegung von Fesselung und Abwehr beeindrucken mich. Und erst der Kontrast zwischen dem maskulin-muskulösen Samson und der feminin-anrüchigen Schönheit Delilas! Wie bekommt man so etwas nur derart realistisch hin? Tanja rechts neben mir runzelt ihr Näschen, sie scheint eher bemüht als beeindruckt. »Schau nur, was die Frau sich freut! Quälereien und Verrat zwischen Mann und Frau in ihrer Höchstform, schon die Bibel kennt das. Diese grausame Femme fatale ist Delila, sie hat ihren Geliebten Samson ihrem Volk ausgeliefert. Ehrlich, derart diebisch frohlockt nur eine Frau, die Herzensqualen erlitten hat. Dieser Samson war sicher nicht nur ein Gottesheld, sondern auch ein Vorzeigemacho. So würden wir uns auch gern an unseren Ex-Geliebten rächen, was?« »Na, du bist ja drauf«, Tanja hakt sich in meinen Arm ein, sichtlich erleichtert über meinen witzelnden Ton, und zieht mich weiter. »Hm, wenn die Männer hier wenigstens annähernd so aussehen würden wie dieser Muskelschönling, würde ich sofort meine Hausaufgaben vergessen und allzugern wieder die femme fatale mimen. Was sich hier an Männern im Museum herumtreibt, ist jawohl die absolute Nullnummer«, flüstert sie in mein Ohr. »Ach, was!«, flüstere ich zurück und schweife lässig und unauffällig mit meinen blauen Augen über die Herren dieser Museumslandschaft. Oh verdammt, da senken sich zwei sehr dunkelbraune Augen in meine. Einen Moment scheint mein Herz auf und ab zu hüpfen. Doch wende ich mich schnell ab. »Ach lassen wir das. Wo ist Isabel eigentlich?«, wechsele ich das Thema und ziehe nun Tanja vorwärts. »Die hat den Turbo eingelegt. Ihr hat es die Abteilung ›Decorative Art‹ angetan. Ein italienischer Porzellanteller aus den Sechzigern von Fornasetti sei außer ein paar Möbeln ihr absoluter Liebling hier. Den lasse sie sich auch heute nicht entgehen. Ein anmutiger Frauenkopf mit einem Pythonkörper, der diesen wie ein Heiligenschein bekränzt. Einfach schaurig, finde ich. Aber euch beiden scheinen es ja mehr die Vamps als die Madonnen angetan zu haben. Isabel rät uns übrigens zu weniger ist mehr, wir sollten uns auf jeden Fall für ›Peter getting out of Nick's Pool‹ noch Zeit nehmen, ein preisgekröntes Highlight, es aber ansonsten nicht übertreiben. Sie warte dann unten beim Eingang auf uns. Also ab zum Swimming-Pool-Peter!«

Isabel sitzt im Eingangsbereich auf einer Holzbank und simst eifrig. »Hey, recht vielen Dank für den Tipp auch. Der Peter ist ja wahrlich das richtige Mannsbild zum Abschluss – a Hollywood dream of man sozusagen. Klaras Audioguide hat uns den Satz des Tages dazu geliefert: ›It's a painting of a dream come true‹. Und was beschäftigt dich so, dass du nicht ein einziges Mal aufblickst?«, stupst Tanja sie an. »Das Motto kommt mir auch gerade recht«, zwinkert Isabel. »Ich habe derweil die Verkaufsanfragen für meine Mützen gecheckt. Ich muss dringend nachproduzieren. Ihr wisst ja nun, was mein demnächst wahr werdender Traum ist. Hatte eigentlich nicht vor, das Thema gleich heute wieder anzuschneiden. Nur würde ich zu gerne mit euch Babysachen shoppen. Bitte, Klara, kannst dich bestimmt gleich viel besser mit dem Gedanken anfreunden, wenn du all die entzückenden Sachen für die Kleinen siehst, und abends geht's dann im Tanja-Style in die Partykeller!«

»Oh ja, erst shoppen, dann Party! Was Süßes fürs Kleine und was Schickes für uns Mädels! Also los, worauf warten wir noch?«, freut sich Isabel. Nur ich reagiere erneut verhalten, kann mich einfach nicht überwinden, beim Wort Baby loszujubeln. »Wo shoppen wir denn am besten? In der Nähe vom Hafen? Und laufen wir zu Fuß dorthin?«, überlege ich stattdessen laut und sachlich. »Ja, am Hafen lässt es sich tatsächlich am schönsten shoppen. Der Albert Dock ist, wie ihr sicher noch wisst, eine der angesagtesten Einkaufslocations überhaupt und ganz in der Nähe ist auch das Mamas & Papas, ein Kaufhaus, das rund ums Baby absolut alles hat. Wenn wir mit der Merseyrail fahren, sind wir in zehn Minuten da. Gleich hier gegenüber in der Lime Street ist die U-Bahn«, Isabel erhebt sich, noch während sie spricht, von der kleinen Holzbank, knotet ihr Leopardentuch um ihren Hals und geht mit uns Richtung Ausgang. »Bye, bye lovely Gallery!«, sage ich und schaue ein letztes Mal in die Halle.

Der Albert Dock ist der Hauptanziehungspunkt Liverpools und demgemäß ist das Gedrängel. Im Museum war es im Vergleich dazu richtig leer. Und doch hellt sich meine Miene schnell wieder auf. Der Komplex an Lagerhäusern und Dockbauten ist im 19. Jahrhundert gebaut und in den Achtzigern umgebaut worden. Die Backsteinkonstruktionen mit ihren Rundbögen und gewaltigen roten Eisensäulenpassagen direkt am Wasser sind wunderschön und wirklich ein Ereignis. »Das waren sie«, wie Isabel uns informiert, »bereits bei ihrer Eröffnung 1846. Das erste nicht entflammbare Gebäudesystem, ohne das kleinste bisschen Holz gebaut! Das Design, in dem sich viele existierende technische Konstruktionen ergänzen, galt damals als eine radikale und revolutionäre Lösung.« Ihre Stimme vibriert vor Leidenschaft. Wieso ist sie sich nur so sicher, dass ein Wickelkind in ihr Leben hineinpasst, dass sich ihre eigentliche Passion mit einer so anders gearteten vereinen oder wohl eher von letzterer ablösen lässt? Bei meiner Mutter hatte es nicht funktioniert, war auf meine Kosten gegangen. Bei Isabels Hang zur Häuslichkeit kommen meine Bedenken allerdings aus der entgegengesetzten Richtung. Sie wird am Ende so ne richtige, langweilige Hausfrau werden. Mehr zu schaffen macht mir was anderes. Wie kann es sein, dass Isabel so leicht aus ihrem Fahrwasser tritt und ich mich so schwer damit tue? Wir gehen am Ufer des Mersey Rivers entlang, der sicher in seinem Hafenbecken ruht, und kommen zur Echo Arena. Dort hängen einige Plakate von anstehenden Konzerten und von Boxevents, die stattfinden, wenn ich und Tanja längst wieder unserem Alltag in Königsbrück nachgehen. »Ach ne, die Band Simply Red. Ich dachte, die hätte sich aufgelöst. Schade, aber nicht zu ändern. So romantisch, wie deren Songs drauf sind, das ist für uns zwei Männerlose im Moment nichts, oder Sweetheart?« »Nee du. Wirklich nicht«, stimme ich Tanja zu, »da, das Echo Wheel, erinnert ihr euch?« Von dem Riesenrad aus hatten wir alle drei bei unserem ersten Besuch die Stadt überblickt. »Oh, ja der Aus- und Einblick war uns Großstadt-Sight-Seeing genug. Es war Sommer, für englische Verhältnisse extrem brütend heiß, ihr wolltet vor allem am Meer chillen und ich euch meinen Unialltag samt Studenten-wohnheim vorführen, da war ich noch selbst in den Semester-ferien voll am Studieren. Sechzig Meter hoch ist das Ding mit seinen 42 klimatisierten Gondeln, mir war da oben zwar kühl, aber recht mulmig zumut, bin da nie wieder rauf «, erklärt Isabel. Ich halte meinen rechten Arm über meine Augen, denn durch die hellgrauen Wolken gleist das Licht. Meine Beuteltasche rutscht leicht von der Schulter. Tanja schiebt sie wieder zurück, ich sage: »Danke Dear!«, und sie: »Schaut mal da hinten, der kleine, blaue Hot-Dog-Wagen.« Ich muss schmunzeln, als ich den blauen Anhänger und zu-gleich Verkaufsstand hinter dem blauen Fahrrad sehe und den Slogan »Every Hot Dog has its special story to tell you« lese. Ein rothaariger Mann mit blauer Häkelmütze, nicht viel älter als wir sieht ebenfalls aus, als verkaufe er Geschichten und keine Hot Dogs. »Lust?«, fragt Tanja. »Warum nicht?«, frage ich zurück. Isabel rümpft jedoch ihre Nase: »Allein beim Geruch wird mir hot-dog-elend zumute. Sorry, aber die Fish´n Chips waren bereits eine Ausnahme, alles zu wenig gesund für meine Verhältnisse und im Moment auch noch unerträglich für die Nase. Aber tut ihr nur, was ihr nicht lassen könnt.«»Wieso unerträglich für die Nase?«, fragt Tanja mit vollem Mund, denn wir beide haben der special hot-dog-story des soften Typen keineswegs widerstehen können. »Schwangere reagieren ziemlich sensibel auf Gerüche, das soll die werdende Mutter vor etwaig Verdorbenem und für den Embryo Schädlichem schützen«, klärt Isabel uns auf, »irgendwie schlägt mir das fischige Hafenaroma insgesamt ganz schön auf den Magen. Ist das okay, wenn wir erst einmal so richtig was essen gehen? Ich habe ebenfalls Kohldampf und im Lox & Caper gibt es einen kolossal leckeren gebackenen Gemüsesalat mit Minze, echt der Hammer. Euch kann solch gesunder Gemüseflash nach dem Hot Dog auch nicht schaden und den Albert Dock mit seinen Geschäften kennt ihr ja zur Genüge von den letzten Malen. Das Mamas & Papas und das Mango fürs anschließende Shopping sind auch nahbei.«»Oky-Doky, Frau Häuptling hat gesprochen«, gebe ich mein Bestes, in die zwischen uns übliche Freundinnen-frotzelei um mein gestriges Hochgefühl zurückzufinden.

»Hier lang!«, wir laufen mit unseren warmen Hot Dogs nicht mal zehn Minuten hinter der flinken Isabel her, nur um gleich wieder etwas zu essen. Die weißen Holzstühle mit ihren moosgrünen Polstern, auf denen wir sitzen, sind trendy und cosy zugleich, der warm roast vegetable salad aus Roter Bete, Butternusskürbis, Blumenkohl und Karotten köstlich, wenn auch ein bisschen dicke nach dem Hot Dog. Und während Tanja und Isabel Tee trinken, muss es bei mir Kaffee sein, egal wie sehr Isabel die Augen zusammenkneift.

»Wird wirklich Zeit, dass ich mich mal in einem Babyladen umsehe und ist zudem mit euch garantiert spaßiger als mit

Gerry, dem Shoppingmuffel«»Oh ja! Und ich sehe, was so in fünfzehn, zwanzig Jahren auf mich zukommt«, grinse ich. »Und wenn Mr. Right schon morgen gefunden ist?«, stößt Isabel mich in die Seite. Tanja zieht eine Schnute. »Gar nicht nötig. Wenn Klara und ich wollten, bräuchten wir gar keinen Mann dazu. Ich habe gelesen, dass es in den USA Sperma-parties gibt. Seid fruchtbar und wehret euch, sagt schon die Bibel. Selbst ist die Frau, habe ich beschlossen. Bloß nicht noch son Macker wie Felix.«»Waaas bitte?«, frage ich, der-weil Isabel so von der Rolle ist, dass sie wie automatisiert ihren Kamm aus der Hosentasche fischt und sich unentwegt den Pony noch gerader kämmt. Das hat sie schon als Kind gemacht, wenn sie nicht weiter wusste oder ihr etwas nicht in den Kopf wollte. »Ja, da verabreden Frauen sich mit einem Spermienspender zu einer Party, auf der allen, die wollen, ein Becherchen mit seinem kostbaren Samen, frisch von der Bank, gibt.«»Bäh, hör auf Tanja, du spinnst ja!«, bringt Isabel schließlich heraus, ihr Kamm verschwindet wieder in der Hosentasche. »Romantik pur, meine Liebe«, klimpere ich mit meinen langen, schwarz getuschen Wim-pern, wohlwissend, dass Tanja sich nach wie vor nichts mehr wünscht, als eine glückliche, feste Beziehung. »Das ist doch egal, Klara. Man muss eben sehen, wo man bleibt,« gibt sie dennoch ganz überzeugt von sich. Am Tisch neben uns sitzen Studenten, eine junge Frau mit Basecap, zwei junge Studenten mit roten T-Shirts und weißen Football-Club-Auf-druck. Sie lachen und diskutieren, trinken Kaffee und essen Sandwiches. Sie scheinen glücklich, alles noch vor ihnen zu liegen. So anders komme ich mir im Moment gar nicht vor. Ich lebe auf einmal als Single, male wieder, Isabel wird Mutter, Tanja geht zu Frau Hegel, nichts muss bleiben, wie es ist, noch immer ist die Zukunft voller Möglichkeiten, nichts scheint endgültig entschieden und sicher.

»Und dein Studium? Hast du noch gar nichts von erzählt. Überhaupt gibt es ja wahrlich nicht nur die Männer und doch schien es bei unseren letzten Telefonaten mehr um die zu gehen als um das, was du sonst noch so vorhast mit deinem Leben«, will Isabel von Tanja wissen. »Na ja. Es läuft so, würde ich sagen. Mittelgute Zensuren, coole Partys, lot of friends«, versucht Tanja das Thema zu umgehen. »Mensch Tanja, nu komm schon, kennen uns nun lang genug, was ist denn los? Was ist mit deiner Begeisterung für Sprachen und andere Länder, hast du da inzwischen konkretere Zukunftspläne entwickelt? Eine Idee, wohin dein Romanistikstudium führen könnte?«, meckert Isabel, die Mütterlich-Fürsorgliche. Aber sie hat schon recht, Tanja lässt hier ganz schön die Partymaus raus, ohne viel von sich preiszugeben. Nicht nur ich habe schließlich meine Probleme und Zweifel. »Na ja, um ehrlich zu sein, habe ich keine Ahnung, wie das mit mir und einem konkreten Job aussehen soll. Auf Lehramt wollte ich ja nicht studieren. Sehe mich auch noch immer nicht als Lehrerin vor einer Klasse stehen, also auch nicht in der Erwachsenenbildung oder so. Die Wissenschaft ist auch nichts für mich. Den ganzen Tag hinterm Schreibtisch zu sitzen, das passt einfach nicht zu mir. In die Industrie möchte ich ebenso wenig. Ich brauche auf jeden Fall den Kontakt zu Menschen. Es gibt da schon verschiedene Möglichkeiten, da wäre aber bei allen erst einmal ein Praktikum gut und ich kann mich so schwer entscheiden, in welche Richtung ich da gehen soll, kann mich überhaupt so schwer in einer festen Anstellung vorstellen. Seit Monaten rotiert es in meinem Kopf: Tourismus, Messen, Ausstellungen, Öffentlichkeitsarbeit in einer Organisation, Kulturstiftung oder einem Museum, was davon könnte mir gefallen, wo könnte ich eine Chance haben? Oder sollte ich nicht viel eher erst einmal für ein Jahr nach Paris gehen, sozusagen über ein Auslandsjahr

Erfahrungen sammeln und sehen, ob sich daraus nicht was ergibt, was mir die Berufsfindung erleichtert. Paris, das ist nämlich das Leben, so sagt der Franzose und sicher mehr als eine Reise wert,« kann Tanja sich nicht verkneifen, nach für sie ungewöhnlich ernster Rede zuguterletzt doch noch alles in zwei Sprüchen herunterzuspielen, und schüttelt dabei ihre Haare, als könne sie damit abschütteln, was ihr zu schaffen macht. »Ach, ja? Ich finde, das klingt doch endlich einmal glaubwürdig. Wie gut, dass du dir da nichts vormachst, Tanja. Ist ja echt nen ganz schöner Akt, sich beruflich zu orientieren, wenn ein Studium den Weg zu wenig klar vorgibt«, beginnt Isabel etwas sehr von oben herab, wie ich finde, bemerkt dann aber meinen kritischen Blick und wechselt den Ton. »Ich weiß, ich weiß, ich habe gut reden, wo ich selbst Gerry erst einmal das Geld verdienen lasse, brauchst gar nicht so zu gucken, Klara! Ich habe meine Gründe und diese sehr wohl erwogen. Auch ich sollte mir natürlich nichts vormachen. Verdammt, du könntest ruhig ein wenig mehr Vertrauen in meinen Pragmatismus haben. Der ist dir doch sonst immer so an mir ins Auge gestochen, oder etwa nicht. Er ist allerdings sehr deutsch, vielleicht zu deutsch gewesen. Ich sage euch, sich für eine andere Kultur zu öffnen, stärkt und erweitert das Ich. Logo, dass ich da für Paris plädiere.«

»Stärkt das eigene Ich? Bringt das Fremde es nicht vielmehr durcheinander?«, möchte Tanja es nun genauer und ungewöhnlich ernst bei der Sache wissen. »Keineswegs, es macht es dir erst so richtig bewusst. Dadurch dass du über den eigenen Tellerrand schaust, bekommst Abstand und kannst deshalb besser sehen. Es ist nicht nur, dass du neue Dinge und eine andere Lebensweise kennen lernst, du akzeptierst auf einmal Umgangsweisen, die dir in Deutschland nicht gefielen. Sie bekommen ein anderes Gesicht.

Selbst wenn du manchmal großes Heimweh bekommst und vieles vermisst, liebst du auch das, was du hast. Du bist hier und dort zuhause, die zweite Heimat, die du dir gewählt hast, ist ein Teil von dir geworden.«»Und das heißt?«»Die, die länger als ein paar Monate, vielleicht schon Jahre im Ausland leben, haben durchaus ihre Krisen, sind genervt von manchem. Mir gehen zum Beispiel die grölenden, ausflippenden, Bierdosen um sich schmeißenden Fußballfans Liverpools auf die Nerven. Nun gut, das ist in St. Pauli wahrscheinlich nicht viel anders. Aber in Königsbrück gibt es das nicht. Oder so einfache Dinge wie die Einfachverglasung! Bringt mich um im Winter, ist so arschkalt und die Eisblumen darfst du dann von Innen abkratzen.«»Du liebe Zeit, Eisblumen! Das kennen wir ja schier gar nicht mehr in Deutschland, hat doch aber auch was Schönes«, gebe ich zu bedenken, weil ich bereits bei dem Wort beginne, im Kopf zu malen, ein Eisköniginnenpalast spinnt seine kristallenen Fäden und Gewächse in mir. »Na ja, am Anfang, da findet man alles toll und ist voller Euphorie. Die Liebe zu einem anderen Land ist wie die Liebe zu einem Mann, erst ist man schrecklich verliebt und sieht alles wie mit einer rosaroten Brille – oder ist es eine orangene, was meinst du, Klara?«, Isabel grinst mir zu und ich grinse etwas schräg und verkrampft zurück, »dann realisiert man, ob das Land wirklich zu einem passt oder nicht, man wächst zusammen oder auch nicht, trennt sich voneinander oder auch nicht, lernt mit den Stärken und Schwächen des anderen zu leben. Und ich bin geblieben und habe hier mein Glück gefunden und nun eine deutsch-englische Identität, meinen Gerry und bald meinen deutsch-englischen Nachwuchs.« Tanja nickt, »oder auch zwei Seelen in deiner Brust, die einander lieben und ergänzen. Klingt zu schön, um wahr zu sein. Aber auch so, als müsse es nicht immer gut enden. Eben ganz genau wie die Liebe sonst auch und mit der tue ich mich ja offensichtlich ganz besonders schwer.«»Umso mehr ist Paris den Versuch wert, finde ich, mit der Zeit wird sich auch bei dir das finden, was zu dir passt«, verspricht Isabel, die unverbesserliche Optimistin.»Der richtige Deckel zum Topf, schon herrschen Friede, Freude, Eierkuchen«, denke ich und:»Und unser Kleeblatt? Sind wir unserer Studi-Freundschaft nun endgültig entwachsen und in alle Winde verstreut wir selbst? Wann hätten wir früher zu dritt ein so intensives und nüchternes Gespräch geführt, ganz ohne Frotzeleien, dumme Einfälle und Lachen?« Es gefällt mir, das muss ich zähneknirschend zugeben. Aber es zeigt mir, dass nicht nur mit Thomas Schluss ist. Ist man wohl erst dann erwachsen, wenn man nicht nur herausgefunden hat, was man selbst im Leben werden will, sondern auch all das losgelassen hat, was zurückzubleiben hat?

Nach einigen Minuten, in denen wir ordentlich zugelangt haben, kommt Isabel Tanja auch schon mit der nächsten Frage:»Und deine Eltern? Hab ja ewig nichts mehr von ihnen gehört! Ganz anders als von Klaras Oma!«»Denen geht es eigentlich ganz gut. Mama arbeitet immer noch halbtags als Bibliothekarin in der Königsbrücker Stadtbibliothek und Papa kümmert sich weiter mit viel Schwung und Elan um seinen Friseurladen. Wisst ihr noch bei meinem Abiball, wie er uns zu Filmstars gestylt hat?«»Ahhhh, das war so so cool! Wir wären auf jedem amerikanischen Prom als Eingeladene durchgegangen!«, klatscht Isabel in die Hände.»Vor allem du warst nicht wiederzuerkennen! Unsere Isabel mit geglätteten Haaren, rotem Lippenstift und einem oben eng ansitzenden und unten weit ausschwingenden Ballkleid«, amüsiere ich mich erneut.»Du wohnst doch noch bei ihnen oder?«, fragt Isabel Tanja weiter aus. Worüber haben die beiden nur in ihren Telefonaten gesprochen?»Ja, warum sollte ich auch auf einmal ausgezogen sein? War ja bis zum Ende des Studiums ausgemacht und spart enorm Knete. Nun gut, habe natürlich immer wieder einmal daran gedacht, selbstständiger zu werden. Aber ach, Mum kocht einfach super und dass sie die Wäsche macht und auch bei mir putzt, das mag ich ihr einfach zu ungern abgewöhnen. Sind ja nich gerade Lieblingsbeschäftigungen von mir. Ansonsten mischen sie sich in nichts ein und lassen mich komplett machen, was ich selbst für richtig halte.«»Na, die wissen eben, wie sie dich handhaben müssen und hängen an dir, so als Einzelkind. Ich habe hingegen noch immer das Gefühl, für meine Eltern mehr die große Schwester zu sein, die sich mit ihnen um Finn und Jonas sorgt. Naja, ihr wisst schon, vor allem um Jonas. Der hat schon wieder den Job geschmissen, während Finn als Elektrotechniker immer gefragter ist. Dass Zwillinge so unterschiedlich sein können! Meine Mama jammert sich da per Telefon reichlich und ständig bei mir aus. Ich habe allerdings das Gefühl, das Problem liegt auch an ihr. Jonas war immer ihr Liebling. Vielleicht gut, wenn sie Großmutter wird. Hat sie jetzt bereits auf andere Gedanken gebracht. Deine Mum will dich sicherlich auch nicht gehen lassen, so wie ich sie kenne.« »Dafür meckert Papa schon immer öfter, vor allem wenn ich Männer mitbringe. Der hat die Nase davon voll, wechselnden Fremden zu begegnen und längst aufgehört, sich die Namen zu merken.«»Aber du hast doch schon lange oben dein eigenes Reich unterm Dach. Das ist doch was ganz anderes als damals, als du die Typen mit zu dir in dein Kinderzimmer genommen hast. Was haben wir gelacht, als dein Vater mit Kevin vor dem Badezimmer zusammengestoßen ist und Kevin vor Schreck das Handtuch fallen lassen hat, genau in dem Moment, als deine Mutter hochkam, um für Toilettenpapiernachschub zu sorgen.« Kaum hat Isabel dieses Bild erneut wachgerufen, schon prusten wir alle drei los und ernten irritierte Seitenblicke. »Oh nein, Engländer sind ja viel zu höflich, um so laut zu geckern wie wir, oder?«, frage ich bestürzt. »Passt schon. Mach dir da mal keinen Kopf, meine Liebe«, beschwichtigt Isabel und bohrt weiter: »Das Zusammenleben mit deinen Eltern gestaltet sich also nicht nur easy?« »Logo bin ich da inzwischen viel separierter mit eigenem Bad und Kochnische, aber genau wie ihr kommen auch alle anderen nur über den Flur und die Treppe meiner Elternfraktion zu mir hoch«, erklärt Tanja, »also auch alle Typen – die Sprüche, die ich mir da manchmal anhören muss, sind oft übelst too much für mich. Klara kann ein Lied davon singen. Aber genug gelabert, wa? Lasst uns lieber endlich shoppen! Ich bekomme keinen dieser yummy braun-buttrigen Semmelbröselkrümel mehr runter, von denen ich auf euren Tellern nicht einen mehr sehe.«

»Hier entlang Mädels«, zieht uns Isabel zu einer Ampel, die GO anzeigt. Wir überqueren eine größere Verkehrsstraße, laufen noch um zwei Ecken und gehen in den Laden über dessen Eingangsportal weiß auf schwarz ein gigantisches »M & R Mamas & Papas« steht. »Wie sieht's hier mit einem Hackenporsche aus? Wir schleppen ja garantiert den halben Laden weg?«, feixt Tanja. Isabel ist jedoch schon zur Wand der kleinen Mützen und Socken hinübergelaufen. Tanja und ich sehen uns kurz an und laufen ihr hinterher. Vor den vielen runden Drehständern auf denen zig Miniversionen von Mützen, Jacken, Pullovern, T-Shirts und Hosen in allen Stilrichtungen hängen, stehen Mütter mit Vätern, Mütter mit Großmüttern, Mütter mit Müttern und beraten einander mit prüfenden, kritischen Blicken auf die Babykleidung. Ein Paar, das ich auf Mitte dreißig schätze, sie hochschwanger, er mit Halbglatze, aber glattrasiertem Bubigesicht, halten winzige Turnschuhe in die Luft und kichern. Eine Frau in einem langen, weit über den runden Bauch geöffneten, beigen Mantel hält einen weißen Kurzarmstrampler vor sich, um ihren Mund spielt ein verzücktes Lächeln. Isabel scheint in diesem Laden die jüngste Schwangere zu sein. Ich mache die Augen zu und atme ruhig ein paar mal ein und aus. Komm schon Klara, freu dich für Isabel, sie ist eben anders als du und dies hier ist für sie und ihr Glück im Moment megawichtig. »Was wird es denn, weißt du das schon?«, höre ich Tanja fragen und sehe, als ich die Augen wieder öffne, die beiden Richtung Kinderschuhe gehen. Isabel betrachtet ein Paar nach dem nächsten intensiv, öffnet die kleinen Klettverschlüsse von den adidas Slippern und schließt sie wieder. »Oh nein, voll die Erwachsenenimitate, mit Schnürsenkel oder ohne, lustig was? Aber auch ein bisschen irre. Das Geschlecht? Nein, das weiß ich noch nicht, bin ja erst in der siebten Woche, vor der zwanzigsten lässt sich das nicht feststellen« »Also suchen wir was Geschlechtsneutrales«, stelle ich fest, ziehe einen gelben Strampler mit niedlichen Giraffen vom Drehständer zwischen uns und halte ihn lächelnd hoch. Isabel schüttelt den Kopf: »Die schielen ja!« Ich hänge ihn zurück. Als Tanja und Isabel, ganz und gar im Babytalk begriffen, nach oben zu den Autositzen schlendern, nutze ich die Gelegenheit und setze mich unbemerkt ab – komme mir allerdings ein bisschen stehengelassen vor – und schlage zu: einen weißen Langarmstrampler mit gedruckten kleinen Bärchen, ein weißes Baumwoll-Jäckchen, das Isabel schön fand, aber wieder weghängte, kleine bunte Söckchen, ein Paar Regenbogen-Ringelstrumpfhosen, ein Frottee-Froschgesicht-T-Shirt und einen Kuscheltier-Elefanten. Vollgepackt gehe ich zur Kasse und lade ab. Keine Schlange, prima, klappt ja alles bestens. Obwohl die Rechnung saftig ist, ist das genau die Aktion, die ich jetzt brauche, um Isabel und mir zu zeigen, dass beste Freundin für mich nicht nur ein Wort ist. Kaum habe ich es mit der Tüte bis zur Treppe geschafft, kommen Tanja und Isabel auch schon plappernd runter und mir entgegen: »Na ja, aber der Sitz soll dann ja auch mitwachsen mit dem Kind«, erklärt Isabel gerade. »Mensch Klara, wo warst du denn auf einmal? Was sind das denn für Tüten, hast du etwa was gekauft? Das gibt es doch gar nicht! Wir haben gedacht, du hast dich auf den Stuhl an der Treppe gesetzt, weil das hier einfach nicht deine Sache ist. Dabei hast du echt was verpasst. Oben gibt es ganz abgefahrene Baby-Schaukeln mit Discolichtern!«, textet mich Tanja ein, während Isabel vollständig hypnotisiert vor mir stehen bleibt und auf die Tüten starrt. »Surprise, surprise!«, lache ich übermütig und ziehe den Elefanten aus der Tüte. Tanja jauchzt auf: »Oh nein, ist der tubbitös!«, und Isabel schreit erschrocken: »Bist du jetzt völlig verrückt geworden Klara!« und murmelt dann nur noch: »Du willst jawohl nicht behaupten, dass all diese Tüten da … ich meine … das kann doch nicht ….« »Auch wenn mich der Gedanke, dass unsere zukünftigen Gespräche sich um Vaterfreuden und Stillzeiten drehen und wir bei unseren Besuchen mit Kinderwagen unterwegs sein werden, nicht gerade begeistert, bin ich noch immer deine Freundin. Ich will schon weiterhin an allem teilhaben!« Ich glaube es nicht, da hüpft Isabel doch glatt wie ein Teenager in die Luft und schnappt sich die Tüten: »Klara, du bist ein Schatz! Mensch, bin ich froh. Hatte die ganze Zeit so´n Kloß im Bauch. Dass wir nicht mehr gut miteinander werden! Nu lass aber auch sehen!« Sie schnappt sich die Tüten, spaziert zu der Sitzecke bei der Treppe, packt aus und wieder ein, bewundert und strahlt wie ein Wonneproppen, ganz die alte Frohnatur. Tanja flüstert mir derweil ins Ohr: »Willst du die Hälfte der Kohle von mir?«, während im Hintergrund »Baa, baa, black sheep, have you any wool? Yes sir, yes sir, three bags full! One for the master, one for the dame, and one for the little boy who lives down the lane« dudelt. Wie passend, Babysongs!»Quatsch! Na hör mal«, stoße ich aus und werfe Tanja einen fast schon bösen Blick zu.»Okay, okay, will dir die Show ja gar nicht nehmen, my dear. Bin zu froh, wenn sich die Lage an der Freundinnenfront wieder entspannt.« Bevor wir noch ebenfalls einen Blick in die Tüten werfen können, rafft Isabel sie zusammen und gesellt sich mit feuchten Augen wieder zu uns an die Treppe:»Zu Hause gibt es dann die große Vorführung, ja? Gerry kriegt sich bestimmt nicht mehr ein!«»Gut, gut, doch unsereins hat seinen Prinz noch nicht gefunden. Wir sind nun dran! Shoppen, die Damen!«, frohlockt Tanja und läuft in Richtung Ausgang davon.

Zwei Läden weiter entdecken wir auch schon Tanjas Lieblingsladen Mango. Innerlich seufze ich etwas, denn so richtig in Shoppinglaune bin ich nicht, hab das Gefühl, vor meinen Augen drehen sich lauter Ständer und nehmen mir die Sicht auf das eigentliche Leben. Tanja schwirrt aus wie eine Biene auf Honigsuche. Das ist überlebensnotwenig. Klamotten! Ich fühle mich einen Moment erneut etwas stehen gelassen und out, doch Isabel bleibt an meiner Seite:»Na, was ist mit dir? Für mich haben die hier ja sowieso nichts. Weißt schon, zu wenig Fair Trade und Organic der Laden. Aber für dich finden wir bestimmt etwas.« Wir laufen um diverse Schaufensterpuppen, die recht willkürlich und allein gelassen im Raum stehen, herum, ich mit meinem festen, Gang, der so erstaunlich bestimmt auf alle wirkt, und Isabel mit ihren sanft dahinschwingenden Schritten. Ich fasse den Lederhüftgürtel einer kalten, weißen Figur ohne Gesicht an. Er glitzert schön, auf dem metallic-golden schimmernden Leder sind lauter kleine Strasssteinchen aufgesetzt, nicht zu viele und nicht zu wenige.»Der könnte was für dich sein

Klara!«, ermuntert mich Isabel. Neben der Puppe entdecke ich den braunen Kasten, an dem die Glitzergürtel hängen. Ich probiere ein paar an, halte sie um meine Hüfte und entscheide mich schnell für den, der mir an der Puppe bereits zugesagt hat. »Komm, ein paar Accessoires werden dich schon nicht zur Umweltsünderin degradieren, hm?« »Na ja, bei den Babysachen bin ich ja auch nicht so, muss ja alles im Rahmen des Möglichen bleiben. Gut, lass uns mal bei den Haarbändern und -spangen gucken, ja?« »Einverstanden, die Tüten mit meinen Geschenken trage ab jetzt aber ich!« Die Haarspange, für die sich Isabel entscheidet, sieht dann doch wieder reichlich Öko aus, eine grün lackierte Holzspange in Form eines großen Eichenblattes. Ich selber wähle ein ganzes Sammelsurium an Haarbändern und glitzernden Spangen aus, so dass es wahrlich ein Akt ist, sie alle zu transportieren. Hervorragend, was braucht Frau mehr?

Wir stehen an der Kasse an und irren mit den Augen suchend durch den Raum. Richtig, da ist Tanja, wir winken, sie kommt kurz herbeigeeilt: »Geil hier, oder? Wenn es den Laden nur auch in Königsbrück gäbe!«, zeigt uns ihren Arm, der mit bunten Kleidungsstücken auf Bügeln über und über behängt ist, »Erst einmal ab zur Umkleidekabine!«, und eilt davon.

»Und was machen wir jetzt?«, seufzt Isabel, »meine Füße sagen jetzt schon Aua und Tanja will bestimmt noch mindestens in zwei weitere Läden hineinschauen, sitzen wär gut. Klara, was bist du denn auf einmal so in Gedanken?« »Entschuldige, Isabel, mir gehen die alten Bilder der Galerie nicht aus dem Kopf. Da hat wirklich jemand was hinterlassen in der Welt«, ich reibe mir die Stirn, »das muss ein gutes Gefühl sein.« »Welche Farbe, meine Lieben, der hier oder der hier?«, Tanja steht erneut vor uns, inzwischen ebenfalls mit Tüten bepackt und wedelt mit zwei Slips, einem mintgrünen und einem lilafarbenen. »Für wen sollen die denn sein?«, runzle ich die Stirn und sage schnell und mürrisch: »Grün.« Tanja presst ihre Lippen aufeinander und macht Schlitzaugen: »Ja, ja, schon verstanden.« Ich muss ganz offensichtlich mit meiner Laune aufpassen. »War nicht so gemeint, wir sind shopping-müde und suchen ein ruhiges Plätzchen zum Füße entspannen. Hast du hier vielleicht irgendwo was zum Sitzen gesehen?«»Ja, da drüben, da ist ne Sofa-Ecke.«»Prima, da findest du uns dann, wenn auch du so weit bist!«

Isabel und ich blättern in den Magazinen. Dieses Plätzchen abseits all der Fraueneinkaufshysterie scheint insbesondere für die Männer gedacht, die keinen Bock auf Frauen haben, die sich gefühlte Stunden mit immer neuen Kleidern versorgen, vorm Spiegel drehen und die eigenen Falten auf der Stirn glattziehen. So viele Männermagazine liegen in den Arztpraxen jedenfalls nicht aus. In der GQ überfliege ich die Bilder und Artikel, die Männern die Langeweile austreiben sollen. Muskelprotze und Gigolos, David Beckham, Johnny Depp und der Mann des Jahres, Frauen mit großen Fotoshop-Busen, alles über Muskelaufbau, sexy Unterwäsche für sie und ihn, Autos und Technik. Nein danke. »Willst du auch mal riechen?«, frage ich Isabel und ziehe die drei Proben der Herbstduftstars 2015 für Männer ab. Sind ja nicht nur zum Ansehen. »Nu ja, mein Gerry riecht am besten, wenn er mit dem Homme Shower Wash von Green people geduscht hat. Pure Natur. Das hier stinkt doch alles nach Chemie.«»James Bond 007 für den Agenten, das klingt doch nach was. Nee du, ist alles drei auch nicht mein Fall. Und was sagt die Bunte?«»Wer lässt sich gerade von wem scheiden, wer trägt die Haare wie, was sind sie für ein Typ. Nix als ödig und Asbach, Klara. Du hast doch dein Sketchbook dabei. Weshalb zeichnest du nicht ein bisschen? Ich les dieweil in dem Schwangerschaftsbuch, das ich eingesteckt habe.« Mein Gott, ich Blöd-Frau! Also ziehe ich schnell mein Skizzenheft aus meiner weißen Beuteltasche. Dazu Musik vom iPhone in die Ohren gestöpselt, Cherry Ghosts »Love Will Follow You«, so beame ich mich in meine Bilderwelt. Ich nehme einen weichen Bleistift in mittlerer Härtung, streiche mir hastig eine blonde Haarsträhne hinter das rechte Ohr und schaue mich um. Die vielen Klamotten auf rechteckigen Ständern, ein paar runde Drehständer mit dem Schild »on sale« und »40 %«, da lässt sich was draus machen. Ich summe zum Song, singe hier und da leise eine Stelle mit: »and when darkness is my weakness... hmmmm... Love will follow you... across the ocean... Hmmmm.«

Nun steht Tanja viel zu bald vor uns, muss uns regelrecht anmachen und natürlich will sie, obwohl bereits schwer bepackt, noch ein bisschen weiter shoppen. Unten rechts schreibe ich noch schnell MANGO und das Datum auf die Skizzenblockseite. »Lass doch mal sehen. Oh, das ist aber treffend! Genau das ist die Stimmung hier, das rahmst du mir ein, ja?« »Blödsinn, Tanja, das ist doch erst eine Skizze!«, ich schlage mein Buch zu und stecke es wieder weg.

Während Tanja weitershoppt, genießen Isabel und ich auf einer grüngittrigen Metallbank die Sonne und beobachten Land und Leute. Auf die Frage: »Hol uns hier ab, ja?«, hat Tanja uns ihre Einkäufe aufgedrückt: »Auf die hier habt ihr dann aber ein Auge.« Schräg gegenüber sehe ich einen der kioskähnlichen Verkaufsstände für Fritten mit Fisch. »Du wohl lieber nicht Pommes again, oder?« »Was? Du kannst doch unmöglich schon wieder was essen?« Wieder bekomme ich die typisch spitze Papiertüte gereicht, dieses Mal auf special wish nur mit Chips. Als ich beginne, die Pommes in meinen Mund zu stecken – total lecker und so englisch, das musste jetzt sein – rückt Isabel ein Stück ab. »Sorry, mein Magen meckert.«

In meinem Kopf poppt die Walker Gallery auf. Diese riesigen Wandgemälde dort, da haben die Künstler monatelang dran gearbeitet, zum Teil im Auftrag, und wir Menschen schauen uns diese Bilder hunderte Jahre später noch an und sind berührt, ja fasziniert. Künstler hinterlassen der Welt etwas. Nun ja, so gut sind natürlich nur sehr wenige. Da gehört mehr als durchschnittliches Talent dazu. Muss es nicht aber auch uns kleinen Lichter geben? So hole ich noch einmal mein Skizzenbuch hervor und halte meine Eindrücke fest, während Isabel vor sich hindöst.

»Ich will nur noch nach Hause, bin total fertig,« stöhnt Tanja auf uns zu. »Also ab zur U-Bahn«, kommandiert Isabel. Wir schleppen uns durch die Shoppingmeile an hohen Reihenhäusern vorbei bis zur U-Bahn mit Massen von Tüten ab. Kaum sind wir am Bahnsteig, kommt die Bahn eingefahren. »Das Glück ist mit den ...«»Tütenschleppern«, ergänze ich Tanjas Spruch. Isabel managed die Fahrkartenbezahlung. Uns fallen jetzt fast die Augen zu. Als wir aussteigen, kracht es über unseren Köpfen. Da hat sich ganz schön was am Himmel zusammengebraut. Ich sehe einen Blitz nahbei in ein Haus einschlagen und zucke vom Haar bis zum Zeh zusammen. »Ahhhh lauft, lauft schnell, unser Haus liegt in der nächsten Parallelstraße!« Isabel rennt los. Tanja und ich hinterher, die Tüten schlagen gegen unsere Beine. »Ihhhhhh, Ihhhhhh!«, quietscht Tanja, deren Hosenbeine und Neonschuhe schon komplett nass sind, richtig grau vom Wasser. Auch Isabels weiße Stoffschuhe sind durchtränkt und lassen ihre rosa Socken durchblitzen. »Regenschirm wär gut gewesen,« sagt Tanja. »Ach ja, und mit welcher Hand hätten wir den noch tragen sollen?«, keife ich. »Was sind wir heute zickig!«

Kapitel 11

Tanja ist auf unserem Zimmer verschwunden. »Goose Bumps?«, fragt Isabel, als sie mir den Tee auf den kleinen, hölzernen Seitentisch stellt, auf dem auch eine Schirmlampe steht, an deren kleinem Seil sie zieht. Und tatsächlich, eine Gänsehaut ziert meine Haut. Ich lächle Isabel nur an. »Danke für den Tee.« Sie dreht das Gas vom Kamin auf, hält ein langes Feuerzeug hinein und mit einem kleinen Lodern, das immer größer wird, entsteht nicht nur Wärme, sondern auch Gemütlichkeit. Isabel setzt sich zu mir auf die Couch, lehnt sich zurück und streichelt ihren Bauch. Ich streichle ihr derweil über den Arm, will ihr gut sein, nachdem ich so verstockt war.

»Sag mal Isabel, woher kommt dein Mut? Nicht nur für ein Leben im Ausland, für dies alles hier? Für eine Ehe und ein Kind ohne deine Eltern um die Ecke?« »Kann ich dir gar nicht so sagen Klara. Ich spüre einfach, wenn was richtig für mich ist. Ich habe keine Ahnung, wie das ist, Mutter zu sein, aber ich möchte es so. Ist doch auch einfacher, ein Kind zu haben, wenn du noch jung bist. Dass die Frauen heute so spät ihre Kinder bekommen, das hat mir noch nie gefallen, ist für die Kleinen bestimmt nicht das Beste. Wie sich da in mir ein richtiges Menschenleben entwickelt, das ist etwas so Unglaubliches, findest du nicht? Schon ab der dreizehnten geht es so richtig rund. Das winzige Etwas in mir beginnt dann mit allen Sinnen wahrzunehmen, was um ihn herum vor sich geht, kickboxt eifrig und zeigt, ob es ein Junge oder ein Mädchen ist. Ach Klara, was für ein Glück, so etwas miterleben zu dürfen!«»Dir scheint doch die Sonne aus'm Hintern«, sage ich in ironischem Ton. »Solch ein unglaubliches Menschenleben zieht doch auch Kräfte und Energie. Es ist eine Riesenverantwortung, in die sich eine Mutter begibt.«

»Ja, Klara, ich weiß. Glaubst du denn tatsächlich, du bist die Einzige von uns, die sich ernsthafte Gedanken macht? Entscheidungen im Leben sind doch aber unumgänglich, triffst du sie nicht, trifft sie wer anderes für dich. Passivität, Das ist NICHT-Leben in meinen Augen.«

»Na gut, aber Mut haben eben auch nur die, denen alles so zufliegt wie dir. Geht man halt ins Ausland, findet man halt den Richtigen, macht man halt'n Kind. Es wird schon alles gut werden.« Ich nippe aus der blauen, großen, runden Tontasse, auf deren Boden sich ein lieber Grinsedrachen versteckt, lausche dem Knacken im Kamin und ärgere mich kein bisschen über meinen lässig-witzelnden Ton, finde, eine beste Freundin muss das abkönnen. Ich ließ mir ihren überheblichen Ton ja auch gefallen. Wie selbstgefällig sie tat! Wo bitte sehr, sollte ich einen Mann finden, der all meine Launen und Wutanfälle so ertrug wie Gerry die von Isabel? Vor allem, da mich einer, der wie Gerry Uni- und Fußballanekdoten erzählt, zu sehr abtörnen würde. Stehe da mehr auf taffe Typen. Leider.

Isabel kontert: »Ich seh schon, du fühlst dich mal wieder von der Leichtigkeit des Lebens ausgeschlossen, aber das brauchst du gar nicht. Vergiss nicht, dass du Menschen wie dein Omilein und Tanja hast. Ich habe auf einmal nur noch Gerry. Genau der Richtige, um über meine morgendliche Übelkeit und meinen veränderten Hormonhaushalt zu reden! Über so was redet es sich einfach besser mit Frauen.

Mein Problem ist: Ich werde nicht nur von dir gefragt, weshalb ich mit dem Kinderkriegen nicht noch fünf Jahre hätte warten können. Natürlich ist auch bei mir nicht alles rosig. Aber was soll ich sagen? Gerry passt zu mir, zu meinem Leben, die Schwiegereltern passen – mehr oder weniger jedenfalls«, stupst mich Isabel mit einem schwer definierbaren Ausdruck in den Augen in dem Moment an, in dem Tanja die Treppe heruntergepoltert kommt. »Was macht ihr euch denn schon wieder so an? Ich dachte, ihr hättet euch versöhnt. Schaut lieber her. Nehmt ihr mich so mit?«

Tanja trägt eine hautenge Jeans in navy-blau und als Oberteil ein Bandeau, Schultern und Bauch sind nackt, ihre Haare hat sie zur Hälfte nach hinten gebunden. »Aha Mrs. J-LO!«, grinse ich. »Du holst dir den Tod! So kannst du bei den Temperaturen nicht gehen,« meutert Isabel los. »Ja, ja Mama Isabel. Ist ja schon gut. Ich schmeiß dann noch'n Strickjackenstoff drüber, ok?« Doch Isabel zuckt nur mit den Schultern, steht vom Sofa auf: »Ich mach mich auch fertig«, und wir hören sie, die sonst so besonders Bedachte in all ihren Bewegungen »wumms, wumms, wumms« die Treppe hinauflaufen.

»Was'n mit der los? Lass mich raten. Kann ein Kind die Erfüllung einer Frau sein, war hier wieder einmal die Frage«. Tanjas böser Blick ist nur schwer zu ertragen. Ich zucke nur mit den Schultern und verziehe mich schnellstens ebenfalls nach oben.

Ich sehe unsere drei nassen Turnschuhpaare auf dem Wäscheständer im geräumigen Bad liegen und spüre, wie ich feuchte Augen bekomme. Isabel, die sich immer um alle und alles kümmert. Ist sie nicht wie gemacht fürs Leben als Mutter und Hausfrau? Warum will ich das nicht akzeptieren? – Von wegen ein Herz und eine Seele. So verschieden wie unsere Turnschuhe, so sind auch wir drei Freundinnen.

Ich reiße mich zusammen und schminke meine bereits vom Morgen schwarz geschminkten Wimpern erneut mit schwarzer Tusche, braunem Glitzerlidschatten, ziehe die Augenbrauen mit dunkelbraunem Stift nach, creme die Lippen mit Lipglos ein. Meine langen Haare drehe ich mit Isabels Glätteisen, das ich im Schränkchen unter dem Waschbecken finde, zu großen Locken. Ich schaue in den Spiegel, ein schönes Gesicht mit gar zu ernstem Ausdruck. Isabel und Tanja vor Augen, strecke ich meinem Spiegelbild die Zunge raus.

Im Gästezimmer liegen diverse Klamotten von Tanja kreuz und quer verteilt zwischen der zerknüllten Bettwäsche und auf den zwei Stühlen. Ich packe den Glitzergürtel aus der Einkaufstüte, greife gezielt in meinem Koffer nach meiner grauen Edeljeans und schlüpfe hinein. Enganliegend betont sie die richtigen Stellen. Den viel zu gewagten Rückenausschnitt des schwarzen Tops, das ich ebenfalls aus dem Koffer ziehe und über dem sich der glitzernde Gürtel perfekt macht, bedecke ich mit meiner Jeansjacke. Tasche und Schuhe geschnappt, fertig. Die schwarzen Satin-Pumps in der Hand, taste ich mich auf Perlonstrümpfen vorsichtig im Zeitlupenslalom zwischen all den Blumen und Skulpturen die Treppe hinunter, zurück ins Wohnzimmer. Mittlerweile ist es sieben, Gerry ist von der Arbeit in der Uni zurück und ulkt mit Tanja herum.

Regen und Gewitter haben sich verzogen. Graue Nebelschwaden liegen auf den Straßen. Die Laternen spiegeln sich in den letzten Pfützen auf den glatten Bürgersteigen. Eine unheimliche und etwas altmodische Stimmung wie in einem von Omileins geliebten Edgar-Wallace-Krimis. Gerry ist so nett und fährt uns mit seinem roten BMW X6 in die Innenstadt.»Pass auf dich auf und ruf an, wenn was ist, ja«, sind seine letzten an Isabel gerichteten Worte, als wir aus dem Auto steigen.»Danke Gerry.«»Bis morgen, Daddy Gerry«, lachen Tanja und ich.

Noch ein paar Schritte in die Gasse, in der noch immer John Lennon lehnt, und die lange Schlange vor dem Cavern Club lässt uns zurückweichen.»Was'n hier los?«, wundert sich Tanja. Isabel zieht aus ihrer Handtasche drei grasgrüne Karten hervor und winkt fächerartig.»Überraschung! Heute spielen Moreland & Arbuckle. Blues, Country Music, Folkrock, aber im Anschluss gibt es auch noch andere Musik. Alles geschenkt und frei für Euch.«»Waaaaaas? Da steht 54,88 Britische Pfund. Wie viel ist das denn?«, fragt Tanja total ungläubig.»Ungefähr 75 Euro, oder? Das geht aber nicht, Isabel,« meckere ich gleich los.»Klar geht das. Kommt von Gerrys Eltern. Macht euch da bloß keinen Kopf. Die haben sich gefreut, dass ich so gute Freundinnen habe und das Leben auch als Schwangere genieße«, grinst sie »Süß, oder?«»Die erste Runde geht dann aber auf mich!«, grinse ich zurück.

»Hier ist das Geld für die erste Runde! Für mich bitte einen Wodka Red Bull. Bestellt doch schon einmal. Ich lese hier noch kurz was und suche uns einen Platz!«, reiche ich Tanja eine 50-Pfund-Note. An einer Wand sind die historischen Hintergründe zum Club erklärt. Dieses Backsteingewölbe, das an einen Weinkeller mit verschiedenen kleineren Einbuchtungen erinnert, wurde 1984 wiedereröffnet. Der ursprüngliche Cavern Club musste dem U-Bahn-Bau weichen. 1957 trafen sich hier Bands wie die Rolling Stones, die Kinks, die Beatles, the Who oder Elton John. 292 Mal traten die Beatles zwischen 1961 und 1963 hier auf. Im Moment ist die Musik jedoch eher öde, bis die Band auflegt, das dauert sicher noch eine Weile.

Ich schaue mich um. Herrjeh, wie voll das ist! An sitzen wohl kaum zu denken. Doch da, da stehen doch tatsächlich drei Männer auf! Wollen wohl noch näher ran an die Bühne. Der eine von ihnen kommt mir verdammt bekannt vor. Den habe ich doch schon einmal gesehen? Wo nur? Diese sehr dunklen Augen. Was der anhat, oje! Jeans und Holzfällerhemd mit grünen Hosenträgern drüber und dazu die Figur und das Gesicht eines Businesssofties. Alles andere als mein Typ! Wenn diese Augen nicht wären. Die haben was. Egal, erst mal die Sitzplätze belegt. Schnell erobere ich den unverhofft frei gewordenen Tisch und eh ich mich versehe, haben mich auch schon meine zwei Besten entdeckt. Isabel hat sich ein Ginger Ale und, na klar, Tanja ein Bier bestellt. »Hey, die Band kommt!«, ruft sie und meckert: »Die können wir ja gar nicht so richtig von hier aus sehen und miterleben!« »Kannst ja näher ran! Du auch Isabel. Mir reicht im Moment, was ich hier mitbekomme, bin noch nicht so richtig in Fahrt für so ne Mucke.« So sehe ich Tanja und Isabel zu, wie sie sich durch die Menschen dicht an die Bühne heranwursteln. Höre das »good evening friends«, erspähe durch die Lücken mehr von den drei Musikern als gedacht und bin erst einmal für mich und zufrieden. Auch wenn die Band jetzt so richtig loslegt. Das geht mir mehr unter die Haut, als ich gedacht hätte. Ist ja eigentlich gar nicht mein Ding, diese Art Mucke. Doch bei denen da vorn ist jeder Ton emotional derart aufgeladen. Schon irre, was die drei mit nichts als Harmonika, Gitarre und Gesang abziehen, wie sie ihre Körper in die Rhythmen hineingehen lassen. »It's just a dream …« Mir kommen tatsächlich die Tränen, gut, dass Isabel und Tanja das nicht mitbekommen. Langsam kocht die Stimmung hoch. Von Mitte zwanzig bis hin zu den Vierzigern ist alles vertreten. Zwischen Karohemden und Baggy-Hosen mischen sich enge Kleider und gestylte Frisuren, neben bodenlangen, weit schwingenden Hippikleidern nehmen sich die Anzüge ebenso seltsam aus wie neben den

Basecap-Mützen die großen Blumen und Federn im Haar einiger Frauen. Fast wie Woodstock, mindestens so ähnlich stelle ich mir das Gefühl der 68er vor, wenn Omilein mir von der damaligen Aufbruchsstimmung und dem Drang, sich Freiräume und ein friedliches Miteinander wider alle soziale Ungerechtigkeit zu erobern, erzählt.

Ist das Isabel? Richtig. »Uff. Wenn du willst, halt ich jetzt die Stellung hier. Bin inzwischen mehr, als mir lieb ist, aufgeheizt. All der Schweiß und so. Und Tanja stachelt einen noch zusätzlich zur Mucke an. Die ist in Hochform«, schreit Isabel gegen die Bässe an. »Das kann ich mir vorstellen! Aber lass mal. Die Band hat mich bereits gepackt, will bei der Art Mucke schon was heißen. Mehr Nähe tut da jedoch nicht mehr not«, schreie ich zurück. Isabel grinst: »Na, wie wär's dann mit einer zweiten Runde mit Umdrehungen für dich und ohne für mich?« »Okay, okay. Habe verstanden, was soll ich dir also mitbringen?« So nippen wir hin und wieder an unseren Getränken, Isabel an ihrem, ich an meinem, beobachten die Leute und schreien uns immer wieder einmal einen Kommentar zu. »So geknutscht, wie die zwei da, haben wir zuletzt zu Schulzeiten, oder?« »Süß, diese Mädels. Wie verloren die herumstehen und sich nicht so recht trauen. Ach, hatte fast vergessen, wie das war, zum ersten Mal einen abhotten und nach zwölf nach Hause kommen. Den Eltern wunder was erzählen und in Wirklichkeit viel zu unsicher in der pubertierenden Haut. Hat ja schon was, das hinter sich zu haben. Dieses nichts Halbes und nichts Ganzes.« Von wegen hinter sich, denke ich leise, sage aber laut: »Ja wahrlich, hier wird uns das Liebesleben durch alle Generationen hindurch vorgeführt. Hast du gesehen, wie die Frau im schwarzen Minirock mit dem Libellen-tattoo neben den Mädels den Lackaffen im hochgeschlossenen weißen Hemd mit Fliege hat abblitzen lassen?«

Tanja kreuzt erst auf, als die Band von einem DJ Rainbow abgelöst wird. Nach einer kurzen Pause ertönen die ersten Popsongs gemischt mit schnellen Electronic-Beats. Die Servicekräfte des Clubs räumen das Equipment von der kleinen Bühne, während sich die ersten Frauen auf die Tanzfläche im Parallelgewölbe wagen. Sie kichern und beordern ihren Partner mit lockenden Zeigefingern zu sich auf die grün-blau angestrahlte Fläche.

»Whooohooo, coole Mucke! Nu aber los, Mädels, was'n nur los mit euch? Nu kommt schon endlich aus'n Puschen!«, ruft eine ziemlich mitgenommen aussehende Tanja, die ja bereits mit Inbrust der Band zugejubelt hat, und genau in dem Moment legt der DJ »Elastic Heart« von Sia auf. »Mehr unser Ding, hä?«, lache ich, ziehe den Rest meines zweiten Wodka-Red-Bulls durch den Strohhalm, lasse ihn kurz in meinem Mund zergehen und schließe mich Tanjas Aufruf an: »Let's go Ladys!«

Ich bewege mich in schnellen, getanzten Schritten auf die Tanzfläche und lege los, fühle nichts als den Beat und Bass in meinem Körper. Es wummert aus den großen Lautsprechern in den Ecken des Gewölbes. Ein junger Mann mit rundem Hut, ist textsicher: »And another one bites the dust. Oh why can I not conquer love? And I might have thought that we were one. Wanted to fight this war without weapons«. Ich werde beobachtet. Das ist immer so, wenn ich tanze. Ich schaue an die Decke des runden Gewölbes und stelle mir das perfekte Gefühl in einer Partnerschaft vor. Komisch, der Typ von vorhin. Der kommt doch glatt direkt auf mich zu. Sein rechter Mundwinkel verzieht sich zu einem spitzbübischen Lächeln: »Aller guten Dinge sind offensichtlich mehr als drei. Nun können wir gar nicht anders als miteinander tanzen! Darf ich mich vorstellen, ich bin der, den Ihre Kunst, Sie selbst zu sein, nicht zum ersten Mal verzaubert.« Spinnt der? Kunst, ich selbst zu sein, wenn der wüsste! Son Spinner! Woher weiß der eigentlich, dass ich Deutsche bin? Sollte der mich wirklich kennen? Kaum vorstellbar. Und dann diese Mischung von Altherrenmanieren und Aufdringlichkeit. Danke, mega-uncool. »Kommen Sie, wollen Sie gar nicht wissen, wann,wo, wie und warum wir uns schon mal begegnet sind?« Bestimmt nicht. Was bildet der sich ein? Nee, nicht mit mir! Ich wende mich demonstrativ ab und tanze weiter für mich allein.

Der Alkohol, ich muss definitiv aufhören zu trinken. Isabel tanzt neben mir, hat die Augen geschlossen und singt ebenso den Text mit wie der junge Mann mit Hut: »Well, I've got thick skin and an elastic heart, But your blade it might be too sharp, I'm like a rubber band until you pull too hard, Yeah, I may snap and I move fast, But you won't see me fall apart, cause I've got an elastic heart.«

Der DJ schmeißt Blumenkränze in die hüpfende Menge. »For You Hippies!« »Yeah!«, ruft Isabel, hebt einen auf und setzt ihn sich auf den Kopf. Auch mir fällt einer direkt in die Arme, mit weißen kleinen Kunstblumen und langen perlmut- sowie lindgrünen Bändern am hinteren hellgrünen Reif, ein richtiger Brautstrauß. Hinten ist er größenverstellbar und mit langen weißen und hellgrünen Bändern bestückt. Nun gut, rauf auf mein Haupt, wer weiß, wozu es gut ist, muss ja nicht gleich eine Hochzeit sein, aber ne feste Beziehung mit einem Traumprinzen wär schon was. Tanja hat einen blauen Blumenkranz erwischt und wir tanzen nun alle drei mit diesem Hippieschmuck weiter: »Crazy hier! Geht voll ab!«, schreit Tanja mit Bierglas in der Hand. Ich habe sie noch nie ohne tanzen gesehen. Das gäbe bei mir gewiss gleich einen Wasserschaden.

»Diese nächtlichen Ausgänge werd' ich ganz schön vermissen«, brüllt Isabel gegen die Musik an. »Mit'm Babysitter und Gerry dürfte das jawohl ab und zu auch mit Baby möglich sein«, bekommt meine Stimme doch wieder einen harschen Ton. Isabel ignoriert ihn mit ziemlich saurer Miene. Ob zwischen uns wirklich alles wieder gut ist? Auf einmal bin ich mir gar nicht mehr so sicher. Es riecht nach Shisha-Rauch, süßlich, rauchig, etwas stechend in der Nase. Mango, Pfirsich, Himbeere, Pfefferminz und noch ganz andere Geschmacksrichtungen. Isabel fächert mit der flachen Hand um ihre Nase herum. »Mir ist schlecht. Ich will nach Hause.«

Und da ist wieder dieser dämliche, geschmacklos gekleidete Typ. Mir absolut egal, woher der mich kennt. »Wollen Sie etwa schon gehen? Wir müssen unbedingt ... oh pardon ...« Dieser Doofi ist doch glatt zwischen mich und Tanja gerempelt, hat Tanja ins Torkeln gebracht und die hat mir den Rest von ihrem Bier über mein Top geschüttet. »Wir müssen zum Glück gar nichts!«, schreie ich außer mir, »Auf Blödmänner wie Sie verzichte ich liebend gerne!« Setzt der doch noch zu einer Entschuldigung an, will womöglich gentlemanlike helfen, absolut nicht mein Fall. »Merken Sie gar nicht, wenn Sie nicht gefragt sind? Verziehn Sie sich endlich! Je schneller Sie weg sind, desto besser für uns! Kapiert?« Puh, das hat er verstanden.

So gehen wir ziemlich abrupt aus dem Cavern, Tanja und ich meckernd, was für Monks und Vollzonks es doch gibt, Isabel gelb im Gesicht und mucksmäuschenstill, allesamt nicht ahnend, dass wir die schönen Momente dieses Tages hätten festhalten sollen.

Isabel fühlt sich am nächsten Morgen nicht gut und hat das Gefühl, ihr Embryo auch nicht. Nun ist sie übervorsichtig, hütet stundenlang das Bett, trinkt Pfirsichsaft und lässt uns alles allein unternehmen. Als ich das übervorsichtig finde, geht sie mich an. Ist gar nicht wiederzuerkennen, all ihr bisheriges Verständnis, ihre Geduld wie weggeblasen:

»Du willst mir wohl unbedingt mein Leben kaputt machen! Nur weil du mit deinem nicht zurechtkommst. Nein, Klara, auf so eine Freundin kann ich verzichten. Mir reichts. Und zwar endgültig. Es gibt genug Leute, die liebend gern einmal Trauzeuge oder Pate wären. Da such ich mir doch besser jemand anderen, jemanden, der sich einfühlt und nicht wie du, nur sein eigenes Ego vor sich herschiebt. Komm auf den Boden der Tatsachen zurück, meine Liebe! Lass dich endlich einmal auf das ein, was du hast. Und das ist wahrlich viel. Der Job passt doch zu dir. Und die Malerei ist was Tolles, aber doch nichts, um die ganze Existenz dran zu hängen. Da haben deine Eltern schon recht. Für Flausen sind wir zu alt. Der Ernst des Lebens hat begonnen. Verantwortung können wir in unserem Alter nicht mehr auf andere abschieben. Guck nicht so, als hättest du das nie getan, nur weil du deine Eltern so früh verlassen hast. Was ist mit deinem Omilein, hm, was ist damit, dass du vor lauter schlechter Laune den Kopf in den Sand steckst und zu Frau Hegel rennst? Du bist nun groß genug, Verantworung zu übernehmen, auch für mich, Klara. Und das tust du nicht! Und das tut weh, so weh!« »Aber, Isabel, hör mal. Ich habe doch aber …« »Nein Klara, hast du eben nicht. Ich denke, du verschwindest besser aus meinem Haus und meinem Leben. Ein Taxi kannst du dir bei Comcab unter der Nummer 0512982060 rufen.«

Isabel, die Bodenständige, Klara, die Eigenständige und Tanja die Unbändige. So verschieden waren wir drei schon immer und doch ein Herz und eine Seele. Es war einmal. Das Kleeblatt hat der Sturm zerrissen. Ich packe meine Koffer, Tanja redet auf mich ein: »Das hat Isabel doch nicht wirklich so gemeint. Die Hormone sinds, die sie schwer im Griff haben, mehr nicht. Schwangere reagieren eben nicht normal, die ticken auf einmal anders, werden hysterisch und sensibel. Mensch, nu hau doch nicht gleich ab. Denk doch auch an mich!« Sie kann sagen, was sie will, Isabels Worte brennen zu sehr in mir. Ich rufe mir also ein Comcab, das mich zum Bahnhof fährt.

Kapitel 12

Zurück im kalten Deutschlandwind, der an Hausfassaden entlangzischt und mir sämtliche Haare aufstellt, fühle ich mich so allein wie noch nie. Thomas ist es nicht, ich denke kaum noch an ihn und bin froh, dass er die Kontaktversuche endgültig sein lässt. Es sind meine zwei besten Freundinnen, vor allem Isabel, aber auch Tanja, die nicht mehr so für mich da sind, wie ich es möchte. Der Kummer zerstichelt mein Herz.

Tanjas Anrufe machen es noch schlimmer. Seit Tagen schreibt sie mir SMS, Facebook- und WhatsApp-Nachrichten, die ich unbeantwortet lasse. Ihre Telefonanrufe ignoriere ich erfolgreich. Omilein kommt mir auch nicht entgegen. Sie tut, als sei ich hier der Trotzkopf und nicht die anderen beiden. Ich male, was das Zeugs hält, biete aber nichts mehr feil, gehe nicht mehr zu den Workshops, melde mich nicht zurück, bleibe mit mir und dem Malen allein. Grau, schwarz, alle Pastelltöne sind verflogen. Das Einzige, was da helfen könnte, ist Frau Hegel. Bei ihr und mit den Hausaufgaben ihrer Beratungen verbringe ich nun also den Rest meines Englandurlaubs.

Der Wind bläst kalt unter meine rote Steppweste, als ich aus dem Auto steige. Die Gänsehaut spüre ich bis zu meinen Ohren kriechen. Wie ich mich fühle, als ich wieder einmal die großen Steintreppen in die alte, aber modern renovierte Einfamilienvilla hinauflaufe. Frau Hegel öffnet mir die knarrende Holztür heute einmal selbst: »Hallo Frau Blick! Sie bringen aber ein Wetter mit.« Der Wind schiebt mich in die warmen Flure der Villa, wo mich eine große flackernde Kerze freundlich begrüßt, die neben einigen grünen und gelben Kürbissen mitten im großflächigen Wartezimmer auf einem runden Tisch steht. Wenige trockene Blätter finden ihren Weg in den gemütlichen Raum, bis Frau Hegel die schwere Tür in das massive Metallschanier klinkt und mich in das Coachingzimmer begleitet.

»Tee?«, fragt sie mich, als sie sich mit verschränkten Händen über die Oberarme reibt. »Ja gern«, nicke ich. »Weiß, grün oder schwarz?«, setzt sie nach und als ich »Weißer Tee, bitte«, geantwortet habe, verschwindet sie schnellen Schrittes im kleinen Raum neben dem Beratungszimmer. Ich ziehe meine Steppweste aus, hänge sie an die Garderobe, gehe zum Korbsessel und lasse mich in ihn hineinsinken. Friss mich auf du großer Sessel und spuck mich nicht mehr aus, geht es mir durch den Kopf. Frau Hegel betritt den Raum mit einer Glaskaraffe und dem frisch aufgebrühten Tee: »Hier Frau Blick, Ihre Mug!« »Vielen Dank. Was ist denn eine Mug?«, ziehe ich eine Augenbraue nach oben, so wie es sonst nur Dwayne Johnson in seinen Hollywoodfilmen tut. »Das ist eine sehr massive Tasse. Ich habe sie gestern von einer Kundin als USA-Urlaubsmitbringsel mitgebracht bekommen,« erklärt Frau Hegel. »Wie geht es Ihnen? Was haben Sie mir heute mitgebracht?« »Noch immer Wut und Enttäuschung. Ihre Idee, mich ins Malen zu stürzen und auf diese Weise alle meine Gefühle erst einmal herauszulassen, scheint nicht so richtig zu funzen«, räuspere ich mich, streiche über die Korblehne und tue so, als wenn ich unsichtbare Krümel wegputze.

»Vielleicht steckt einfach mehr dahinter, als wir bisher ahnen. Am besten schauen wir uns Ihre und Isabel Hegers

Reaktionen noch einmal genauer an.« »Muss das sein. Wir tun doch, seit ich aus England abgehauen bin, fast nichts anderes mehr«, wehre ich mit gesenktem Blick ab, der zwischen den alten Dielen und einem Stück vom Teppich, der unter dem Schreibtisch von Frau Hegel liegt, hin und her irrt. Meine Stirn zieht sich wie von selbst in Geknitter und meine rechte Hand redet wie mein Mund, fast wie die Italiener: »Dass ich nicht so ausgelassen und einfühlsam mit ihr und ihrer Schwangerschaft umgehen konnte wie Tanja, ist doch kein Grund, mir gleich die Freundschaft aufzukündigen! Verstehen sie Frau Hegel, wie unmöglich ich das finde?« Ich schnappe nach Luft. »Und dann tut die so, als ob sie alles besser weiß, will selber im Schongang angefasst werden und schleudert mich auf Höchsttouren umher. Dabei hat sie einen Mann, einen Lebensinhalt und ich nicht. Sie ist doch diejenige, die ihre Balance gefunden hat und nicht ich. Nicht mal finanzielle Sorgen muss die sich machen. Hält ausgerechnet mir Verantwortungslosigkeit vor. Mir, die diejenige ist, die ein eigenverantwortliches Leben führt, wie sie es so überhaupt nicht kennt, weshalb sie absolut kein Recht hat, so zu tun, als sei ihr Leben meinem überlegen. Isabel und Tanja sind doch die Prototypen unserer Generation, machen was sie wollen und richten es sich so ein, dass Mama, Papa und Gerry alles zahlen«, nochmal schnappe ich nach Luft. Frau Hegel macht eine beruhigende Handbewegung: »Frau Blick, schauen Sie mir bitte direkt in die Augen.« Das tue ich. Frau Hegel rückt mit ihrem Stuhl noch etwas näher an mich heran und blickt mich ernst und konzentriert wenige Sekunden an, dann sagt sie: »Ich verstehe, wie Sie sich fühlen. Wie Sie das alles aufregt und wütend, aber auch einsam macht. Sie fühlen sich nicht ernst genommen und im Stich gelassen, wieder einmal als die Kindische abgetan und allein gelassen. Kein Wunder, dass

Sie meinen, nun niemandem je wieder trauen zu können.« Dann beginnen ihre Mundwinkel, na was wohl, wieder sehr langsam zu lächeln und ich muss auch einen winzigen Moment schmunzeln. »Ich bin nicht mehr so wütend«, stelle ich erstaunt fest.

Frau Hegel nickt, macht eine Notiz. »Wissen Sie, Sie sind mit sich und Ihren Gefühlen viel weiter, als Sie es im Moment merken. Was Ihnen im Wege steht, ist nicht wirklich Frau Hegers Reaktion, die am Ende, da hat Ihre Freundin Tanja durchaus Recht, viel mit ihrer Schwangerschaft, viel mit ihr, aber nicht mit Ihnen, Frau Blick, zu tun hat.« Ich ziehe einen Schmollmund. »Sie sollten sich erst einmal vor allem um sich kümmern, sich Gutes tun. Was brauchen Sie heute Abend, um sich wohl zu fühlen?« »Ruhe. Vielleicht Fernsehen, Schokolade oder so?«, ich stehe aus dem gemütlichen Korbsessel auf, bringe meine ziemlich große Mug-Tasse zum Buffet-Schrank und setze mich erneut auf die von mir selbst angewärmte Fläche. Frau Hegel notiert sich etwas, was ich nicht entziffern kann.

»Wie war das genau, als Sie mit Ihrem Koffer auf und davon sind?« »Das war mein einziger Ausweg,« zucke ich mit den Schultern. »War es das wirklich, der einzige Weg? Genau wie damals, als Sie von zuhause ausgezogen sind?«, fragt Frau Hegel ruhig. Und damit hat sie mich, wie so oft, dort, wo ich nicht hin will. Eigentlich wollte ich einfach nur Dampf ablassen. Die Selbstreflexion kann mich mal. »Nein, Frau Hegel. Ich hätte auch artig da bleiben und schweigen können«, antworte ich genervt. »Aber Frau Blick, …«, dann schweigt sie für einen Moment. Ich zucke mit den Schultern und putze einmal mehr unsichtbare Krümel fort, dieses Mal von meiner Jeans.

»Ich habe hier ein Schaubild«, Frau Hegel kramt in ein paar durchsichtigen Folien in einem grauen Ordner auf ihrem Schreibtisch, zieht ein Blatt Papier heraus und reicht es mir. »Damit können Sie sich die Tage vor unserem nächsten Termin beschäftigen. Manchmal setzt ein bisschen Theorie neue Denkmuster und Verhaltensweisen in Gang. Lesen Sie es sich sorgfältig durch, machen Sie sich Ihre eigenen Gedanken dazu, überlegen Sie, wann Sie wie kommunizieren und warum, reden werden wir, wie gesagt, dann das nächste Mal darüber.« Ich nicke mürrisch. Toller Coach ist sie heute, ganz toller Coach. Sie sollte mich anfeuern, so wie die Coaches im Football und sagen: »Ja. Klara, ganz Recht hast du. Isabel ist doof und Tanja auch.« Das wäre mir jetzt das Liebste und würde mich wirklich aufmuntern, stattdessen ist das, womit sie mir kommt, nichts als ein zu erarbeitendes Kommunikationsmodell, das mir bereits beim raschen Überfliegen aufstößt:

unbestimmte Kommunikation
Definition drückt keine Gefühle, Bedürfnisse oder Ideen aus
Merkmal erlaubt anderen zu wählen, erreicht nicht das gewünschte Ziel, entschuldigende Worte, verschleierte Bedeutung, indirekt, Körpersprache wird Worten vorgezogen, in der Hoffnung, dass der andere errät, was gewünscht ist
Konsequenzen andere nehmen vieles für selbstverständlich an, was es vom Kommunizierenden aus nicht ist, Vergesslichkeit, Verzögerung von Erledigungen, Kopfschmerzen, nervöser Magen, Nörgelei, Depressionen, Hoffnungslosigkeit, geringe Selbstachtung

überbetonte Kommunikation (aggressiv)
Definition drückt Gefühle, Bedürfnisse und Ideen auf Kosten anderer aus
Merkmal wählt für andere, erreicht Ziele auf Kosten anderer, geladene Worte, überheblicher Ton, Ausreden, Sarkasmus, Du-Botschaften, Schuldzuweisungen, jemanden abstempeln, laut, intensive, schrille Stimme, fordernd, autoritär

Konsequenzen Kontrollzwang, andere sind geneigt Angst vor dem Kommunizierenden zu haben oder ihn zurückzuweisen, weil sie sich von ihm bezwungen, schutzlos und gedemütigt fühlen.

Bestimmte, aber balancierte Kommunikation
Definition *drückt Gefühle, Bedürfnisse und Ideen auf eine Art aus, in der kein Recht gehabt werden muss*

Merkmal *wählt für sich selbst, wird wahrscheinlich das Ziel erreichen, was gewählt wurde, Ehrlichkeit, Aussagen über Gefühle und Bedürfnisse mit objektiven Worten, Ich-Botschaften, guter Zuhörer, entspannte Stimme, feste Stimme*

Konsequenzen *fühlt sich gut mit sich selbst, tut das, was gesagt wurde, andere behandeln Kommunizierenden wahrscheinlich öfter mit Respekt, dieser fühlt sich in der Lage, das zu beeinflussen, was im Leben passiert*

Ich presse meine Lippen fester aufeinander. »Danke Frau Hegel. Ich bin mir allerdings nicht sicher, wie mir das Mut machen und meine Wut nehmen soll.«

»Es hilft Ihnen, Distanz zu sich und Ihren Gefühlen zu gewinnen. Das könnte Sie auch emotional neu positionieren. Versuchen Sie es bitte einmal, ja? Aber es ist nicht das Einzige, was ich Ihnen heute mitgebe. Bitte gönnen Sie sich heute Abend Ruhe und eine Schokolade. Ach ja, und mit dem Malen machen Sie ruhig auch weiter. Aber nun nicht mehr in Erinnerung an die Englandszenen, sondern mit anderen Motiven, auf die Sie Lust haben. Wir sehen uns dann nächste Woche, wie vereinbart, wieder.« Ich stehe aus dem viel zu bequemen Sessel auf, der mich festzuhalten scheint, hole mir meine Steppweste vom Garderobenhaken, ziehe den Zipper meiner Steppweste nach oben, hebe meine Hand zum Gruß, verschwinde durch ihre Tür ins Wartezimmer und mache mich auf den Weg nach Hause.

Es dauert ein paar Tage, bis ich mich aufraffe, mir die Kommunikationsaufstellung Frau Hegels vorzunehmen.

Nun gut, nach dieser scheint mir Isabel ebenso wie ich gehörig auf dem kommunikativen Holzweg gewesen zu sein. Weil wir beide unser Recht zugesprochen bekommen wollten und Zuwendung vom anderen brauchten, ist die Situation eskaliert. Noch lange kein Grund, Isabel zu verzeihen. Sie hat schließlich den harten Schlussstrich gezogen, nicht ich. Da gibt es nun kein Zurück mehr.

Und zu allem Überfluss ist nun auch Tanja wieder aus England zurück und in Königsbrück. Die will mich doch nur dazu bringen, mich mit Isabel zu versöhnen. Mir am Ende noch erzählen, was für eine tolle Zeit sie noch in Liverpool hatte. Nervös an meinen Fingerspitzen fummelnd höre ich mir nach dem Frühstück ihre zu nachtschlafender Zeit hinterlassene Nachricht auf dem AB an:»Klara. Wirklich: Es reicht! Ich habe mit der Zank-Nummer von Isabel und dir nichts zu tun und ich will meine Freundin zurück. Zur Not stehe ich heute Abend vor deiner Tür, hörst du? Und ich weiß, wie doof du so etwas findest. Erst einmal versuche ich dich daher heute in der Vorlesungspause, kurz vorm Mittagessen zu erreichen. Klaralein, ich habe dich lieb, egal was war. Geh' ran!«

Also gut, sie kann ja wirklich nichts für den Streit zwischen mir und Isabel. Ich hebe allerdings mit sehr ambivalenten Gefühlen ab, als mittags das Telefon klingelt:»Mensch Klara, wie geht es dir?«, fragt Tanja derart erleichtert, dass auf ihrer Stimme selbst Steine zu schweben wünschen.

»Naja, wie soll es mir schon gehen. Gut bestimmt nicht, so wie Isabel mich fertig gemacht hat«, murmle ich.»Mein Gott, sie ist schwanger. Da darfst du das einfach nicht so ernst nehmen. Wirklich! Hat sie sich denn mal gemeldet seitdem? Mir gegenüber hat sie ebenso sturköpfig wie du reagiert. Nicht ein Wort konnte ich mit ihr über eure blöde Zofferei reden.« Na bitte, wenn das nicht bedeutet, dass

Isabel mich abgeschrieben hat. »Nein hat sie nicht«, knurre ich ins Telefon. »Na gut. Lassen wir das Thema erst einmal. Machen wir zwei uns zumindest mal wieder einen richtig schönen Frauenabend! Ich …« In dem Moment knallt eine Tür in Tanjas Hintergrund. »Tanja? Tanja bist du hier, der Prof sucht dich«, tönt eine mir unbekannte Stimme. »Sorry Klara, muss auflegen und zurück in die Vorlesung. Wir texten. Machen ein Date aus. Bye.«

»Tschüss«, bringe ich patzig heraus und merke, als ich den roten Telefonhörer auf meinem Smartphone antippe, dass mir nach keinem Frauenabend mit Tanja zumute ist. Keine Tanja, nicht einmal ein Omilein können mich im Moment trösten. So simse ich Tanja, dass mir ein Frauenabend, jetzt, wo ich wieder zu arbeiten beginne, erst einmal zu viel sei. Ich würde mich melden, wenn ich wieder Zeit für ein Date hätte.

Das Wetter passt wahrlich bestens zu meiner inneren Misere. Es stürmt und gießt in Strömen, die Flüsse treten über alle Ufer. Seit über einer Woche haben Tiefdruckgebiete wie Xolska und Zoe in den polnischen Regionen und dem Riesengebirge Flüsse wie die March oder Oder in höchst kritischem Ausmaße anwachsen lassen. Die Stadt Opole in Polen wurde bereits evakuiert, tausende von Menschen sind in Polen und Tschechien bereits obdachlos. Ich verfolge die Bilder im Fernsehen mit einem Entsetzen, das mich seltsam bestätigt: Die Welt ist unvollkommen. Es gibt keine Gerechtigkeit und kein endgültiges Glück in ihr. Alles, was zählt, ist, sich mit dem abfinden zu können, was man hat.

Endlich geht die Redaktionsarbeit wieder los. Gleich Montag erfahre ich von Margot, dass ich am nächsten Tag in das Hochwassergebiet fahren soll. Das Einsatzgebiet für uns heißt Hermannhausen im Osten Brandenburgs, ein Dorf von 2670 Einwohnern am Rande der polnischen Grenze, überschwemmt ist der halbe Ort. Auch hier mussten bereits 216 Menschen evakuiert werden, die Hauptverkehrsstraßen, die die meisten Menschen benutzen, um nach Frankfurt zur Arbeit zu fahren, stehen bereits metertief unter Wasser. Die Schäden sind immens, die Menschen, die ihre Häuser, ihr Hab und Gut verloren haben, wurden in Turnhallen der Nachbarstädte Simmershof und Liebehose untergebracht. Ich erinnere mich an die Bilder von Menschen, die auf ihren Hausdächern auf die Helicopter warteten, die sie retten würden. Der pure Wahnsinn und das in unserem Land. Die eigene Not wird da ganz klein. Und auf der anderen Seite die Euphorie in der Redaktion. All das Unglück und Leid, was würden wir draus machen? Eine Medienshow wie die anderen auch? Warum sollte ich da unbedingt mitmischen. Gab es nicht genug anderes für mich jetzt nach dem Sommerloch zu tun? Na ja, was habe ich schon für eine Chance, Nein zu sagen, wenn Achim mich da höchstpersönlich mit eingeplant hat!

In Hermannhausen fließen Oder und Lausitzer Neiße zusammen, deshalb hat das Landesumweltamt Brandenburg für den Grenzoderabschnitt bereits seit einigen Tagen die Hochwasseralarmstufe 1 herausgegeben. Mit 6,20 Meter steht der Pegel fast 3,50 Meter über den langjährigen Werten. Der Wasserdruck beträgt sechs Tonnen je Quadratmeter. Eine ganze Menge für die maroden und bereits aufgeweichten Deiche.

Kapitel 13

Wir fahren also am 5. Oktober um 12 Uhr mittags mit den geräumigen schwarzen Redaktionsautos der Marke Audi, die mit dem Logo des Senders, einem angedeuteten Vogel in gelb und grün und mit dem Schriftzug »Köbrü aktuell« beklebt sind, an einem verregneten Dienstag, an dem kleine braune Blätter an meinen schwarzen Stiefeln kleben bleiben, los. Der Beitrag wird von allen jetzt schon hoch gehandelt, weil soeben der Deutsche Wetterdienst die Hochwasserlage als Jahrhundertflut eingestuft hat. Durch die Gischt ist kaum etwas zu sehen, es geht vorbei an wässrigen Wiesen, abgeernteten Feldern, deren Stoppeln im Matsch stehen, Bäumen, die teilweise noch ihre bunten Blätter tragen und dennoch heute allesamt grau aussehen: Zwei Stunden brauchen wir, bis wir über die Landstraße das Hochwassergebiet erreicht haben. Achim, unser Programm- und Abteilungsleiter, sitzt am Steuer, Janik vorne neben ihm und ich und Marc hinten. Alle sind entspannt. Janik hat kurz vor Abfahrt noch seine Zigarette aufrauchen können, was bei ihm ziemlich wichtig ist, und Marc isst in Ruhe das Sandwich von seinem Lieblingsbäcker, das es nicht immer gibt. Selbst Achim hält seinen Mund und gibt sich gelassen, so fühle ich mich wie im Schoß einer kleinen Familie und atme auf. Klara, mach dir nicht immer unnötig einen Kopf und male dir alles furchtbarer aus, als es ist! Trotz der groß betitelten Jahrhundertflut nichts als ein Routineeinsatz, meine Liebe!

Sicher, die Medien kochen mit ihren gewaltigen Worten und Bildern gern die Tatsachen hoch, damit der Zuschauer nicht abschaltet, sondern weiterliest oder noch länger zuhört, damit die Quoten steigen. Aber die Tatsachen an sich, die können nur durch solche Vor-Ort-Einsätze ermittelt werden, und sind noch immer das, an was sich der Journalismus zu halten hat.

Ich checke auf meinem iPhone kurz, was sich bei Facebook getan hat. Eine Freundschaftsanfrage. Konrad Ruben? Wer soll das sein? Kenne ich den? Mist, der hat statt einem Bild von sich selbst eine Lithographie von Paul Klee, ein Laternenfest, als Profilbild eingestellt und als Titelbild eine historische Aufnahme vom Watt der Nordsee. Kuriose Mischung, macht ganz schön neugierig, außerdem scheint der sowohl was mit Kunst als auch mit Marketing zu tun zu haben. Hängt hundertpro mit den Leutchen von den Mal-Workshops zusammen. So ganz abseilen möchte ich mich da ja nun auch wieder nicht. Also, Freundschaftsanfrage ruhig angenommen. Ich bin ja sowieso nicht besonders aktiv bei Facebook, also gibt es auch nichts, was nicht eingesehen werden dürfte. »Na? Stalkst du wieder Menschen im Netz?«, grinst Marc mit vollem Mund. »Das sagt gerade der Richtige. Habe ich dich nicht oft genug erwischt, wie du eifrig per WhatsApp gechattet hast«, kontere ich. »Das ist ganz was anderes. Aber na gut, um des lieben Friedens willen gebe ich dir dennoch Recht.« Er zwinkert mir jovial zu und ich lächele jovial zurück. Eigentlich bin ich kein Facebook-Fan. Immerzu zu sehen, was andere in einer perfekten Welt treiben, die nichts als Schummel ist, nervt mich. All diese Fotos mit retuschierten Falten und Augenringen, einfach ermüdend. Fake, Fake, und noch einmal Fake, das bockt mich keinen Millimeter. Was längst nicht bedeutet, dass ich die Möglichkeiten von Facebook gar nicht zu schätzen weiß. Das mit der Vernetzung ist eine feine Sache und der Grund, dass auch ich ein Facebook-Konto habe. Auch wenn ich eine Weile gebraucht habe, das einzusehen. »Warum sich das Leben unnötig schwer machen, meine Liebe?«, hat Tanja mich getriezt. »Ist immer noch deine Sache, was du da am Ende treibst und wie du mit der Sache umgehst.« Und wo sie Recht hat, hat sie Recht. Wenn ich denke, wie easy sich nun manches kommunizieren lässt, was zuvor ein Riesenaufriss an Mailings und Telefonaten war! Da soll noch einmal einer sagen, ich gehe nicht mit der Zeit! Hab nur was gegen diese ganze digitale und mediale Schein-welt und Aufputscherei. Wenn wir in unseren Reportagen Fakten über das, was in der Welt los ist, bringen, ist das eine andere Sache. Was die heutigen Aufnahmen betrifft, bin ich allerdings froh, dass die anderen Sender schon so viel ge-zeigt haben, da brauchen wir uns mit manchem nicht lange aufzuhalten. Wer weiß, vielleicht hat es einen Grund, dass ich hier bin. Eigentlich wird es Zeit, dass meine Malerei wieder mehr Tiefe und emotionale Sprengkraft bekommt. Nach den wenigen Skizzen, die in England entstanden sind, haben mir Pinsel und Farben eigentlich nur noch zum Ab-reagieren und als therapeutische Maßnahme gedient. Und hat nicht auch Frau Hegel von anderen Motiven ge-sprochen? Kunst muss sich der Wirklichkeit stellen. Mit dem Gefühl, dass mir heute noch etwas bevorsteht, das meinem Leben erneut Kraft gibt, reibe ich mir die Stirn mit den Fingern. Marc neben mir schmunzelt. Er kennt diese Geste zur Genüge von mir.

Am Einsatzgebiet angekommen, stehen überall freiwillige Helfer und befüllen diverse Sandsäcke. Sie wirken ange-strengt und übermüdet. Aus meinen Recherchen der letzten Tage weiß ich, dass hier absoluter Ausnahmezustand herr-scht. Die Politik nimmt sich dieses Themas gerade gar zu gerne an. In nicht mal einem Jahr, genau gesagt am 27. September, sind Wahlen. Volksbefragungen stehen da hoch im Kurs und bezeugen, dass die Karten derzeit schlecht für die Sozialdemokraten stehen, die alteingesessenen Konservativen führen laut Wahlvorprognosen prozentual. So befüllen SPD und CDU im medialen Imagewettkampf für etliche Aufnahmen Sandsäcke, zitieren Gerhard Schröder: »Nach der Flut darf niemand schlechter gestellt sein als vor der Flut«, oder Helmut Kohl: »Wir müssen den Flüssen ihren Raum lassen, sie holen ihn sich sonst zurück, mit schlimmen Folgen für die Menschen.« 1998 unterlag Kohl dem »Odergesicht« Schröder, 2002 wurde nach den medienwirksamen Bildern von Schröder während der Jahrhundertflut in Sachsen an Elbe und Donau rot-grün wiedergewählt. 2010 sprang Angela Merkel über Pfützen. Die Macht der Bilder und Worte, da passt auch Achim perfekt ins Bild. Ich sehe ihn vor meinem inneren Auge mit Riesenpuschelmikrophon vor einem Deich stehen und zu Marc sagen: »Du! Da ist zu wenig Aufregung im gedrehten Material, hast du die Windmaschine dabei?« Einen Augenblick lang halte ich den Atem an, dann atme ich auch schon wieder auf: Sowas macht das Fernsehen dann doch nicht.

Ich sehe durchs Autofenster hindurch eine Frau im besten Alter, die weinend in einer Bushaltestelle sitzt, deren Wandglas gesprungen ist. Bei ihr steht ein junger Mann, der ihre Schulter streichelt und einen alten Schirm über sie hält. Doch sie schüttelt nur den Kopf. Ich sehe große Hallen, die zu einem Bauernhof gehören müssen, vor ihnen stehen ganze Herden von Kühen, so viel Vieh, dass es unmöglich scheint, sie alle in den zwei Hallen unterzubringen. Dann fahren wir an einer Gruppe Menschen vorbei, die große Schaufeln auf den Schultern, Gummistiefel und robuste Jacken tragen. Sie sprechen angeregt miteinander. Ich fahre mein Fenster einen kleinen Spalt hinunter, um hören zu können, was sie miteinander besprechen:»Der Damm! Nein, in Eisenhüttenstadt ist der gerissen!«, ruft ein junger Mann mit Basecap. »Du machst doch Witze. Das kann nicht sein«, schüttelt eine mindestens ebenso junge Frau ihren blonden Bob.»Hamm' se durchjesagt, im Radio vorhin!«, ruft ein älterer Mann mit Kippe im Mund. Das Ganze geht mir schon jetzt an Leib und Seele.

»Los, lasst uns anfangen, ist doch genau die Stimmung, die sich einzufangen lohnt«, beginnt Achim mit seinen Anweisungen, während er rechts auf einem Holpersteinpflaster inmitten einer großen Pfütze parkt. »Raus Janik! Marc? Du kannst drin bleiben Klara. Ich will nur die Bilder, sehe schon wie ich sie nachher schneide.« Ich schaue mit leerem Blick durch die Tropfen an der Scheibe und sehe alle drei in ihren schwarzen Regenjacken mit Senderlogo losmarschieren, Janik seine Hochgeschwindigkeitskamera und Marc sein hochempfindliches Aufnahmegerät fest im Griff. Janik und Marc erfassen in ein paar Einstellungen die Menschen mit den Schaufeln, wie sie sich unterhalten und die Straße entlanggehen, hinein in die graue Stadt. Janik hatte immer einen Blick für gute Bilder, die die Stimmung transportieren. Dann gehen sie rüber zur anderen Straßenseite und drehen im Weitwinkel eine Aufnahme, erfassen in einem Schwenk genau das, was mich gerade so sehr berührt hat: die Wiesen mit den vielen Kühen, die vor den Hallen im Regen warten, klitschnasse Bäume, die wie warnende Zeigefinger dastehen, dann wieder die vielen, sich fortbewegenden Menschen.

Dann fahren wir weiter Richtung Stadtmitte, parken dort erneut. Achim steht ein oberwichtiges Interview mit dem Oberstkommandanten der Feuerwehr Hermannhausen bevor. »Janik, sieh zu, dass du genug Leute drehst, die Sachen wegräumen, Sandsäcke füllen oder noch besser welche mit verzweifelten Gesichtern.« Dass Achim und ich uns nicht besonders grün sind, ist ein ungeschriebenes Gesetz, aber sein Handwerk, das versteht er, das muss ich ihm lassen.

Achim sieht sich um und instruiert Janik, Marc und mich, von welcher Perspektive und mit welcher Wirkung welche Eindrücke gedreht werden sollen. Als die Bilder im Kasten sind, machen wir uns auf zum ausgemachten Treffpunkt. Der Oberstkommandant erwartet uns an einer Verengung der Oder, vor der die Neiße der Oder zuströmt. »Ausgezeichnete Stelle, da kommen die Fluten besonders drastisch rüber!« Achim winkt den Leutnant Simon Schmidt, einen Mann in den Fünfzigern, würde ich sagen, nah an den Wall. Dem gefällt das ganz und gar nicht: »Sind Sie lebensmüde? Sehen Sie nicht, wie gefährlich der Fluss hier ist? Wir bleiben besser allesamt ein paar Meter auf Abstand! Sie können mir glauben, nichts ist schlimmer als die Kraft dieses außer Kontrolle geratenen Wassers!« Widerwillig entfernt sich Achim vom Rand und beginnt mit seinen Fragen: Wie es zur Flutkatastrophe gekommen sei, warum man offensichtlich nicht gut genug vorbereitet gewesen sei, was getan worden sei, um den Menschen zu helfen, was, um die Flut aufzuhalten. Ob es zuvor schon einmal solch ein Hochwasser gegeben habe, wann das gewesen sei, was man seitdem getan habe, um die Altstadt besser vor einer Flut zu schützen, worin sein Einsatz und der seiner Leute bestanden habe, was seine Meinung zu dem Ganzen sei, was alles zerstört worden sei, wie viele Menschen betroffen seien, wer besonders viel verloren habe.

Als wir alles abgedreht haben und ich in Gedanken schon auf dem Weg zurück bin, höre ich Achim zu meinem Erstaunen laut auflachen: »Na, das wollen wir mal sehen, ob wir nicht doch noch zu unserem Highlight kommen! Los, ran ans Wasser! Wir machen noch ein paar Aufnahmen dort vom

Rand aus, von wo uns Simon Schmidt vertrieben hat und wo das Wasser so richtig zeigt, was es drauf hat.« Das ist nicht sein Ernst! Na klar, Janik und Marc sind natürlich sofort dabei, die lieben das Abenteuer wie so viele Journalisten und geben für solch ein sensationelles Bild natürlich alles. Da der werte Herr Achim Arschloch so hübsch wie möglich ausgeleuchtet werden möchte, werde ich, als ich zaghaft einzuwenden beginne, dass ..., sofort abgewürgt und dazu verdonnert, einen Ausleuchtungsreflektor in der richtigen Position zu halten. Achim klettert mit einem siegesgewissen Grinsen auf den mit Säcken aufgetürmten Wall. Damit sein Gesicht die richtige, warme Ausstrahlung bekommt, muss ich so nah wie nur möglich an die Säcke und ihn heran.»Es ist nicht fassbar, was der Ort Hermannhausen erleidet, Sie sehen, hier treffen Neiße und Oder aufeinander, das Wasser ist tödlich!« Die kleinen Tropfen peitschen um Achims Kopf – natürlich um unser aller Köpfe – doch der Zuschauer sieht nur Achim hautnah und nimmt durch ihn wahr, wie gefährlich die Situation sein muss. Er ist hier ja keineswegs an den Niagarafällen und mit anständigen Sicherheitszäunen vor dem Wasser geschützt. Nein, unter ihm, das heißt uns liegen diverse gestapelte Sandsäcke. Zwischen ihnen klebriger, nasser Sand. Das ist scheißgefährlich! Verdammt! Während Achim mit einem Armschwenk auf die Fluten zeigt, lehnt er sich noch mehr in sein Hohlkreuz und gerät ins Wanken. Panisch schaut er nach unten und auch ich sehe, dass die Säcke in Bewegung geraten und samt Achim in die Fluten zu stürzen drohen. Einer der Säcke purzelt bereits ins Wasser. Keinen Aufprall können wir vernehmen, denn das Wasser ist zu laut. Ohne zu wissen, was ich eigentlich tue, kraxele ich ein bisschen höher und an Achim heran, ergreife ihn beherzt an seiner geöffneten Regenjacke, doch die rutscht mir durch die Finger, ich erwische Achim jedoch am Arm.

Leider hat er das Gleichgewicht nicht mehr unter Kontrolle und gleitet mitsamt dem ganzen oberen Säcke-Damm gen Flut. Ich habe keine Chance, Achim fällt und ich mit ihm. Der Aufprall. Kälte. Atmen? Wo ist die Luft? Ich bin unter Wasser. Die Fluten schleudern uns stromabwärts mit sich und gewaltsam auseinander. Ein Schmerz in meinem Arm lässt mich kurz aufschreien. Ich erkenne kurzzeitig, auf- und abtauchend, durcheinanderpurzelnde Häuserwände, Bäume und Straßenschilder, erwische oft nur noch ihre Kanten mit dem Blick. Immer wieder werde ich unter das Wasser gezogen, habe Probleme, nach genügend Luft zu japsen und verliere die Orientierung. Verzweifelt versuchen meine Augen, sich an irgend etwas festzuhalten, an Baumwipfeln, am Ufergestein, an einem Sandsack oder Ast, den das Wasser ebenfalls mitgerissen hat, ja sogar an einer Welle oder Schaumkrone. Hilflos versucht mein Körper, sich nicht vom Wasser unterkriegen zu lassen, zu schwimmen anstatt weiterhin nur Spielball des Stromes zu sein. Klara! Ruhe! Frau Hegel! Versuche ich mich innerlich zu organisieren, nicht durchzudrehen! Dafür ist keine Zeit, nur Reaktion, mit der Luft hauszuhalten, welche zu schnappen, wann immer das geht. So soll es nicht enden, nein so nicht! Nun doch Panik. Ich, Klara will so nicht sterben! Ich will leben! Ich will wieder zurück aufs Land, zurück in die Redaktion, zurück in meine Wohnung, zurück in das, was mein ist. Wie war das noch einmal? Wenn das Wasser Hohlräume wie einen Keller, dessen Scheibe durch die Kraft zerbricht, oder einen Abfluss findet, dann stürzt es sich hinein und füllt sie mit sich aus. Ehe ich mich versehe, könnte ich so in einen Keller hineingespült werden, in einen Gulli, in die Kanalisation gerissen werden, durch den Wasserdruck ohnmächtig werden und ertrinken. Woher kommen mir nur auf einmal solch klare Gedanken? Ich muss weiterkämpfen, all meine Kräfte mobilisieren, gegen den Wassersog an, darf nicht aufgeben. Auf keinen Fall aufgeben.

Ich höre schreiende Stimmen, abgedämpft, als befänden sie sich hinter dicken Wattemauern – irgendwo hinter all dem heftigen Plätschern und Rauschen in meinen Ohren scheinen andere Geräusche zu existieren, scheint das Leben weiterzugehen. Aus dem Augenwinkel sehe ich Menschen, die auf einer Brücke stehen und auf Holzpfähle neben der Brücke zeigen. Da soll, da muss ich hingelangen!

Ich habe so viel Mühe, oben zu bleiben, nicht abzutreiben, Luft zu bekommen, so sehr ich auch will, meine Kräfte lassen nach, wollen mich im Stich lassen, reichen nicht aus. Dort links, dort zu den Pfählen, dahin muss ich es einfach noch schaffen, mehr strauchelnd und trudelnd als schwimmend komme ich den Holzpfählen dennoch immer näher und näher, durch die Begrenzung der nahe stehenden Häuserwand wird jedoch so etwas wie ein Rückfluss erzeugt – oder was bewirkt, dass die Pfähle sich auf einmal wieder zu entfernen beginnen, das Wasser mich nach hinten zurückschiebt? Arme und Beine scheinen erlahmt, geben keinen Schwimmzug nach vorne, gegen den Schub an, mehr her. Das Wasser reißt mich erneut in seine, in eine andere Richtung, sorgt dafür, dass ich von den Holzpfählen wegstrudele. Plötzlich ein Schlag an meinem Fuß und ein ungeheurer Schmerz, der mich fast mein Bewusstsein verlieren lässt. Ich sehe, halb bewusstlos, in erstaunlich geringer Entfernung einen aus Schutt und Hausrat angeschwemmten, kleinen Hügel auftauchen. Den musst du ansteuern. Klara, das ist deine letzte Chance! Du musst, Klara, du musst ein letztes Mal alle Kraft zusammennehmen! Und wahrhaftig, der Hügel kommt näher und näher.

Ich nehme die Ecke eines Bauzauns wahr und weiß, dass diese recht massiv sind, komme quer herangespült an diese allerletzte Rettung. Jetzt Klara, jetzt! Ich versuche meine Hände in den eckigen Löchern des Zaunes zu verankern. Scheißegal, ob eine Hand bricht und der Arm bereits höllisch weh tut, Hauptsache ich komme hier raus, komme zurück an Land. Ich schaffe es, mich hineinzukrallen in die Löcher, der Fluss lässt meinen Körper noch nicht frei, zieht an ihm, will ihn behalten, will ihn zurück. Ich arbeite mich mit eigentlich gar nicht mehr vorhandenen Körperkräften an den Gott sei Dank standfesten Zaun heran, robbe mich von ihm aus auf den Hügel hinauf, hole tief Luft, kann endlich ausgiebig ein- und ausatmen. Mein Blick fällt auf den Boden. Hält er mein Gewicht? Ja, er wird es schon halten. Ich drehe mich auf den Rücken, schaue in den Himmel und zurück auf die Fluten. Kenne ich diese schwarze Jacke nicht? Na klar, das ist doch Achims Senderjacke! Gelb-grün das Logo von unserem Sender. Oh mein Gott, wo ist dann aber Achim selbst? Er hatte die Jacke an, als wir ins Wasser stürzten. Mich erfasst Panik. Oh nein, bitte lass ihn nicht ertrunken sein! Das nicht! Bitte, bitte nicht! Niemandem wünsche ich solch einen Tod, selbst Achim nicht. Und wenn ich mir vorstelle, dass ich mich gerettet habe und er, er … Nein, besser nicht zu Ende denken, wie das wäre, wenn … Ich stehe auf und versuche die wenigen Schritte zurück ans Wasser zu gehen – Aua, was ist das? Mein Fuß schmerzt stark, ich kann kaum auftreten. Dort ist Blut. An meinem rechten Bein, zieht sich von der Wade bis in meinen Turnschuh. Die Jacke strömt auf meinen Hügel zu, so dass ich sie fassen und herausziehen kann. Und was ist das dort hinten? Mein Herz schlägt bis zum Hals. Ein Körper! Richtig, es ist Achim. Er kämpft, ganz genau so, wie ich es soeben noch getan habe. Ich schreie: »Achim, hier, hierher! Schau hier bin ich! Hier kannst du dich retten!«, und winke wild mit den Händen. Oh Gott, oh Gott, oh Gott, hilf mir, hilf ihm! Wenn es dich gibt, dann hilf jetzt!

Achim kommt näher und näher, ich kann sehen, wie er Wasser schluckt und mit den Armen rudert. »Halte durch, hier rüber!« Er scheint mich gehört zu haben, dennoch verlassen ihn offensichtlich die letzten Kräfte. Doch, es ist kaum zu glauben, die Wassermassen schieben ihn in Richtung des Hügels. Ja, ein kleines Stück noch! Achim treibt heran und droht um Zentimeter am Hügel vorbeizustrudeln, so wie ich an den Holzpfählen. Er wird es nicht schaffen! Im Reflex werfe ich ihm seine schwarze Jacke zu, die ich jedoch weiterhin am Ärmel festhalte. Achim packt in letzter Sekunde zu und hält sich an der Jacke fest, wird aber von dem Wasser hinter den Hügel gedrückt. Er zieht sich an der Jacke heran, zu mir, die ebenfalls zieht und zieht und kaum weiß, woher ihr erneut die Kräfte kommen, ihrem schmerzenden Arm zuwachsen. So schafft Achim es zu dem lebensrettenden Bauzaun und hält sich nun an diesem fest. Ist gerettet. Gott sei Dank. Nur steckt keine Kraft mehr in ihm, mit der er sich an dem Zaun nach oben hätte drücken können. Also doch noch nicht außer Gefahr. So packe ich ihn an seinem Hemd und ziehe ihn mit allem, was ich noch bin und habe, halb auf den Schotterberg. Seine Beine hängen noch im Wasser, aber er ist endgültig in Sicherheit, hustet und würgt.

Ich stehe unter Schock und fange an zu weinen. Die Tränen laufen und laufen mir über das Gesicht. Achim hustet noch immer und dreht sich auf den Rücken. Plötzlich werde ich wütend. Nur wegen diesem Idioten sind wir so knapp mit dem Leben davongekommen! Meine Finger ballen sich zu Fäusten: »Weißt du was, Achim, vor lauter Eitelkeit und Selbstherrlichkeit hättest du nicht nur dich selbst umgebracht, sondern auch noch mich dazu!« Was fährt bloß in mich? Ich schlage zu mit meiner rechten Faust, genau neben seinen Arm in diesen Schotterhaufen aus Kleidungsresten, zerrissenen Tüten und Metallstäben. Tränen, ein Kloß im Hals, weiche Knie: »Auuu!«, schreie ich vor Schmerzen auf. »Na, da bist du jetzt sicher so richtig stolz auf dich, du Sensationsreporter, nicht wahr?« Achim kann zur Antwort nichts als weiterhusten, hat aber selbst auch Tränen in den Augen, tut mir nun beinahe leid. Dieses Arschloch!

Viele Menschen haben sich mittlerweile an den Ufern eingefunden und kommen uns zur Hilfe, Janik und Marc sind auch da. Mehrere Feuerwehrmänner haben große graue Decken und einige Frauen warmen Tee in Thermoskannen dabei. Sie wagen sich zusammen mit Janik und Marc vorsichtig nach und nach selbst an den gefahrbringenden Rand des Ufers heran, von dem der Hügel nicht weit entfernt ist. Einen letzten Sprung muss ich noch absolvieren. Erst jetzt erinnere ich mich wieder an meinen Fuß. Er tut sehr weh und die Haut um die Wunde brennt. Außerdem friere ich. Überhaupt merke ich erst jetzt, wie extrem kalt es ist.

Achim liegt immer noch auf dem kleinen Schotterberg. Kann es sein, dass er noch erschöpfter ist als ich? Noch mehr an Kräften gelassen hat? Die überaus hilfsbereiten Menschen, Frauen, Männer jeden Alters, Feuerwehrleute, legen mir eine wärmende Decke um die Schultern und fragen mich, ob ich laufen kann. Doch mir fehlen jetzt die Worte. Ich nicke und kann beim besten Willen nicht mehr als unter großen Schmerzen humpeln. »Na, komm her, du tapferes Mädel«, sagt ein stämmiger Feuerwehrmann und nimmt mich auf den Arm. Das tut gut. Trotzdem laufen mir die Tränen. Ich kann mich nicht beruhigen. Ich wäre gerade fast gestorben.

Janik und Marc stehen beklommen vor dem Krankenwagen, in dem ich mich befinde und von einem Arzt untersucht werde. Sie haben bisher noch nicht viel gesagt, mir nur zur Begrüßung und wie zur Entschuldigung die Hand gedrückt. Marc gibt sich schließlich einen Ruck: »Mensch

Klara, wir wissen gar nicht, was wir sagen sollen. Schrecklich, dass das passiert ist. Pass auf, wir kommen dann mit dem Redaktionsauto auch zum Rhoen-Klinikum in Frankfurt an der Oder, dort bringen dich die Sanitäter hin, weil es von hier aus näher ist als das Marien-Hospital bei uns in der Stadt, ja? Um Achim kümmert sich sicher auch schon ein Arzt. Der scheint vor allem erschöpft zu sein. So fertig und nichts als hustend habe ich ihn noch nie gesehen.« Ich nicke nur.

Der Arzt verarztet die offene Wunde am linken Bein und stellt eine leichte Unterkühlung, einen Schock, Prellungen vor allem am rechten Arm, linken Bein und Fuß sowie eventuell einen Bruch am linken Bein fest. Er fragt, ob ich ein Beruhigungsmittel möchte,was ich verneine. Ich bin gerade um mein Leben geschwommen, da werde ich das hier jawohl auch noch ohne Pillen meistern. Kaum ist das geklärt, fahren wir zügig in die Rhoen-Klinik, wo ich, wie verabredet, auf Janik und Marc treffe, die sich mit der Polizei unterhalten. So was Blödes. Mit denen werde ich wohl auch noch sprechen müssen.

Nach etlichen weiteren Untersuchungen, Röntgenaufnahmen und Diagnosen, lautet der Endbefund: Ich habe allerlei Prellungen, aber keinen Bruch, ein gestauchtes Bein mit einer kräftigen Wunde, eine leichte Unterkühlung sowie einen Schock. Das Bein bräuchte eine Schiene und ich nun erst einmal vor allem Ruhe und ein wärmendes Bett. Nein, was ich brauche ist nur eins und zwar Omilein und das schnellstens. Ich solle zur Beobachtung noch zwei bis drei Tage im Krankenhaus bleiben. Doch das möchte ich auf keinen Fall. Ich möchte zu Omilein ins Gästebett. Eierkuchen wären auch nicht schlecht. »Na gut, auf Ihre Verantwortung. Aber suchen Sie gleich morgen einen Arzt auf.«

Als ich frisch beingeschient und mit Gehhilfe aus dem

Behandlungszimmer humpele, kommen zwei Polizisten auf mich zu und bitten mich um eine Aussage. Oh Mann, hört der Stress denn nie auf? Hinter den zwei Männern stehen Marc und Janik und fragen, ob ich hier bleiben müsse. Ich verneine und erkläre, der Fuß sei nur verstaucht, mehr nicht. Dass ich jetzt nur noch nach Hause will, können die beiden gut verstehen. Sie würden mich gleich, nachdem ich die Polizei ins Bild gesetzt hätte, zurückfahren. »Achim liegt übrigens inzwischen auch hier im Krankenhaus. Allerdings hat es ihn etwas schwerer erwischt als dich. Der hat nicht nur eine leichte, sondern gleich eine starke Unterkühlung und eine schwere Gehirnerschütterung noch dazu, hat den ganzen Krankenwagen vollgespuckt, hat uns der Notarzt gesagt. Außerdem ist sein Bein tatsächlich gebrochen! Der ist also froh, wenn wir ihn erst einmal in Ruhe lassen. Außerdem bist du es, auf die wir so richtig stolz sind«, erklärt Marc und klingt, als sei ich auf einmal jemand ganz anderes. Janik streichelt mir über den Rücken. Das ist schon besser. Es tut gut, jemanden da zu haben, den ich kenne. Das mit Achim stimmt mich nachdenklich. Doch bei seinem Verhalten hat der das eigentlich nicht besser verdient und am Ende sogar noch sehr viel Glück gehabt.

Die Polizisten in ihren dunkelgrünen Uniformen haben die Mützen abgenommen und halten sie unter ihren Armen. Auf den Schildern über ihren aufgenähten, rechten Uniformtaschen lese ich Weber und Antonelli. Sie möchten sicherstellen, was passiert sei und dass es wirklich nur ein Unfall gewesen sei. Ich solle ihnen den Vorgang doch bitte im kleinsten Detail schildern. Es gehe vor allem darum, zu klären, ob ich gestoßen worden sei, ob Achim einfach eine Sicherheitsabsperrung durchlaufen und uns als unser Vorgesetzter dazu genötigt habe, ihm zu folgen. Genötigt, du liebe Zeit. So lässt sich das doch wohl auch wieder nicht sagen, meine ich.

»Frau Blick, war Herr Lahnus eventuell betrunken?«, fragt Antonelli, der Längere der beiden. »Nein, natürlich nicht. Achim ist ja noch mit dem Auto hergefahren und war vollkommen nüchtern und kontrolliert wie immer.« So langsam bekomme ich Angst vor den Konsequenzen meiner Aussagen. Am Ende trifft es gar nicht nur Achim, sondern auch unser Studio. Nun räuspert sich Weber, der kürzere Beamte, verschränkt seine Arme hinter dem Rücken und bollert heraus: »Weshalb hat er dann die Hinweise des Oberstleutnant Simon Schmidt ignoriert?« »Wissen Sie, das müssen Sie ihn schon selbst fragen«, entgegne ich. »Ich habe nur meinen Job gemacht. Außerdem habe ich keine Absperrung gesehen, das war also ganz legal für uns. Öffentliches Gelände.« Muss ausgerechnet ich Achim und seinen ganzen Berufsstand in Schutz nehmen. Das gibt's doch nicht. Marc kratzt sich am Hinterkopf: »Sehen Sie, genau so habe ich Ihnen das ja auch bereits geschildert. Wir haben ...« – »... ja, ja, nach bestem Journalistengewissen gehandelt. Wir prüfen bereits, ob es Absperrungen gegeben hat oder nicht. Sie können dann erst einmal gehen, werden aber sicher wieder von uns hören«, fährt der kleine Polizist Weber mit seinen Krauslocken Marc ins Wort. »Erst einmal sollten Sie sich jedoch von dem Schrecken erholen!«, fügt Antonelli beschwichtigend hinzu. Die beiden scheinen nicht nur von der Größe her ein anderes Kaliber zu sein. »Sie können sich auch gern bei Margot Zaun in der Redaktion melden, die muss sowieso informiert werden, wenn Derartiges passiert ist. Wir sind ja rechtlich abgesichert«, kramt nun Janik eine Visitenkarte des Senders aus seiner schwarzen Kameratasche, aus der noch das große Mikrophon mit grauem Puschel hängt, kreist mit einem weißen Kugelschreiber die Nummer vom Büro ein und überreicht sie dem grantigen Herrn Weber.

»Na ja, wir werden natürlich auch Frau Zaun befragen. Halten Sie sich aber auf jeden Fall bereit, falls wir Rücksprache mit Ihnen nehmen müssen. Ganz astrein ist Ihr Fall nicht, dass kann ich Ihnen sagen. Allerdings hätten Sie sich eine Tapferkeitsmedaille verdient, Frau Blick. Ich habe hier vor zehn Tagen erst einen Toten aus dem Wasser gezogen. Auch Ihr Sender hat von diesem Fall berichtet. Der Mann wollte sich nicht aus seinem Haus evakuieren lassen. Lange schafft das ein Körper nicht, gegen das Wasser anzukämpfen, schon gar nicht bei diesen Temperaturen«, schüttelt Harald Weber den Kopf, zieht seine buschigen Augenbrauen nach oben, dreht sich um und geht ohne Aufwiedersehen zu sagen davon. Sein Kollege Antonelli entschuldigt ihn: »Der ist sonst nicht so. Sie müssen wissen, der Tote war sein Schwager. Auch ein Polizist ist nur ein Mensch. Seine Familie hat ihr ganzes Hab und Gut verloren und da riskiert so ein Journalist nur wegen einer Sendung mehr als sein eigenes Leben. Verzeihen Sie, aber ist doch so, oder? Nichts für ungut. Ich weiß, auch Sie haben einiges mitgemacht heute. Aber mein Kollege hat Recht, so schnell legen wir diesen Fall bestimmt nicht ad acta. Auf Wiedersehen«, und damit sind wir auch ihn los.

Im Auto wickelt Janik mich in dicke Decken. Wo er die auf einmal her hat, ist mir ein Rätsel. Er benutze sie sonst als Unterlage und zum Einwickeln seiner Kamera und Gerätschaften. Ach so, na klar, deshalb riechen sie auch derart nach Rost und Metall. »Vielleicht wäre es besser, wenn du doch hier im Krankenhaus bleiben würdest«, gibt Marc zu bedenken, als ich in dem Moment, in dem Janik meine Beine einwickelt, aufstöhne. »Der Arzt hat gesagt, dass ich mich mit meinem Fuß täglich zum Arzt meines Vertrauens begeben müsse, weil eine Infektionsgefahr bestehe, wegen der Wunde, aber mich sonst ebensogut zu Hause auskurieren könne. Verstanden?« »Alles klar! Also ab zu dir nach Hause und dann bringen wir das Auto zurück in die Redaktion! Naja, und den Film, den wir gedreht haben, bevor Achim derart versessen auf sein Highlight war, dass er uns den ganzen Dreh und dem Sender die Sendung verdorben hat, am besten auch. Müssen wohl oder übel denen dort haarklein erzählen, was passiert ist. Fürchte, die Konkurrenten lassen sich das Ereignis, dass der große Reporter Achim Lahnus fast ertrunken wäre, nicht entgehen. Da bekommen wir in der Redaktion sicher noch was zu hören und zu tun. Margot habe ich natürlich schon längst telefonisch informiert. Du kannst dir denken, wie die jetzt abgeht. Die hat uns eigentlich unverzüglich zu sich beordert, muss aber damit leben, dass wir das hier erst einmal wichtiger finden. Ist dir eigentlich bewusst, Klara, dass du Achim das Leben gerettet hast? So wie das der Herr Weber von der Polizei sagte, klang das echt krass.«»Ach Janik, keine Ahnung. Ist sicher übertrieben, das zu behaupten. Wegen ihm bin ich jedenfalls fast selbst draufgegangen. Achim ist so ein Idiot! Alles nur wegen ein paar Bildern! Kaum zu fassen, wie froh ich bin, dass ihm nichts Schlimmeres passiert ist. Ich musste ihm einfach helfen, als ich ihn da ebenso hilflos dem Wasser ausgeliefert sah wie mich zuvor.« Tränen steigen mir in die Augen. Ich bin gleichzeitig so wütend und so erleichtert. Der Schock sitzt mir in allen Gliedern und macht mich im einen Moment weich im Herzen und im nächsten hart.

Marc streicht mir über das Knie. »Klara, du hast gerade wirklich eine Menge mitgemacht. Vielleicht schläfst du einfach hier bei mir im Auto schon einmal ein bisschen, ja? Meine Schulter soll dein Kissen sein.« »Hm, nee. Es geht schon«, murmele ich, lehne meinen Kopf an den Gurt und die kalte Fensterscheibe und schlafe tatsächlich sofort ein. Was für ein Glück! Über das, was passiert ist und über Achim und was das Ganze nun auch noch für die Redaktion bedeutet, nachzudenken, dazu habe ich wirklich keinen Nerv mehr.

Kapitel 14

Jemand rüttelt an mir. Wo bin ich? Warum schmerzt mein Fuß so? »Wir sind da, Klara. Kannst jetzt bei dir zuhause weiterschlafen. Mensch, erhol dich erst mal ein bisschen, ja? Wir machen uns dann wohl besser auf zur Redaktion und kümmern uns um den Rest.« Ist das nicht Marcs Stimme? Ich öffne die Augen und schaue in sein sorgenvoll wirkendes Gesicht. Wir stehen vor meinem Haus und sofort fällt mir alles wieder ein. Ich spüre den Luftzug der Autoheizung und im nächsten Augenblick reißt es mich fort, als bewegten sich schnelle Wassermassen an mir vorbei. Meine Beine fühlen sich an, als wenn ich zu lang Schlittschuh oder Rollerblades gelaufen bin. Die Schmerzen in allen Gliedern und die schnellen Bilder, wie sie an mir vorbeisausen. Ich möchte am liebsten die Augen schließen und mich nicht mehr bewegen, merke aber, dass ich mich von den Bildern im Kopf nicht abwenden kann und wie sie mir die Kopfhaut zusammenziehen. Nein, bloß nicht daran denken. Bloß nicht alleine sein. Wie spät es wohl sein mag? So dunkel, wie es mittlerweile geworden ist, neun Uhr vielleicht. Unmöglich, jetzt mit mir und den Bildern im Kopf in meiner Wohnung allein zu sein. Mich an niemanden ankuscheln, bei niemanden bergen zu können. Bei dem Gedanken ist mir sofort zum Heulen, nur mit Mühe halte ich die Tränen zurück. Was tun? »Janik?«, ist das meine Stimme, dieses kleine erschöpfte, eingeschüchterte Ding? »Entschuldige, ich weiß, auch ihr hattet einen langen, verrückten Tag und müsst dringend in die Redaktion und die wollen dort bestimmt alles ganz genau wissen, verstehen und handeln. Doch könntest du mich vielleicht zu meiner Oma fahren? Ich möchte diese Nacht nicht allein verbringen.«

»Klar, das ist doch kein Problem. Zu wissen, dass du dort bist, ist auch für uns eine Erleichterung. Dich so ganz allein zurückzulassen, hat mir nicht wirklich gefallen. Du und dein Omilein! Margot muss da warten, wenn ihr das auch nicht gefällt. Sie klang am Telefon hochgradig besorgt und außer sich. Das Ganze ist für den Sender von ungeahntem Ausmaß. Da rattern ihre Gedanken gleich alle Situationen gleichzeitig durch, weißt du ja so gut wie wir. Da geht so und so jetzt schon bestimmt ganz schön was ab in der Redaktion. Ob die überhaupt irgendetwas vom Vorfall senden? Die müssen sich sehr genau überlegen, was und wie sie es kommentieren. Achim, der ihnen das eingebrockt hat, fällt ja selbst sicher eine ganz schöne Weile aus. Sein Handeln und die Folgen müssen erklärt werden, da stehen schnelle Entscheidungen auf dem Plan«, und quält sich, selbst fix und fertig, ein Lächeln ab: »Margot kriegt das schon hin, keine Sorge. Du hast dich jetzt um dich und niemand sonst zu kümmern.« Janik ist lieb, versucht er doch tatsächlich wider sein eigenes Empfinden einen beruhigenden Ton anzuschlagen.

Komischerweise ist mir die Redaktion auf einmal völlig egal. Sollen die doch allesamt durchdrehen. Ein Bericht zu dem Vorfall? Achim in ein positives Licht rücken, ja oder nein? Ist ja lächerlich, da wäre ein Gedanke an Leben, ja oder nein, angebrachter. Ich will nur noch zu Omilein, weg von allem, nichts mehr damit zu tun haben.

Janik und Marc stützen mich noch zusätzlich zur Krücke auf dem Weg zur Haustür, behandeln mich wie eine

Schwerinvalidin. Es ist sicher ein höchst komisches Bild, das wir abgeben. Ich klingele. »Meine Güte, Klara, was ist denn mit dir passiert?« Omilein wird fahl im Gesicht wie ein weißer Rettich. Ich muss wirklich furchtbar aussehen. Kein Wort bringe ich heraus.

»Lassen Sie erst einmal, gute Frau. Klara wird Ihnen schon alles erzählen. Im Moment braucht sie, glaube ich, nichts als das Gefühl, dass sie hier bei Ihnen ist und vielleicht ein heißes Bad.« Danke Janik, so viel Verständnis hätte ich dir gar nicht zugetraut und das scheint Omilein auch zu finden: »Na, dann komm erst einmal rein, Klara, kannst dich jetzt ruhig auf mich stützen, und Sie, junger Mann, Sie haben natürlich Recht. Sie sind beide von der Redaktion, nicht wahr? Wir haben uns einmal auf der Bundesgartenschau in Potsdam gesehen, oder? Wollen Sie zwei vielleicht auch kurz hereinkommen und etwas trinken?«

»Nein, besser nicht, wir müssen dringend weiter. Ja, in Potsdam, das stimmt, da haben wir uns kennen gelernt. Vielen Dank. Auf Wiedersehen, Klara. Wir melden uns dann morgen, lass dich mal so richtig verwöhnen, das hast du verdient.«

Erst als ich in Omileins guter Stube auf ihrem Sofa liege, hinter mir die schweren, dunkelroten Samtvorhänge vorm Fenster spüre, die mit den beigen Kordeln zusammengerafft sind und die Omilein einst von ihrer Mutter erbte, höre, wie das Wasser in die Wanne läuft, beginne ich mich ein wenig zu entspannen. Wie oft habe ich als Kind auf diesem Sofa gelegen, wenn ich krank war, mir nichts so sehr wünschend, wie wieder gesund zu werden und rumtoben zu können, und doch froh, hier bei Omilein sein zu können. Die wusste genau, wann ich eine heiße Milch mit Honig oder Eierkuchen brauchte und meinte nicht wie meine Mutter, mich maßregeln zu müssen, dass ich nur wieder die falsche Jacke getragen habe und deshalb nun krank sei, also selber schuld. Egal was war, Omilein legte ein gutes Wort für mich ein und behielt die Nerven. Und was sie nicht schon alles mit mir erlebt hatte! Wie gerne hat sie mir gerade in letzter Zeit Geschichten über mich als Kleinkind erzählt und so wusste ich inzwischen genau, was sie am Ende einer solchen Klara-Anekdote von mir hören wollte: »Wirklich, Oma? Daran kann ich mich gar nicht mehr erinnern! Das hätte ich mich doch nie getraut!« Wie Omilein sich dann freute und über ihr ganzes Gesicht schmunzelte: »Na, hör mal, natürlich hast du dich das getraut! Ach, was warst du doch für ein lieber, kleiner Wirbelwind! Wusstest immer genau, was du wolltest. Wenn ich dich manchmal in letzter Zeit so höre, dann denke ich, wo ist sie nur hin, die Klara, die sich aus jeder Situation zu helfen wusste.« Und mit einem Zwinkern: »Zu zweit waren wir eben einfach unschlagbar. Ein eingeschworenes Team! Ich glaube, dein neuer Teampartner, der ist einfach noch nicht aufgetaucht. Da warten wir einfach noch ein kleines Weilchen. Er ist sicher schon in Sicht.«

Es gab da eine Geschichte, an die musste ich jetzt auf einmal vor allem denken: »Zweieinhalb Jahre musst du alt gewesen sein, das muss also im Jahr 1991 gewesen sein, zur Abwechslung wart ihr einmal alle drei bei mir, du und deine Eltern, weil nämlich Ostermontag war. Und was für ein Ostermontag! Die Sonne glühte so heiß, wie sie es sonst selbst im Sommer nur selten tat. Es waren bestimmt 25 Grad. Ich und deine Eltern hatten die Ostereier versteckt und dann mit viel Geschrei zugeschaut, wie du sie gefunden hast. Jetzt wollten wir Erwachsenen nur noch in der Sonne sitzen, Kaffee trinken und Kuchen essen, während wir dachten, dass du ganz in unserer Nähe mit deiner Puppe Susi und deinem gelben Bären glücklich Familie spieltest. Doch als wir nach einer Weile nach dir schauten, warst du verschwunden. Wir riefen, aber du kamst nicht. ›Weit kann sie ja nicht sein‹, sagte ich und wir begannen dich zu suchen und entdeckten deinen Puppenwagen vor dem neuem, schwarzen Audi 100 Avant. Und du? Wo warst du? Richtig, da auf dem Fahrersitz hast du gesessen, deine Puppe Susi und den Bären hattest du auf dem Beifahrersitz platziert. Deine Mutter zog an der Fahrertür, um sie zu öffnen, sie war verriegelt. Sie rüttelte und schüttelte von außen, du von innen, die Tür ließ sich nicht öffnen. ›Lass mich mal‹, sagte dein Vater. Ihm erging es wie deiner Mutter. Die lief ums Auto zur Beifahrertür und als die sich ebenfalls nicht öffnen ließ, wurde sie erst blass, dann rot und verlor ihre Haltung. Ja, geriet vollkommen aus der Fassung. Kannst du dir das vorstellen, deine Mutter, die immer alles und alle kontrollieren muss, kühl und besonnen argumentiert, so sicher im Umgang mit Krisen ist, verlor die Fassung. Ihr Gesicht schwamm in Tränen, wie sie deinen Vater anschrie: ›Bert, bist du verrückt geworden? Hast die Tür nicht ordentlich zugemacht und jetzt ist Klara in diesem Brutkasten gefangen. Dein wertvoller, neuer Audi Avant! Das Kind wird da drin in der Bullenhitze eingehen wie ne Primel, wenn wir nicht die Scheiben einschlagen Mensch, Bert, nun mach doch was! Nun hilf Klara doch! Siehst du nicht, wie sie weint und Angst hat und es viel zu heiß ist da drinnen?‹. Offensichtlich war es dir, Klara, gelungen, die Zentralverriegelung zu betätigen. Und wie du jetzt deine Eltern draußen verzweifeln sahst und merktest, dass du nicht mehr herauskamst, fiel dir nichts anderes ein, als loszuheulen. Dass du mit deinen zweieinhalb jedoch längst alt genug warst, um dir selber herauszuhelfen und dass deine Eltern dir lieber Zeichen geben, anstatt sich derart aufregen sollten, war mir mehr als klar. Ich klopfte also ans Fenster, lächelte dir zu, lachte und strengte mich an, dir klar zu machen, was du tun musstest: An der Tür den Schalter für die Zentralverriegelung finden und nach oben schieben. Es dauerte eine ganze Weile, bis du aufhörtest zu weinen, ganz genau hinschautest, was ich für Zeichen machte und wo ich hinzeigte. Du bist tatsächlich auf deinem Po nah an die Tür gerutscht, hast mit deinen kurzen Ärmchen zum Schalter gelangt und mit zwei lauten ›Klacks‹ entriegelten sich die Autotüren. Deine Eltern starrten von dir zu mir, als sähen sie zwei Theaterschauspieler bei ihrer Arbeit, rührten aber keinen Finger mehr. Ich öffnete also die Fahrertür, holte dich heraus und nahm dich in meine Arme. Du warst heiß wie eine Backkartoffel, hast mich aber aus deinem tomatenroten, nassen Gesicht verschwörerisch und selbstbewusst angegrinst: Na Omilein, wie habe ich das gemacht?«

Ach ja, wenn ich mein Omilein nicht hätte. Und da ist sie auch schon wieder bei mir. »So Klara, jetzt helfe ich dir erst einmal ins Badezimmer und in die Wanne und wenn du genug gebadet hast, rufst du mich, ja? Ich habe dir dann auf dem Sofa dein Bett gemacht und eine heiße Milch wie früher auf den Tisch gestellt und dann kannst du mir in aller Ruhe erzählen, was eigentlich passiert ist.«

Doch wie sie schließlich in ihrem geliebten Ohrensessel sitzt und mir zuhört, die ich mich, in Decken gewickelt mit von ihr dick eingecremtem Fuß auf ihrem Sofa, in meiner Hand die dampfende Milch, die nur bei ihr so gut schmeckt, wieder wie eine Fünfjährige fühle, ist zum ersten Mal sie es, die beinahe ihre Ruhe und allgegenwärtige Fassung verliert. »Oh Gott-o-gott, Klarakind, dieser unmögliche Mensch, dieser sensationslüsterne Chauvi. Nur für eine blöde Katastrophenaufnahme hätt der glatt Euer beider Leben verspielt! Der soll mir in die Finger geraten! Wenn ich mir vorstelle, dass …« Und ihr gehen tatsächlich die Worte, die sie immer für alles hat, aus. Sie beugt sich zu mir, streichelt mich und drückt mich leicht. Sieht dabei aus, als lächelte sie unsicher wie Mona Lisa auf dem Gemälde von Leonardo da Vinci, doch gütig und wissend. Mir kommt das alles hingegen inzwischen wie ein böser Traum, wie ein schrecklicher Film, aber nicht wie etwas, was ich selbst erlebt habe, vor. »Klara, pass auf, das wird dir nicht gefallen, aber das ist eine Geschichte, die sogar die Bild-Zeitung aufgreifen könnte. Da wird morgen etwas in der Zeitung, in den lokalen Radiosendern zu hören, in den Fernsehsendern zu sehen sein, da wird auch euer Studio Stellung beziehen müssen. Das müssen wir deinen Eltern vorher erzählen, das dürfen sie auf keinen Fall zuerst von den Medien erfahren. Das geht einfach nicht. Sie müssen herkommen und sehen, wie es dir geht. Ich rufe sie jetzt sofort an. Hörst du? Ich mache euch allen ein paar Eierkuchen, das entspannt die Situation, ist wie in alten Familienzeiten. Sorry, aber da müssen wir jetzt noch durch und dann nur noch schlafen.« Ach ja, Omilein muss aber auch immer die gute Familienfee spielen. Kann es nicht lassen. Das habe ich nun davon, denke ich, lasse sie aber dennoch meine Eltern anrufen. Die kommen ja so und so nicht, denke ich. Aber da irre ich – zu meinem großen Erstaunen höre ich, wie Oma mit leicht angespannter Stimme, aber bestimmt und deutlich beteuert: »Ja, ganz richtig, Klara wäre fast ertrunken, da hat nicht viel gefehlt. Sie hat sich nur mit viel Mut und Kraft retten können. Ganz allein. Ihr unterschätzt sie ja immer. Dass sie überhaupt um ihr Leben kämpfen musste, ist allerdings ungeheuerlich und nimmt mich sehr gegen diesen Herrn Lahnus ein. Ein unerhörter Leichtsinn das. Also Ihr kommt dann gleich? Das ist sehr gut. Also bis dann. In solchen Situationen gehört die Familie einfach zusammen. Ich wusste, dass wir uns da einig sind.«

Sollte ich die Liebe meiner Eltern derart unterschätzt haben? So ganz hatte ich meinem Omilein nie abgenommen, wie meine Eltern sich damals im Auto um mein Leben gesorgt hätten, habe immer gemeint, sie wisse eben, wie man eine gute Geschichte erzählt. Sollten meine eigenen Erinnerungen über die Jahre zu einseitig geworden sein und mich gar trügen?

Dreißig Minuten später sind meine Eltern auch schon da. Alle beide stehen sie vor dem Tisch, auf dem Oma inzwischen einen Riesenstapel Eierkuchen platziert hat sowie vier Teller mit Besteck, und schauen doch wirklich und wahrhaftig besorgt und liebevoll zu mir auf dem Sofa. Meine Mutter streichelt mir über die Haare, wie sie es noch nie gemacht hat – jedenfalls wüsste ich nicht, wann –, und mein Vater tut so, als hätte er schon immer gewusst, dass ich seine mutige, tapfere Tocher bin. Heuchler.

Während wir auf sehr ungewohnte Weise einträchtig die Eierkuchen vertilgen, Omilein zuliebe ein bisschen heile Welt spielen, muss ich meinen Eltern noch einmal alles ganz genau im Detail erzählen: wie ich den Halt unter den Füßen verlor, weil ich Achim helfen wollte, wie mir die Luft ausging, wie ich immer wieder unter das Wasser gezogen wurde und schließlich den Schutthaufen ergriff und mich hochzog – wie ich dann auch noch Achim hinaufgeholfen habe. Es kommt mir so vor, als müsste ich mir einen Film wieder und wieder ansehen, ihn so lange noch einmal erleben, bis ich mir schließlich über etwas Entscheidendes klargeworden bin. Und auf einmal weiß ich auch, worüber. Ich höre mich sagen: »Ja, und wisst ihr, was ich Achim gesagt habe, als er hustend und halbtot vor mir lag? Dass er sicher furchtbar stolz sein müsse, uns beide vor lauter Selbstherrlichkeit und Sensationslust fast umgebracht zu haben!«, und spüre, wie mir ein Entschluss aus diesen Worten erwächst: Das war's! Mein absolutes Schlusswort. Der kann mich mal, die können mich mal alle im Studio. Selbst

Margot. Die sollen sehen, was sie aus dieser Geschichte machen. Aber mich sind die los. Wenn die unbedingt wollen, tue ich noch mein Bestes, dass ihnen und Achim kein zu großer Schaden aus dem Ganzen erwächst. Doch mehr tue ich dann nicht mehr für sie. Aus und vorbei ist's mit meiner ganzen Studioanhänglichkeit. So sage ich nach einer längeren Pause, in der alle auf ihre Weise dem, was ich erzählt habe, nachzuhängen scheinen:

»Ich werde kündigen.«»Wie meinst du das, wieso kündigen? Das ist doch nun auch nicht gleich nötig. Nur weil dieser Achim solch einen Mist gebaut hat.« Natürlich, meine Mutter ist mal wieder die Erste, die sofort hinterfragt, was ich sage. »Wenn ich ganz ehrlich bin, habe ich den Job nie geliebt. Es geht gar nicht um Achim. Es geht darum, dass diese Arbeit nicht wirklich mein Ding ist«, gebe ich ihr Kontra. Nun wird auch mein Vater bedenklich und mischt sich in mein Leben ein: »Jetzt schau sich das einer an, diese Generation macht, was sie will, furchtbar wenn es euch ungemütlich wird, wollt ihr alles hinschmeißen, da fängt die Arbeit doch erst an, aber das habt ihr noch nicht begriffen!« Natürlich, meine Eltern, von wegen um mich besorgt. »Entschuldigung, dass ich heute beinahe ersoffen wäre. Und nur wegen einem Karriere-Esel aus deiner Generation! Hättest du mich wohl besser erziehen müssen und nicht zu Oma geben dürfen!«, brülle ich, am ganzen Körper zitternd. Hatten es denn alle auf mich abgesehen? Erst die Geschichte mit Isabel, dann Achim, und nun noch meine Eltern, was zu viel ist, ist zu viel.

»Verdammt, was soll denn das. Wenn ich das gewusst hätte, hätte ich euch über das knappe Überleben eures Kindes morgen in der Zeitung lesen lassen. Geschrien wird in meinem Haus aber auch nicht gleich, Klara«, sagt Omilein ruhig und resolut. »Das Kind braucht jetzt vor allem Ruhe.

Was nicht heißen soll, dass es nicht fähig sein sollte, vernünftige Entscheidungen zu treffen. Bitte sehr, wenn ihr dazu noch was sagen wollt, dann gesittet und liebevoll! Ihr Rabeneltern, ihr!«

»Entschuldige, Klara«, reagiert mein Vater überraschend prompt auf den Rüffel von Omilein, »aber was willst du denn machen? Dein Job ist gut bezahlt und obendrein eine feine Adresse. Du solltest dir das wirklich besser in aller Ruhe überlegen, wenn du zu der ganzen Geschichte heute mehr Abstand gewonnen hast. Außerdem war ich immer stolz, sagen zu können, dass du beim Fernsehen arbeitest.«

Na klar, da halten meine Eltern zusammen und glauben, was ich sage, sei nichts als eine Panikreaktion. Nein, damit lasse ich sie dieses Mal nicht davonkommen: »Ja Papa, aber weißt du, es geht nicht um dich bei dieser Entscheidung. Es geht nur um mich und was ich will. Ihr wisst ganz genau, dass ich schon lange nicht zufrieden bin mit dem, was ich mache. Du irrst Papa, ich habe mir das bereits in aller Ruhe überlegt, seit Monaten und mit Hilfe von Frau Hegel. Ich möchte Design oder Art, also Kunst, studieren und nebenher an Workshops teilnehmen. Das wünsche ich mir schon eine ganze Weile, das könnt ihr mir glauben und wüsstet ihr auch, wenn ihr besser auf das, was ich mache und bin, achtgegeben hättet. Um die Ausbildung zu finanzieren, könnte ich meine Bilder verkaufen, die ich male. Da habe ich ja bereits …«

»Was? Mit deinen Bildern willst du Geld verdienen? Mit einem Hobby? Das ist doch nicht dein Ernst. Das wird doch nichts«, schneidet mir mein Vater das Wort ab und schüttelt den Kopf. »Ja, Papa, ganz genau. Mit einem Hobby! Ich brauche deine Genehmigung nicht dafür.«

Da mischt sich Omilein noch einmal ein. »Schluss jetzt mit euren anstrengenden Gesprächen. Das Kind muss ins Bett und anstatt sie zu bevormunden, solltet ihr euch ihre Bilder einmal ansehen und das, was sie sagt, ernst nehmen. Klara ist ganz und gar kein Mensch, der seinen Launen folgt, das wisst ihr ganz genau. Noch einmal in Klartext: Ich habe euch nicht angerufen und kommen lassen, damit ihr sie noch fertiger macht, als sie bereits nach all dem, was sie durchgemacht hat heute, ist. Ich habe gedacht, ihr unterstützt sie.« Omilein hat Recht, ich bin wahnsinnig erschöpft und vollkommen fertig. Woher habe ich nur die Kraft und Energie genommen, mich meinen Eltern derart entgegenzustellen? Ein Wunder! Das muss ja seinen Grund haben. Doch was genug ist, ist genug, und jetzt möchte ich endlich nur noch schlafen und in Ruhe gelassen werden. »Ja, natürlich unterstützen wir sie. Was denn sonst? Na hör mal. Man kann sich jawohl Sorgen machen, Dora. Wie geht's denn in den nächsten Tagen erst einmal weiter?«, wendet sich Papa noch einmal an mich. »Morgen gehe ich gleich früh zum Arzt und lasse meine Wunde noch einmal begutachten, dann werde ich ja sehen, wie lange er mich krankschreibt. Keine Angst, ich habe schon noch genug Zeit, um mir Gedanken über meine Zukunft zu machen. Jetzt bin ich endgültig nur noch müde. Das war ich schließlich schon, bevor auch ihr noch auf mich los seid. Also Gute Nacht und bis die Tage«, verabschiede ich mich nun recht hart und abweisend. »Klara, so einen Schritt zu gehen, das erfordert Mut, da können du und Oma unmöglich erwarten, dass wir sogleich freudestrahlend zustimmen. Aber keine Sorge, auch ich sage für heute Gute Nacht, hoffe aber, du bist vernünftig genug, um dir klar zu machen, dass wir immer für dich da sind und das alles nur aus Liebe sagen. Du kannst ruhig zu uns kommen, wenn du Hilfe brauchst«, meldet sich nun Mama erneut zu Wort, die, wie ich jetzt merke, erstaunlich wenig gesagt hat. Sie weiß sehr wohl, warum ich mit meinen Sorgen nicht zu ihr und Papa gehe, solange ich mein Omilein habe, und soll nicht schon wieder das letzte Wort haben. »Oh Gott, habt ihr schon vergessen, dass ich erwachsen bin? Volljährig? Ich brauche eure Zustimmung nicht! Ich muss meinen Weg sowieso allein gehen.« Meine Eltern zucken nur noch mit den Schultern, denn Omas strafender Blick lässt mehr nicht zu. Sie umarmen mich zum Abschied. Doch ich bin ihnen gegenüber nur noch kühl. Dann verschwinden sie. Uff! Hatte das noch sein müssen? So lieb ich Omilein habe, mit ihren Gute-Familienfee-Aktionen ging sie mir echt auf die Nerven. Und viel Glück hatte sie mit diesen, wie man mal wieder sieht, auch nicht.

»So, und du schläfst dich heute Nacht richtig aus, mein Schatz, um morgen einen klaren Kopf zu haben, ja?«, sagt sie nun eindringlich, bevor sie das Licht im Gästezimmer ausmacht, in dem ich schon als Kind schlief und in das ich mich gerade noch so hinüberschleppen konnte. Damals hatte sie es zum Kinderzimmer umgestaltet. Heute ist es vor allem ein Raum für sie selbst, in dem sie bügelt und dabei fernsieht. Der kleine Fernseher steht auf einem Holztisch, den ihr ihr alter Tischlerfreund Johannes gezimmert hat, gleich neben der Vitrine, in der Omileins Urlaubsmitbringsel wie ein Holzkamel mit buntem Teppich über dem Rücken aus Ägypten, eine große Conch-Muschel aus Florida, ein Segelboot aus Schweden und einem kleinen, schottischen Dudelsack aus Glas stehen. Außerdem gibt es hier die Schlafcouch für Besuch, einen kleinen Beistelltisch, einen Schminktisch mit Spiegel und bunten Parfümflakons, die sie einmal auf einer Kreuzfahrt gekauft hat. Oma ist ziemlich rumgekommen. Immer wenn ich in den Ferien einmal mit meinen Eltern Urlaub machen musste oder mich diese woanders hinschickten oder unterbrachten, so dass sie mein Omilein nicht als Babysitter benötigten, ist sie in die Weltgeschichte entwischt, Freundinnen und Freunde, die geradezu wild darauf waren, mit ihr zu verreisen, hatte sie immer reichlich zur Hand. Sie hat mir auch immer tolle Mitbringsel mitgebracht.

Klick. Das Licht ist aus. Auch Omilein geht schlafen. Mein Fuß puckert mich wach. Omilein hat Kaffee gemacht. Es duftet wunderbar. Nur bin ich entsetzlich erschöpft und noch immer nicht aus den Fluten aufgetaucht, spüre den Sog, die Kraft des Wassers, das mich beherrschen, zu sich in die Tiefe ziehen will, habe von ihm geträumt, die Szenen des gestrigen Tages sind mir also doch noch immer nicht aus dem Kopf. Meine Gedanken drehen sich jetzt vor allem um Achim, meinen Job und mein Gefühl, dass mir diese Szenen, dieser gestrige Überlebenskampf etwas sagen wollen. Achim sah furchtbar aus, dort auf dem angeschwemmten Hügel aus Schrott. Leichenblass. Ich nehme mein Handy, das auf dem Tischchen neben dem Bett liegt und knipse die Tiffanylampe an, die ich als Kind immer für einen Prinzessinnenleuchter gehalten habe. Wie spät ist es? Es ist kurz nach elf. Du liebe Zeit, so spät schon! Eigentlich müsste Margot schon seit mindestens zwei Stunden im Studio sein und das Telefon immer griffbereit haben.

Und richtig, sie ist gleich dran, ihrer Stimme merke ich an, wie erleichtert sie ist, dass ich anrufe. Sie habe sich furchtbare Sorgen gemacht. Aus den gestern gedrehten Bildern hätten sie sofort welche zusammengeschnitten, die zu einer Stellungnahme des Bedauerns passten, aber zugleich darlegten, inwiefern derartige Gefahren zum Journalismus gehörten. Das Ganze sei noch nachts über den Sender gegangen. Sie fragt, ob ich mir die Sendung habe ansehen können. Ich verneine. »Wie geht es dir denn jetzt?«, fragt Margot. »Hm, ganz o.k. Mein Fuß tut sehr weh. Wenn ich weiß, wie lange mich der Arzt krankschreibt, melde ich mich noch mal und werfe den Krankenschein in den Briefkasten.«»Genau so machen wir es. Ruh dich hinreichend aus. Das ist ja das Mindeste, was wir tun können. Der Laden läuft auch ohne dich.« Ob ihr klar ist, dass sie mir so nur zeigt, dass ich ersetzbar bin und nicht unbedingt gebraucht werde?

Omilein summt in der Küche Schlager:»Denn immer, immer wieder geht die Sonne auf ...« Ich vermute, dass es ihr dolle Freude bereitet, mich so zu bemuttern. Wenn es ihr gut geht, fängt sie sofort an zu singen. Udo Jürgens. Den mag ich auch. Schade, dass er nicht mehr unter uns ist. Ich erinnere mich an ein Interview, das Achim mit ihm geführt hat. Udo wurde nachdenklich, als Achim fragte, wann klar war, dass die Musik bei ihm immer an erster Stelle stehen würde:»Wissen Sie, ich wollte immer so leben, dass das, was ich tue, nicht nur mich begeistert. Ich wollte nicht einfach irgendeinen Job ausüben.« Wie Recht er hatte!

»Omilein!«, rufe ich aus meinem Bett. Ich höre sie die Diele entlanglaufen. Sie öffnet die Tür:»Na? Möchtest du mit deinem kaputten Fuß im Bett frühstücken?«»Oh, das wäre toll. Mein Fuß puckert noch ganz schön.« Kurz darauf kommt sie mit einem Betttisch wieder, auf dem alles angerichtet ist. Sie hat offensichtlich nur darauf gewartet, dass ich wach werde. Ich esse alles auf, das liebevoll angerichtete Obst, die geschmierten Brötchen mit Marmelade, Schokolade und Salami, verdrücke den Kaffee und den Orangensaft ebenso hungrig. Was mir nicht noch alles bevorstand! Besser, wenn ich da eine gut genährte Courage zeigte.

Kapitel 15

Mit der Straßenbahn fahre ich zu Dr. Wagner, meinem Hausarzt, der mich seit meiner Jugend kennt. »Der Nächste bitte«, ruft die Schwester und winkt mich in das große Untersuchungszimmer, nicht ohne mich mit einem beherzten Griff an meinen Unterarmen, stützend mit einem: »Na, Sie machen ja Sachen! Alle Achtung!«, zu begleiten. Herr Dr. Wagner wartet schon und dreht meine Akte auf den Rücken, prüft die Notizen und schiebt seine kleinen, runden Brillengläser höher auf seine Nase. »Also Frau Blick, natürlich bin ich in gewisser Weise bereits überreichlich informiert. Heute morgen waren Sie ja bis hin zu den erlittenen Verletzungen das Hauptthema in den Nachrichten bei Phönix. Gerade darum möchte ich mir jetzt ein eigenes und umfassendes Bild von den gesundheitlichen Folgen Ihrer Heldengeschichte machen.« Er schüttelt meine Hand und weist mit einer Handbewegung auf den Stuhl. Nach einer kurzen Beschreibung, wo es weh tut, bittet mich Herr Dr. Wagner auf die Untersuchungsliege und desinfiziert meine Wunde, die immer noch wässrige Flüssigkeit absondert und hellrote Flecken aufweist. Er reibt dann eine schmerzstillende Salbe auf meinen Fuß, wobei ich mir nicht sicher bin, was mehr weh tut. Die Desinfektion oder die angeblich schmerzstillende Salbe. Ich kneife die Augen zitternd zusammen und kann trotzdem nicht verhindern, dass Tränen über meine

Wangen laufen. Auf diesen Schmerz scheint die Erinnerung nur gewartet zu haben. Will sie mich so gar nicht mehr loslassen? Auf einmal kommt mir alles wieder ganz gegenwärtig vor, der Sturz ins Wasser, die Flut, die mich auf und ab zerrte, mich herunterdrückte, Achim, wie er fast ertrunken wäre. Schrecklich. Das soll aufhören! Schließlich muss ich mich jetzt wieder um mich und darum, ob ich tatsächlich die Malerei zu meinem Beruf machen will, kümmern! Schluchzend ziehe ich ein Taschentuch aus einer Box, die auf einem kleinen, weißen Meltallschrank neben der Liege steht. »Entschuldigen Sie bitte Herr Dr. Wagner. Das ist alles ein wenig viel gewesen«, flüstere ich und schnäuze in das Taschentuch.

»Legen Sie sich auf den Rücken Frau Blick. Lassen Sie sich Zeit, bevor Sie zum Röntgen gehen. Was Sie geleistet haben, bedarf keinerlei Worte. Meinen Sie nicht, dass Sie jetzt durcheinander sein dürfen. Seien Sie besser stolz auf sich.« Dr. Wagner klopft mir auf die Schultern wie einem Leistungssportler, der gerade den ersten Platz gemacht hat. Das grelle Untersuchungslicht ist unangenehm und lädt nicht gerade zum sich Zeit lassen ein. Dr. Wagner ruft die Schwester herbei: »Frau Blick soll noch einen Moment für sich zur Ruhe kommen, bringen Sie sie bitte in einer Viertelstunde rüber zum Röntgen und im Anschluss direkt wieder zu mir.« Die Schwester nickt und zieht mit einem gezielten Griff die Lampe über meinem Körper weg. »Bis gleich, Frau Blick«, verabschiedet sich Herr Dr. Wagner und geht in ein anderes Untersuchungszimmer. »Ich bin dann also in einer Viertelstunde wieder bei Ihnen. Sie haben ja wirklich was mitgemacht«, flüstert die Schwester übertrieben einfühlsam. Auch sie streichelt mir über den Rücken. Manometer, echt heavy, wie die mich auf einmal alle behandeln. Sonst geht man unter, aber kaum taucht man in den Medien auf, bekommt man auch schon eine Sonderbehandlung. Oder stapele ich schon wieder tief? Immerhin hat der Arzt recht, Achim wäre vermutlich tot ohne mich. Ein ziemlich bedrückendes Gefühl, das sich knotenartig in meinem Hals festzusetzen scheint. Wie froh ich bin, als es weitergeht. Auch beim Röntgen muss ich nicht wie sonst noch eine ganze Weile auf einem Stuhl vor der Tür warten. »Frau Blick, Sie haben Glück, Sie sind heute Priorität hier«, lächelt die sehr junge Röntgenassistentin. Hätte nie gedacht, dass mich an erster Stelle zu stehen derart abtörnen würde.

Herr Dr. Wagner hat meine Aufnahmen bereits auf seinem Computerbildschirm. »Es ist, wie wir ja bereits wissen, nichts gebrochen und die Wunde gut versorgt, aber eine heftige Stauchung und Sehnenzerrung, dazu die schweren Prellungen und nicht zuletzt der Schock werden Ihnen die nächsten Wochen ganz schön zu schaffen machen. Nehmen Sie sich lieber hinreichend Zeit, sich auszukurieren.« Supi, denke ich, als er eine Krankschreibung über vier Wochen veranlasst. »Sie kommen bitte in einer Woche wieder. Ich empfehle Ihnen zudem, sich um einen guten Arzt für Ihren psychischen Zustand zu kümmern. Unterschätzen Sie nicht das Trauma, das solch ein Erlebnis auslösen kann!« »Klar, kein Problem, da kenne ich bereits genau die richtige Therapeutin. Die hätte ich sowieso aufgesucht.« Ich war inzwischen richtig gespannt, was Frau Hegel aus der ganzen Geschichte machen würde. Sicher nicht einen derartig übertriebenen Aufstand wie alle anderen.

Ich bewege mich mit meiner Krücke und Prellungsschmerzen sehr langsam zur U-Bahn-Haltestelle am Rosenheimer Platz, habe Omilein schließlich versprochen, gleich nach dem Arzt zu ihr zurückzukommen. Die hatte sowieso sehr missmutig darauf reagiert, dass ich den Arztbesuch partout im Alleingang schaffen wollte.

Mist, der Bus ist gerade weg und der nächste kommt erst in einer halben Stunde! Als ich an der U-Bahn-Haltestelle warte, merke ich erst, wie wahnsinnig betäubt ich mich fühle. Mein Kopf brummt schneidend und mein Blick verschwimmt. Die vielen Menschen, die in unterschiedlichen Sprachen sprechen, die bunten Plakate an der Hausfassade gegenüber, die Autos, die sofort hupen, sobald ein Fahrradfahrer an ihnen vorbeifährt, was quasi die ganze Zeit geschieht, die fortwährend laut dagegen anklingelnden Fahrradfahrer, die schreiend über die Straße rennenden Kinder sind allesamt keinen Moment länger auszuhalten. Das ist sicher genau das, was Omilein vorhergesehen hatte und warum sie mich leichtsinnig genannt hatte, ihr Angebot, ein Taxi zu rufen und mich zu begleiten, derart vehement abzulehnen. Doch ganz die Frau Mutter, hatte sie glatt behauptet. Ich setze mich notgedrungen auf die graue Gitterbank der Haltestelle, auf der mittlerweile niemand mehr sitzen möchte, weil diese Bänke oft unangenehm riechen. Zigarettenstummel, überquellende Abfälle und ein wenig Notdurft. Bevor ich mich auch noch übergebe, rufe ich lieber Papa an. Das würde Omilein sicher gefallen, knurrte meine innere Stimme.

»Hallo Klara, das ist aber schön, dass du mich anrufst!« Wie überschwänglich er klingt! Nun ja, wann hätte ich ihn auch schon mal angerufen? »Hallo Papa. Sag mal, könntest du mich vielleicht von der U-Bahn-Haltestelle am Rosenheimer Platz abholen und zurück zu Oma fahren? Ich bin irgendwie ganz schön fertig und ertrage keine Busfahrt mehr. Habe das vermutlich alles unterschätzt.«

»Klar, ich bin in zehn Minuten da!« Wahnsinn! Ich mag es gar nicht glauben, der hat schneller als die Eisenbahn reagiert. Warum hat das, als ich noch klein war, nie so geklappt? Hatte er etwa tatsächlich ein schlechtes Gewissen?

Ich stelle mir vor, wie er aufspringt, alles stehen und liegen lässt, um nur den Faden Hoffnung, dass seine Tochter etwas Vertrauen zu ihm fassen könnte, nicht wieder aus der Hand entgleiten zu lassen. Krass. Was erst unsere gute Familienfee dazu sagen würde?

Auf den Punkt genau nach zehn Minuten kommt Papa, unterstützt mein Krückenlaufen zum Auto und hilft mir auf den Sitz. Irgendwie ist mir dabei nicht ganz wohl. Vielleicht bin ich nur nicht daran gewöhnt. Herr Dr. Wagner hat Recht, ich sollte das alles nicht allein für mich durchstehen. Warum hatte ich Frau Hegel nicht schon längst angerufen? Sonst hatte ich ihre Nummer doch immer als Erstes bei der Hand?

Papa spricht kein Wort und auch ich sage nichts, während er zügig vorankommt, die morgendliche Rush-Hour scheint bereits vorüber zu sein. Vor Omas Haus, das in einer Siedlung nahe der Stadtmitte liegt, macht Papa den Motor aus und atmet tief durch. Ich sage nur ein kurzes Danke und möchte aussteigen. »Klara, warte bitte noch kurz«, Papas Stimme zittert leicht, »ich möchte dir sagen, dass ich froh bin, dass dir nichts passiert ist und mich bei dir entschuldigen, wenn ich dir Unrecht getan und mich nicht wirklich als Vater erwiesen habe. Du weißt ja, wie stressig das Leben mit Mama sein kann. Mir ist inzwischen klar, dass du dabei auf der Strecke geblieben bist und wir dich nicht immer fair behandelt haben. Klara, weder ich noch Mama fühlen uns gut, wenn wir uns so selten sehen und sprechen.«

»Papa, ist schon o. k. Wahrscheinlich habt ihr euer Bestes gegeben. Ich bin euch nicht böse, kann aber ebenso wenig wie ihr rückgängig machen, wie unsere Beziehung gelaufen ist. Weißt du Papa, das Problem ist, ihr habt mir nie zeigen können, wie toll ich bin, dass ich für euch einfach deshalb die Größte bin, weil ich euer Kind bin und ihr mich liebt.

Es musste schon eine Eins in Mathe oder der erste Platz bei einem sportlichen Event sein, um eure Aufmerksamkeit, Anerkennung und Liebe zu spüren. Bei Oma war das schon immer anders. Das ist der Grund, weshalb sie mir näher steht als sonst wer. Ohne sie wäre ich verdammt schlecht dran gewesen, hm?«, frage ich ihn mit prüfendem Blick, überrascht über das offene Gespräch, das er sucht. Ich schaue etwas sehnsüchtig in die Baumwipfel, als Papa einen Moment lang inne hält. So befreit wie die hüpfenden Sonnenstrahlen in den Kronen der Bäume wäre ich auch gern.

»Es tut mir leid, Klara, wirklich. Heute wäre ich ein besserer Vater für dich und sicher wäre auch Mama eine bessere Mutter«, gesteht Papa – welcher Esel reitet den denn auf einmal? »Aber vielleicht bekommen wir ja doch noch eine Chance, dir näherzukommen. Wir möchten so gerne, dass du dich uns öfter und mehr anvertraust.« »Du siehst ja, dass ich dich heute angerufen habe, nicht wahr? Nimm das einfach als einen ersten Schritt. Wir werden sehen. Ich glaube dir, aber so einfach von heute auf morgen geht das eben nicht. Da müssen wir uns alle drei ein wenig bemühen, denke ich«, lasse ich mich so weit auf seinen Versöhnungsversuch ein, wie es mir möglich ist. Papa nickt: »Ich begleite dich aber noch zur Tür, versteht sich ja von selbst, Klara.« Wie von einem Gentleman, der mich nach einem ersten Rendezvous nach Hause begleitet, hilft mir Papa aus dem Auto, hakt mich unter und geht los. Vater-Tochter-Idylle mit Krücke, denke ich. An der Haustür verabschiedet er sich, indem er mich in den Arm nimmt und mir über den Rücken streichelt. Ach du grüne Neune, so viel wie gestern und heute bin ich sicher mein ganzes Leben lang noch nicht gestreichelt worden! »Bis bald, Klara, und grüß Oma von mir.«

Die nächsten Tage bleibe ich in Omileins sicherem Hafen und gönne mir eine Auszeit von allem. Sogar von Frau Hegel und Tanja. Isabel will ja sowieso nichts mehr von mir wissen, muss sich nun eine andere Trauzeugin suchen. Urlaub von absolut allem. Wann hätte ich mir den schon einmal gegönnt? Omilein ersetzt sowieso jede Freundin und Therapeutin. Ist eben noch immer die Einzige, die mich so richtig versteht und zu nehmen weiß. An unsere Unstimmigkeit nach England mag ich nicht mehr denken, das Thema Isabel haben wir erst einmal auf Eis gelegt.

Ich sitze den halben Tag auf dem Schlafsofa im Gästezimmer und zappe durch die Kanäle. So bleibe ich bei MTV hängen und kann nur staunen, was der Jugend heute für dämliche Reality-Formate untergejubelt werden, dabei gehöre ich vermutlich selbst zur Zielgruppe. Das finden die Leute gut? Dann checke ich Facebook. Dieser Konrad, den ich kurz vor dem Unfall noch als »Freund« bestätigt hatte, hat geschrieben: »Habe dich im Fernsehen wiedererkannt! Nicht nur da. Du bist mir schon ein paar Mal über den Weg gelaufen. Das kann nicht Zufall sein. Ach ja: Zufall und Krisen. Auch die Krisen machen uns zu dem, was wir sind. Ich spüre sehr viel Verbindendes, die Möglichkeit, näher herauszufinden, was dran ist, begrüße ich sehr.« Hä? Was quatscht der denn jetzt? Will der mich etwa anmachen? Wieso Zufall und über den Weg gelaufen? Scheint ja fast genau so ein Schwachmat zu sein wie dieser Typ in England. Dabei schienen sein Profil und sein Titelbild so vielversprechend zu sein. »Also lieber Konrad, ich für meinen Teil brauche gar keine Krise!«, schreibe ich erzürnt zurück. Worauf er ein paar Minuten später antwortet: »Wollen tun wir das alle nicht, weil es unbequem ist. Aber gerade im Unbequemen steckt oft die Chance.« Mein Gott, es reicht. Den sperre ich doch am besten gleich für den Chat. Da zappe ich lieber weiter. Huch, Sondersendung?

»Schau mal Omilein! Es wird über unseren Unfall berichtet.« Omilein kommt schnell aus der Küche herbeige-

laufen, bleibt mitten im Gästezimmer stehen, legt ein halb-
nasses Handtuch auf ihrer Schulter ab und verschränkt die
Arme vor der Brust. »Na, da wollen wir doch mal sehen,
was die aus der Story machen! Bestimmt nichts, was uns
wirklich freut. Wir beide haben die Medienmacher im
Moment ganz schön gefressen, Kindchen.«
»Ganz so drastisch würde ich das aber nicht ausdrücken,
Omilein«, lache ich laut los. »Ach, wie lange habe ich dich
nicht mehr so herrlich lachen hören. Dabei liebe ich dein
Lachen so. Es hat schon manchen für dich eingenommen.«
»Nu is aber gut, Omilein, wir bekommen ja gar nichts mit.«
Phönix berichtet sehr ausführlich und zeigt Bilder, die von
Smartphones aufgenommen wurden, sogar ein ziemlich
gutes, auf dem man erkennen kann, wie ich Achim auf den
den Bauzaun ziehe und wir erschöpft liegen bleiben. Mein
Herz schlägt schneller. Das sind schreckliche Bilder. Uns so
zu zeigen, wie wir fast gestorben sind. »Soll ich das nicht
doch lieber ausmachen Klara? Das tut dir doch nicht gut.«
Ich schüttle nur mit dem Kopf und deute Omilein mit einer
Handbewegung an, dass ich diese Bilder sehen will. Mein
Gott das ist ja Wahnsinn. Nein. Für Achim und dieses ganze
Mediengeschäft möchte ich nicht mehr arbeiten. »Omilein,
jetzt habe ich doch genug davon. Lass uns lieber die an-
gekündigte Liebeskomödie ansehen, die in der herrlichen
Landschaft von South Carolina spielt. Das inspiriert mich
zu neuen Bildern. Wenn das Spanish Moss von Jahrhun-
derte alten Bäumen hängt, romantische alte Kutschen durch
die Alleen fahren, alte, weiße Kolonialhäuser hinter den
Baumwollfeldern aufscheinen, könnte ich sofort zum Pinsel
greifen.« »Das möchtest du jetzt wohl gern, was? In den
Flieger und weit weg. In eine für Malerinnen wie dich perfekte Umgebung,« stupst mich Omilein an. »Malerin? Wie
selbstverständlich du das sagst. Bin ich wirklich eine richtige

Malerin?«»Was du bist, das bestimmst du selbst. Willst du denn eine sein?«, fragt Omilein glattweg zurück. Unweigerlich muss ich lächeln: »Das kann schon sein. Es fühlt sich gut an, wenn du das Wort aussprichst.« »Wer du wirklich bist, was du sein willst, was du willst vom Leben. All das mein Schatz darfst du herausfinden. Ich liebe dich, egal was du für Entscheidungen triffst. Deine Eltern übrigens auch, aber du bist ihnen um Einiges voraus, wenn du mich fragst. Weil du anfängst, auf dein Herz zu hören und dadurch stärker wirst, auch ihnen gegenüber. Du musst niemanden außer dir selbst gegenüber Rechenschaft ablegen. Wenn du nach South Carolina willst, dann flieg hin. Sei eine Malerin, wenn du eine sein willst. Du kannst genau das leben, was du willst, du musst es nur wollen.« »Dabei schimpfen doch immer alle genau deswegen auf unsere Generation. Angeblich überschätzen wir uns mit unserem Wollen und Denken, alles schaffen zu können.« »So ein Quatsch! Und seit wann bin ich alle, bitte sehr? Was ihr jungen Leute von heute vielleicht noch nicht richtig verstanden habt, ist, dass euer Eigensinn zwar toll ist, aber ein Erfolg fällt nicht einfach so vom Himmel. Ihr müsst genauso konsequent dafür arbeiten wie eure Elterngeneration oder meine. Nur habt ihr Träume im Gepäck, die uns nicht zur Verfügung standen. Wer bist du, mein Klaralein? Eine Malerin? Eine sehr gute Freundin, gerade weil du diese Probleme mit Isabel hast und es dir nicht einfach machst? Eine wunderbare Enkeltochter? Daran besteht jedenfalls kein Zweifel.« Ein Kuss auf meinen Kopf und Omas Worte lassen mich nachdenklich werden. Wer bin ich wirklich? Im Moment bin ich wie ein Schulkind, das frei hat und entschuldigt wurde. »Klara, was ist jetzt mit der Liebesschnulze mit Südstaaten-Flair? Ich glaube, die tut uns beiden so richtig gut.« Na, was sag ich. Wer braucht bei solch einem Omilein noch Tanja und Co?

Im Bett liegen bleiben und versorgt werden. Bloß keine Verpflichtung. Doch ganz so einfach ist es dann doch nicht. Die Bilder im Kopf und aus dem Fernsehen samt der Entscheidung, zu kündigen, gönnen mir keine lange Auszeit. In die Vorstellung, in andere Länder reisen zu können, um dort zu malen, mischt sich die Realität ein. Ich bin Angestellte, Single und mit dieser, meiner Situation nicht glücklich. On top kommen der Unfall, meine Eltern, die es besser wissen wollen, Isabel, die auch nicht besser zu sein scheint als meine Eltern, von überall her scheint mir der Spiegel vorgehalten zu werden. Das Leben will mir unbedingt zeigen, dass alles anders werden muss. Thomas war nur ein Anfang. Ich habe durchaus begriffen, dass ich seit Jahren Fahrt aufgenommen habe, ohne zu merken, dass die Handbremse die ganze Zeit angezogen war. Vielleicht ist die Handbremse nach all den Jahren etwas eingerostet – dass ich sie nicht zu lösen vermag, heißt das aber noch lange nicht. »Himmel Arsch und Zwirn musste deshalb gleich so ein Riesending passieren?«, grummle ich vor mich hin. »Hast du was gesagt Schatz?«, kommt Omilein aus dem Badezimmer in die Küche gelaufen, wo ich heute einmal darauf bestanden habe, ein Frühstück zu zaubern. Ich sei mal dran. »Ach nein, habe mich nur gerade geärgert, dass man immer erst die Zeichen zu lesen weiß, wenn es fast zu spät ist.« Oma lächelt und geht zurück ins Bad, wo sie sich daran macht, den Spiegel zu putzen. Irgendwie möchte ich eben erst einmal niemanden außer meine Oma um mich haben, niemanden außer Omilein sprechen und sehen müssen. Bitte, liebes Leben, stell mir da kein Bein! Ich möchte Zeit gewinnen, um mich auf mich zu besinnen. Wer wüsste außer Omilein besser als du, wie nötig das nach allem ist.

»Nein, wirklich, danke für deine Sorge, doch im Moment möchte ich lieber erst einmal weder lange telefonieren noch

Besuch bekommen. Hier bei Omilein bin ich gut aufgehoben«, halte ich Tanja, die ich seit England nun immer noch nicht gesehen habe, auf Abstand, als ich mit ihr telefoniere. In der kurzen Pause, die es braucht, bis Tanja erwidert: »Also gut, alles klar. Hoffe nur, das hat nicht doch auch noch immer mit der dummen Sache zwischen dir und Isabel zu tun. Aber melde dich, wenn ich für dich was tun kann oder du merkst, dass es doch besser ist, über alles mit einer Freundin zu reden, ja? Vergiss nicht, dass ich das bin. Deine Freundin und zwar beste dazu!«, merke ich, dass sie zwar eingeschnappt ist, aber sich das nicht anmerken lassen will. Sie meint, mich schonen zu müssen und möchte nicht, dass nun auch noch wir uns in die Haare bekommen. Das rührt mich so, dass mir fast herausgerutscht wäre: »Ach was, natürlich möchte ich dich sehen!« Aber nein, was ich im Moment brauche, ist ein Raum für mich allein, selbst irgendwelche Kommentare und Meinungen von Tanja würden den gewaltig stören. Die Einzige, die mich wirklich in Ruhe lassen kann, ist tatsächlich Omilein. Die hat ein Händchen für die Stimmungen und Bedürfnisse anderer, das, glaube ich, so ziemlich einmalig ist. Und Frau Hegel? Auch sie hinterlässt Nachrichten auf meinem Handy-Anrufbeantworter. Keine Ahnung, ob es klug ist, gerade jetzt nicht zu ihr gehen zu wollen. Doch aus irgendeinem Grund habe ich das Gefühl, es diesmal ohne sie zu schaffen. Dabei kommen mir die Dinge, die in mir ringen, riesengroß vor. Wenn ich sie malen würde, wären es lauter dicke Bauklötze, mit denen ein eigentlich viel zu kleines Kind versucht zu spielen: die Entscheidung, vom Malen zu leben, die Gewissensbisse gegenüber Margot, Janik und Marc, das Zerwürfnis mit Isabel, die angespannte Situation mit meinen Eltern, sogar mit Tanja, und die Wut auf Achim. Warum erdrücken mich diese gewaltigen Klötze nicht? Wieso fühle ich mich mehr ich selbst und klarer als zuvor in dem grauen Nebel, der um mich herum zu herrschen schien? Vielleicht weil die Klötze, mit denen ich es zu tun habe, bunt sind. Mein Leben hat wieder Farbe. Das ist sicher. Aber einfacher ist es dadurch nicht geworden. Was ist, wenn ich die Handbremse vollends löse? Brettere ich dann in die schönen, bunten Klötze hinein? Bloß kein zweiter Unfall!

Frau Hegel hat mir all die Methoden an Hand gegeben, die es braucht, um mich zu fokussieren, innere Ruhe zu finden und einen Selbstwert aufzubauen. Sie hat mir die Starthilfe gegeben, mit der ich die Handbremse lösen kann. Doch bevor ich es tue, muss ich erst einmal zur Ruhe kommen. Erst dann kann ich mit gelöster Handbremse tatsächlich auch genau dorthin fahren, wo ich hin will. Das sagt mir jedenfalls mein Bauchgefühl und wenn sich alle in einer Sache einig sind, dann jawohl darin, dass ich genau auf das mehr hören sollte.

Und was fange ich jetzt mit all der Zeit und Ruhe wirklich an? Weiter fernsehen, Romane wie »Die Hütte« lesen, nur zum Vergnügen im Internet durch ferne Länder surfen? Warum eigentlich nicht. Im Moment wimmelt Omilein alle Anrufer ab. Irgendwann muss ich wieder raus in mein Leben. Keine Frage. Erneut tauchen vor meinem inneren Auge die riesengroßen, bunten Bauklötze und das kleine Mädchen auf. Ich Dummerchen! Natürlich gibt es doch etwas, was mir hier fehlt! Meine Pinsel, Farben und Paletten! Es ist keine Frau Hegel, es ist keine Tanja, die ich im Moment dringend brauche. Mein Malen ist es.

Schon wieder Papa belästigen? Ihn bitten, mir meine Malutensilien aus meiner Wohnung hierher zu bringen? Da will ich ein neues Leben beginnen und mache erst einmal wieder auf Kind, halte mich an die Familie. Moment mal – ist es das nicht gerade, was neu ist? Und dass ausgerechnet mein Vater mir zur Malerei verhilft, hat sogar Witz. Was hat mir da dieser Facebook-Typ gemailt: »Auch die Krisen machen uns zu dem, was wir sind.« Naja, so dämlich ist das ja eigentlich auch wieder nicht. Obwohl mich sein Gequatsche derart genervt hat, schreibe ich jetzt nicht nur meinem Vater über mein Postfach eine Mail, sondern kann es mir zu meiner eigenen großen Überraschung nicht verkneifen, kurz bei Facebook hereinzuschauen, ob sich wohl bei diesem merkwürdigem Unbekannten etwas getan hat. Und sieh da, der hat doch tatsächlich ein Schillerzitat gepostet, das mir super zusagt und im Moment genau das ist, was ich brauche: »Die Kunst ist eine Tochter der Freiheit«. Da kann ich gar nicht anders, als ihm eine Nachricht zukommen zu lassen, allerdings braucht es einen Moment, bis ich ein ebenso starkes Kunstzitat gegoogelt habe: »Und was hältst du von Oscar Wilde: ›Die Kunst ist die stärkste Form von Individualismus, welche die Welt kennt‹? Ich denke, die beiden schreibe ich mir nicht nur hinter die Ohren, sondern auch in schönster Handschrift auf ein himmelblaues Blatt Papier, das dann an meine Pinwand kommt.«

In der Mittagspause holt Papa sich den Schlüssel bei mir ab und schon am Nachmittag kommt er mit all den für mich so wichtigen Utensilien. Ich kann es kaum erwarten, endlich wieder loszumalen. »Was?« »Mensch, Klara-Kind! Ob du noch ein Stück Apfelkuchen möchtest? Ich seh schon, du zappelst herum und bist unaufmerksam wie als Kleinkind, wenn dich unsere Erwachsenengespräche langweilten und du lieber spielen wolltest. Also los, geh schon malen! Dein Papa und ich, wir können auch prima ohne dich Kaffee trinken und meinen Apfelkuchen essen.« »Danke Omi«, sage ich mit einem Ton, als wäre ich tatsächlich wieder das achtjährige Kind. Ich sehe aus dem rechten Augenwinkel, wie Papa grinst, und schon bin ich auf der Terrasse, wo ich, solange der Herbst so golden bleibt, mein Mal-Domizil aufzuschlagen beschlossen habe.

Die Terrasse ist wunderbar groß, mit ihren dunklen Holzdielen und ihrer gesteinerten, kleinen Mauer habe ich sie immer für eine Art Inselparadies gehalten. Als kleines Mädchen half ich Omilein beim Bau der Mauer, indem ich kleine Kieselsteine in den Zement steckte. An die eine Ecke habe ich damals außerdem ein Herz gelegt und an die andere einen Pfeil. Große Bambusbüsche hat Oma links und rechts neben der Terrasse gepflanzt. »So können die Sedelkamps und Antons von nebenan uns nicht die Wurst vom Brot wegschauen. Was wir zum Abendbrot haben, geht die gar nix an! Nein, nein und nein,« schüttelte Omilein ihren Kopf, dass ihre Locken nur so davonzufliegen schienen. Die großen, weißen Rosenbüsche tragen ihre letzten Blüten, die einen zarten Duft versprühen.

Meine Leinwand ist auf den Keilrahmen gespannt und und schaut mich derart weiß an, dass ich mich laut zu ihr sagen höre: »Ja, meine Liebe, Zeit, dass wir ein bisschen Farbe bekennen!« Ich schließe meine Augen, spüre den intensiven süßlich-aromatischen Duft der Bäume und Blumen, öffne die Augen wieder und sehe ein Eichhörnchen von Walnussbaumast zu Eichenast springen. Aber was ist das, größer und größer wird das Eichhörnchen, streckt sich lang und länger, reckt Hals und Kopf empor, hat auf einmal eine Mähne und einen Schweif, ist zum feurigroten Pferd geworden, das mit trotzigem Gesichtsausdruck davongaloppiert, ins Weite des Himmels hinein. Die Tochter der Freiheit will hoch hinaus. Und so, wie ich sie davongaloppieren sehe, so erfassen meine Bleistiftlinien ihre Konturen, den Schwanz, den majestätisch stolzen Körper, die muskulösen und kräftigen Beine, den gestreckten Hals und den in die Höhe gereckten Kopf. Mein Pferd namens Kunst stürmt rechts hinauf in die Leinwandecke und um es herum erfasst mich die Vision von wellig aufbrausenden Gefühlsfarbströmen, Farbfluten, aus denen es sich erhebt.

Jeder Strich geht mir ganz selbstverständlich von der Hand, ganz automatisch und leicht. Herrlich! Ich lebe! Ich bin frei! Wieder schließe ich meine Augen und konzentriere mich auf den Geruch der Farben, auf den Ort, an dem ich stehe, auf meine Hände, die noch immer Pinsel und Palette festhalten. Angekommen, denke ich, endlich angekommen. »Klara?« Ich zucke zusammen. »Nicht erschrecken, wir sind das nur. Wir wollen uns nur verabschieden. Dein Vater will nach Hause und ich habe ja heute meinen Kindergartentag. Tschüss bis nachher also.« Ja richtig, Oma liest ja heute den Kids ehrenamtlich Geschichten vor und passt ein wenig auf sie auf. Das macht sie neuerdings immer dienstags und donnerstags. Brandenburg fehlt es an Geld für Betreuungspersonal und Bildung. Die können echt froh sein, dass es Menschen wie mein Omilein gibt.

Papa ruft mir auch noch ein »Tschüss, Klara, hoffentlich auf bald wieder. Melde dich ruhig, so oft du magst, egal was du brauchst.« »Danke Papa und machs erst mal gut.«

Ich male und male, das Pferd und das, was es treibt, fort von der Gefahr der tosenden Farbgewässer, hinauf in die Höhen eines blauen Himmels, gewinnen zunehmend nicht nur an Gestalt, sondern auch an Leben und Kraft. Dumm, dass es inzwischen so früh dunkel wird. Bevor ich dem Bild den letzten Farbschliff geben kann, sehe ich nicht mehr genug. Erstaunt stelle ich fest, dass ich Omilein in der Küche höre. Sie muss zurück sein und unser Abendbrot vorbereiten. Ich habe nicht einmal bemerkt, dass sie wiedergekommen ist.

Damit mein Bild die Nacht gut übersteht, stelle ich es ins Wohnzimmer an das Fenster, da stört es uns beide nicht, während es trocknet. Ich packe die Malutensilien zusammen, stelle sie unter das schützende Vordach und humpele in die Küche zu Omileins Abendmahl: Nudelsuppe mit trockenen Brotscheiben. Während ich die Suppe schlürfe, erzählt mir meine Oma, wie sie einer Gruppe fünfjähriger Kinder das Buch »Die Schnecke und der Buckelwal« vorgelesen hat. »Sie haben am dollsten an der Stelle gelacht, an der die Schnecke in der Schule mit ihrer schleimigen Spur statt mit der Kreide auf die Tafel ›Helft mit‹ geschrieben hat. Und große Augen haben sie gemacht, als die Schnecke auf der Buckelwalflosse zu den Haien schwamm. ›Die kommt ja um die ganze Welt‹, hat Tom gesagt. Niedlich nicht?« »Und du musstest den Mädchen sicherlich wieder die Haare flechten, oder?« Zu gern erinnere ich mich daran, wie Omilein mir als kleines Kind die schönsten Frisuren ins Haar zauberte. Richtige Prinzessinnenfrisuren mit bunten Perlchen oder Schleifchen. »Natürlich. Anna-Maria hat das am liebsten, kommt auch am strubbeligsten in den Kindergarten. Zu Hause sind sie zu viert, die Mutter ist vollkommen überfordert. Anna-Maria kommt meistens als Erste angerannt und drückt mich.« »Den Kindern scheinst du wirklich was zu bedeuten, aber du bist nun einmal das allerbeste Omilein, das es gibt,« sage ich und klinge fast schon etwas eifersüchtig, während ich meine Brotscheibe in die Suppe tunke.

Ich muss auf einmal an Isabel denken, daran, wie erschreckt und verärgert ich auf die Hochzeit und das Kind reagiert habe. Daran, wie wir uns zum ersten Mal angeschrien haben. Meinten, die andere sei eine arrogante Besserwisserin, die ihr eigenes Glück oder Heil für das A und O dieser Welt halte.

»Ach Omilein, weshalb hat der eine eigentlich viel mehr Glück als der andere. Warum müssen einige Menschen durch die Hölle gehen, damit sie glücklicher werden können und verstehen, worum es eigentlich geht in ihrem Leben?

Und andere, die werden schon glücklich geboren, haben tolle Eltern, Geschwister, wissen, was sie wollen, heiraten, bekommen Kinder und gehen ihren Weg, ohne sich jemals zu fragen, ob das denn alles auch so richtig ist und sein soll?«»Worum, Klara, denkst du, geht es denn im Leben?«, antwortet mir Oma mit einer Frage. »Na, dass wir glücklich sind und zufrieden.«»Aha, und du denkst, dass du das weniger bist als all diese Menschen, die auf dich so unverschämt glücklich und mit ihrem Leben rundherum zufrieden wirken?«

»Na eigentlich schon. Sieh dir doch einmal Isabel an! Die ist doch offensichtlich mit ihrem Gerry superglücklich und zufrieden mit ihrem Leben. Sie weiß so sicher, dass sie heiraten und Kinder will, dass ihr mein Leben wie Kinderkram vorzukommen scheint. Einfach eine Frechheit, was ich mir von der da alles habe anhören müssen. Und Tanja – nun gut, die steckt auch ganz schön in einer Männerkrise, geht nun auch zu Frau Hegel.«»Weißt du, was in einer anderen Person vorgeht, das lässt sie uns nicht immer sehen. Selbst unsere beste Freundin nicht. Wir haben alle Motive, die wir verbergen, oftmals sogar vor uns selber. Es kann genauso bei Isabel sein. Wenn sie sich so zeitig für Familie und Kinder entscheidet, hat das ganz bestimmt verschiedene Gründe. Wer weiß, was alles dahintersteckt. Vielleicht, Klara-Kind, steht es dir gar nicht zu, das Glück anderer zu beurteilen«, sagt Oma in ihrem bedächtigen, aber bestimmten Ton, den sie immer dann anschlägt, wenn es um menschlich Grundlegendes geht. Da gibt es, wenn es ganz böse kommt, auch keine Argumentation mehr mit ihr. Es geht ihr dann um Respekt, auch um Selbstbeherschung, dass man sich selbst nicht über andere zu stellen hat. Bin ich mit Omilein mit dem Auto, Rad oder zu Fuß in der Stadt unterwegs, geht sie mir mit ihrem Grundsatz ganz schön auf den Geist. Kann sie die Leute nicht einmal machen lassen? Aber nein, kaum erlebt sie den ersten Verkehrsrowdy, beginnt ihr Vortrag auch schon: »Ja! Am besten ohne Rücksicht auf Verluste. Geht her und schreit euch an, wie doof ihr euch findet! Zeigt dem anderen, wer hier Bescheid weiß und das Sagen hat. Selbst seid ihr alle die Größten. Mir scheint, ihr könntet allesamt ein paar Stunden bei mir im Kindergarten vertragen. Der Umgang mit anderen Menschen erfordert Liebe und Geduld. Das gilt auch hier im Stadtgetümmel. Wer …«

Im Moment will sie allerdings keinen Vortrag halten, sondern dass wir gemeinsam ernsthaft über unsere Einstellungen und Beziehungen nachdenken. Verflixt und zugenäht, wie hatte mir nur die Isabelgeschichte ihr gegenüber herausrutschen können! Nun hatte ich den Salat, wegen dem ich meine Oma noch vor kurzem lieber gemieden hatte. »Weißt du, ich denke, es ist gut, wenn wir uns nicht immer vergleichen und unser Leben zu dem der anderen in Beziehung setzen. Die gehen ihren Weg und wir unseren. Wir können einander dabei begleiten, offenen Ohres sein, füreinander da, aber wie es um einen steht, das kann am Ende nur jeder für sich selbst genau wissen.«

»Aber Omilein – es gibt doch auch Menschen, die richtig fiese und schlechte Erfahrungen machen, Erfahrungen, mit denen niemand jemals fertig wird. Menschen, die vergewaltigt oder von ihren eigenen Eltern geschlagen und misshandelt werden. Was ist mit denen?«

»Ja, da hast du natürlich schon Recht. Es gibt viel Gewalt und Unrecht auf der Welt und es geht alles andere als fair zu. Wenn Menschen Gewalt erleben und durch die Hölle gehen, wenn sie in einem Krieg leben oder einer Diktatur, wenn sie gefoltert werden, wenn sie von Naturkatastrophen betroffen sind, dann ist das schon etwas anderes. Dann sind sie in großer Not. Doch das, wovon du zuerst gesprochen hast, das ist unser ganz normales Leben hier, mit dem wir fertig werden müssen. Und da geht es uns allen einmal schlechter und einmal besser, da sind wir manchmal, aber eben nicht immer zufrieden und glücklich. Doch frei und selbstbestimmt genug, um unsere eigenen Entscheidungen zu treffen, uns und unsere Bedürfnisse wahrzunehmen, uns in unseren Verschiedenheiten und Beziehungsmöglichkeiten anzunehmen und uns zu verändern, wenn wir spüren, dass es nötig ist. Das heißt, unser Glück und Unglück ein bisschen mitzugestalten.«

»Das macht schon Sinn. Klar verstehe ich, wie du das meinst. Aber das ist eben nicht so einfach. Das mit der Selbstbestimmung, find ich. Kannst du dich noch an Paula erinnern? Weißt du noch, wie neidisch ich auf die war? Der schien doch alles in den Schoß zu fallen: gute Noten, bei allen beliebt zu sein, Eltern, die für sie alles taten und ihr alles ermöglichten. Ich weiß noch, wie du zu meiner Enttäuschung nur mit dem Kopf geschüttelt und gemeint hast: ›Wart's lieber erst mal ab‹, als ich dir völlig außer mir und aufgebracht erzählte, dass Paula's Eltern ihr einen USA-Aufenthalt in der 11. ermöglichten.«

»Möchtest du noch Tee, mein Schatz? Und vielleicht nen Joghurt zum Nachtisch? Himbeer? Ach ja, Paula, das ist gut, dass sie dir jetzt wieder einfällt, wir haben lange nicht mehr von ihr gesprochen. Was aus ihr wohl geworden ist? Da bist du damals wirklich aus allen Wolken gefallen, als die wieder aus Amerika zurück war, erinnerst du dich?«, fragt Oma.

»Tee wäre gut, aber nur den weißen ja? Und na klar, auch noch nen Himbeerjoghurt dazu!« Oma nickt, und läuft, während ich rede, zum Kühlschrank, reicht mir den Joghurt und setzt dann Wasser in ihrem alten, roten Metallkessel auf. »Genau deshalb ist mir meine Beziehung zu Paula jetzt gerade wieder eingefallen. Ich habe sie einfach nicht mehr wiedererkannt. Aus dem fröhlichen Mädchen, auf das ich derart neidisch gewesen bin, war eine abgemagerte, traurige Figur geworden. Sie hatte eine schwerwiegende Bulimie entwickelt. Es brauchte dann aber noch einige Jährchen, bis wir Freundinnen wurden und sie mir anvertraute, was da damals eigentlich los war. Nicht wahr, da hast du dich prima bestätigt gefühlt, von wegen ›Wart's doch erst mal ab‹. Du hattest das Ganze ja wie so oft gleich richtig eingeschätzt. Das hat mich ganz schön gewurmt und deshalb habe ich, die dir immer alles erzählt, nicht alles weitergesagt. War ja auch nur für mich bestimmt, als Freundin. Aber du wusstest es ja sowieso. Mich hat das ja umgehauen, ich meine, dass ihre Eltern sie zu sehr behütet und vor zu vielem beschützt hatten, aus ihr sozusagen eine Prinzessin anstatt einen freien, unabhängigen Menschen gemacht hatten. All das, worauf ich neidisch war, war genau das Falsche gewesen. Auf einmal nicht mehr und nicht beliebter als andere zu sein und mit allem allein zurechtkommen zu müssen, das hatte ihr in den USA den Boden unter den Füßen weggezogen! Sie hatte auf einmal das Gefühl gehabt, dass sie niemand mehr möge. Das hat sie dann so unter Druck gesetzt, dass sie gemeint hat, sie sei ja viel dicker und hässlicher und langweiliger als alle anderen. Sie hat also beschlossen, möglichst wenig zu essen und sich möglichst viel zu bewegen. Und das sei dann zur Sucht geworden, es habe sich wie Glück angefühlt. Doch habe sie im Anschluss immer wieder diese unsäglichen Fressattacken gehabt, nach denen sie nichts mehr habe bei sich behalten können oder wollen, sich habe übergeben müssen, bis alles wieder draußen war. Sie war die Erste meiner Freundinnen, die zu einem Lebenscoach ging. Die Gespräche mit Paula gingen mir damals, ehrlich gesagt, ganz schön nahe. Nur habe ich umso mehr gedacht, das Beste sei, sich möglichst früh und vollständig selbständig zu machen, in keiner Weise mehr auf die Eltern angewiesen zu sein.« Der Teekessel fiept, erst leise, dann lauter. Oma nimmt ihn vom Herd und gießt das dampfende Wasser in die blauen Keramiktassen mit weißen Blüten, die sie beim letzten Handwerkermarkt im Sechser-Set gekauft hat. »Aber das weißt du ja, Omilein. Du versuchst ja lange genug dagegen anzureden – von wegen, dass ich nicht unterschätzen solle, was es mit der Liebe der Eltern und der Beziehung zu ihnen auf sich habe und so. Aber meine Freundschaft mit Paula, die hat dir gefallen. Wie könnte ich das vergessen! Habe mich nämlich seitdem oft gefragt, wieso du immer so ein Aufhebens davon gemacht hast: ›Das sei mal nicht nur so' n Mädchenkram‹, hast du gesagt und: ›Von der Paula und wie sie ihr Leben wieder hinbekommen hat, da kannst du was lernen, wenn du nur willst‹. Irgendwie haben wir uns dann aber aus den Augen verloren, Paula und ich. Naja, so ist das eben, wenn die eine hier und die andere dort lebt.«

»Ach mein Herzchen, alles wird gut,« und schon ist Omilein um den Tisch herum und umarmt mich ganz fest: »Glaub mir, du machst das ganz wunderbar, Klara.« So verweilen wir noch einen Moment und machen uns dann an den Abwasch. Ich spüle ab und meine Oma trocknet ab. »Omilein? Wann schaffst du dir eigentlich einen Geschirrspüler an?« Sie lacht laut auf. Ja, Enkelkinder müssen nicht alles verstehen, denke ich, und dass genau das die Beziehung zu Omilein so wertvoll macht. Nicht zuletzt, weil sie drüber lachen kann.

Wenn ich das erst wieder so richtig kann. Was mir das Lachen im Hals steckenbleiben lässt, ist: Wie erkläre ich das Margot mit der Kündigung? Die Vorstellung, wie ihr Gesicht starr wird, ungläubig die verblüften Augenbrauen in die Höhe gehen und ihre Stirn in viele kleine wellenförmige

Linien versetzen, ist einfach schrecklich. Für Margot ist das Arbeiten für den Sender eine Berufung . Ja, und dann sind da auch noch die Ängste, die mir Isabel in den Kopf geknallt hat. Ihr Satz: »Die Malerei ist was Tolles, aber doch nichts, um die ganze Existenz dran zu hängen«, macht mir durchaus zu schaffen. Würde ich wirklich ohne meinen Job existieren können? Von der Kunst leben können? Wie sollte ich demnächst meine Wohnung ohne den Job finanzieren, meinen Kaffee, meine Kinoleidenschaft und und und?

»Omilein, könnte ich eigentlich zur Not wieder bei dir einziehen? Nur falls ich erstmal keine Kohle habe?« »Also wirklich Klara, so etwas steht doch wohl gar nicht zur Diskussion! Natürlich kannst du das! Nur musst du dann noch immer dein Studium finanzieren. Da solltest du nicht gleich auch noch die Bilder verkaufen müssen, die du im Studium ganz professionell malen lernst, finde ich. Eigentlich könntest du auch mal deine Eltern fragen.« »Nee, die zwei lasse ich lieber da raus. Ich will ihr Geld nicht,« antworte ich prompt. »Hätt ich mir ja denken können. Dein blöder Stolz aber auch. Klara, überleg es dir doch mal! Du hast nie etwas von denen genommen. Deine Eltern lieben dich doch aber, die haben Fehler gemacht und waren sehr jung. Du kannst ihre Hilfe ruhig annehmen oder sogar einfordern. Ich werde dich dabei jedenfalls voll unterstützen. Du bist sehr talentiert und durch ein Studium werden sich deine Fähigkeiten und Fertigkeiten noch weiterentwickeln. Na, und Tanjas Leben verstehst du dann vielleicht auch ein bisschen besser, nicht wahr?«, schmunzelt Oma. Ich schmunzele zurück, Omilein weiß zu gut, dass ich eigentlich nie studieren wollte. Aber manchmal kommt es eben anders als gedacht, würde Tanja jetzt sagen.

Zwischen den Arztbesuchen führen Omilein und ich unsere tiefsinnigen und spaßigen Gespräche, male ich wild drauflos und, oh Wunder, empfinde Facebook als eine willkommene Abwechslung. Inzwischen gehen lauter kleine Texte zwischen mir und diesem Konrad hin und her. Sieh da, diese virtuelle Männerbeziehung zieht mich zunehmend in ihren Bann! Wer hätte das gedacht? Wir tauschen schlaue Sprüchlein über Medien, Musik und Kunst aus und lassen hier und da ganz beiläufig ein paar Andeutungen zu unserem persönlichen Alltag und Leben einfließen. Ich gebe nicht zu viel preis. Mittlerweile warte ich zu meinem großen Erstaunen bereits jeden Tag auf seine Antworten, die mich immer wieder überraschen, mal, weil ich sie idiotisch finde, mal, weil sie originell sind oder Pfiff haben. Ich bin mir natürlich im Klaren über den ganzen Fake, der da im World-Wide-Web abgeht, und versuche mich im Umgang zu disziplinieren. Aber mal mit einem Mann, der einem nicht das Bad versauen kann, zu flirten, das ist genau die Abwechslung, die ich offensichtlich brauche.

Vor allem habe ich aber begonnen, ernsthaft nach Studienmöglichkeiten zu suchen. Der Masterstudiengang »Art in Context« spricht mich besonders an. Den könnte ich hier ganz in der Nähe in Berlin an der Hochschule der Künste studieren. Ein paar Tage schlafe ich drüber, lasse mich von Omilein ermutigen und dann entschließe ich mich. Für die Bewerbung brauche ich eine Mappe. Die ist schnell zusammengestellt, Bleistiftskizzen und Fotos von den vier Ölbildern, die ich wirklich für gut halte. Ich reiche das Ganze ein und bewerbe mich also tatsächlich! Nicht zu fassen. Omilein grinst. Nur macht mir der Eignungstest zu schaffen und schmälert mein Glücksgefühl. Die Beurteilung der Mappe ist nämlich nur das eine. Es können da dann Fragen kommen wie: »Das Bild der Mona Lisa ist Ihnen sicher bekannt? Zeichnen Sie es aus dem Gedächtnis, Format DIN-A3.« Oder: »Wie würden Sie Folgendes angehen: Entwerfen Sie ein Drehbuch zum Thema: Mein heutiger Weg zur Uni, eine Geschichte in sechs Bildern mit Text auf DIN-A3?« Ich muss schlucken. Beruhige mich mit einer kurzen Facebook-Nachricht an Konrad:»Was meinst du, studieren wir fürs Leben oder um wenigstens einmal den sogenannten Ernst des Lebens kennen gelernt und links liegen gelassen zu haben?« Ganz sein Stil. Den habe ich jetzt schon gut drauf, finde ich. Nun noch das Schlimmste. Die Kündigung. Ich formuliere ein paar Kündigungsphrasen:» Sehr geehrte Frau Zaun, mit diesem Schreiben kündige ich den mit Ihnen geschlossenen Arbeitsvertrag fristmäßig zum … ich bedanke mich beim Team für die angenehme und vielseitige langjährige Zusammenarbeit … all die Anregungen und Ermutigungen … so gerne ich … möchte ich mich nun neu ausrichten … es hat nichts damit zu tun, dass … vielmehr hat sich die Chance ergeben … natürlich werde ich so lange, bis ich gehe … ich wünsche … für die Zukunft und weiterhin viel Erfolg« uff, ist das schwer. Das muss ja korrekt sein und doch möchte ich auch ein paar freundliche Worte drin haben. Ich habe mich da ja immer wohl und wie zu Hause gefühlt. Außer bei Achim natürlich. Die sollen nun nicht das Falsche denken. Die sollen wissen, dass ich nicht undankbar bin. Aber irgendwie geht das gar nicht in so einem offiziell gedachten Kündigungsschreiben. Ich hole Omilein zur Hilfe. Zusammen vollenden wir das Werk, beide nur so halbwegs zufrieden.»Sind immer ein Krampf solche Schreiben, so spricht ja keiner, wie das der Gesetzgeber haben will«, meint Oma verdrießlich. Ich stecke den Brief schließlich sorgsam in ein Kuvert und stelle ihn, gegen einen Blumentopf gelehnt in mein Zimmer. So sieht mich dieser Brief noch tagelang an. Ein wenig vorwurfsvoll. Aber mich umzustimmen vermag sein Blick nicht: Ich werde nicht mehr so viel Geld zur Verfügung haben, werde nicht mehr so unabhängig sein wie bisher, aber: Ich werde den Weg gehen, der tatsächlich meiner ist, und dass ich das so genau weiß, das erst macht ihn zu meinem Weg.

Kapitel 16

Noch immer zieht ein stechender, heller Schmerz bis in den Kopf hinauf, wenn ich mit dem linken Bein zu fest auftrete und das trotz Schiene. So laufe ich nur sehr langsam und mit angespannter Miene zur U-Bahn. Dass ich gleich meine Kündigung einreiche, stimmt mich auch nicht heiterer. Mist, Klara, nun sei doch mal ein bisschen positiver! So hole ich meine Sonnenbrille aus der Tasche und schaue mir die Welt einfach in Orange an. Das tut wider Erwarten sehr gut. Der mit einem üblen Ereignis verbundene Schmerz, die hässlichen Autogeräusche und panischen Gedanken werden besänftigt. Einerseits werde ich mit dem heutigen Tag mein neues, mir gemäßeres Leben einläuten, anderseits tut der Abschied weh und macht das Neue auch Angst. Sicher, ich habe viel gelernt in diesem Job, viel an Menschenkenntnis dazugewonnen, aber am Ende nur noch alles Grau in Grau zu sehen vermocht. Endlich sitze ich in der U-Bahn und fahre mit der Linie direkt vor die Studiotore.

Ich nehme meine Brille von der Nase, begrüße Jakob Wachenhausen, den Pförtner, der mir freundlich zunickt, dann zögerlich in seinen Vollbart spricht: »Frau Blick, alle Achtung. Ihre Geschichte hat die Runde gemacht. Nich' zu kurz. Ich will Fräulein nur warnen.« Der hat mich all die Jahre nicht einmal angesprochen. So langsam wird mir mulmig im Bauch, die Knie werden weich. Was erwartet mich nur? Ich lächle nur wenig zurück und fahre mit dem

Fahrstuhl in die Etage der Redaktion, laufe den Gang zu Margots Büro entlang. Alles so vertraut und doch befremdlich und beängstigend. Aus der üblichen Routine gefallen. Auch die Worte, die ich mit Margot wechseln werde, fallen aus all dem, was wir über so viele Jahre an Worten gewechselt haben, heraus und werden den Ton, der zwischen uns geherrscht hat, und mit diesem unsere Beziehung auf immer verändern. Schritte, die schmerzen und doch gegangen sein wollen. Noch ein paar Meter trennen mich von ihr und dem Ende von all dem, was uns so lange beruflich verband. Ich höre bereits ihre Stimme. Sie gibt dem Kamerateam unmissverständlich zu verstehen, dass Unpünktlichkeit in keinster Weise zu akzeptieren sei und dass sie alle gerade jetzt, nachdem ihre Arbeit derart Negativwerbung bekommen habe, zuverlässiger denn je sein müssten. Der Kloß, der mir im Hals sitzt, seitdem ich das Studio betreten habe, schwillt um ein Erhebliches an. Ach Gott ja, Achims leichtsinnige und sensationslüsterne Tat hat ja keineswegs nur mein Leben verändert. Wie konnte ich das nur vergessen. Da ist sie die Realität. Eine meckernde Margot. Die Kameraleute kommen aus ihrem Büro und ziehen mit mürrischem Gesichtsausdruck und in sich gekehrt an mir vorbei, ohne mich in irgendeiner Weise zu registrieren.

Ich klopfe an den Türrahmen, warte aber nicht auf eine Antwort. Kaum sieht mich Margot, hellt sich ihr Gesicht auf. »Klara, hallo, schön, dass du dich blicken lässt! Wie geht es dir?« Sie kommt hinter ihrem Schreibtisch hervor, läuft mit ihrem kurvigen Schwung auf mich zu und gibt mir die Hand. »Komm, setz dich und erzähle mal, wie dir die arbeitsfreie Zeit bei deiner Oma so bekommt.« »Ja, wo soll ich da anfangen? Wie läuft es denn hier nach allem und ohne uns, ich meine, ohne mich und Achim?«, frage ich, anstatt sofort mit meinem eigentlichen Anliegen herauszurücken.

Es geht nicht, gleich mit der Tür ins Haus zu fallen. Nein, da habe ich viel zu wenig drüber nachgedacht, wie ich das am besten mache. Damit rechnet hier ja niemand. Wie ich das einleite. Ausgerechnet jetzt, wo die Achimgeschichte hier noch gar nicht so richtig bewältigt zu sein scheint.

»Dass Achim eine Gehirnerschütterung und mehrere Rippenbrüche hat und auf noch mehr Wochen als du krankgeschrieben ist, unermüdlich von Reportern umlagert wird, na ja, und vor allem natürlich alles andere als eine gute Presse und so hat, das wirst du ja auch in deinem Krankenbett mitbekommen haben. Einen Milzriss hat er sich auch zugezogen. Aber viel ärger ist natürlich, wie sehr er seiner und unserer Arbeit geschadet hat. Wir konnten deshalb einfach nicht anders, als uns von ihm und seiner Aktion zu distanzieren. Wir mussten uns für ihn entschuldigen, was er selbst ja bis jetzt noch nicht fertiggebracht hat. Wie du dir denken kannst, ist Achim von unserer Stellungnahme nicht begeistert gewesen. Dabei haben wir durchaus auch deutlich gemacht, dass es Teil des Journalismus ist, sich in Gefahrenzonen zu wagen. Noch schlechter ist Achim übrigens auf uns zu sprechen, seit wir einen Ersatzmoderator vom Muttersender seine Arbeit hier machen lassen. Er schimpft wie ein Rohrspatz, wenn einer von uns ihn besucht. Wir würden noch sehen, wie unser Verhalten sich auf das Studio auswirken würde. Es sei eine Schande, wie wenig wir zu ihm ständen, wo er doch derjenige sei, dem wir unseren Top-Quoten-Platz zu verdanken hätten. Aber genug von Achim. Sein Ersatz, Peter Frei, ist übrigens nicht so eitel wie Achim, dafür aber schusselig. Hat letztens die Namen seiner Gäste in der Abendshow verdreht. Hat aber sonst schon was drauf. Nur sicher nicht Achims Quotentalent. Genug, genug. Nun heraus mit der Sprache, wie geht es dir denn nun eigentlich Klara? Wir haben uns alle so furchtbar viel

Sorgen um dich gemacht und gefehlt hast du uns auch. Je eher du wieder einsatzfähig bist, desto besser für uns.« Oh, je, na dann mal los, es hilft ja alles nichts.

»Ach ja, es geht so. Mein Fuß verheilt ganz gut, schmerzt aber immer noch beim Laufen. Der Körper kommt wieder in Ordnung, das ist klar. Doch etwas anderes nicht. Ich fürchte, der Unfall hat dazu geführt, dass bestimmte Gedanken über meinen Job, die ich mir bereits vor dem Unfall hier und da gemacht habe, sich verstärkt haben, sich manches geklärt hat, was mir zuvor noch unklar war und schließlich endlich zu einer Entscheidung geführt hat, die bereits lange in mir schwelte.« In diesem Moment klingelt das Telefon von Margot. Ich komme schnell drauf, dass es der neue Moderator sein muss, mit dem Margot spricht. Armer Achim. Kaum zu glauben, wie schnell sie hier jemanden gefunden haben, der seinen Job übernimmt. Da konnte es doch unmöglich so schwer sein, auch mich zu ersetzen.

»Was wolltest du mir gerade erzählen, Klara? Entschuldige bitte, aber du kennst das Geschäft ja bestens.« »Also Margot,« sage ich mit fester Stimme, bereit alles hinter mir zu lassen. »Genau darum geht's. Ich kenne das Geschäft zu gut und ich habe festgestellt, dass es Zeit ist, es anderen zu überlassen. Ich kündige. Das ist es, was ich dir sagen wollte. Hier ist meine offizielle Kündigung.« Margot schaut mich sprachlos an, was mir mehr als alle Worte, die sie sagen könnte, beweist, wie sehr sie meine Kündigung überrascht und trifft. Sie nimmt mir den Brief, den ich ihr entgegenhalte, aus der Hand und öffnet ihn. Sie, die ich alles immer nur rasch erledigen sehen habe, starrt ewig, wie es mir scheint, auf das Papier, ohne es wirklich lesen zu wollen. Schließlich setzt sie doch zu einer Entgegnung an: »Also Klara, sieh mal …« Und das ist schlimmer als all die Vorwürfe und ärgerlichen Worte, die ich erwartet hatte. Offensichtlich bedeute ich ihr tatsächlich etwas.«... ich meine, wir sind doch ein prima Team. Es gibt nicht viele, mit denen ich so gut zusammenarbeiten kann, wie mit dir, weißt du. Überleg es dir noch einmal, bitte.« Meine Stimme klingt gar nicht mehr so fest, als ich herausbringe:»Nein Margot, tut mir leid. Mir bedeutet deine Bitte viel, du warst oft diejenige, die mir geholfen hat, mit so manchem hier zurechtzukommen. Aber ich weiß inzwischen genau, was ich will, und es ist etwas anderes, als hier weiterhin Oktopus mit acht Armen zu sein.«

»Sag bloß, du hast schon was Neues gefunden. Doch bestimmt nicht erst gestern. Davon hättest du aber wirklich mal nen Ton sagen können. Da orientierst du dich um und lässt aber auch rein gar nichts darüber verlauten,« nun klang Margot zu meiner Erleichterung doch verärgert und ganz wie sie selbst. Margot mit ihrem Organisationstalent und wie sie immer alles mitbekommt und bei allem ihre Hand mit im Spiel hat – würde sie mir nicht doch auch fehlen? Ja sicher, aber: »Das musste mir selbst erst so richtig klar werden, da konnte ich mit euch nicht drüber sprechen. Ich möchte nämlich Kunst studieren und mit dem Malen mein Geld verdienen.«

»Malen? ... Na so was ... Das ist ja ... Ich denke nicht, dass ...«, nun ist Margot doch tatsächlich wieder ganz aus dem Tritt, fängt sich aber zum Glück wieder:»Also in Ordnung, Klara. Wenn du meinst. Nur eines möchte ich dir noch sagen: So einfach und ohne mich einzumischen, akzeptiere ich deine Kündigung nicht. Ich bestehe darauf, dass wir deine Stelle erst neu ausschreiben, wenn du uns nach deiner Krankschreibung erst noch einmal eine Chance gibst. So mir nichts dir nichts lassen wir dich nicht ziehen. Ganz bestimmt nicht. Drei Wochen intensive Arbeitszeit, um es dir zu überlegen, sind das Mindeste, was du uns schuldig bist. Du passt doch so gut zu uns! Und wir auch zu dir, da war ich mir immer sehr sicher und bin es auch jetzt noch.«

»Also gut, Margot. Aber ich fürchte, du wirst die Stelle in jedem Falle neu ausschreiben müssen.« Margot legt das Kuvert oben auf den Stapel mit internen Angelegenheiten und klebt ein Post-IT darauf: »später zu erledigen«. »Gut, wie du meinst,« sagt sie mit einem letzten prüfenden Blick. »Machs gut und pass auf den Laden auf. Bis nach meiner Krankschreibung dann also«, winke ich mit der flachen Hand und gehe langsam aus dem Zimmer. Margot nickt nur kurz: »Bis dann Klara und gute Besserung weiterhin.«

Mir geht es von Tag zu Tag besser. Es ist, als würde ich seit langer Zeit zum ersten Mal aufatmen. Und eh ich mich so recht versehe, ist meine Auszeit vorbei. Ich ziehe bei Omilein aus und bei mir wieder ein, wappne mich für die Zeit im Studio, in der alle wissen, dass ich gekündigt habe. Das ist kein gutes Gefühl. Vor allem die Zusammenarbeit mit Janik und Marc schreckt mich. Wie würden sie reagieren? Wie hatten sie es aufgenommen, dass ich unser Team verlassen wollte? Wir waren uns nähergekommen, als mir klar war. So einfach, wie ich mir das gedacht hatte, würde das Gehen nicht werden.

Im Briefkasten, der überquoll von der vielen Post, hab ich auch einen Brief von Isabel gefunden. Der liegt nun seit Tagen auf dem Wohnzimmertisch und ich zögere, ihn zu lesen. Ich würde so gerne wieder gut mit ihr sein. Aber wie früher kann es so und so nicht wieder werden. War es da nicht besser, zu akzeptieren, dass das mit uns nicht mehr funktionierte. Omilein ist da allerdings ganz anderer Meinung, wie ich weiß, und auch Frau Hegel schien zu glauben, dass mein Groll nicht wirklich Isabel, sondern vergangenen Erfahrungen gilt. Aber was vermag schon ein Brief? Ich hör dich noch: »Ich denke, du verschwindest besser aus meinem Haus und meinem Leben« So haben wir uns nie zuvor angeschrien. Was war bloß in uns gefahren? Warum warst du auf einmal so böse zu mir? Gar nicht mehr du selber. Warum verändern sich Menschen, die wir meinen durch und durch zu kennen, derart? Und wenn sich Isabel im Brief nun tatsächlich entschuldigte? Sollte ich ihn nicht zumindest lesen? Also gut, my dear. Was schreibst du? Ich öffne den Brief:

Meine unverbesserliche,
mir aber nach wie vor so sehr am Herzen liegende Klara,

als ich in der Online-Mediathek vom ZDF die Bilder Deines Unglücks sah, blieb mir wahrlich das Herz stehen. Was für schreckliche Bilder! Mensch Klara, da passiert Dir so etwas und ich kann meinem ersten und allerbesten Impuls, den nächsten Flieger zu nehmen, um Dir als Freundin beizustehen, nicht folgen! Wie konnte es so weit kommen? Ich hoffe sehr, dass Du dennoch liebevolle Unterstützung hast! Aber das hast Du ja zum Glück. Es ist gut, zu wissen, dass Du bei Deiner Oma bist. Was die jetzt wohl von mir hält? Ob sie mir ebenso böse ist wie Du? Tanja kann mir auch so gar nichts sagen. Sie ist ja selber furchtbar unglücklich darüber, dass Du sie kein bisschen mehr an Dich heranlässt und Dich statt ihren Freundinnentrost zu suchen bei Deinem Omilein vergräbst. Vielleicht brauchst Du einfach Zeit, um über alles nachzudenken, auch über unseren Streit und darüber, dass Freundschaft ihre Auf und Abs hat und auch vergeben bedeutet. Das wünsche ich mir. Dass wir uns wiederfinden, wenn auch auf einer neuen Basis.
Es tut mir alles so schrecklich leid! Dass erst ein Unfall passieren musste, damit ich einen Schritt auf Dich zugehe. Bei dem Gedanken, dass ich Dich als Freundin verloren habe, als Mensch in meinem Leben, bin ich fast durchgedreht und konnte dennoch keinen Rückzieher machen. Sicher, so unkontrolliert meine Meinung herausmotzen, das hätte ich nicht tun dürfen. Da habe ich mich richtig vor mir selber erschrocken. Das müssen die Hormone sein. Die Schwangerschaft fordert ihren Tribut. Nur, dass Du genau das nicht sehen willst, das empfinde ich auch jetzt noch als Problem,

das ich Dir nicht abnehmen kann und will. Weil wir so unterschiedliche Wege gehen und ich Deinen Punkt nicht ganz sehen kann, auch nicht verstehen will, weshalb Du Dich so schwer tust mit Deinem Leben, heißt das jedoch noch lange nicht, dass wir keine Freundinnen mehr sind und sein können. Unsere Freundschaft aufs Spiel zu setzen und Dich rauszuwerfen, war eine absolute Fehlreaktion, die mir selber sehr zu schaffen macht und die ich nicht ernst meinte. Das musst Du mir jedenfalls glauben.

Bitte, bitte, gib unserer Freundschaft noch eine Chance und melde Dich! Ich muss wissen, wie es Dir geht!

Hoffentlich bald wieder auch Deine Isabel

Der Brief sinkt in meinen Schoß wie ein Marmorblock. Eine Entschuldigung war das keineswegs. Wohl eher ein Freundschaftsangebot mit Tücken. Klingt nämlich ein bisschen so, als meine sie, auch ich müsse mich entschuldigen, weil ihrer Ansicht nach wohl eher ich es sei, die ein Problem habe, und zwar eins, das sie mir nicht abnehmen wolle. Das ist doch die Höhe! Nein, meine Liebe, nicht mit mir.

Mir ist jetzt nach einem Stück Schokolade. Die hole ich mir aus dem Küchenschrank. Eine Tafel Alpenmilch, die ich immer im Vorrat da habe. Ich öffne die Papierfolie. Meine Gedanken rattern. Isabel wollte keinen falschen Frieden, den hätte sie sicherlich bekommen, wenn sie sich so richtig und vollständig entschuldigt hätte. Schon allein, weil man eine Schwangere schützen muss. Der Schokoblock bricht in ein Dreieck, das in meinem Mund verschwindet. Ich schaue aus dem Fenster und schüttle den Kopf. Natürlich habe ich ihre Schwangerschaft und was sie bedeutet, sehen wollen. Genau darum habe ich mich ja nicht so einfach mitfreuen können. Ich habe schlichtweg keinen Nerv für eine Chance, bei der sie das nicht einsehen will.

Ich arbeite wieder …. Der Arzt hätte mir zwar ein Trauma bescheinigt, das eine Krankschreibung bis zum endgültigen Ablauf der Kündigungsfrist ermöglicht hätte. Aber mich am Ende einfach so davonschleichen, das wäre wirklich nicht fair. Ich habe so lange dazugehört. Tu das noch, lass die anderen auf keinen Fall hängen. Es ist das Mindeste. Es ist an mir, meine Aufgaben ordentlich zu hinterlassen und einem Nachfolger zu übergeben, allen die Möglichkeit zu geben, mit meiner Kündigung zurechtkommen zu können. Sie nicht mehr als nötig zu enttäuschen.

Nicht nur Margot stimmt meine Kündigung traurig, besonders Janik und Marc sind betroffen. »Mensch Klara, das kann doch nicht dein Ernst sein! Wie soll hier der Laden denn nur ohne dich laufen?«, war Marcs erste Reaktion und Janik meinte: »Du warst eine der wenigen, mit der die Autofahrten lustig waren. Du hast wenigstens mal zugehört und nicht wie andere nur über dich selbst geredet.« Alle kümmern sich rührend um mich. Ich merke sehr wohl, wie mir Freiräume geschaffen werden und die anderen auf mich Rücksicht nehmen, mich nach allem schonen, mir aber auch zeigen wollen, wie sehr sie mich mögen. Ich muss auf keinen Außendreh mehr fahren und bekomme ab und an John zur Unterstützung. Irgendwie denken sie wohl, so könne ich unmöglich bei meiner Kündigung bleiben.

Die drei Wochen gehen mir auf diese Weise gleichzeitig zu schnell und zu langsam rum. Zur großen Enttäuschung aller überlege ich es mir jedoch nicht anders. John zieht einen Flunsch. Margot seufzt kurz, klatscht dann in ihrer zackigen Art in die Hände und überspielt ihre Enttäuschung mit dem geschäftstüchtigen Ton, den wir alle von ihr nur allzu gut kennen: »Los, los, an die Arbeit! Klara ist erwachsen genug, um zu wissen, was sie tut. Bei uns geht es dennoch weiter wie bisher. Nur so eine richtige Abschiedsfeier, die musst du dir und uns noch gönnen, Klara! Besprechen wir dann noch.« Janik nickt mir in seiner schüchternen Art zu, Marc klopft mir auf die Schulter.

Meine Stelle wird endlich neu ausgeschrieben, die Kündigung und offizielle Kündigungsfrist von vier Wochen treten in Kraft. Ich bin gespannt, wen ich da wohl einarbeiten werde. Es dauert zwei Wochen und Margot stellt mir Miriam Neuhaus vor.»Na dann lass dir mal alles von unserer treuen-untreuen Seele hier zeigen,« spöttelt Margot in meine Richtung. Ich ziehe nur eine Augenbraue nach oben. Diesen Ton von ihr werde ich nicht vermissen.»Ich bin Klara und freue mich, dass du meine Stelle übernehmen wirst,« sage ich daher in einem besonders netten Ton und gebe Miriam Neuhaus die Hand.»Sie ist nicht immer so, keine Angst.« Miriam Neuhaus lächelt zaghaft, wie ein kleines Mädchen mit braunen Zöpfen – obwohl sie mindestens fünf Jahre älter ist als ich. Normalerweise hätte ich beim Einstellungsgespräch mit am Tisch gesessen und wäre auch befragt worden, ob ich Miriam für geeignet halte. Doch ich hatte das abgelehnt:»Ihr müsst ja mit ihr auskommen, nicht ich.«

»Ist doch okay, wenn ich dich duze?«, frage ich sie jetzt, um ihr die Situation zu erleichtern,»Wir duzen uns hier alle, der Umgangston unter uns ist freundschaftlich, gut, wenn du dich schnell daran gewöhnst.«»Na klar, kein Problem. Ich bin dann also Miriam.« Sie atmet sichtlich etwas ruhiger und scheint sich ein wenig zu entspannen. Ich führe sie also zu meinem Arbeitsplatz, der hinter den grünen, großblättrigen Zimmerpflanzen ordentlich aufgeräumt, bereit für sie, die neue Kollegin ist. Als Erstes zeige ich Miriam, wie man sich einloggt und erstelle mit ihr zusammen ein Userprofil für den Sender samt Sicherheitscodes, bestelle die drei Zugangskarten für das Gebäude, den Schnittraum und das Parkhaus bei der Gebäudeverwaltung und in der

Personalabteilung:»So machst du das jedes Mal, wenn neue Praktikanten kommen, können auch aus dem Ausland sein. Englisch kannst du?«»Halbwegs.«»Dann wirst du schon durchkommen. Ich bin in Englisch auch nicht perfekt, aber trauen musst du dich schon. Die ersten Tage denkst du, du schaffst das alles nie und hast nen Heidenrespekt vor dem Tempo, also für mich war das damals jedenfalls so. Ich habe sogar von Achims Notizen geträumt, so eingeschüchtert war ich.«»Ja, wenn hier alle so zackig unterwegs sind wie Frau Zaun, wird mir tatsächlich etwas mulmig zumute.« Ich lache:»Keine Angst, die ist schon eine Nummer für sich, aber eine sehr kollegiale, wie du merken wirst. Und ansonsten, musst du vor allem eins wissen: Kaffee! Kaffee, das ist die Wunderdroge bei allen Journalisten, sag ich dir. Überaus wichtig, den immer zur Hand zu haben, dann läuft der Laden und das auf Hochtouren. Ach ja, schreibe doch bitte alles auf, was dir auffällt und was du von mir noch wissen willst. Nun erst einmal zum Drucker ...« Ich zeige ihr die wichtigsten Knöpfe für Doppelseitendruck, Schwarz-Weiß- oder Farb-Druck und wie wir Papier und Druckerschwärze sparen. Dann nehme ich die Excel-Liste aus der Druckablage. Miriam nickt eifrig und macht Notizen.»Das ist der Kalendercheck, den bekommst du normalerweise von Achim, jetzt ist er von Peter Frei, den kenne ich auch noch nicht lange. Du wirst dich um die Drehgenehmigungen an den anvisierten Drehorten, um die Aufenthaltsräume vor Ort, die eventuellen Lagerstätten, Parkmodalitäten etc. kümmern. Margot weiß aber immer alles und ist eine Superhilfe. Mit ihr arbeitest du am engsten zusammen, am Ende noch enger als mit Frei bzw. Achim. Obwohl der dich wie eine persönliche Assistentin behandeln und einsetzen wird. Wenn der damit übertreibt, sprich auf jeden Fall mit Margot darüber, die ist es gewohnt, da manches abzufangen. Und dann gibt es ja zum Glück noch das Team, das heißt vor allem Janik, Marc und John. Mit denen lässt sich gut und problemlos zusammenarbeiten, wirst schon sehen. Da drüben ist übrigens Janik.«

Ich winke ihn zu uns herüber und er kommt mit seiner schweren Kamera in der Tasche zu unserem Platz. »Ah, hallo Klara! Wen haben wir denn hier?«, zwinkert er Miriam zu, »Ich bin Janik und mache hier die Bilder.« »Und ich bin die Neue, Miriam,« lächelt sie. Na, zwischen den beiden scheint die Chemie jedenfalls zu stimmen. »Prima. Am besten kommt ihr beiden gleich mit mir. Wir brauchen jemanden für das Licht, draußen ist es viel zu dunkel für die Aufnahmen von Herrn Meyer, den Vattenfall-Chef. Der will garantiert so gut wie möglich rüberkommen.« Ich packe meine Sachen zusammen, wickle meinen silbrigen Schal um den Hals, ziehe zügig den roten Mantel über und los kann es gehen, denn Miriam war noch schneller. Ihre braune Daunenjacke hat sie demgemäß schief zugeknöpft. Da kommt Margot hektisch angelaufen. Ich schmunzle insgeheim in mich hinein, irgendwie putzig die Gute. Jetzt, da ich nicht mehr lange hier bin, kann ich ihre Eigenheiten viel lockerer sehen. »Ach Janik«, ruft sie bereits aus der Ferne, »das geht doch auch mit Miriam allein, da ist ja nicht so viel zu erklären. Dich Klara braucht Michael, der hat seine Notizen verbummelt. Als hätte uns nicht bereits Achim genug eingebrockt. Mit dem kommen wir auch noch einmal in Teufelsküche!«

So gehe ich zurück zu meinem – pardon, zu Miriams und meinem Arbeitstisch – lege meinen Mantel über die Stuhllehne und laufe zu Michas von diversen leeren Energy-Drink-Flaschen umgebenen Arbeitsplatz. »Na? Wo drückt der Schuh?« »Also echt Klara, so abgegriffene Sprüche sind doch wohl unter deinem Niveau, finds echt kacke, dass du gehst, wollte ich mal gesagt haben. Hier schau, da drückts und zwar mächtig!«, zeigt er auf seinen Laptop-Bildschirm. »Alles, was ich herausgefunden hatte, ist im digitalen Nirwana verschwunden.« Mir ist klar, die entschwundenen Informationen erneut zusammenzustellen, wird den ganzen Nachmittag in Anspruch nehmen. Michas Bericht geht in letzter Minute fertig über den Sender. Uff, na, das wird mir wahrlich nicht fehlen!

»Ding, Ding« – das ist Konrad mit einer neuen Face-book-Nachricht. Keiner von uns beiden hat den anderen bisher nach einem Treffen gefragt, dabei wohnen wir in derselben Stadt. Es ist, als würden wir uns ewig kennen und dabei weiß ich gar nicht, wie der Typ aussieht. Machts spannend, mal stelle ich mir eine Art Johnny Depp, mal eine Art George Clooney vor. Konrads Familie lebt über drei Länder verteilt, England, Frankreich, Deutschland, so viel weiß ich inzwischen. Ein recht kosmopolitischer Hintergrund. Für seinen jüngeren Bruder würde er alles tun, der hat noch nicht so ganz seinen Weg gefunden, scheint mir, und Konrad ist da so eine Art Zweitvater. Auch zu seinen zwei Katzen, seinen Kids kommt immer einmal ein Kommentar. Was seinen sonstigen Alltag angeht, lässt er jedoch kaum was durchblicken. Hab schon die wildesten Fantasien entwickelt, womit der sein Geld verdient. Das ist mal eine ganze andere Art, zu flirten, ganz ohne Sex und überraschend aufregend. Es ärgert mich aber schon, wenn Konrad nicht so richtig auf die von mir gestellten Fragen antwortet. Als hätte er was zu verbergen. Was könnte das sein? Heute scheint er mal wieder einen seiner witzigen Tage zu haben: »Hatte gerade ein Geschäftsessen, bei dem mein Gegenüber sich selbst ins Wort fallen musste, um noch mehr zu Wort zu kommen.« Was da wohl noch draus wird?

Kapitel 17

In meinen letzten neun Tagen taucht auch Achim wieder auf. Zwar tut er so, als sei er der große Starreporter wie eh und je, der nicht kleinzukriegen sei und dem alle zu Unrecht Vorwürfe machen würden, doch ist er keineswegs mehr der Alte. Sein: »Weg vom Fenster sei er noch lange nicht!,« tönt blechern wie eine Fassade, unter der ihn Schuldgefühle und Ängste plagen. Vor allem mir geht er aus dem Weg, nachdem er mich bei der ersten Begegnung mit den Worten begrüßt hat: »Hallo Klara, schön, dass es dir wieder besser geht. Kannst mir glauben, dass ich echt froh bin, dass dir nicht mehr passiert ist. Ich werde natürlich nie vergessen, was, hm, dass, meine, wieviel ich dir verdanke. Hoffe, hm, wünsche sehr, dass du nicht meinetwegen gekündigt hast. Ich meine, äh, … Naja, ach komm, wir kennen uns doch lange genug und waren immer ein unschlagbares Team«, mir dabei die Hand erst entgegengestreckt hat, als wolle er, dass ich einschlage, sie dann aber schnell wieder zurückgezogen und mir stattdessen nur zugegrinst hat. Stotternd, nach Worten suchend, unsicher in seinen Gesten: So gar nicht der coole, forsche Achim. Inzwischen ist mir klar geworden, warum er sich in mancherlei Hinsicht auf einmal nicht mehr zu verhalten weiß. Dass die anderen ihn nicht so einfach wieder auf Sendung lassen und seinen Ersatz fortschicken, wie er lautstark von ihnen verlangt, zeigt ihm gar zu deutlich, wie sehr sein Image und seine Position an

Prestige eingebüßt haben. Er kann sich nicht mehr alles wie zuvor leisten und im großen, gewohnten Stil weitermachen. Er muss sich erst einmal rehabilitieren und das Studio ganz genau planen, wann, wie und womit er als Reporter seine Rückkehr ins Geschäft startet. Das Publikum muss ihm abnehmen, dass er aus dem, was fast Menschenleben gekostet hätte, gelernt hat und gereift aus dem Ganzen hervorgegangen ist.

Mir tut er fast leid in seiner Zwickmühle. Aber auch ich habe da mit ihm noch ein Hühnchen zu rupfen. Hier aufzuhören, ohne die letzte Chance genutzt zu haben, einen Schlussstrich unter die Achimgeschichte zu setzen, wäre sicher nicht gut für mich. Schlimm genug, dass mir die Geschichte mit Isabel noch nachhing. So sehe ich zu, dass Achim und ich uns zufällig am Kaffeeautomaten treffen: »Na Achim, meinst du nicht auch, es ist dringend Zeit, dass wir beide endlich mal über alles miteinander reden? Und zwar wirklich und nicht nur so im Vorbeigehen. Wie wäre es, wenn wir heute Mittag zusammen in die Mittagspause gingen?«

»O. k., o. k. Hast ja Recht, ist längst überfällig. Auch wenn ich wollte, könnte ich kaum nein sagen, nachdem ich ohne dich vielleicht gar nicht hier stände«, antwortet Achim mit flacher Stimme und schaut mir geradewegs und offen in die Augen. Nanu, war es denkbar, dass solch ein ausgemachter Superangeber wie Achim mich noch überraschen konnte? »Dann lass uns am besten zum Italiener um die Ecke gehen, da werden wir heute nämlich kaum jemanden der anderen treffen. Die gehen neuerdings ja nur noch zum Burger-Büro. In Ordnung?« Seine Antwort bekomme ich kaum mit, denn er hat sich bereits umgedreht, während er sie hervorstößt: »Also dann bis nachher.« Na bitte, doch noch immer Achim, wie er leibt und lebt!

12 Uhr 30 holt er mich ab, mit einem Hallo für Miriam, die neben mir sitzt, das zu wünschen übrig lässt, und wir marschieren an einer uns genau beobachtenden und aufmunternd zunickenden Margot vorbei. Die würde sicher gerne beim Italiener Mäuschen spielen. Dort bestelle ich Apfelschorle und eine Pizza-Feta mit viel Käse und Spinat, Achim zu meiner Überraschung Chianti – ob er sich Mut antrinken muss? – und Spagetti Carbonara. »Also Klara, eins vorweg, dass mein Verhalten absolut daneben war, haben mir bereits mehr als genug Leute gesagt«, bekomme ich von Achim zu hören, kaum, dass wir bestellt haben. »Also, willst du nun mit mir sprechen und dir anhören, was ich zu sagen habe, oder besser nicht?«, entgegne ich und staune, wie sehr sich mein Ton ihm gegenüber verändert hat. Aber entweder wir machen reinen Tisch oder wir können das Ganze hier vergessen.

»Entschuldige Klara. Aber nur weil ich in deiner Schuld bin, kann ich nicht so tun, als habe ich nicht meine Gründe gehabt«, sagt er in durchaus milderem Ton.

»Hör mal zu, Achim, dir ist schon klar, dass deine Art nicht nur Menschen vor den Kopf gestoßen, sondern mich zudem in Lebensgefahr gebracht hat, oder? Ich würde mir wünschen, dass du dich mehr in die Menschen, mit denen du es zu tun hast, hineinversetzt, ab und an auch an andere denkst, wenn du dich über Vorsichtsmaßnahmen oder Bestimmungen hinwegsetzt, wie bei unserem Unfall. Der Oberstleutnant hat uns berechtigte Anweisungen gegeben und du hast ihn einfach ignoriert. Vielleicht hättest du auch uns mal vorher fragen können, was wir davon halten, uns wegen einer einzigen Aufnahme derart in Gefahr zu begeben. Du hast uns, dein Team, nicht eines Blickes gewürdigt, dein Ding durchgezogen, dabei war es doch aber unser Ding. Wir kannten das allerdings nicht anders von dir. Dass Teamgeist für dich ein Fremdwort ist, meine ich! Was denkst du, wie oft wir uns darüber schon geärgert hatten und wie wenig beliebt du im Grunde bei uns allen deswegen warst. War vielleicht nur eine Frage der Zeit, bis dein Egoismus und deine Selbstherrlichkeit ...«, da erst merke ich, wie meine Stimme inzwischen weit über unsere Tischecke hinwegschrillt. Anscheinend bin ich zunehmend lauter geworden, so dass sich die Gäste an den Nebentischen bereits zu uns umgedreht haben und der Kellner, der wie ich sehe, unsere Bestellungen auf uns zubalanciert, amüsiert grinst, wobei sein auf Achim gerichteter Blick eindeutig zu erkennen gibt, dass er weiß, wen er hier vor sich hat. Mist! Peinlich berührt schaue ich zu Achim. Der hat seinen Blick auf den Salzstreuer auf unseren Tisch geheftet, als habe ihn dieser hypnotisiert. Ihn öffentlich zu brüskieren war eigentlich nicht das gewesen, was ich vorgehabt hatte. Mir hatte vielmehr so etwas wie eine Aussprache und Versöhnung vorgeschwebt. Und nun das! Ich nicke dem Kellner entschuldigend zu, lasse ihn servieren und setze vorsichtig erneut an, mir fest vornehmend, dass ich mich ab jetzt besser im Griff habe, schließlich hat Achims öffentliches Image bereits genug gelitten: »Verflixt, Achim, tut mir leid. Pass auf ...«

Zu meinem Erstaunen unterbricht er mich, nun sein Weinglas anstelle des Salzstreuers fixierend: »Sei mal ehrlich Klara, hast du wegen mir gekündigt?« Na, das könnte dem so passen! »Nein, Achim, ich habe gekündigt, weil ich schon länger gemerkt habe, dass mich mein Job nicht wirklich befriedigt. Es ist mir nur schwergefallen, draufzukommen, was ich eigentlich stattdessen will. Unser Unfall und dein Verhalten hat mir im Grunde sogar geholfen. Bei allem Schrecken bergen derartige Erfahrungen und Krisen ja auch die Chance, sich weiterzuentwickeln und sich auf die Dinge zu besinnen, die eigentlich wesentlich sind.« Oh Mann, jetzt klinge ich schon wie Konrad!

Wie zu erwarten, weicht Achim einer ehrlichen, persönlichen Stellungnahme seinerseits aus und lenkt das Gespräch in eine andere Richtung: »Was genau möchtest du denn eigentlich ohne uns machen?«

»Also, ich male und habe gemerkt, dass das nicht nur so ein Hobby von mir ist. Mir läge daran, das Ganze auf professionellerer Basis anzugehen und zunächst einmal den Masterstudiengang ›Kunst im Kontext‹ zu absolvieren.« »Ach wirklich, du malst? Das ist ja mal eine Überraschung! Kann ich da denn wohl mal etwas von dir sehen?« Achims Stimme klingt so wenig nach dem alten Achim, dass ich nicht so richtig einschätzen kann, was hinter seiner Frage steckt. Fachmännisches Journalisteninteresse? Die Neugier des Starreporters. Der Versuch, freundlicher als gewöhnlich zu sein? Ein Versöhnungsangebot? Wohl kaum persönliches Interesse – hm … sollte ich ausgerechnet ihm ein paar meiner Bilder zeigen? So klingt meine Stimme ebenso zögerlich wie Achims zuvor, als ich mich überwinde »Ja gut, ich maile dir, sobald ich wieder an meinem Platz bin, zwei meiner Bilder, die ich abfotografiert habe, als Anhang zu. Halte dich aber mit fiesen Kommentaren zurück, ja?«

Achim schaut mich eine Weile an, ohne etwas zu sagen, und dann übertrifft er tatsächlich all meine Erwartungen, als er mir freundschaftlich zuzwinkert und entgegnet: »Keine Angst. Mir ist schon klar, dass auch ich an mir arbeiten muss und keineswegs der Kotzbrocken bleibe möchte, für den ihr mich alle zu halten scheint. Was die Kunstszene betrifft, kannst du allerdings einiges von mir lernen. Was weißt du zum Beispiel von Jean-Michel Basquiat?« Huch? Meint er das jetzt ernst? Natürlich kenne ich diesen Mann. »Er war der erste afroamerikanische Künstler, der den Durchbruch in der weißen Kunstwelt schaffte. Später machte er Bilder mit Andy Warhol zusammen, starb dann mit 27 Jahren an Drogen, ein Jahr nach Andy Warhol«, stottere ich. Achim nickt. »Zusammen machten sie die Banalität des Alltags zur Kunst, etablierten die Konsum- und Werbewelt als künstlerisches Motiv. Einige Leute verkannten Basquiats Kunst und nannten ihn Graffitikünstler oder Neoexpressionist, doch er ist mit seinen Werken weitaus mehr gewesen und einer von denen, die ich besonders schätze« erläutert Achim. Nicht zu fassen, will der sich tatsächlich ernsthaft mit mir über meine große Leidenschaft austauschen?

Der Rest der Mittagspause vergeht wie im Fluge und kaum sitze ich wieder bei Miriam im Studio an unserem Schreibtisch, frage ich mich, ob ich das wohl geträumt habe, dass Achim und ich uns derart gut unterhalten haben.

Da Miriam viele meiner Arbeiten bereits übernommen hat, kann ich meinen letzten Arbeitstagen recht entspannt entgegensehen. Sie ist schnell mit ihrem Kopf, versteht zügig, worum es geht und findet sich bereits prima im Redaktionsalltag zurecht. Während sie sich wieder einmal davonmacht, um Janik und Marc zu unterstützen, sende ich Achim von meinem USB-Stick zwei meiner Bilder: das Porträt einer Lesenden, für das mein Omilein mir ein wenig als Modell diente, und ein Herbstbild mit Krähenschwarm. Dann telefoniere ich kurz mit Tanja. Wir haben uns für heute Abend verabredet. Seit ich wieder arbeite, haben wir uns ein paar Mal getroffen und unser Miteinander fühlt sich unverändert an, nur die Themen Isabel und England sparen wir beide aus. Heute klang sie allerdings furchtbar geheimnisvoll.

Gegen Feierabend bekomme ich eine Nachricht via E-Mail von Achim: »Komm doch bitte in mein Büro. Habe etwas mit dir zu besprechen.« Na prima, ganz Achims Preußen-Ton. Was er jetzt noch von mir will, wo wir uns doch mittags ausgiebig gesehen und gesprochen haben?

»Pass auf Klara«, kommt er gleich zur Sache, »nie hätte ich dich für ein solches Talent gehalten. Da hättest du schon längst etwas draus machen sollen. Das hat mir auch Herbert Lichterstein, ein Freund von mir, bestätigt, der sich, wie du wohl weißt, bereits einen Namen als Bildhauer gemacht hat. Lass mich dich fördern, bitte?!« Oh nein, auf keinen Fall. Doch nicht von Achim! Er verschränkt die Arme hinter seinem Kopf und lehnt sich zurück in seinen schwarzen Leder-Drehstuhl mit Kopflehne. War das überhaupt eine Frage? Achim ist nicht der Mensch, der jemanden einfach so fördert. »Du glaubst doch nicht im Ernst, dass ich mich nach allem ausgerechnet von dir fördern lasse? Und meine Bilder gleich jemand anderem zu zeigen, ist auch nicht wirklich okay! Du kannst mir glauben, dass ich froh bin, wenn ich nichts mehr mit dir und deinen Geschäften zu tun habe.«

»Klara, bitte. Nun sei kein solcher Esel. Du willst diese einmalige Chance sicher nicht ausschlagen? Herbert Lichterstein hat vor, deine Bilder der Galeristin Silvia von Bergentheim zu empfehlen. Die ist gerade auf der Suche nach jungen, unbekannten Künstlern für ihre Ausstellungen. Sie ist bekannt dafür, eine unglaublich gute Nase für neue Talente zu haben und eine der Größen in der Kunstszene.« Ich weiß, ich weiß, keine Vernissage ohne Silvia von Bergentheim, auch in Berlin, München und Stuttgart besitzt sie Galerien. In einem Interview mit dem Wochenblatt hat sie gesagt, dass sie in Königsbrück geboren ist und die Ruhe fernab der Großstädte schätzt und deshalb nicht daran denkt, wegzuziehen. Und die soll meine Bilder sehen? Mein Herz kopft schneller, meine Hände schwitzen und Achim zieht die Augenbrauen nach oben: »Also?«

Blöder Idiot. Achim versucht sein Ansehen wieder herzustellen, indem er zu meiner Entdeckung beiträgt. Na prima. Aber hat er nicht Recht, er ist der Profi im Business, kann ich mir eine solche Unterstützung entgehen lassen? Anstatt ihn auf immer und ewig los zu sein, würde ich ihn dann weiter am Hacken haben. Mensch, konnte das Leben nicht einmal einfach und wirklich neu sein? Was blieb mir, wenn ich mich später nicht ärgern und immer wieder fragen wollte, ob nicht vielleicht doch ..., übrig? »Alles klar«, sage ich und strecke Achim meine Hand entgegen. Er schüttelt sie: »Abgemacht.« »Dir fehlt nur noch ne Zigarre, dann wäre das Bild perfekt,« sage ich mit einem Zwinkern und gehe aus dem Raum. »Du vertraust mir am besten zwei, drei deiner Bilder, die du für deine besten hältst, an. Bringst sie mir, sagen wir, morgen nach Dienstschluss einfach zu meinem Wagen in der Tiefgarage, ja? Müssen die Kollegen nicht wissen, was wir hier so treiben.« Ich nicke und empfinde die ganze Situation, als habe ich unvorbereitet die Hauptrolle in einem Film mit noch ungewissem Ausgang übernommen.

Seit einer Woche fahre ich mit dem Fahrrad zur Arbeit. Trotz Novembertemperaturen um die null Grad! Die ersten Tage hatte ich ganz schön Muskelkater und eiskalte Finger. Aber es fühlt sich einfach zu gut an, rundherum neue Wege zu gehen. Wenn ich radle, sehe ich alles mit anderen Augen: all die Autos, wie sie im Stau stehen, all die genervten Gesichter, all die Hausfassaden. Alles beginnt auf eine Weise lebendig zu werden, als hätte ich es aus einem Dornröschenschlaf erweckt: Der Mann im Rippenhemd, der im zweiten Stock eines Altbaus an der Hauptverkehrsstraße ein Fenster aufstößt, um frische Luft in die dunkle Wohnung hereinzulassen, eine ältere Frau, die zwei Straßen weiter ihre Kakteen im Fenster gießt. Da spüre ich das Leben. Die orange Brille steckt als Talismann in meiner Handtasche, aufzusetzen brauche ich sie nicht mehr. So radle ich Punkt 16 Uhr zum Date mit Tanja.

Tanja und John! Das ist die Überraschung, die Tanja für mich parat hat! Ich bin platt. Sie haben sich endlich einmal getroffen und sind nun richtig zusammen! Ich gratuliere Tanja herzlich und freue mich zur Abwechslung einmal so richtig mit ihr. »Das bedeutet dann ja, dass auch ich und John uns nicht aus den Augen verlieren. Und ich hatte schon befürchtet, der Einzige, mit dem ich noch zu tun haben würde, könnte am Ende niemand anders als Achim sein. Supi, meine Liebe. John hat doch nicht die kleinste Andeutung gemacht!«

Die Kellnerin kommt mit unseren Tassen und meinem Kuchen. Es duftet süß nach Schokolade und Schlagsahne und ich fühle mich hier fast so wohl wie zuhause. Tanja und ich haben uns nämlich im Felicitas getroffen. Zuletzt war ich mit meiner Mutter hier, hatte mich nach meinem blöden Abgang damals doch glatt nicht mehr hierher getraut. »Spinnst du! Wie albern ist das denn! Also dann um 16 Uhr im Felicitas«, hatte Tanja mich am Telefon ausgelacht. Und zurecht, das Treffen mit meiner Mutter scheint mir sowieso länger als eine Ewigkeit her zu sein und hier haben sie nicht nur die beste heiße Schokolade, sondern auch genau die richtige lockere und entspannte Atmo. »Häh, wieso Achim?«, fragt Tanja mich ziemlich entgeistert und entsetzt. So erzähle ich ihr, wie Achim mich überrumpelt und dazu gebracht hat, mich von ihm fördern zu lassen. Tanja prustet doch glatt los! Sie braucht eine Weile, bis sie sich gefangen hat: »Sorry, aber wenn das nicht die pure Ironie des Schicksals ist! Von wegen die Geister, die du riefst.« »Na, du bist gut. Ich hätte mir da eher ein paar gute Geister gewünscht. Engel zum Beispiel«, knurre ich. Tanja lässt sich nun reichlich Zeit mit einer Entgegnung, legt ihre Haare hinter die Ohren, hält die Tasse mit beiden Händen fest und pustet ausgiebig in ihr zuckerhaltiges Schokogetränk, bevor sie loslegt:»Achim als Engel! Ein tolles Bild, solltest du unbedingt malen. Aber Spaß beiseite, Klara, weißt du eigentlich, dass ich ganz und gar ein Fan von dir bin?« Ich schaue Tanja etwas erschrocken an:»Aber warum denn das?«»Du hast schon so viel angepackt und änderst jetzt dein ganzes Leben. Das ist doch irre. Während ich noch immer im Hotel Mama wohne.«»Aber nicht mehr lange. Was ist denn eigentlich aus deinen Parisplänen geworden? Was mich betrifft, brauchst du jedenfalls kaum so zu übertreiben. Ehrlich gesagt, habe ich einen Heidenschiss davor, nach Berlin zu ziehen? Da kenne ich niemanden. Bei allem, was ich angepackt haben mag, bin ich jedenfalls noch nie aus Königsbrück herausgekommen und mein Omilein und dich hatte ich auch immer gleich bei der Hand.«

Wieder lässt sich Tanja Zeit mit der Antwort. Ich führe derweil die kleine silberne Gabel zu meinem Mund, auf der ich reichlich vom Apfelkuchen samt Sahne zu platzieren versucht habe.»Ach ja, die Vorstellung, dass auch wir auf einmal nicht mehr in ein und derselben Stadt leben, gefällt mir einerseits gar nicht«, setzt Tanja schließlich ungewöhnlich ernst an.»Andererseits … Mensch Klara, ein Kunststudium in Berlin! Da lernst du ganz schnell alle in deinem Studiengang kennen, dann hast du Gleichgesinnte. Das wird Wahnsinn! Und wenn wir einander besuchen, dann erobern wir die Großstädte! Nun ja, das mit Paris, das wird wahrscheinlich was, aber noch nicht so schnell natürlich. John meint doch glatt, wenn ich warte, bis er hier mit seinem Praktikum fertig ist, dann würde er sich auch dort etwas suchen und glatt mitwollen. Wir sind erst ein paar Tage zusammen und der denkt da schon ans Zusammenziehen, stellt sich vor, wir machen gleich eine WG mit noch drei Franzosen auf. Der ist ja so euphorisch und verliebt! So was habe ich noch nie erlebt! Er möchte mich rundherum kennen lernen, nicht nur im Bett. Meine Idee ist, an einem Sprachinstitut zu arbeiten. Da kann ich das tun, was ich am besten kann und liebsten mag: Quaaaatschen! Ich bekomme dann n bissl Kohle, zum Überleben reicht es und ich lerne viel. Die vergeben auch jedes Jahr Doktorstellen. Habe nämlich nicht wirklich Bock auf ein dauerhaftes Arbeitsleben von 7 bis 17 Uhr« Nun muss auch ich losprusten. Ich habe richtig Mühe, die Apfelstücken von meinem Kuchen im Mund zu behalten und halte die Hand davor.

»Das bringst nur du: Ich mache meinen Doktor, weil ich keinen Bock auf echte Arbeit habe. Ein Glanzstück bei deinem Studierfleiß. Da hat Frau Hegel dir wohl mehr als eine orangene Brille aufgesetzt.«

»Ja, auf ihre Weise hat auch Frau Hegel mitgewirkt. Obwohl sie mir noch immer nicht so recht überzeugt von meiner Reife zu sein scheint.« »Dafür habe ich auf einmal das Gefühl, so reif zu sein, dass ich sie gar nicht mehr brauche. Ich muss mich aber unbedingt nochmal für alles bei ihr bedanken. Die Methoden mit der Atmung mache ich mittlerweile unbewusst und sogar ihre Brille hat mir mehr geholfen, als ich zugeben mag. Nun gut, Frau Hegel hat ihre Arbeit zwar geleistet, was mich betrifft, aber easy wird das alles trotzdem nicht. Gibt schon Momente, in denen mich der Mut verlässt.«

»Papperlerpapp, mich und dein Omilein gibt es ja auch noch. Und auch … Naja gut, ich werde jetzt lieber nicht von Isabel anfangen. Noch nicht. Glaub aber nur nicht, dass ich mich in euren albernen Freundschaftsbruch so gar nicht mehr einmische. Jetzt muss ich allerdings vor allem unbedingt wissen, wie das mit diesem Facebook-Typen ist. Willst du dich von dem ewig nur virtuell becircen lassen?«, reißt Tanja nun die Augen auf und kann das anspielungsreiche Klimpern nicht lassen. »Warten wir's ab, meine Liebe«, kann ich mir nicht verkneifen zu sagen.

byebye

Kapitel 18

Die Bilder kann ich natürlich unmöglich mit dem Fahrrad transportieren. Selbst in mein Auto passen sie kaum hinein. Die Maße 77 mal 100 Zentimeter werden doch hoffentlich in den glänzenden Porsche Cayenne von Achim passen?

»Ich muss gleich wieder hoch in die Konferenzschaltung, muss schnell gehen,« kommt Achim eilig auf meine SMS in die Tiefgarage gelaufen. Unsere dumpf dröhnenden Schritte wirken auf mich, als handle es sich hier um eine geheimnisvolle Drogen-Übergabe. Das Halogenlicht flackert aus der Röhre und draußen ist es bereits dunkel, achtzehn Mal läuten die Glocken der Oberkirche zu unserer Aktion. Ein Doppelfiepen ertönt, als Achim seine Autofernbedienung bedient. Die beiden Bilder passen formidabel auf die Porscherückbank, eines hinter seinen Vordersitz, das andere hinter den Nachbarsitz. Ich vergewissere mich, dass sie auch sicher stehen. Kein Krümel liegt auf dem Boden. Es riecht fast klinisch. Was für ein aufgeräumter Mann, dieser Achim! »Mach's gut, bis morgen«, ruft er noch und läuft schnell zurück zur Metalltür, die in das Treppenhaus nach oben führt. »Bis dann,« sage ich und gehe drei Autos weiter zu meinem Wagen und fühle mich recht mulmig: Auf welch ungewisse Reise habe ich zwei meiner Lieblingskinder da geschickt! Den ganzen Tag kann ich mich überhaupt nicht auf die Arbeit konzentrieren, da ich mich ständig frage, ob es wirklich richtig war, Achim zwei Bilder zu überlassen, in die ich so viel Gefühl und eigene Erfahrung habe fließen lassen und die ich deshalb auch Mut und Selbstzweifel betitelt habe. Wie gut, dass meine Aufgaben derart übersichtlich geworden sind und ich nun immer pünktlich um 16 Uhr Feierabend machen kann.

Im Briefkasten vor allem Werbung, Flyer ... Immer dieser Mist. Eine Rechnung von der Wasserwirtschaft, Verdi will auch schon wieder, dass ich Mitglied werde, und – kurz stockt mir das Herz – ein Brief von der Hochschule der Künste. Keine Absage, keine Absage, keine Absage, bitte, bitte, bitte. Ich reiße noch im Flur das Kuvert auf und nehme den A4-Zettel heraus. Nach den ersten Zeilen bla, bla, endlich: »Zulassung zum Masterstudiengang: Art in Context.« Waaaaaas? Was ist denn mit dem Eignungstest? Einfach so zugelassen, kann ja nicht sein. Ich lese weiter und erfahre, dass sich die Uni umstrukturiert und den Test innerhalb des ersten Semesters durchführen wird, die Studierenden dann auf Herz und Nieren prüft und Empfehlungen aussprechen wird. Was auch immer das heißt. Am 25. Mai zum Sommersemester 2015 geht es los.

Überglücklich gehe ich mit meinem Brief nach oben und kann es immer noch nicht glauben. Wen als Erstes anrufen, mit wem feiere ich das heute Abend? Omilein, Omilein muss das unbedingt sofort wissen und gefeiert wird es dann mit Tanja. Und genau so wird es dann auch gemacht. Ich werde kräftig beglückwünscht, auch die nächsten Tage auf der Arbeit.

Zwei Tage nur noch in der Redaktion, dann beginnt endgültig mein neues künstlerisches Leben, dann stehen tagtäglich nur noch das Malen und die Kunst im Mittelpunkt. Durchhalten, Klara und mit Miriam noch ein letztes Mal das Wichtigste abklären und abfragen! »Wie sieht das noch einmal mit den Zuarbeiten für die verschiedenen Redakteure aus, Miriam?«»Also, Karl mags gern in wenigen Stichpunkten und freut sich über hilfreiche Links, Achim hingegen möchte ganze Sätze sehen, die Artikel, die bereits erschienen sind, müssen ihm immer nach Datum geordnet auf seinen Tisch gelegt werden. Micha darf ich ab und an daran erinnern, seine Pfandflaschen außerhalb der Redaktion zu sammeln«, hier grinst mich Miriam wie ein Honigkuchenpferd an, wir mögen uns mittlerweile sehr. So leicht der Abschied von der Arbeit mir fällt, so schwer trenne ich mich von den Menschen hier. Von Achim einmal abgesehen, von dem ich zudem weiterhin etwas haben werde. Margot hat mittlerweile Miriam und ihre Einarbeitung zum Großteil ebenfalls übernommen. Von ihr lernt sie nun, wann und wie die Bilder von Janik geschnitten werden, welche Musik sich für welche Beiträge eignet, wo sie diese Musik findet und zu welchen Zeiten sie auf die Schnitttechniker trifft. Sie trifft nun statt meiner die Vorauswahl. Die paar letzten Recherchen, die mir statt Miriam übertragen werden, muten reichlich lächerlich an. Ich bin fast mehr raus aus allem, als sich wirklich gut anfühlt. Wer im Studio nicht wirklich überarbeitet ist, der ist fehl am Platze.

Achim hat da noch gerade so die Kurve gekriegt. Der ist nach einer Live-Sendung, in der er sich der Debatte, was Journalismus darf und nicht darf, gestellt hat, übrigens wieder im Geschäft, wenn auch leicht angekratzt. Er stellte seine Warte dar und seine Glaubwürdigkeit mit klaren Argumenten wieder her. So erklärte er sehr anschaulich mit zusammengestelltem Dokumaterial von den 1960ern bis heute, wie wichtig echte Bilder, echter Einsatz doch seien, um dem Zuschauer die Realität ins Wohnzimmer zu bringen und überzeugend die Ereignisse zu dokumentieren. Wenn berühmte Journalisten wie der Auslandsjournalist Klaus Bednarz in seinen Reportagen über Osteuropa sowie Zentralasien oder Peter von Zahn mit seiner Sendung »Bilder, die die Welt bewegten« nicht auch etwas gewagt hätten, wie sähe dann heute wohl der investigative Journalismus aus? Hier sprach noch immer DER STARREPORTER – das stand als Botschaft der Sendung an erster Stelle. Zugleich entschuldigte sich Achim aber auch und gab zu, dass er dieses eine Mal zu weit gegangen sei und das natürlich nicht vorkommen sollte. Kurz und gut, er zog das Publikum restlos auf seine Seite und das selbstbewusst wie eh und je.

Dass ein veränderter Achim hinter diesem Selbstbewusstsein steckt, fällt mir und den anderen nur sehr langsam auf. Den Briefen, E-Mails und Anrufen, die nach dem Unfall im Studio eingegangen sind, schenkt er sehr viel Aufmerksamkeit, übernimmt die Beantwortung gar selber. Er beginnt, sich über uns andere im Studio Gedanken zu machen, nimmt wahr, was außer ihm im Studio vor sich geht, dass Janik seine Familie sehr wichtig ist und er sich freut, wenn er öfter mal früher nach Hause kommt, dass Marc sein Feierabendbier und seinen Sport schätzt und dass selbst Margot außer dem Job auch noch ihre Hunde hat. Das furchtbare Unglück hat nicht nur bei mir eine Veränderung bewirkt. Ob solch einem Happy-End zu trauen ist?

Unter den heutigen E-Mails entdecke ich auch eine von Frau von Bergentheim, die Achim mit dem Kommentar: »Mach was draus!«, weitergeleitet hat. Sie möchte sich mit mir treffen und das Bild mit dem Pferd, das solle ich doch bitte mitbringen. Aha, sie hat also nicht nur die zwei Bilder aus dem Porsche, sondern auch die vom USB-Stick, den Achim Herbert Lichterstein hat zukommen lassen, zu sehen bekommen. Also rufe ich sie sofort an und habe die Empfangsdame der Galerie Agorah am Apparat. Ich verabrede mich mit Silvia von Bergentheim gleich für den kommenden Tag nach meiner Arbeit. Denn laut Empfangsdame, liege Frau von – das betont sie, als erhöhe es die Bedeutung des Treffens – Bergentheim viel an einem derartig raschen Termin. Sollte die gute Frau sich als ein Achim in weiblicher Ausführung entpuppen?

So bin ich am nächsten Tag erneut mit einem in Blasenfolie verpackten Bild in meinem Toyo unterwegs. Ich setze meine orangene Brille auf und nehme sie sofort wieder ab. Ich brauche keine Gut-Wetter-Brille mehr. Dabei fällt mir wieder einmal Frau Hegel ein, die ich so lange nicht besucht habe, und dass nicht nur die Brille der Vergangenheit angehört. Omilein ist da allerdings anderer Meinung. Als ich ihr von Isabels Brief erzählte, meinte sie doch glatt: »Na, da gibt es für dich noch etwas zu tun, bevor du wirklich in ein neues Leben starten kannst! Vielleicht solltest du doch noch einmal Hegelsche Unterstützung einholen, was meinst du?« Ich meinte das ganz und gar nicht. Das sei ein Freundschafts- und Isabel-, aber kein Klaraproblem. Omilein hat mich mit schiefem Kopf sehr missbilligend angeschaut, aber nichts mehr dazu gesagt. Der erste Missklang seit langem zwischen uns und auch zwischen Tanja und mir will einfach nicht wieder wohl tönen.

Die Galerie »Agorah« in der Gehrbachstraße hat sogar einen eigenen Parkplatz. Es braucht eine Weile, bis Toyo das unhandliche Bild wieder rausrückt. Es ist enorm sperrig, aber irgendwie auch ein Schutzwall. Ich komme nur mit Mühe durch die schwere, in der Mitte gläserne Holz-Eingangstür und stehe in dem ersten der aalglatten Galerieräume, deren weißpolierte Wände zwar schimmern, doch auch klinisch wirken. Der elegant geschwungene Empfangstresen ist unbesetzt. Schwere, große Rahmen umfassen die Gemälde. Es herrscht in dem riesigen Raum eine Atmosphäre wie in einem Grande Hotel. Noblesse oblige. Ich sehe reiche, steif in eleganter Robe daherschreitende Damen und Herren, aber keine Kunst und Künstler. Genau wie bei meinem Besuch mit Tanja vor ein paar Monaten, als wir eine Galerie nach der anderen abklapperten, möchte ich schnellstens wieder hinaus an die frische Luft. Mir steigt Schwindel in den Kopf, in meinen Hände zittert das sorgsam verpackte Bild. Hier passe ich nicht rein. Nein. Ganz bestimmt nicht. Wie ein graues Entlein im Schwanensee komme ich mir vor. Zu spät: Eine schlanke Frau im blauen Anzug mit auffallend bunter Krawatte kommt bereits auf mich zu und begrüßt mich, als seien wir alte Bekannte: »Ah ja, hallo Frau Blick, kommen Sie herein und warten Sie doch bitte einen Moment dort an dem Tisch.« Die Empfangsdame, mit der ich telefoniert habe, passt bestens hierher, viel besser als ich in meinem dunkelblauen Parka und schwarzen Hosen, wenigstens habe ich meine Turnschuhe gegen schwarze schnittige Lederhalbschuhe eingetauscht. Durch das Glas der Karaffe mit Wasser, die auf dem Tischchen steht, schimmern zahlreiche Edelsteine, Quarze oder Mineralgesteine. Dieser Hauch Esoterik passt bestens in das geschmackvoll-mondäne Ambiente. Ich gieße mir Wasser in eins der bei der Karaffe stehenden, schlichten Gläser, trinke einen Schluck und schaue mich um. Nichts als Blumenbilder in den verschiedensten Formaten, klein, groß, Aquarell, Ölbild, Plastik, Holzschnitt, Skulptur, Relief, unterschiedlichste Künstler, Techniken und Stile, aber immer ist das Blumenmotiv gut erkennbar. Skurril, einfach skurril.

»Ah, hallo!« Eine etwa Fünfzigjährige mit dunkelbraunem Pagenschnitt und in einem rot-weißen Kostüm kommt auf hohen Absätzen wie ein Model die weiße Wendeltreppe im Zentrum des Raums herunterbalanciert. Silvia von Bergentheim. Wer sonst? Sie begutachtet mich von oben bis unten mit einem Blick, als ob sie mich und nicht meine Bilder ausstellen wolle. Mein Bild habe ich immer noch in der Hand, die Finger meiner rechten Hand krallen sich an ihm fest und fühlen sich an, als gehörten sie ebenso wenig zu meinem Körper wie das Bild. Was mache ich hier eigentlich? »Hallo. Sie sind also das große Talent Klara Blick. Nur das Bilderverkaufen, das musst du noch erlernen, Kindchen, nicht wahr?« Moment einmal, hat sie mich gerade erst gesiezt und dann geduzt? »Darf ich Ihr Bild einmal in Natura sehen?«, fährt sie fort und ohne ein Wort hervorbringen zu können, strecke ich ihr das Bild entgegen.

Sie nimmt es mir aus der sich inzwischen ziemlich taub anfühlenden Hand, löst die Verpackung und stellt es auf einen der schwarz-weißen, hochlehnigen Designer-Stühle, die hier und da in der Halle stehen, als seien auch sie ausgestellt. Sie geht vor und zurück, betrachtet das Bild von rechts und von links, murmelt vor sich hin. »Ja, pass einmal auf, Klara – ist doch okay, wenn wir uns duzen, ja?« Ich setze zu einem: »Das ist kein Problem, Sil…« an, doch sie redet schon weiter: »Kunst fängt da an, Kunst zu sein, wo sie die Blicke nicht nur auf sich zieht, sondern nur schwer wieder loslässt. Kunst dringt in den Betrachter ein, rührt etwas in ihm auf oder an, macht ihn wach und aufmerksam für Wirklichkeiten, die es noch zu entdecken gilt. Es ist nicht, was Kunst uns zu sagen hat, sondern was sie zeigt. Und das löst ganz viel bei uns aus und nimmt uns mit auf eine Reise in neue Welten. Genau das passiert, wenn ich oder andere sich das Pferd auf deinem Bild ansehen. Es entführt uns in eine Welt starker, abenteuerlicher, durch und durch schöner Gefühle. Es ist genau das, wonach ich im Moment Ausschau halte. Ich möchte es im Februar zusammen mit anderen Darstellungen von Naturphänomenen, die uns aufrühren unter dem Motto ›Außerordentlich wirklich – die Zukunft der Naturmalerei in der modernen Kunst‹ ausstellen. Wenn du einverstanden bist, streiche ich beim Verkauf des Bildes eine

Provision von 40 Prozent ein. Mit dieser Kondition kannst du mehr als zufrieden sein. Normalerweise bezahlen die Künstler, die bei mir ausstellen, mindestens 400 Euro, um hier hängen zu dürfen! Ich bin nicht irgendwer im Kunsthandel, meine Galerien haben sich übernational einen Namen gemacht. Bedenke das gut. Dein Talent ist nicht nur unverkennbar, sondern hat aufgrund von Achim Lahnus Unterstützung gute Chancen, reichlich Aufmerksamkeit in unsere Galeriepforten zu spülen. Wenn du erst einmal ausgestellt bist, kannst du dich darauf gefasst machen, dass Lahnus zusehen wird, eine Sendung über dich zu machen. Eine junge Künstlerin mitentdeckt zu haben, ist doch genau das, was sein angeschlagenes Journalistenbild wieder geraderückt. Na, was sagst du?«

»Ähm, ja …« – die hat doch einen ganz schönen Spleen und ein Achim, der sich als mein Entdecker aufspielt, ist nun auch nicht gerade das, was flasht. Und gleich eine Sendung mit mir? Son Quatsch! Irgendwie sträuben sich mir aber auch so die Haare bei dem Gedanken, mein Bild hier in diesem Nobelschuppen auszustellen und zu verkaufen. Wie ich es gemalt habe, gingen mir ganz andere Vorstellungen durch den Kopf. Mir schien es, als ob das Pferd davongaloppiert, um sich von mir und den Bedenklichkeiten in mir zu lösen und Menschen zu finden, die ebenfalls voller Sehnsucht und Freiheitsgelüsten sind. Und nun setze ich es den Blicken von Käufern mit viel Geld aus, die hoffen, in dieser namhaften Edelgalerie ein exquisites Stück für ihre stilvoll eingerichtete Villa zu erstehen. »Die Malerei ist was Tolles, aber doch nichts, um die ganze Existenz dran zu hängen«, höre ich Isabels Stimme. Sie verfolgt mich, ist ja fast schlimmer als die Stimme meiner Mutter. Hat unsereins denn nie Ruhe vor den Geistern der Lieben? Habe ich mir nicht wider alle Lieben vorgenommen, von meiner Kunst zu leben und das keineswegs brotlos? Kunst zu verkaufen ist am Ende wie Möbel zu verkaufen: ein Geschäft unter marktwirtschaftlichen Bedingungen. Besser, sich dieses Mal nicht gleich wieder Illusionen zu machen. Die Erfahrung habe ich schließlich hinter mir. Also reiße ich mich zusammen: »Für wie viel würden Sie das Bild denn verkaufen wollen?«

»Also ...«, – Frau von Ber..., ich meine Silvia, betrachtet das Bild noch einmal ausgiebig. »Sagen wir 3.500 Euro. Das ist für den Anfang angemessen.«

»Oh, 3.500, hm, das ist aber viel, ich meine, eine recht ordentliche Summe«, stottere ich. Mist, die merkt doch sofort, wie wenig ich an solche Verkaufszahlen gewöhnt bin! Und richtig, schon entgegnet Silvia gönnerhaft-spitz: »Nein, keineswegs. Wir wollen ja keine Bonbons verkaufen, nicht wahr? Deine Bilder sind viel mehr wert, 3.500, das ist gar nichts, aber du musst dich eben erst noch so richtig profilieren als Künstlerin. Wobei ich zu gerne wüsste, ob du nicht noch ein Bild hast, das zum Ausstellungsthema passt. Die zwei, die ich von Lahnus habe, kommen dann in die Dauerausstellung. Das war ja auch so gedacht, nicht wahr? Die sind wahnsinnig emotional, einfach klasse, aber leider thematisch inkompatibel. Schau deine Bilder doch bitte noch einmal im Hinblick auf das Thema durch und melde dich, wenn es da noch ein Bild geben sollte.«

Hm, keine Ahnung, was Silvia sich unter dem Motto »außerordentlich wirklich« so wünscht und vorstellt und was an meinen bereits eingereichten Bildern nicht außerordentlich wirklich sein soll. Eine Frau auf hohem Felsen über einem chaotischen Meer aus Gefahrensymbolen mit wehenden Haaren als Mut und ein geschrumpftes Ich im Spiegel als Selbstzweifel sind doch keineswegs weniger wirklich als das Pferd. Aber das muss ich nun ja nicht auch noch offenbaren. Ich versuche also möglichst professionell zu klingen:

»Gut, ich werde meine Bilder zu Hause einmal durchsehen.«
»Aber spätestens morgen, bitte. Die Ausstellung fängt in drei Wochen an. Das Bild behalte ich gleich hier. Da ich noch ein paar wichtige Termine habe, möchte ich mich fürs Erste verabschieden. Wir hören dann übermorgen voneinander.« Sie schüttelt mir die Hand und verschwindet die Wendeltreppe aufwärts.

Als ich mit meinem Auto nach Hause fahre, machen sich recht gespaltene Gefühle in mir breit. Rosarot ist die Kunstwelt nicht. Aber auch nicht grau, nein, grau fühlt sich das nicht an. Ein bisschen orange vielleicht. Eine neue Welt, in die die neue Klara erst noch hineinwachsen muss. Nicht besser als die Studiowelt und auch nicht mit besseren Menschen bevölkert, aber eine Welt, in der es nicht um die Sendungen anderer, sondern um meine Bilder geht. In der nicht andere meine Fähigkeiten und Kräfte einsetzen und auch an ihre Grenzen bringen, sondern ich höchstpersönlich. Die richtigen Umgangsweisen, die es braucht, die werde ich so nach und nach schon entwickeln, auch mit Leuten wie Silvia von Bergentheim. Ich spüre so etwas wie Genugtuung. Ich und mein Bild, wir würden schon für uns sprechen. »Es wird alles gut, nicht wahr Klara?«, flüstere ich leise.

Zu Hause angekommen, trinke ich erst einmal einen Schluck Cola und stoße mit mir selbst an. Dann laufe ich in den Keller. Hier könnte vielleicht noch das ein oder andere Naturschauspiel gelagert sein. Ha, na bitte, das könnte passen. Natürlich, mein Strudelbild! Wenn das nicht wie ein Wasserstrudel, ein Twister, eine Windhose aussieht, ein außerordentliches Naturphänomen, das einen hineinzieht in etwas, das wahrlich aufrührt und das außerordentlich wirklich.

Ich rufe Frau von Bergentheim an. Sie will das Bild sehen, so e-maile ich ihr eine Fotografie und bekomme zurückgemailt: »Ja, unbedingt! Bring das Bild die nächsten Tage vorbei. Bis bald, Silvia.« Ausgerechnet das Bild, das ich schon einmal als Teenager gemalt und völlig frustriert weggeworfen habe. Ich sehe den funkelnden Blick meines Vaters, muss grinsen und halte das Glas mit Cola in die Luft: »Von wegen, das kann doch jedes Kind malen, von wegen, das hat doch nichts mit Kunst zu tun! Prost, Papa, deine Klara ist nicht nur erwachsen, sondern so talentiert, dass ihr albernes Gemale 3.500 Euro wert ist.«

Die Ausstellungseröffnung kündige ich mit einem dicken Post auf meiner Facebook-Seite an, den ich mit der Galerie Agorah verlinke. Die virtuellen Freunde schicken mir lächelnde Smilies. 347 Likes an nur einem Tag. Konrad reagiert mit einem aufregend-erschreckendem: »Genau der richtige Moment, die außerordentlich wirkliche Begegnung zu wagen.«

Und nicht nur die Facebook-Freunde nehmen es begeistert und positiv auf. An meinem letzten Arbeitstag im Studio feiern wir nicht nur meinen Abschied, sondern das der großen Künstlerin, wie Achim großspurig verkündet.

Bereits der Pförtner wünscht mir alles Gute und sagt, wie seltsam es sein wird, mich nicht mehr jeden Morgen an sich vorbeieilen zu sehen. »Sie sind übrigens ein sehr positiver Mensch, waren immer so nett. Danke, dass Sie das hier machen, falls wir uns nicht mehr sehen«, rufe ich im Vorbeigehen und bin auch schon im Treppenflur verschwunden. Jakob Wachenhausen hebt noch die Hand zum Gruß. Er ist schließlich auch wichtig, sitzt da immer, auch wenn die Winterkälte in die Eingangshalle zieht, selten habe ich kein Lächeln um seinen Mund gesehen. Den Fahrstuhl möchte ich nicht mehr nehmen, alles zu Fuß, alles was geht, unabhängiger erleben. Im zweiten Stock angekommen stehen sie schon da die Kollegen. Auch Achim und Zetrick Habermann haben mich vermutlich von oben beobachtet. John und Marc heben ein großes Plakat hoch, auf dem »Farewell« geschrieben steht. Achim nickt freundlich und hält mir die Glastür beim Durchgehen auf. Die Kollegen klatschen in ihre Hände, einige haben Sektgläser, andere Kaffeetassen in den Händen. Margot kommt flink angetippelt und reicht mir ein Sektglas: »Auf deinen letzten Arbeitstag, liebe Klara. Eigentlich hatten wir die Abschiedsfeier für heute Nachmittag geprobt, aber Achim hat eine Sondersendung zum Flugzeugabsturz MHSK aufgesetzt. Deshalb gleich zur Begrüßung dieses Tohuwabohu.« Ich sehe mich verwundert um. Alles ist mit bunten Girlanden mit schlauen Journalisten und Klaraabschiedsworten dekoriert und Margots Schreibtisch für ein Büfett mit Schnittchen und Antipasti leergeräumt. Das alles für mich? Sooo besonders war ich nun ja auch nicht. Doch auch Herr Habermann und Achim klatschen und nicken wohlwollend in meine Richtung.

»Also das ist jetzt nicht nötig, aber vielen Dank ihr Lieben.« »Doch, doch Kindchen. Natürlich ist das nötig! Du, wir und der Sender, das kommt nie wieder«, Margot hat doch tatsächlich Tränen in den Augen, »dafür etwas anderes. Du stellst deine eigenen Bilder aus und wir sind alle sehr stolz auf dich.«

Wir prosten noch einmal »Cheers«, dann wird ganze zwei Stunden gefeiert, herumgestanden und nur geklönt, bevor Margot in ihre Hände klatscht und alle zurück zur Arbeit scheucht.

»Du schaust mir noch ein letztes Mal zum Abschied über die Schulter, ja Klara?«, bittet Miriam und klingt ebenso bedauernd wie alle anderen. Wir gehen zu Miriams neuem Schreibtisch, der früher meiner war. »Mach dir keine Sorgen. Du machst das ganz wunderbar. Auch wenn du mal Fehler machst, das ist normal. Vergiss nur nicht, dass du nur ein

Mensch bist, Miriam, dass musst du mir versprechen.«

Ein ruhiger Tag, bis auf die Sondersendung, die Achim allerdings mit anderen Kollegen stemmt. Auf Miriam nehmen sie noch ein wenig Rücksicht.

Einiges an Recherche muss erledigt werden, was Miriam eigentlich auch allein kann, ich nehme ihr daher nur pro forma ein bisschen was ab. Schließlich hole ich uns beiden einen letzten Kaffee und gehe auch den Weg zur Küche ein allerletztes Mal. Der Teppich im dunkelgrünen, blauen Wellenmuster, etwas abgelaufen, ein paar Kaffeeflecken. Der vertraute Duft nach Kaffee beherrscht den gesamten Flur. Ein Kloß in meinem Hals. Was, wenn alles nicht gut geht? Hier kenne ich die Gepflogenheiten. Sicheres Territorium.

Nein, das ist vorbei! Sicherlich sind die neuen Beziehungen wie die zu Silvia von Bergentheim alles andere als nur einfach schön. Die gute Frau ist eher ein karrierebewusster Typ, so wie es auch Achim in der Redaktion war, doch sie braucht mich als Künstlerin, anders als Achim. Für ihn war ich immer nur die Krake mit den acht Armen. So wie Achim ein Standbein des Senders ist, bin ich es nun vielleicht selber auch für eine Galerie. Alles ist mit neuen Herausforderungen verbunden. Das fühlt sich richtig an und durch meine Erfahrungen aus dem Sender weiß ich im Grunde, wie solche Karrieremenschen zu nehmen sind.

Ehe ich mich versehe ist Feierabend. Kaum einer ist in der Redaktion, die meisten drehen schon wieder auch noch nach Feierabend irgendwo eine neue Storie eines anderen Lebens. »Macht's gut ihr wunderbar Verrückten!«, rufe ich Janik, Marc und Miriam zu, die sich auch gerade zu einem Dreh davonmachen wollen, jedoch noch einmal schnell angelaufen kommen, mich umarmen wie nie zuvor und mir Wangenküsse verpassen. So süß die drei. Dann eilen sie mit Miriam die Treppen hinunter. Ich strecke meinen Arm aus und zeige Miriam ein Peacezeichen: »Alles wird gut, Miriam!«

»Wir sehen uns bald!«, ruft John rot werdend von seinem Rechner. Noch ein letztes Mal zu Margots Schreibtisch. Klopf, Klopf auf die Tischplatte. Margot fährt erschrocken hoch: »Ach? Ist deine Zeit schon gekommen, ja?« lächelt sie, »Na, dann komm mal her.« Margot steht auf und umarmt mich. »Vielen Dank für die großartigen Erfahrungen hier und dafür, dass du mir auch Disziplin beigebracht hast«, verabschiede ich mich auch von Margot endgültig. Die geht zurück an ihren Platz »Tschüß Klara!« »Bis irgendwann«, sage ich noch mit zitternder Stimme. Margot blickt nicht mehr auf, arbeitet einfach weiter und ich drehe mich nicht mehr um, gehe mit festem Schritt durch die Glastür.

Kapitel 19

Zur Vernissage fahre ich mit dem Fahrrad. Meine Nase läuft, in meinem Gesicht und an meinen Händen brennt die Kälte. Dennoch, der Wind und die Sonnenstrahlen nehmen mir die Angst, dass etwas schief gehen könnte. Sie geben mir das Gefühl, frei wie noch nie zu sein.

Bei der Galerie angekommen, schließe ich mein Rad an die Metallständer rechts neben dem Backsteingebäude an, das in der Nacht szenegerecht von großen Scheinwerfern angestrahlt wird. Ich gehe durch die riesigen Glastüren, die nun mit blickdichter Folie beklebt sind. Auf dieser steht in roten und grünen Buchstaben: »Außerordentlich wirklich – die Zukunft der Naturmalerei in der modernen Kunst«. In der Eingangshalle werde ich von einer Studentin empfangen. »Frau Blick? Hier, Ihr Namensschild, aber nur wenn Sie mögen.« »Vielen Dank,« nicke ich und sie pinnt mir mit der Nadel das ausgedruckte Plastikschild an meine weiße Bluse.

Wo sind eigentlich meine zwei Bilder? Insgesamt gibt es vier Räume, die durch kleine Flure miteinander verbunden sind. Sie sind kreisförmig angelegt, der Besucher kann im Grunde kein Bild verpassen. Ich gehe ehrfürchtig durch den ersten Raum. Hier hängen die beeindruckenden, großwandigen Kunststücke von Pepino Pilawi und Frodo Colorado. Sie haben einiges geschafft in ihrem Leben, betreiben selbst Galerien, nicht nur in Deutschland, auch in den USA oder

China. Pilawis Gemälde zeigen farbgewaltige Abbildungen der Natur, besonders ein rissiger Wüstenboden, aus dem Flammen und Qualm dringen, zieht mich eine Weile in seinen Bann. Colorado lässt ganze Avatarwelten in Neonfarben entstehen. Man hat das Gefühl, seine Bäume und riesigen Blumen mit den Händen berühren zu können.

Ich gehe über den grauen Teppich des Flurs und in den nächsten Raum hinein. Hier hängen die Werke von Ferdinand Rochwien und Hannah Friedwald. Die Bilder von Rochwien sind nichts als grob verschmierte, mit Fingermalfarbe auf einem großen Blatt Papier verteilte Farbflecken. Es fällt mir schwer, ein außerordentlich wirkliches Naturphänomen in ihnen auszumachen. Mein Kunstsinn kapituliert. Mit Friedwalds Bleistiftzeichnungen kann ich schon mehr anfangen. Ihre »Knieblume 2004« zeigt die Skizze eines Menschen auf Knien vor einer winzigen, nur schwer erkennbaren Blume. Der erste Raum hat mir besser gefallen.

In der Mitte des dritten Raumes hängen mein Pferd und mein Strudel. Meine beiden Bilder werden von ziemlich kleinen Scheinwerfern aus der Deckenbeleuchtung angestrahlt. Die Bilder drum herum sind von verschiedenen Künstlern. Im Moment kann ich mich gar nicht auf die Namen und unterschiedlichen Motive konzentrieren. Ich stehe mitten im Raum und lächle. Bähm, Klara! Bähm, da hängen sie. Deine Bilder!

Ich erinnere mich an ein silbernes Tablett mit langhälsigen Sektgläsern, das auf dem Pult im Eingangsraum steht. Entschlossen gehe ich zurück. Gerade wie ich zu einem Glas mit prickelndem Sekt greife, sehe ich meine Eltern durch die beklebten Scheiben der Galerie. Sie öffnen die Tür. Mama trägt ein gelbes Kostüm mit Bleistiftrock und wedelt mit einem Strauß blauer Kornblumen: »So macht man das doch, wenn Vernissage ist?!« Kornblumen im Winter? Typisch Mama!

Papa hält sich in seinem besten Anzug im Hintergrund und nickt mir nur mit glücklich lächelndem Gesicht zu. »Bevor wir miteinander anstoßen, müsst ihr meine Bilder sehen!« Ich drücke Mama und Papa ein Glas Sekt in die Hand und marschiere zügig los, meine Eltern im Schlepptau.

»Ja Wahnsinn, mein Kleines, du hängst ja im Mittelpunkt!«, wundert sich meine Mutter. »Und das ist ja dein Bild ... aus ... na, ich meine, das muss ja mindestens zehn Jahre her sein! Das habe ich doch damals ... naja ... du weißt schon«, stottert mein Vater ungläubig. »Nein, Papa. Das von damals habe ich weggeschmissen und dann, ehrlich gesagt, lange gar nicht mehr malen mögen. Aber du hast ganz Recht. Als ich mich nun endlich eines Besseren besonnen und wieder mit dem Malen angefangen habe, da habe ich es einfach noch einmal, aber mit den heute zu mir passenden Farben und Gefühlen gemalt. Weißt du, ...« »Wunderbar, Klara, ganz wunderbar! Jetzt stoßen wir alle mal auf dich, dein Talent und deine Zukunft als Künstlerin an, nicht wahr, Bert? Unsere Tochter war immer schon ein talentiertes Kind. Also auf dich und deine künstlerische Karriere, mein Kleines«, sagt meine Mutter, übergibt mir erst die Kornblumen, holt uns dann drei Sektgläser von einem der jungen Mädchen, die mit Tabletts durch die Räume laufen, verteilt die Gläser und stößt ihres gegen die Gläser von uns anderen, so dass es zweimal verheißungsvoll klingelt. Dann stehen wir einige Minuten an unseren Gläsern nippend mit Blick auf meine Bilder da, ohne irgend etwas zu sagen.

»Das hier ist auch schön, Gerd,« zeigt eine Frau Ende vierzig auf mein Pferdebild. Gerd, ein Mann mit Halbglatze, starrt kurz auf das Bild und erwidert schließlich: »Ja wahrlich, das erste Bild, das mir hier zusagt.« Eine junge Frau mit Rastazöpfen und bunten Perlen im Haar sagt zu ihrer ebenso alternativ wirkenden Freundin mit Schlaghosen

aus Kord: »Hast du das schon gesehen. Was für ein Pferd!«
»Hmmm,« antwortet die Freundin, »erinnert mich an Franz
Marc.«

Mein Vater kratzt sich am Hinterkopf, ist einerseits stolz,
andererseits peinlich berührt und unsicher, weil er mit
Kunst nicht sehr viel am Hut hat und endlich merkt, wie
falsch er mit seiner Beurteilung meiner Malerei gelegen hat.
»Was ist denn eigentlich mit Tanja, Klara? Wird sie auch
kommen?«, fragt meine Mutter. »Ja klar, Tanja hat natürlich
eine persönliche Einladung erhalten,« kneife ich ein Auge
zu und schaue auf meine iPhone-Uhr »16 Uhr und eine
Minute, Tanja sollte in circa 15 Minuten hier sein. Im ersten
und zweiten Ausstellungsraum hängen übrigens Künstler
mit echtem Ruhm. Die haben schon Bilder in vielen Teilen
der Welt hängen. Richtig krass, zusammen mit solchen
Größen auszustellen.«

Wir laufen zusammen zum ersten Raum und dort gerade
von Bild zu Bild, als Silvia von Bergentheim uns entdeckt
und langsam in einem schwarzen Ballon-Kleid auf uns zu-
schreitet, die Haare hochtoupiert. Lady Gaga oder was?
»Klara, Klara, habe mich schon gefragt, wo du steckst.
Sind das deine Eltern?« Ich bekomme ein Küsschen links,
ein Küsschen rechts. Mein Vater tritt von einem auf das andere Bein und meine Mutter wirkt in ihrem gelben Kostüm
wie ein Kanarienvogel. Das Ganze entwickelt sich zu einer
höchst amüsanten Vorstellung, von der ich noch nicht so
recht weiß, was ich von ihr halten soll. »Ich bin Konstanze
Blick und das ist ...« »Bert, mein Name ist Bert Blick,« schüttelt
mein Vater etwas anbiedernd Silvias Hand. »Sehr erfreut.
Ach Klara, siehst du den Herrn im hellen Anzug? Der mit
dem roten Tuch in der Brusttasche? Das ist Albert Ruben-
stein. Einer der Großen im Geschäft. Ihm werde ich demnächst die neue Garde an Nachwuchs präsentieren.« Mit

diesen Worten rauscht sie wieder weg, ohne auf irgendeine Reaktion von mir zu warten.

In dem Moment höre ich die Stimme von Tanja:»Echt galaktisch, meine Liebe deine Bilder in solch einem Rahmen!« Ich breite die Arme aus und fliege ihr um den Hals. Tanja begrüßt meine Eltern mit einer Umarmung.»Wir haben uns Jahre nicht gesehen,« sagt meine Mutter.»Schön, dass ihr heute einmal alle zur gleichen Zeit da seid! Ich möchte gleich noch einmal mit euch mein Glas heben und darauf anstoßen, dass ich ab dem Sommersemster in Berlin Kunst studieren werde.«»Boah ey, echt geil, einfach geil ist das!«, grölt Tanja los. Mein Vater gratuliert mir eher zögerlich:»Wir wollen dir bestimmt nichts kaputt machen, das kannst du uns ruhig einmal glauben. Also herzlichen Glückwunsch, Klara.«»Du bist dir wirklich sicher?«, fragt nun Mama mit einer Stimme, die zeigt, wie sehr sie versucht, sich zurückzuhalten.»So sicher wie du dir heut bei deiner Kleiderwahl warst,« stoße ich sie ein wenig schmunzelnd in ihre Seite, mich selbst wundernd, wie gelassen ich auf einmal auf meine Eltern reagiere.»Ich will endlich ich selbst sein, mehr nicht.« Tanja grinst:»Da muss ich mir dringend auch ein Glas Sekt holen«, und eilt zum nächststehenden Tablett.»Aber, dass heißt ja, dass du Königsbrück verlassen musst? Ziehst du dann nach Berlin?«, fragt Papa und streicht sich über sein Kinn, als hätte er einen Bart.»Keine Ahnung! Das werde ich mir alles in nächster Zeit noch ganz genau überlegen,« erkläre ich und bin froh, als Tanja wieder bei uns ist.»Jetzt stoßen wir noch einmal miteinander an und dann möchte ich mich hier erst noch einmal mit Tanja so richtig umsehen. Ihr müsst euch also ein bisschen für euch zwischen all den Bildern vergnügen!« Dieses Mal klingt es dreimal verheißungsvoll und Tanja trinkt mit einem großen Schluck ihr Glas aus, um sich sogleich ein zweites zu holen.»Ist kostenlos«, rufe ich ihr hinterher. Sie dreht sich um und lacht. »Ach, wie ich mich freue, Klara ist dann Semester eins und ich sechs. Ha, ha.!« Ich hake mich bei ihr unter und wir gehen gemeinsam durch die Räume, bleiben zuletzt lange vor meinen Bildern stehen, erst vor meinem Strudel und dann vor meinem Pferd. »Das haben wir doch kaum kommen sehen, als wir hier durch die Königsbrücker Galerien sind, oder?«, fragt Tanja nachdenklich und schüttelt den Kopf. »Wenn ich daran denke, wie unwohl wir uns hier in der Galerie Agorah gefühlt haben und jetzt gehören deine Bilder zu denen, die hier hängen. Echt krass. Und die Kommentare auf deinem Profil. Man die Leute können es auch nicht glauben. Einer will, dass du deine Bilder auf FB oder Instagram postest, machst du das?« »Echt? Habe ich noch gar nicht gelesen. Social Media überall. Na ja, ist ja vielleicht gar keine schlechte Idee. Kann ja dann später ne offizielle Künstlerseite aus meinem bisher noch privaten Profil machen. Wär schon geil,« schmunzle ich. »Sag mal, Tanja, findest du das normal, wie der Junge den Strudel anschaut, als sei er bereits darin versunken. Das macht mir irgendwie Angst. Der wird doch nicht depressiv sein?« »Komisch ist das schon. Aber wer weiß, vielleicht ist der gar nicht down low, sondern total vernarrt in dein Bild. Geh doch mal rüber und sprich mit dem!« »Oky-Doky.«

So ist der erste Interessent an meinen Bildern, mit dem ich spreche, kein reicher Kunde, mit dem ich ein Geschäft abschließe, sondern ein Teenager, der mitten in der Pubertät steckt: »Hey, ich habe dich gerade beobachtet und frage mich, was dich an diesem Bild so fasziniert.« »Das ist absolut cool und abgefahren, einfach der Hammer. Ich wünschte, ich könnte solche Bilder malen.« »Wie alt bist du?« »15. Warum? Ist das wichtig?« »Für mich schon. Die Idee zum Bild kam mir nämlich, als ich genauso alt war wie du jetzt.« »Echt? Heißt das, Sie haben das gemalt? Irre!

Solche Phantasien habe ich auch manchmal. Krieg die nur nie so gut hin.« »Genau das habe ich mit 15 auch gedacht. Da hatte ich viel zu wenig Zutrauen zu mir selbst. Mach bloß nicht den gleichen Fehler wie ich, ... Wie heißt du eigentlich?« »Tobias.« »Um besser zu werden, musst du nämlich vor allem weitermalen, Tobias, es wieder und wieder versuchen, nur nicht aufgeben. Du musst vor allem deinen Ideen und den Farben vertrauen. Verstehst du? Moment einmal, da kommt mir eine Idee.« Ich angle aus meiner Tasche die orangene Hegelbrille heraus und gebe sie ihm. »Hier, wenn dir alles vergebens und unscheinbar erscheint, dann versuch es einmal mit dieser Brille hier«, sage ich lachend und stoße ihn an der Schulter an. Tobias schaut drein, als treibe ich Schabernack mit ihm, steckt sich aber die Brille in seine ausgebeulten Hosentaschen. »Manchmal hilft es, die Welt durch eine farbige Brille zu sehen und orange ist da allemal besser als rosarot, Tobias! Mach was aus deiner Malerei!«, sage ich, hebe meine Hand zum Abschiedstschüss, drehe mich um und gehe wieder in Richtung Tanja.

»Also wirklich Klara! Jetzt, wo ich mich fast an deine Brille gewöhnt habe, verschenkst du sie.« »Weißt du, ich brauche sie nicht mehr, der Tobias aber vielleicht schon«, sage ich lächelnd. »Hey schau mal, da kommt John!« »Oh je, und Achim ebenfalls.« »Hier steckt ihr also!«, frohlockt John, nimmt Tanja kräftig in den Arm und küsst sie, bevor er mich beglückwünscht. »Wo auch sonst als bei Klaras Bildern?«, merkt Achim an und nickt mir zu. »Ich hole mal die anderen her.« Die anderen? Welche anderen? Aber bevor ich ihn fragen kann, ist er schon weg. John feixt: »Wir bilden nur den Vortrupp. Der Klara-Fanclub wartet nur darauf, anzurücken und seinen Star hochleben zu lassen.« Ich schüttele irritiert den Kopf: »Tanja scheint dir bereits ganz schön den Kopf verdreht zu haben. Du sprichst schon ebenso crazy wie sie.« Als ich das Gefolge von Achim ausmache, reiße ich allerdings dennoch ganz schön die Augen auf. Das ganze Studio scheint für mich bereits Sendeschluss gemacht zu haben: Margot, Miriam, Marc, Janik und Co – alle, alle sind sie da. Und, kaum zu glauben: Ist das nicht Frau Hegel? Richtig. Da kann ich mich nun also ordentlich von ihr verabschieden. Und natürlich Omilein. Endlich! Doch wer ist das da hinter ihr? Das kann doch unmöglich Isabel sein und der Typ da neben ihr? Das ist doch der, der mich im Cavern Club so dämlich angemacht hat. Was wollen die hier? Die haben doch nichts hier zu suchen!

Nur komm ich erst einmal gar nicht dazu, mich weiter aufzuregen. Denn natürlich muss ich erst einmal alle anderen begrüßen und mich wieder und wieder beglückwünschen lassen. Alle strahlen sie mich an und rufen laut:»Hoch, hoch soll sie leben, dreimal hoch!« Marc und Janik sind dreist genug, mich einfach zu schnappen und tatsächlich dreimal in die Lüfte zu heben.

Omilein wirkt so glücklich wie noch nie, kann es sich aber nicht verkneifen, meiner Mutter leise zuzuraunen:»Weißt du, Konstanze, das hier ist Klaras Erfolg, nicht deiner. Halte dich also heute zur Abwechslung einmal zurück mit deinen sicher gut gemeinten Ratschlägen. Das gilt auch für dich, Bert. Macht Klara nicht wieder kaputt, was sie sich schwer erarbeitet hat!« Meine Mutter schaut verdutzt und dreht ihren Kopf zu mir, während mein Vater den Kopf senkt. »Na hör einmal, Dora, eine Mutter darf sich doch wohl noch Sorgen um ihre Tochter machen! Und natürlich wissen wir zu schätzen, was Klara erreicht hat und werden ihr das gewiss nicht verderben wollen!«

Fast der siebte Himmel, würde ich sagen, wenn da nur nicht ausgerechnet beim geliebten Omilein eine Isabel und dieser Idiot stehen und mich anstarren würden, als könnte ich sie auffressen, was genau das ist, was ich im Moment gerne mit ihnen täte.»Ja, und du Klara, solltest ebenfalls in deinem Glück über deinen Schatten springen und dich darüber freuen, dass Isabel nur deinetwegen extra aus England angereist gekommen ist. Sie wohnt die nächsten Tage bei mir. Ich habe sie in Erinnerung früherer Zeiten eingeladen. Genug Zeit, Euch auszusprechen und auszusöhnen, denke ich.«»Ach, das habt ihr euch hinter meinen Rücken ja fein ausgedacht! Von dir, Omilein, hätte ich nie gedacht, dass du mich versuchst, derart auszutricksen. Und was will der Totalzonk hier?«»Ach komm Klara, bitte, es tut mir ja alles so leid und ich bin so glücklich, hier zu sein und mitzuerleben, dass deine Bilder es hierher geschafft haben. Bitte, lass uns wieder Freundinnen sein. Und das neben mir ist Konrad Ruben. Es hat sich herausgestellt, dass er und Gerry Freunde aus früheren Kalifornienzeiten sind«, macht Isabel alles für mich in dieser Situation noch viel schlimmer, als ich es soeben noch für möglich gehalten hätte.

»Was, du bist Konrad? Das ist jawohl endgültig die Höhe! Ich hatte gedacht, ich hätte einen Freund per Facebook gewonnen und dabei hast du nur versucht, dich derart getarnt in mein Herz einzuschleichen! Nein, so einfach geht das bei mir nicht!«

Als ich diesen Lügenkonrad etwas genauer in Augenschein nehme, sieht er interessanter und geschmackvoller gekleidet aus, als ich in Erinnerung habe. Sein dunkles Haar hängt ihm strähnenweise ins Gesicht, dennoch ist sein Nacken kurz rasiert. Er ist hochgewachsen, wirkt schlaksig, aber mit Stil. Ein gebügeltes kariertes schwarz-weißes Hemd steckt in seiner schwarzen Jeans, die von ebenso schwarzen Hosenträgern gehalten werden. Elegant, modern und völlig anders als die jungen Leute in unserem Alter, die eher Turnschuhe und Skinni-Jeans tragen und versuchen den H&M

Werbeikonen nachzueifern. Die schwarzen Lederhalbschuhe mit ihren eingestanzten kleinen, weißen Quadraten an der Spitze, die zu den Schürsenkeln hin zu halb runden Kreisen verlaufen, gefallen mir besonders gut. Und dann sein schüchternes Lächeln mit dem er mehrmals zu einer Entschuldigungsrede ansetzt!»Die Szene im Cavern Club, ich weiß … aber … hat nicht auch sie gezeigt, wie viel mir an dir, ich meine, an Ihnen liegt. Hatten wir nicht beide unsere Freude an unserem Facebook-Austausch. Es klang so, als ob … ich meine … ich denke … ich hoffe, dass wir … eine Chance habe ich nun aber schon verdient, denn …« Aber nein, schließlich habe ich mir geschworen, nie wieder auf ein Mannsbild hereinzufallen, dass sich als Versager herausstellt. Also stelle ich klipp und klar:»Wer bei mir eine Chance haben will, der muss sie sich schon wirklich verdienen! Erst einmal halte ich mich lieber an die, die ehrlich zu mir gehalten haben. Und mit zwei von ihnen, mit meinem Tanja- und Omilein, möchte ich nun in aller Ruhe irgendwo noch etwas trinken gehen. Euch allen dolle Dank und noch viel Freude hier!« Damit strecke ich Tanja meine linke, Omilein meine rechte Hand entgegen, beide ergreifen eine und so ziehe ich sie mit mir fort in Richtung Ausgang, während ich höre, wie hinter uns her applaudiert wird. Na, wenn das nicht einmal ein gelungener Abgang ist! Nur kein wirklich guter nach den etwas verhaltenen und vorwurfsvollen Blicken von Omilein und Tanja zu urteilen.

Kapitel 20

Da sitze ich nun mit Isabel auf Omileins Sofa und wir lassen uns ihre Pfannkuchen wie zu Kinderzeiten munden. »Na, das wird aber auch Zeit, ihr zweieine, dass wir uns mal wieder so richtig ausquatschen!«, sagt Omilein und setzt sich zu uns. Sie und Tanja hatten mir gestern im Felicitas, wo wir zu dritt noch zwei Stunden lang beisammen saßen, keine Ruhe gelassen. Warum ich denn nur auf einmal so nachtragend sei? So wenig einfühlsam und kommunikativ. Sie könnten einfach nicht verstehen, dass ich Isabel, die alles liegen und stehen gelassen habe, um hierher zu kommen und mit mir zu reden, nicht einmal ein einziges Gespräch mehr gönnen wolle. Schließlich habe ich beigegeben. Und wie wir nun hier mit Omilein beisammensitzen, ist alles gar nicht so schlimm und verfahren, sondern lässt sich wieder einlenken. Und ehe ich mich versehe, bin ich doch wieder zukünftige Trauzeugin und Patentante. Und Isabel sieht sich schon mein zukünftiges Berliner Atelier einrichten …

Und Konrad? Auf den bin ich verdammt wütend. Und dabei geht er mir nicht so einfach mehr aus dem Kopf. Isabel meint: »Der könnte quasi dein PR-Mann werden. Studierter Marketingnerd mit Doktorabschluss, der er ist. Er arbeitet nämlich in einer Künstleragentur und betreut Bands, aber auch Schauspieler und andere Künstler. Der hat einfach die Nase davon voll gehabt, wie ihm die Künstler und Künstlerinnen hinterherrennen und beschlossen, auf anderen Wegen neue Menschen zu treffen. Und du hast dabei ständig seinen Weg gekreuzt. Seine Crazy Branche ist der Grund, weshalb er sich so bedeckt gehalten hat mit den Informationen über sich und sich so ungeschickt bei den Zusammentreffen verhalten hat. Ganz im Widerspruch zu seiner sonstigen Souveränität. Ehrlich. Außerdem sitzt seine Agentur in Berlin. Wenn das kein weiterer Fingerzeig des Schicksals ist! Wirklich. Bei so vielen merkwürdigen Zusammentreffen, fange selbst ich an, an so was zu glauben.«

»Beep, beep«, genau in diesem Augenblick vibriert der Facebook-Messenger. Eine Nachricht von Konrad: »Nie hätte ich es für möglich gehalten, dass es das gibt: eine Frau wie Dich, Klara! Wenn wir uns so viel per Facebook zu sagen haben, dann kann ich mir einfach nicht vorstellen, dass das nicht auch Angesicht zu Angesicht der Fall ist. Willst Du unserer Liebe nicht doch noch eine Chance geben? Ich warte morgen um 19 Uhr im Felicitas auf Dich!« Wahrlich, bei so vielen merkwürdigen Zusammentreffen … Also: Frisch gewagt, ist halb gewonnen und wenn der Liebe keine Chance gebührt, wem dann?

Was ziehe ich an? Auf jeden Fall meinen roten Mantel. Der ist zwar nicht mehr neu, aber in dem fühle ich mich immer wohl. Rot steht mir zudem gut und sieht nach Entschlossenheit aus. Mein iPhone schließe ich an meine Bluetooth-Box an und lasse das App TuneIn Radio spielen. »Alive and Kicking« von den Simple Minds ertönt. Ich gehe ins Schlafzimmer zu meinem Kleidungsschrank. Eine schwarze Jeans zum roten Mantel, schwarze Bluse, schwarze Stiefel. Klassisch. Schnell entschieden. So und nicht anders. Das Schlagzeug im Song könnte mein Herzschlag sein. Bum, Bum, Bum. »Now it's all' or nothing …« Ja, so ist das. »Alive and Kickin, until your Love is alive«, singe ich mit. Ein Song meiner Mutter, den sie früher oft sang. Die schwarze Vinyl

Schallplatte hob sie sanft auf den Plattenspieler, dann legte sie den kleinen silbernen Arm unaufhörlich an den Anfang, um den Song noch einmal zu hören. Ich schminke meine Augen wie immer, schwarze Wimpern, Kajal zusätzlich den Glitzerstift, den ich erst noch anspitzen muss, um ihn dann auf meinem Oberlid von innen nach außen zu ziehen, ohne Puder und Make up. Die Haare stecke ich zu einem fusseligen Dutt zusammen, ein silbrig schimmernder Schal um den Hals. Fertig. Ich steige auf mein Fahrrad und fahre los, meinem ersten Date seit Thomas entgegen. Klara Blick – wer bist du? Eine Frau auf dem richtigen Weg und mit einer spannenden Zukunft, die vor ihr liegt. Eine Frau, die vielleicht die Welt nicht immer klar sieht, aber Farbe bekennt und weiß, was sie will.